U0895987

Hankou 漢口

laotongcheng zengjia

老通城曾家

三部曲·第三部

再生

曾宪德 / 著

HAN BOOK 版 武汉出版社
Wuhan pubushing house

(鄂)新登字 08 号
图书在版编目(CIP)数据
汉口老通城曾家. 3,再生/曾宪德著.
—武汉:武汉出版社,2016. 11
ISBN 978-7-5582-0836-2
Ⅰ. ①汉…　Ⅱ. ①曾…　Ⅲ. ①长篇小说-中国-当代
Ⅳ. ①I247. 5
中国版本图书馆 CIP 数据核字(2016)第 247267 号

著　　者:曾宪德
责任编辑:徐建文
装帧设计:马　波
出　　版:武汉出版社
社　　址:武汉市江汉区新华路 490 号　　邮　　编:430015
电　　话:(027)85606403　85600625
http://www.whcbs.com　　E-mail:zbs@whcbs.com
印　　刷:武汉中科兴业印务有限公司　　经　　销:新华书店
开　　本:787mm×1092mm　1/16
印　　张:23　　字　　数:380 千字
版　　次:2016 年 11 月第 1 版　　2016 年 11 月第 1 次印刷
定　　价:43.00 元

目录

第二章
不屈岁月 / 59

第三章
老通成 / 169

第四章
黎　明 / 249

第一章／大流亡

一、入峡悲秋

曾广诚站在客轮船尾，眼睛不眨地望着渐渐离去的武汉城区。挤得爆满的船上吵闹不堪，哭声夹着粗暴的骂声。但广诚根本没有心思去理会，他恋恋不舍地看着熟悉的江滩慢慢被驶过，尽管船行得似乎比走路快不了多少，但龟蛇两山却那么快就把城市遮没了，迅速得简直让他沮丧。

他不想进舱去。虽然从年轻时起，一生中不知乘过多少次船，他总是习惯站在靠船头的甲板上。他喜欢遥望寥廓江天，那缥缈的天边曾引导他去寻求，江轮破浪的强劲势头鼓动他奋斗。三十多年的打拼哪，像梦一样，就这么一下全都留在已经看不见的那个城市了。

1938 年 武汉即将沦陷时，百姓逃离汉口

“独自莫凭栏，无限江山，别时容易见时难……”他听到了身旁一对中年夫妇的低声吟对。

广诚不懂诗词，但这两句表达的心情他居然马上就懂了。这辈子还能回到那里吗？还能看到汉口吗？那熟悉的街道、邻里、门口的树、转角的电杆、热气腾腾的生意、大展身手的商场……一下全扔了。热热闹闹的一家人，也就这么散落四方了。

鹦鹉洲、鲇鱼套、白沙洲、小军山……一个个都过去了，他不由有些心力交瘁之感，便回到了船舱。

这是一间四铺位的三等官舱，其中不属于曾家的那个上铺竟挤了三个女学生。静娴正漠然地坐在她的铺上，两眼无光。秋平在另一张床上听昭瑛讲故事。

见他进来，静娴仿佛是自言自语地喃喃说："我们都走了，昭舫一个人留在汉口。"

广诚当然和她一样担着心，我们倒脱身了，日本人达不到目的，会不会继续泄愤到昭舫身上，天晓得还会使什么毒招？但他不愿说出这些来加重静娴的心思，却排遣道："才出来不到一个钟头，你就担心，他哪天不是半夜才回？"

向大后方逃亡的中国难民

静娴仿佛并不在意他在说什么，“他们在青年会开庆祝会，外头就埋伏十几号人，想杀谁？要不是警察这辈子做了一回好事，天晓得出什么事？

他见静娴解脱不出来，便设法将话题引开，“昭萍也是，信上就说昭诚到了，也不提进没进学校读书。”

“那是头一封信。如今信不好走，童家的公子到了上海的消息，还是你去告诉他家的吧？童家的信还没我们快。昭诚到了我就不担心了，他大姐能把两个妹妹功课调教出来，还怕他读不好书？倒是昭琳，走了几个月了，也没个音信。”

昭瑛正想安慰母亲两句，船上拉响了空袭警报。轮船在警报声中寻找着附近可以躲避或停靠的江岸，但是前后几里却都是平坦无遮的浅滩。

担负嘉鱼至武昌金口江面警戒的中山舰从身边驶过向下游奔去。大约半小时后，听到爆炸声与高射炮声从弯曲的河道下游方向传来，全船人紧张得心都要提到嗓子眼了。有好几处响起了小孩哭声和女人叫声，有人在吼骂他们让飞机听见了。茶房在外面喊“不要出来看”，有个大喉咙在船舷上骂茶房混账……广诚一家则吓得躲在舱里听天由命。

又过了十多分钟，炮声渐远，空袭结束了。

谢天谢地，这次空袭后，一路上再没有飞机来扰过。

船行三天才到宜昌，广诚一家预备的吃食多，不挨船上的宰，但也差不多耗完了。到宜昌后，果见颜秉兰手下的刘武带着人在码头迎接。这帮江湖朋友的安排，让广诚的出逃比一般人不知顺利多少倍。

宜昌争上轮船的人们

昭瑛上岸后，才身临其境地体会到，近来整天被汉口人挂在嘴上、仅有十万人口的宜昌，比自己想象的小得多，此时下游涌来的难民和运来的物资，已将宜昌从码头到街巷变得拥挤不堪。

大轮船无法往上通过三峡，几乎百分之八九十旅客都要在这里换船。船票于是俏得不得了，想买票至少要等上半个月。亏了颜家都已安排妥当，广诚一家在宜昌住了两天后，没买票就上了一艘“民生”公司的客轮。这条船的大副可能也是颜家的袍哥，不仅让出了自己的舱间，还沿途照顾得十分殷勤周到。

轮船逆着险滩密布的川江一路向西。当晚西风骤起，船上却再没有了喧闹，离开武汉时的嘈杂纷乱仿佛都丢到宜昌了。三峡悲凄地迎接着西上的变得安静的流亡人。

广诚没有心思去给静娴讲解沿途风光，只在次晨听到纤夫用绞磨绞滩时把他们领出去看了一下。以后几天的行程中，他都十分寡言，犹如正无声地等着他们的蜀地一样。

三峡神女峰

大后方重庆

二、昭舫流亡宜昌

10月20日那天，多亏了魏公博弄来的船票，曾昭舫、李毓章、章祯青等一起登上了去宜昌的客轮。公博还剩下两张票，竟让给了他最讨厌的那三个上海人。

他们上船后才知道，其实只要能设法拼命挤上船，还是可能补到通铺票的，只是价格比官价高出数倍。没席位，只能整日在甲板上游荡。其实广诚走前就一再对昭舫说过，茶房手上总是持有少数待价而沽的高价票的。昭舫觉得那样太不保险，何况自己又不是一个人，有小姑娘章祯青同行，让他凭空觉得自己又添了一份责任。幸好事实没有预想的那么可怕，上海人老贝就是无票跟着他们混上船的。

开船的时间已经过了一小时，可昭舫看到趸船上的缆绳还是系得牢牢的，码头上的喧嚷争斗让船上的人紧张，沿江滩地已成了人如蝼蚁的世界。装载、搬迁工作已经陷入混乱，搬运工人、军人和宪兵在互相大吵，几乎要打起来。政府已下令对武汉实行紧急疏散，要求3天内疏散约75万人。省政府机关也在两天内全部撤离。但只要船还没有开，谁都不能担保自己能平安离开武汉。

宪兵朝天开枪了。增援的宪兵出现在码头，极力将这可怕的混乱强行压下去。

昭舫正在担心又会有什么变故，船却缓缓地开动了，朝着上游那白茫茫的天空驶去。很快就看不清码头上的情形。他们终于离开了那恋恋难舍的城市，武汉已从视野中消失了。

昭舫此时已完全没有了侥幸上船的兴奋。他越来越感到沉重，那座他们高唱着誓死保卫的城市、他的家乡，很快将要被日寇蹂躏。留下的市民们，未离开的戴六儿、赵凯鸣，还有其他朋友们、他熟悉的店员们，他们的命运又将会怎样？日寇会像在南京那样肆意烧杀奸淫吗？我们的武汉啊，你是否又难逃炼狱般的浩劫呢？等将来回来时，你会变成什么样子啊？

全船人的心境看来与他一样悲戚，喧闹声停下来后，他看到的人脸上都挂着凝重，眼神都透着茫然。

他回到舱里，与同伴们聊起了战况，猜着武汉还能守几天。谁都知道，此时下游江际已是血腥拼杀的火线。郁闷的机枪、重炮的轰鸣声，都已隐约可闻。

渐渐地、远处的枪炮声也听不到了。几个人便开始沉默，静静地坐在床沿上各自发呆。等待他们自己的命运同样是未知的，唯一他们知道的，是歌咏团成员在宜昌等着他们会合，他们还要一起战斗。

数小时后，昭舫想起招呼同伴们吃东西。他打开一大包吃食，有馒头、卤菜和咸菜，这都是赶来送行的赵凯鸣拿来的。

忽然听到楼梯口一阵喧闹，接着就看到一个伤兵从舷边的走道跌进来，差点就滚下了楼。毓章见状大怒，挺着他那单瘦的身躯就冲了过去，大呼道："他是为国负伤的，你们为什么打他？"昭舫大惊，生怕毓章吃亏。只听到船舷边有人高声骂了进来，是一个军官，吼道："你活腻了，来管老子们的事！"昭舫和公博连忙拖回毓章。公博劝道："秀才遇到兵，你管不了的。"

魏公博走去问那刚爬起来的伤兵。原来他是上来要饭吃，把那个军官"打扰了"，就说他想偷东西，用力把他推了一掌，"我没有防备好。"他很顾面子，还笑了笑。

军人上船撤离武汉

昭舫问："你是一个人吗？怎么没有饭吃？"他不肯说，就要走。毓章给他拿来两个馒头，他连忙谢谢，狼吞虎咽地吃了。却再也问不出话。

那个伤兵走后，他们几个回到船舱坐下。昭舫对睡在他上铺的祯青说："你最好起来走走，光是睡着看书不好。你看的什么书？"祯青把书名给他看，是一本汉译的法国作家儒勒·凡尔纳的小说《八十天环游地球》。

"她好像还活在战争之外，真是个小姑娘！"昭舫摇着头想。

李毓章和魏公博到下面转了一圈回来，对他们说："真不像话，底舱里面乌烟瘴气，臭气熏天，至少有两百个伤兵，哭的叫的也有，说说笑笑赌钱的也有，像一群乌合之众。为国流血落得这样，真叫人寒心。"公博说："我找到了个肯说话的伤兵，他告诉我说他们吃不饱饭，伤兵的伙食费都被运送他们的官员贪污了。"四个人在舱内谈论着，都很义愤，却也无计可施。

轮船走走停停。不时停烟熄火，说是躲避飞机。当天下午确有一次空袭，全船人都提心吊胆地看到炸弹在几百米外的江里爆炸，掀起很高的水柱。接着有高射炮声传来，看得到炮弹在天空打出的烟圈。所幸空袭时间不长，只是虚惊一场。

傍晚，他们决定去餐厅吃晚饭。谁知那饭菜简直难以下咽，几个人不由都暗恋起昭舫包里剩下的那几个馒头。昭舫说过留下来消夜，明晨靠城陵矶时再上岸补充点食品。

他们回舱时，在后甲板上遇见了那三个上海人马莉、毕特和老贝。他们两张票被茶房安排到了六个人的那间房，是三等舱里最差的那间。老贝原想买个铺位，但这船已大大超员，多少钱也买不到了。只好和毕特轮流到甲板上打铺。

昭舫老是热心快肠，说："我们房间都是自己人，要不老贝到我们房间吧。"祯青接口说："不如马莉姐姐和我挤一个铺。"马莉立即表示同意。

由于祯青曾顶替马莉出演过《沦亡以后》，马莉一度对她极其反感。但随后因传出光未然要把章祯青借到演剧三队，她害怕了，担心被开除，而从此被人看成汉奸，便听从老贝的意见，找昭舫出面帮忙，给了她一个机会到光未然面前认错，才留在了三队。事后她也觉得不关祯青的事，加上小姑娘很单纯，她也就慢慢和祯青和解了，而昭舫在马莉心中一直是慷慨和善解人意的。

轮船在城陵矶并没有停泊，在监利靠岸的时间也极短。昭舫上岸补充食品的打算彻底破产。

在监利，码头上一个军官威逼着轮船要为他带五六十个散兵，而负责运送伤兵的此船的军官则以本船严重超载为由，和他大吵了起来。两人看来都经历过大世面，互骂声越来越高，看上去越来越不可能解决问题。后来两人竟各自都把手放到了枪套上，让船上所有的人都捏了一把汗。但却不知何故突然峰回路转，两个军官一阵低语后，竟彼此称兄道弟起来，让烟点烟，跟着这群“同胞”和“战友”也都被允许上了船。

马莉担心地问身边的昭舫：“这么多人上了船，船会不会沉？”昭舫答不出来，他相信不会。并猜想两个军官的和解，可能是做了笔交易。这一路上看到的军官和伤兵，与他在以往迎接参战新军、欢送上前线部队、慰劳受伤将士等活动时感受的军人形象，竟然大相径庭，倒像印象中的军阀军队，这让他更无法读懂现实社会。

他们不得不忍受船上茶房们的盘剥，买了几个煮鸡蛋充饥。在岸上，一元钱要买一百个以上的鸡蛋。可这里，他们买了六个鸡蛋和三个馒头就用了一元钱。直到第三天，船到沙市，昭舫和公博才用百米冲刺的速度使劲跑上岸，去买了些吃食。

第四天半夜，轮船总算到达了宜昌。他们上岸后便得知，前天，八路军汉办及《新华日报》一批西迁人员所乘“新升隆”轮，在嘉鱼江段燕子窝遭日机轰炸沉没，24 人殉难。昨日，近代声名显赫的“中山”舰在与日本空贼战斗中被炸沉，萨师俊舰长和 25 名官兵壮烈牺牲。

《新华日报》！？昭舫仿佛一下掉进了冰窖，童楚妮坐的是哪条船呢？

悲壮的难民大军。越来越多难民迁入地成为难民迁出地。14 年里,前方没有目的地,后面却有恐慌在追逐

三、再建“业余歌咏团”

昭舫等到达宜昌的当天,正是武汉三镇完全沦陷的那天。他们顺利找到了已经到达的薛培莜等人,在一所小学内会师。

老队员们兴奋地跑出来与他们握手拥抱,重逢的泪水从每个人眼眶中涌出来。毓章说,这份在苦难中成长出的真正友情,被我们享有了。

由薛培莜带领的队伍中,年龄最大的四十多岁,最小的只有十五岁。他们离汉坐的是一艘改造为机动船的大木船。但是船行到“宝塔洲”附近时,遭遇到日机轰炸。幸而大家听了船家的话,上岸躲避了。结果船被炸起的巨浪掀翻沉没,而所有的人都安然无恙。在一片慌乱中,薛培莜处变不惊,把大家组织起来,参加到西行的悲壮人流中。他们步行了八天,沿路高唱着抗日歌曲,帮助难民,救助掉队的伤兵,胜利到达了宜昌。

昭舫听完了队员们的讲述，激动得再次拥抱薛培莜，“好兄弟，你们真了不起，你们真是在亲身谱写我们民族的壮歌啊！”

宣传队在两间教室里用课桌搭成通铺，男女各一间。见他们来得晚，早来的队员纷纷主动把靠里的铺位让给他们，整个队里充满互助和谦让，冲淡了流亡中的失落感。

第二天，他们就在宜昌打出了“青救三团业余歌咏团”的旗帜。薛培莜任团长，曾昭舫、李毓章为副团长。一些当地的、流亡的青年纷纷来要求加入。那三个上海人老贝、毕特和马莉，也成为了他们团的成员。

滚滚而来的难民潮，使宜昌人口暴增。数十万人要在这里换乘西上重庆的船。从通惠路到船码头，旅店、客栈、学校乃至大街小巷，人满为患，大量难民露宿街头。为获得一张船票，很多人要等半个月甚至一个月。

需要西运的战时物资堆满了江边。从一马路到十三码头，几公里的空地上，被密密匝匝的货物拥塞得水泄不通。培莜告诉昭舫，枯水前必须将这些全部抢运到四川，现在只剩下一个半月了，但能走峡江的轮船一共还不到 25 艘。听人们说，按现有的运力，起码需要整整运一年。

1938 年的宜昌

他们到有关部门去办理现场演出手续时，惊讶地得到证实：这么宏大举世无双的任务、竟是以民生公司卢作孚总经理为首、联合“三北”、“强华”、“合众”等民间公司在承担着的！“招商局”也参加其中，却还算不上主力。历尽千难万险从下游搬迁来的工厂和物资堆积如山，竟全要靠850多只木船，蚂蚁搬家似地运往三斗坪，再接力通过三峡运到万县，而每条船都只能由纤夫们汗流浃背地拖曳着逆流而上，一只船往往就需要一二百人拉纤。这些纤夫中，不少就是内迁来的工人。遇到急流、险滩等危险地段，他们几乎俯身贴地，竭尽全力。

伟大的爱国资本家卢作孚

歌咏团来到码头演出时，他们这才发现眼中看到的比听说的不知道还要悲壮多少倍。这些高风亮节的民族资本家们，倾其所有拿出自己的船只，又有序地组织着码头工人们、纤夫们、船工们，不停地将一船船装满、逆江运走，绘出了一幅浩大和不屈的动人画卷！

传到队员们耳中的竟完全没有码头常闻的吆喝与谩骂，而是一阵阵团结有力的号歌声，与不时鸣叫的汽笛声汇合，奏出了一支史无前例的、气壮山河、催人泪下的民族交响曲！

昭舫再也控制不住夺眶而出的泪水了，队员们也都被这空前绝后的宏大场面深深感动了。他们将肺腑之情融入他们的歌声和街头表演中。谁都觉得，自己的歌声又比在武汉时增添了更多的真情和意志。

以后一连两个月，他们几乎每天上街宣传，也联合宜昌本地和流亡到此的演出队伍一起组织集会。他们除演唱在武汉曾多次唱过的抗日歌曲外，还加上了《到敌人后方去》等一批新歌。表演的街头剧有《三江好》《沦亡以后》《雪里红》《放下你的鞭子》等等。很快在宜昌就造成了相当大的影响，一些报纸也作了报道。

昭舫就是在三码头的一次演出中，才有了与童楚妮的第一次珍贵重逢，当时她是代表“新华社”来采访他们。他们只简单地说了几句属于自己的话。昭舫

宜昌大撤退时的码头

这才知道，楚妮因早一天出发、侥幸躲过了那次船毁人亡的浩劫。

不过，他们都体会到，在宜昌的活动，因不像武汉时期那样有三厅撑腰，已很难得到官方的公开支持了。

一天，一个身穿黑色中山装、带黑边眼镜的胖官员来到他们驻地，自称是九战区党部的宣传干事，姓张，他直言令他们去掉“青救三团”这几个“带有异党色彩”的字。

毓章气愤地问道：“什么是‘异党’？那个党是‘异党’？”

张干事两眼朝着天，说：“先生何必自惹麻烦呢？兄弟我也是执行命令的。今年4月，宜昌的“青救团”就已经被勒令解散了。所以，这几个字最好不要在宜昌用。兄弟话已传到，你们看着办吧！”

那家伙走后，薛培莜和他们商量，决定先顾及大局，但驻地大门上的名号不改，仅旗帜上不打“青救”名义。

不料当晚薛培莜外出回来，就垂头丧气地叫把大门上几个字也去了，改为“宜昌业余歌咏团”。他不好说出，他向左秧岷请示时受了批评，被斥为“有损统一战线的‘左倾’行为”。

尽管被浇了点冷水，大家依旧保持着旺盛的情绪。除了在市内，“业余歌咏团”还多次到宜昌北边的抗日前线去劳军演出。

不久，王杰臣到宜昌和他们作了个简单告别。昭舫猜得到他要去哪里，十分遗憾地送走了他。

1938年的宜昌大抢运

四、河溶之行

元旦前,“业余歌咏团”被九战区安排坐上军用大卡车到河溶驻地劳军演出。

河溶有九战区前线驻军,离市区大约100公里。驻地的长官翁将军,大约有五十来岁,操着地道的武汉口音,是北伐时期的老革命。昭舫对这个名字早已刻骨铭心。不仅因为这位将军在湖北大名鼎鼎,还因听楚妮对他说过,她曾坚决抵制了与他儿子的婚事。

到达河溶的当天,他们就受到了翁将军的热情接待。他说他见到武汉人的歌咏团感到格外亲切、心潮澎湃,对团员们在流亡中不忘爱国的感人行动表示坚决支持。现天气在变冷了,他代表全体官兵发给歌咏团每人一床军棉被、一件军棉背心。

歌咏团的女孩子们兴奋得跳着拍手欢呼。

接下来两天的演出中,他们都受到官兵们的热烈欢迎和盛情招待,队员们演出也特别投入,效果很好。

歌咏团在宜昌的经费很有限,团里只能给每人每天发一毛钱[①],生活太清苦了。而来这儿宣传,则每天都打着牙祭,队员们当然很高兴。三个上海人现在也和大家渐渐融成了一片,老贝似乎和毓章还很投契。

计划演出全部完成后的那天早上,他们就想离开。但翁将军说今天汽车不在,要到傍晚才能回来。而天黑山路不好走,部队驻地和防区的道路,都是不许黑夜开灯行车的。所以,他要大家多住一天,并再三请他们谅解。他说中午他会在他的院子里再次招待他们。

中午,上尉以上的军官们都来作陪,坐了一大院子。翁将军又作了充满爱国激情的致词,又当场给歌咏团赞助了三十元大洋,希望他们以后常来军旅。

队员们感到相当快意。饭后,他们就在住地附近欣赏山景。没有炮声时,鄂西的山区是恬静和动人的。

---

① 按沦陷前时价,在汉口大约九分钱可买一斤鸡蛋。

下午,翁长官带着一个传令兵,又来到了他们休息的营地,张干事立即叫人去喊回团员们。

薛培莜代表歌咏团再次感谢翁长官的热情支持,因为大家都知道,部队现在很困难。翁将军说,他在武汉就知道,并且一直很喜欢这支爱国的青年歌咏队伍。他有一个设想,如果各位愿意,他愿意收编这支队伍,这样大家就是真正的抗日军人了。

薛培莜和昭舫顿时面面相觑。薛培莜便把队伍的"业余"宗旨说了,并且详细介绍了"陈诚长官、周远涤先生和汉口市党部都曾建议过收编我们"的始末,表达了"闲云野鹤、无拘无束"的意愿。

翁将军将朝着他们的那半个脸展现出一个笑容,没有强求。他又指着马莉说:"我在战前两次去过上海,两次都在'百乐门'看过马莉小姐的表演,马莉小姐真是能歌善舞、色艺双绝。要不是战争,当是大上海的当红艺人了。在武汉,像她这样的,还一个都找不出来呢! 我觉得你们团还没有把她的才能完全发挥出来。"

团员们都知道马莉很行,听翁将军一说,方知她早就是个明星。于是女孩们一齐用敬慕的眼光看着她。马莉听得特别舒坦,免不了假意谦让一番。

翁将军离开前说,军官们想举办个小型晚会,请歌咏团的人赏光参加,最好表演点轻松些的节目。

昭舫等担心的就是这些,担心部队中有人把演剧队看做是送上门的艺人,甚至觊觎其中的女孩。见翁将军走远,薛培莜便对张干事说:"张干事,你看该怎么办? 陈诚长官接见我们歌咏团董事会时,你是在场的。他强调说,歌咏团不得自行参加'非由战区所安排'的集会、联欢、座谈和娱乐活动的。"

毕特则很希望能吃上"军粮",脱离他所形容的"叫花子般的流浪生活"。他对薛培莜刚才的拒绝很不满意,见张干事低头不语,便插进去说:"薛团长,陈诚长官的规定是针对团里的风纪的,再说这里张干事不就是代表战区的吗? 如果再变通一下,以个人名义,自愿去,不就什么问题都不存在了吗? 再说,这帮人是得罪不起的呀!"

马莉还陶醉在赞扬声中,立即附和说:"我看我们也太过于谨慎了,愿意去的就去嘛,有什么怕头?"立刻还有几个女孩叽叽喳喳附和起来,说想去玩。薛培莜不好多说了，与昭舫、毓章商量，毕竟是正规军，不会太越轨吧！于是就点了头。

晚会在翁将军指挥部的大会议室进行，中尉以上的几十名军官和参谋、文员都参加了。翁将军又发表了热情的讲话。

然后歌咏团为大家齐唱了一首《长城谣》。毓章领唱了《松花江上》。以下便按军官们的要求，只演些轻松的节目。老贝表演了滑稽，昭舫表演了纸牌魔术，毕特唱了一段京剧。

这时有军官们嚷了起来，要求马莉小姐唱《夜上海》。

马莉站出来说，上海沦陷，母亲和弟弟在上海很艰难，确实没有心情唱《夜上海》。但她经不住军官们又喝又拍的，就由毕特用萨克斯管伴奏，唱了首刘雪庵的《何日君再来》。

军营中出现了大家久违的酒吧气氛，唤起了军官们久久压抑的渴望，这一下便不可收拾了，军官们放声喝彩起来。

马莉下不了台，又唱了首了个陈歌辛的《玫瑰玫瑰我爱你》。

军官们极度兴奋，有人就提出要求跳舞，说是不知道过了今夜、还有没有明天。薛培莜知道自己再也无能为力了，只好同意乐队留下助兴。

军官们兴高采烈地、迅速收拾着场地。联欢会的演出就算结束了。大部分女孩几乎都愿意留下来跳舞，昭舫、毓章把章祯青等年龄小的女学生都叫了出来，下命令跟他们一起回去。然后便向翁长官告辞退场了。

薛培莜只好陪张干事一起留下来。毕特自告奋勇留下，教不会跳舞的军官。

昭舫回到宿舍，心里不踏实。魏公博劝他说："你没有办法的，你又不是那些女孩的父亲。军官们面临死亡，哪个不想女人？这里是他们的天下，不答应也得答应。现在只求不出事，明天能早点动身就行了。"

大约半夜两点钟过后，参加跳舞的团员们才回了。那些初和军官们打交道的女孩们很兴奋，叽叽喳喳地还在谈论着，听得出她们中，有的还和军官彼此留下了姓名地址。昭舫还没脱衣睡觉，这下总算放下了心。

忽然，他发现还差人，便问道："马莉呢？"

薛培莜说："和毕特、张干事在后面。不会有事吧，休息算了！"

昭舫一觉睡到次日清晨起来，正洗漱完，看见张干事脸色发青地在和薛培莜说什么。见他神态诡异，昭舫猜想可能又有什么事，但没有凑向跟前去。又看见马莉正一个人坐在长板凳上，呆呆地面朝着不远处的山景。接着听见薛培莜大声说："大家动作快点，要出发了。"

毕特嘴角有些肿。马莉两眼发黑。昭舫猜想，也许是他们间有点什么事吧，便没有去问。

不料刚回到了宜昌城，毕特就来辞行，说是厌倦了流亡生活，打算回上海了，说完又吞吞吐吐地找昭舫"借"钱。

昭舫很为难，父亲离开武汉时交给他三百元钱，他除了经常垫付一些团里的开销，还有几次武汉大学的同学因要离开宜昌"北上"来找过他，尽管他身上已所剩不多，但他对同学能在他面前公开自己政治身份的那份信任感到特别珍贵，他非常清楚地知道他们是去投奔延安或新四军那边的，便一次次慷慨地解囊相助，只要有求，每人十元。按当时物价，到"那边"是足够的。然而，在最后一次帮助同学后，他的身上只剩下不到四十元钱了。

他向来就不喜欢毕特。但看到毕特的落魄相，他有些不忍，还是给了他十元钱。

接着却是魏公博来辞行。这让他大感意外。

公博说，他得到同乡的信，弟弟在长沙病倒了，他要马上过去一趟。

昭舫想到公博为自己牺牲大学旁听，以后一直和自己一起，坚定地支持自己，与自己那么亲密。这次若不是他，来宜昌的船票不可能那么方便得到。他想到公博的很多好处，战乱下的离别很可能就是诀别，忍不住上前拥抱着他，眼泪就要涌出。

其实，公博是接受了军统命他潜回武汉的新任务，对昭舫的监视早已不太重要，留在团里只是暂时给他个身份掩护而已。何况在他心中，昭舫本不应该被监视，他不仅是他所认识的一个爱国热血青年，还是他可信任的朋友。他甚至开始有意识地保护他、帮助他。见昭舫对他也如此真情，他感动了，情不自禁地说："昭舫，你太善良了，以后交朋友时要多长个心眼呀！"

昭舫却没听懂，问："你是说毕特吗？他开了口，我不帮他说不过去。"

公博见他太单纯，止不住又说："我还不是说他。毕特是因为对马莉失望离队的。知道吗？这个团已经撑不下去了。翁将军、张干事，净是些挂着抗日招牌的伪君子，你不设想下你这个团再硬撑下去的下场吗？”

昭舫不解地说：“我们干的是抗日宣传啊！公博，你这样说，我就不能同意了。”

魏公博道：“你这个团如果不接受官方的编制，不要说经费无法维持，连团员的安全都无法保障，特别是女团员！你可知道？马莉那天已经失身，被翁将军诱奸了！这个不要脸的老色鬼，呸！毕特是为了保护她，挨了翁将军卫兵的耳光被枪押着送回的。”

昭舫大吃一惊：“你听谁说的？”

公博说：“薛培莜是个好人，他可能怕告诉你伤了你的自尊不告诉你。你说，军官中有些人，会欣赏你和老贝的表演吗？他们想要的是女人！女人！”

昭舫大受刺激，说：“把我们当了什么？太过分了！”

公博抱住他的肩，很不放心这个朋友，竟鬼使神差地说出：“昭舫，以后多保护自己，听我的话，对周围的人要多长个心眼。有些当局不喜欢的话，千万不要随便说。还有……要留心费耀祖这个人。”他用几乎听不到的声音说：“薛培莜也是人太好了，该小心自己。我只能说这么多了。”

昭舫几乎目瞪口呆，公博是什么意思啊？他知道些什么？他怎么知道的？

公博知道，自己犯了不可饶恕的严重错误，但是他深信昭舫不会出卖他，况且说到薛培莜时，他也只是暗示。

“戴老板和郑长官都不会知道的。何况费耀祖也不是什么好东西，军统的败类，还想监视我！我早就看出来了他是什么货色了。”他愤愤地自我解脱想着。

魏公博离开后几天，翁将军就驱车前来接走了马莉，将比他小差不多三十岁的马莉纳为他的“如夫人”，当随军姨太太。

以后马莉回来过，打扮得珠光宝气，唯独笑容中含有可以觉察到的苦涩。她再次传达了翁将军仍想收编歌咏团的意愿。昭舫等人只有推诿，但感觉得到压力很大。

昭舫越来越觉得，眼前的宜昌，已是一座让人缺乏安全感的城市。

五、知交生离别

武汉保卫战以后，中国空军几乎损失殆尽，骄横的日寇已完全掌握了制空权，对宜昌想来就来，想炸就炸。一到天气晴朗的日子，宜昌的军民不是心情舒畅，而是从早到晚都担心着敌机空袭。宜昌码头和航道是日机轰炸的首要目标。然而爱国资本家和数以万计的码头工人、船员和纤夫，冒着敌机的狂轰滥炸，竟在长江枯水季节到来前的约40天的中水位期，奇迹般地胜利完成了民族工业精华的大转运！

这是怎样地不可思议啊！还有哪个民族能够做到吗？

悲壮画面：三峡江段的纤夫

冬日难以散去的雾气虽然让人感到沉闷，但是妨碍了日机的空袭，给了弱小的宜昌军民难得的安全间隙。码头是“业余歌咏团”的重点鼓动宣传地段。每到这里，团员们受着到处溢扬着的爱国热情的感染，格外心潮澎湃，演出效果也特别好。尽管一些团员在陆续离去，但仍有新鲜血液在加入进来，他们中有流亡到此的学生、工人，也有本地的青年。“业余歌咏团”至今始终保持着30人以上的队伍。

元旦刚过两天，他们又在码头附近演出。演至一半时，薛培莜找昭舫说，那边茶馆有人找他。昭舫于是让毓章替下自己，然后挤出了人群。

雾气已经散去，暖暖的冬天太阳没有什么威力。昭舫刚走到那茶馆门口，就听到了里面飞出的喊声。他惊喜地发现，是楚妮坐在角落的一张桌上，同桌还坐着武大的同学包华。

他想楚妮是有急事找他，急走到桌边坐下。

楚妮穿着大襟棉袍，外套着一件淡青色的毛衣，一条长围巾散开着，随意搭在两肩。虽说天气还不太冷，她却好像全副冬衣都已上身了，这让她的脸颊有些发红。

昭舫用隐蔽的眼神在打量楚妮。楚妮却开门见山地说：“昭舫，我要走了。”

奔向延安的青年们

昭舫脑袋一“轰”，虽然他早就预计到有这么一天，但此时他还是有晴天霹雳之感。以后将不知什么时候才能再见到她了！他不愿去设想兵荒马乱中的各种可能，也不再去顾及坐在旁边的包华，机械地问：“为什么？”

楚妮摆弄着手中的茶盅，低着头说：“这是上级的决定。”

她已得到组织允许，在昭舫面前公开自己的政治身份，“因为我已无法在这样的环境中工作和生活。无论我到哪里，我父亲派的保镖总能很快找到我，这直接威胁到与我接触的其他人的安全。”她抬起头看着昭舫，“也许，他就是想让我们的人回避和疏远我。”

昭舫不自在地点了点头，他很理解她。然而楚妮这一去将会发生些什么变化呢？他们显然早就各自在心里承认，他们是相爱的。正是因为相信有这份永恒的、心照不宣的爱，别的女孩再真情、再美丽，也无法打动昭舫的心。

楚妮却帮他说出了心里的话："说真的，虽然以前我们并不常见面，但和你同在一个城市，我总觉得心里是充实的。你被迫离开了学校后，我无时不感到，没有你的学校少了太多的东西了！太不相同了！昭舫，因为我不仅觉得你很优秀，而且……"

她的声音越来越小，昭舫屏住了呼吸，等待着她敞开自己的心声，等待她表白少女最纯洁真诚的感情。然而楚妮突然把头发向后一甩——这是昭舫再熟悉不过的动作——睁大了眼睛说道："我们都懂得，不要在这个时代去顾及自己，为了我们的理想，为了民族的生存，我们都早把自己的一切，包括生命置之度外了。你说，不是吗？"

可歌可泣的宜昌大撤退胜过敦刻尔克

昭舫机械地点着头，他有些失望。楚妮是理想献身主义者，不会像别的女孩那样坠入爱河的。也许，他们之间注定有缘无分。好在他们还年轻，都对胜利充满信心，相信明天会属于他们。或许现在不表达内心更好些，免得自己在战乱中有所不测，而贻误了对方。然而，极有可能因此一别，就失去了最爱的人！

他无法控制自己的感情了，突然脱口道："等我安排一下，最多两个小时，我要和你一起走。"

楚妮猛地抬起头摇了摇。可以看见她的眼眶中充满着就要溢出的泪。她斩钉截铁地说："不行！这都要服从组织的安排，包括我来见你，都是得到组织同意的。"

昭舫难过极了，楚妮向来是言出必果的。他也了解，"那边"不是他想去就去得了的。此一刻，他甚至想过立刻去找他认识的钱瑛大姐，但他还不知能不能找到她，她愿不愿意帮忙。他只得接受了现实，颤抖着声音说：“那，你一定要最快给我来信，信可以写的，冼星海到那边后都给我来过信。有可能的话，我会去找你。”

楚妮又恢复了平静，说：“如果允许，我一定会。昭舫，现在多余的话我们都不说吧！”她用眼角的余光扫了一下在一旁低着头的包华，继续说：“你放心吧，昭舫，你心里想的，我都知道。你在我心里的位置，也是谁都不可能替代的！”

她声音又有些发抖，但是又很快恢复了正常，“我不希望你去找我，你还是去后方吧。王校长对我们说过，他要帮助你继续读书。你不是叹息特务们打碎了你科学救国的梦想吗？去实现你的理想吧！我觉得，你适合读书，你读好书，中国会多一个栋梁之材的。”

包华传递过来一个催促的眼光，楚妮看到了，便用力煞住话，说：“昭舫，我这就要出城了。有包华和我同行。还有几个男女同志一起，你尽可放心！”昭舫急切地问：“我不能去送你吗？”楚妮马上说：“不行！不可能！我现在连住的地方都不能回了！对了，你必须借点路费给我。”

昭舫马上把自己的钱全都掏了出来，一共也就二十七八元。楚妮拿了十元，把剩下的退给昭舫，说：“这就够了，看样子你也差不多山穷水尽了，留些吧！”昭舫又拿给了她十元，说：“多带点，我心里放心些，还可以帮帮包华。”

包华这才开腔：“谢谢你，曾昭舫，算我借你的，我一定还。”昭舫对他说：“说什么‘还’呢？多杀几个鬼子，我也许会来前线找你！请照顾好楚妮，谢谢你！”

楚妮拿出一张纸，在上面飞快地写了几个字，递给昭舫，“这是我母亲在汉中的地址。你等我们走了以后，还坐一会再去结茶钱，慢慢离开。”

她突然伸过来双手，把昭舫的两只手紧紧握住。

一瞬间，昭舫再也无法控制自己的感情，此时他不敢说话，担心自己会失控哭出声来。这种无声的表白，足以胜过千言万语！

楚妮睁圆了眼使劲瞪着他，用力握了一下他的手，猛地站起来，示意包华动身。

昭舫眼看着楚妮离去，那熟悉的身影在门口一闪就消失了。

六、宜昌浩劫

已经是1939年的2月，宜昌多雾的冬天就要结束，空袭眼看又要开始频繁起来。为了安全，昭舫四处奔走，终于在江对岸找到一座寺庙，说好过了阴历年，就将歌咏团搬去。

他向薛培莜、李毓章讲了这件事。薛培莜说："很好，事不宜迟，昨天敌机都来骚扰过几次了。但是二位，我一个人要先走了。"昭舫和毓章异口同声地问："为什么？"薛培莜说："我必须离开了。昭舫，谢谢你那次对我的提醒。后来我们进一步发现，费耀祖行动诡秘，很可能是有人精心安放在我们团里的特务。我建议，我走后，为了你们的安全，歌咏团也要尽快解散。"

毓章难受极了，说："真不知道，我们这个团怎么就被抬举成了监视的重点？"昭舫说："已经有十几个老团员陆续离开。我早就感到，我们团恐怕时日不多了。"

薛培莜拿出一个小木箱，对他们说："这里面有我们团的账本和剩下的钱，就算没有新的赞助，也能坚持一个多月。"

1939年2月21日大轰炸，宜昌城区尽毁

昭舫忍住泪说:“行,我们一定坚持到最后!”

薛培莜走后的第二天,一个小孩给昭舫送来一张《新华日报》,说是一个婶婶叫他送来的。昭舫不解其意,便打开报纸,看到第二版有篇介绍“业余歌咏团”从汉口出发起到宜昌一系列活动的文章,当中有这样的句子:“……有谁听到过整个民族用血泪和决心来演唱的歌声么?今天我们听见了。有谁看到过歌声与中华民族命运与共,起到如此巨大的历史作用么?我们看到了……”

这是她!昭舫一跃而起,这是楚妮!在去年“七七”江上火炬游行时,在船上,她对他说过这些话。他仿佛又听到了她的声音。

文章的署名是“萧纯”。

昭舫读懂了,她看来已经安全到了“那边”。他悬着的心放下了一半。决心从此注意在报刊上寻找这个名字,心里也常在默默念着:“萧纯。”

他现在也常想象能到“那边”,能和楚妮,还有乃斌、星海等他最知心的朋友一起、全身心参加抗战。他试着跑到曾见过钱瑛大姐的地方,想得到她的帮助,等歌咏团解散后也介绍他去“那边”,但是他没能找到。

他去过的第二天,左秧岷在街上“邂逅”了他。昭舫觉得是个机会,便对她直说,自己想找人帮助他去“那边”。

左秧岷耐心地听完他的话。她认为,这个青年的思想倾向可以理解,但是不能向他暴露自己的身份。于是她回答说,她没有能力给他什么帮助。然后用谈心的口气说,一个人的去向要看需要。像你,留在这边,是不是对抗日工作的作用更大。希望你把现在的事做得更好。

昭舫的自尊心又一次受到刺伤。他证实了自己的预感:她不会信任他,更不会帮他的。

就在这时,昭舫收到了父亲催他回川的接连两封电报。

他沉重地想起了自己的家庭责任,想起了自己的一些承诺,又一次放下了去延安的念头。的确,抗日不一定非要去“那边”。

他便和毓章商量,等过完旧历年,完成几次已经承诺的演出,就解散离开吧!

除夕夜,剩下的队员们自行联欢了一次。其中,武汉过来的还有大约不到二十人。大家都议论着,翁将军再三派人来,表达要收编“歌咏团”的意思,而且口气中出现了威逼的成分，如果不接受他的收编，恐怕凶多吉少。但是觉得应接受收编的人还不到十个。

初一休息了一天。大年初二，歌咏团又在宜昌街头作了一次演出后，就往南岸搬迁。正在这时，马莉坐着一辆吉普车来了。见歌咏团在搬家，就让把一些行李放在车上，帮他们送到江边。

她对随从说，要陪老朋友们过江去玩一天，叫吉普车明天再来接她。

在渡船上，她撇开一直粘着她说话的老贝，走到昭舫面前。小声问道："你以前认识翁将军吗？"昭舫立即很警觉，反问："你怎么想起问这个？"

马莉说："你还是尽快离开宜昌吧！有人说你的歌咏团是受八路军资助的，不然你一个小餐馆哪来那么多钱？"

昭舫摇头道："这真是抬举我了。我们用的是冯玉祥将军、还有翁将军这样的爱国人士捐的钱哪！不然，我哪来那多钱？"

马莉道："你这人真是实在，给你的爱国功劳都不承认。真没有'八办'帮忙？"

"哪里说起？我连一个'八办'的人都不认识啊！"

"我当然信你说的。但不是所有人都相信啊！你想过没有？你担着危险哪！"

"我也信你说的，我在大学时，就是这些不明不白的棍子把我赶出学校的。"

"你当……当心点，我……我不晓得他吃了哪门子醋，不过不像是因为我，但就总盯住你不放。"

"你说什么？"昭舫觉得简直太荒谬。但马上联想到了翁家曾经对楚妮的觊觎。

"不说这了。昭舫，我看你还是快点离开宜昌吧！哎，听说好多文化人都去了桂林。再说，重庆也很需要像你这样的人的。我真是为你好。"

昭舫微笑着说："谢谢你，我会认真听你的意见的。你呢？好吗？"

"有什么好不好呢？我也不在乎是不是明媒正娶，有没有人背后指指点点说我'如夫人'，反正我现在过一天是一天，好歹母亲和弟弟的衣食都可以有个着落了。如果以后能像他许愿的送我到四川大后方，我就把我妈妈弟弟接过来。我此生最大的愿望也就如此。哎，什么甜蜜、浪漫的爱情，通通见鬼去吧！

那都是年轻时不懂世事的幻想。”

是的，这是个埋葬爱情的年代。昭舫这样想。

歌咏团在庙里过了一夜。第二天便是大年初三。昭舫等还要过江去，搬还未带过来的大鼓和布景等，一些人也想过江去买些日用品。

正在他们走到离渡口不远的一个小山头时，响起了警报声，他们便就在山头的小树林隐蔽下来。

在这里，他们竟眼睁睁地看到了一次惨绝人寰的空袭，对岸那个熟悉城市的毁灭开始了。

从长江下游的天边，日机先像乌云般升起，然后如同黑色的鸦群，弥漫了天空。在地面的恐怖的警报声的伴奏下，一排一排的轰炸机呼啸着，一次又一次地俯冲下来，从头顶越过宜昌城区，又盘旋回来，未几，开始在密集民居上空飞舞着扔下炸弹。

昭舫等人则从这边山头看到对岸，炸弹可不像他们以往看到的，母鸡下蛋似的一个个投下，而是像播种一样，如雨点般地洒落下来！一个个爆炸形成的黑红色的伞云，接连不断地从市区跃升空中。房子在硝烟中，显得渺小和脆弱。一阵阵巨大的爆炸声响从扬子江对岸传过来。这里的江没有武汉的宽，仿佛还能听到其中隐隐夹杂着的尖锐而混乱的哭骂声。再下去，又是滚滚如雷的连声巨响。爆炸的黑烟，一排接一排升上天空。爆炸、爆炸、爆炸！终于，除了爆炸，再也听不到人的声音，除了一片罩住了城市的巨大的浓烟外，再也见不清对岸任何建筑。

看着敌机在宜昌城区肆虐，这边的人都放声哭了起来。

一艘不幸的小木渡轮还在江中划行，船工正在使出吃奶的劲，拼命朝这边岸靠拢。船上大人小孩至少有二十多个，个个穿着新年的盛装。

昭舫和岸上的人都为那船上的人捏着一把汗。

离这边岸还剩十多米了，魔鬼们还是不放过它。只见两架飞机特地从对岸盘旋过来，一架先朝它俯冲，“嗒嗒嗒”地对着船上就是一阵扫射。船周围水柱四起，船上的哭喊声顿时响成一片。

但鬼子的娱乐并没有结束。第二架飞机又随后俯冲下来，呈现出誓死要将它炸沉的决心。它飞得很低，一个戴着眼镜的飞行员正故意伸出脑袋向下面张望。他那无耻的嘴脸带着讥讽的笑容，昭舫和毓章都清楚看到了。它毫不吝啬地投下来一串炸弹，随着几声巨响和几柱巨浪后，小船不见了，空中如雨点般、洒下了木头的破片、人肉的碎渣和残肢。不一会，江水中不停地、向上翻鼓出一股股鲜红的血。血在江面扩散成一朵一朵，又彼此渗连成红色的一大片。

岸上的人被惊呆了，吓得停止了一切哭声。忽然间，昭舫看到毓章一个人发疯似的在向江边狂奔。

他用力跃上了一个高地，对着那架飞机声嘶力竭地吼道："滚开，无耻的杀人犯！滚出我们的天空！"

所有人都大惊失色，昭舫赶紧冲了出去，一把将他拖了下来，向隐蔽处拖去。

毓章满脸都是泪水，他挣脱了昭舫，一个人又向遇难的木船的方向大步奔去，边走边舞动着拳头，对着天空大声喝道：

"强盗们，你们以为飞得高，就能掩盖你们的怯懦吗？

你们以为躲在铁甲后面，就能逃避你们的灭亡吗？

你们喝下去的每一口血，都将加倍吐出，

在你们蹂躏过的土地上，到处都会留下你们可耻的失败的记载。

强盗们……混蛋……"

他似乎忘了一切，发狂似地大声吼叫着。昭舫和老贝一起，追了好一阵才把他追上。他们使劲把他拖到隐蔽的沙崖边。昭舫抱住他说："你疯了，毓章，你这是无谓的牺牲，会把他们引过来的。"

毓章伏在昭舫的肩上痛哭起来，说："昭舫，他们……他们把我的心都炸碎了！"

昭舫拥抱着毓章单瘦的肩，感受到从这瘦弱的躯体中喷发出的巨大悲愤，无可奈何地抬头，仰望着暮冬明亮晴朗的蓝天。如果没有这群飞贼，这本是多么美丽的天空啊！

飞贼们肆虐累了，飞走了，天空暂时恢复了宁静，哭声则响遍了扬子江的两岸。

按照以往的经验，空袭已经结束了。消防人员和救援人员开始出动救援。大约一小时后，昭舫和毓章、祯青、马莉、老贝等一起乘上一艘木船过了江。

宜昌到处是未熄灭的大火和滚滚浓烟，有极少的幸存的房子立在一片废墟中。街道没有了，只能凭对方向的记忆踏着瓦砾与灰尘前进。一路上，满地陈尸，到处的断垣残壁上都粘搭着模糊的血肉，满城哭声震天，在他们老驻地那一带，污血混着垃圾把街道变成肮脏的红色泥泞，一支烧焦了的断腿就挂在尚存的半截电杆上。

但他们显然是白回来了一趟，小学几乎完全被炸塌了，可以从砖瓦堆中拖出的东西没有一件还能勉强再用。

然而他们还来不及感慨和失望。杀人狂们显然觉得这还不尽兴，那可怕的警报声又响了起来！大群的敌机竟又来了！也许，刚才他们只是为了回基地去吃饭和休息一下，装填补充更多的杀人炸弹。他们要再次来确定宜昌是不是真的什么活人也没留下？是不是所有的建筑都被炸平了？

昭舫他们五人在带着袖章的防空人员的指挥下，钻进了一个防空洞。

洞里照明的灯光很暗，他们差不多是摸着黑向前走。在不断地被踩着了脚的人咒骂后，眼睛才开始适应。空气很糟很难闻。深处竟还有一处光线，昭舫便把他们引导着朝那里走去。才发现那边是个通风的斜竖井，井洞底大约离头顶还有将近一人高。

昭舫见身边只跟着毓章和祯青，就在那附近找到一个角落坐下。刚坐下就听到炸雷般的一声，地上很强的一震，人都差点被弹得抛起来。灯同时就完全熄了。洞内有孩子和女人哭了起来，还伴着什么人冷漠的责备声。接着仿佛天塌一般，又是第二声、第三声、第四声……一连串的爆炸声，再也分不清有多少，炸弹仿佛就落在头上！他们被震得东倒西歪，竟如同在巨浪中的船上颠簸。头上的泥沙则不断地倾泻下来，所有人都怀疑，防空洞是不是正在坍塌。哭喊声也被巨大的声响盖住。

显然，这群空中畜生正在低空仔细地、认真地、扫描般地搜寻着地上的防空洞，一旦发现类似洞口的东西，就非要反复炸得消失为止。

昭舫在洞内被震得满地滚爬，忙乱中拉住了一只手。他听到祯青的声音："曾老师，莫松手，我怕！"昭舫便把她的手抓紧。忽然又是一声巨响，超过以往的任何一次，呛人的烟气和灰尘充满了洞内狭小的空间，到处响起咳嗽声。昭舫感觉都要窒息了。

洞口真的被炸塌了！

对这个洞的这一致命的一击，幸好也是最后一次。轰炸声渐渐远了一些。刽子手们大概又找到了新的杀人游戏的目标。昭舫他们因靠近通风竖洞，慢慢喘过气来。随着咳嗽声少下去，洞内哭声大起。在黑暗的混乱中，仍可听到有人在慌张地嚎叫："出不去了，我们全都被活埋了！"

垮下的泥沙将不少人掩埋，他们也许在奋力挣扎和自救。现在，任何爆炸也不再让人更惊慌了。

又仿佛过了几个世纪，爆炸声稀少了。

警报解除声也终于响了。昭舫判断很难从洞口出去，便让毓章站在肩上，向通风竖井那点光爬上去。他听到毓章兴奋地喊了声"可以爬出去"，随后就看到他手脚并用爬出了洞口，又把那亮光扒大了些。久违的清新空气徐徐透了进来。

昭舫又蹲在地上，叫祯青扶着墙，站到了自己肩上，用力把她顶起来，还够不着。毓章便在上边脱下外面的长袍悬下来。祯青抓住了，被上面的人扯了不多远，就接住了伸下来的几支手，把她硬拖了上去。这时，已有救援队员来到了这个洞口。他们从上面垂下来一条粗绳，喊下面的人拉着爬上去。

很多人都拥到昭舫面前要求帮忙。昭舫看到一个抱着小孩的老妇人，哭啼着说："先生你可怜我，她妈妈已经死在洞里了。"昭舫便让她抱着孩子、骑在自己肩上，把她送上去了。他又帮了两个人后，实在太累，便要求别人换下。

他忽然听到马莉在洞内某处大声哭叫着他和老贝的名字。他便循声摸了过去。

洞的另一边，炸塌的一处，也终于被外面援救的人扒开。人们开始朝那边涌去，差点把昭舫撞倒。他找到了坐在地上的马莉，见老贝的头正垂在她的怀中，头上和嘴角都流着血。

老贝奄奄一息，他勉强抬起了头，对着昭舫微笑了一下，吃力地睁大眼，对马莉说："我追……追了你几……几千里，你……知道吗？可惜……我长得太……太丑了。"说完，就又垂下了头。

昭舫着急地大声问怎么回事。马莉哭着说："我本叫他跟着你一起走，他想表现得是他在保护我，和我坐在这边。最后一个炸弹炸了以后，诺，就是那根大木头，塌下来正好打中了他。老贝，你怎么这么倒霉呀？"说完，她哭得更厉害了。

昭舫使劲把老贝背到背上，和马莉跟着人群，往狭小的出口走去。

人群中也有人背着或抱着受伤的亲人，救护队员也在进洞搜人，拥挤不堪，半天才走得了一步。地上还有时踩到人的躯体。看来，不知有多少人已死在防空洞里，也许还有活人被人们践踏着，无可奈何地加入到死者的队伍中。

从被炸坍了的出口不远爬出，毓章和祯青正焦急地在外面迎候着昭舫他们。见昭舫背着老贝出来，大家赶紧把老贝送到了急救队。

替老贝检查的医生翻开他的眼皮，用手电照了照，冷酷地说："没救了，他的瞳孔都在放大了。"

马莉失声痛哭起来，她尖利的哭声融入了周围的哭声的海洋中，刺得昭舫他们倍感悲伤。马莉心里完全明白这个一向自安卑微的老实人对感情的奢望。然而，在这世上，他什么愿望也没达到，什么满足也没带走。

昭舫这才仔细向四边望去，宜昌已经没有了！整个宜昌都完了！炸坍了！炸平了！极目中，尽是可怕的混沌，有如他在画册中看到的古罗马庞培火山爆发后的遗址，展示着一幅世界末日的图画！

他忽然像狼一样大声号叫起来，那声音让毓章和祯青都感到害怕，直射向烟尘无法散尽的昏暗天空。昭舫在心里发誓："鬼子们，假如有一天我驾着自己的轰炸机，我会用炸弹炸得你们喊爹叫娘的！"

无耻的侵略者们，不要嘲笑这个今日被你肆意欺凌的民族的仇恨与诅咒！几年后，你们将会看到，这个青年想的一切居然会成真的。

昭舫不想离开，也不知道该去哪里。他想，如果再来飞机，也许他就不躲了。他拖着疲惫的双脚，又朝着老贝那边走去。

老贝已被一张草席盖上。昭舫不死心，掀开了席子。这下他终于相信，老贝真的死了，和他并排放着的一排人，那个半边头已炸空了的孕妇、那个和秋平差不多大只剩一条腿的孩子、那个已经烧焦如武松般壮实的男人、那个虽看不出伤依然美丽着的姑娘，还有、还有……听人说整个城市有几千人，他们也都真的死了。

七、沉船鬼门关

也许人死得太多,人们对死亡的反应渐渐迟钝和麻木,哭声在慢慢减少、变小。空气中多日不散的尸臭提醒着他们,把这些变成仇恨埋在心底吧,活着的人还需要继续生活,也要继续战斗。

时间尽管可以慢慢冲淡悲痛,却无法磨灭他们复仇的决心。

2 月底,歌咏团完成了最后的一次演出。其中有一个新排演的毓章写的告别剧《屠城》,演的就是 2 月 21 日大轰炸的惨况。演完之后,演员和观众都哭了。

歌咏团终于解散了。剩下的钱平均分给了每个人,一人分到二元多。大家在互相告别。昭舫发现,那个叫费耀祖的竟已不知去向。

昭舫觉得松了一口气,和毓章回到房间。毓章叹息说:“就这样,结束了,结束了！我们两个无党派人士,只剩下到大后方‘为稻粱谋’一条路了。说真的,我倒不在乎日本飞机,也不在乎有多苦。我们是被中国自己的长官们逼走的啊！”

昭舫说:“你不听他摆布,他就不让你爱国。老实说,我很想去‘那边’,你呢?”

毓章说:“我虽然支持那边的主张,但是乃斌曾说过,我身上文人气息重了点,受不了那边纪律约束的。如果没有人介绍和引路,最好慎重行事。”

昭舫感同身受,想起早就听说的一则消息,当时很多去延安的青年都偷往西安集贤庄“八办”办手续,而胡宗南就派出大量便衣在附近和沿途堵截抓捕,送到郊区的一个专设集中营如同囚犯般关押拘役,人数多达上千,有些人竟从此“失踪”。便转了话题说:“二姐来过两次电报催,看来,我们该西去了。”

门忽然被推开。章祯青走了进来,抢道:“曾老师,李老师,我想和你们一起去四川！”昭舫看着祯青仿佛天真小妹妹的样子,实在可爱,便故意道:“你怎么知道我们要去四川?”祯青说:“你家里不是来过电报么?你要不走,翁将军又会找你的。再说,我还要到四川去上学呢！”

昭舫越发觉得小女生真是单纯,乐得笑了起来。毓章板着脸说:“带上你可以,路上要听话！”祯青见他装大,便伸出舌头冲他做了个鬼脸,把两个人都逗笑了。

昭舫止住笑，说：“好，一起去重庆！毓章，你身上还有多少银子？我这里一共四元九，不知道够不够船票钱。”毓章便把口袋里的钱都翻了出来，加上刚发的一共只三元多。两人面面相觑。昭舫说：“颜家的货站也炸垮了。宜昌怕难得找人借钱了。我只有发个电报给二姐，让她寄几十元钱来。”

祯青插进来说：“曾老师，我有钱。请你们帮我一起把票买了。”说着，她红了脸，把手从自己棉袄下面伸进去，从她的腰带上抽出来三张十元钱的钞票，递给昭舫。两人看到这笔巨款，又惊又喜。毓章故意伸出一只手，问：“我呢？”祯青调皮地说：“不带你走！”就笑着跑了出去。

船票可不是那么好买。他们三人每天往码头跑，只要听说有船，就跑过去打听。宜昌认识的朋友也在为他们帮忙，但的确一票难求。

在一片废墟的世界里，到处都是难民，到处都有人在陆续死去，到处都是失去亲人的号啕，到处都是饥饿的难民，到处都是无家可归的孤儿……他们每天面对这些惨景，心灵忍受着无法躲避的折磨。一直到3月17日，他们才终于买到了三张去重庆的统舱票。

这条船已严重超员，但没人有精力去顾及超载过三峡可能的严重后果。他们迫不及待地挤进了甲板下的水手舱里。把背包打开铺在地上。庆幸自己终于可以离开这充斥着哭声的城市了。

傍晚，轮船起航。

驶出一片废墟的宜昌，轮船很快就进入了长江三峡。这是一道绵亘两百公里的高山峡谷，是大自然设下的雄关险隘，两岸雄伟嵯峨，险峻磅礴，令人景仰。但因河道中险滩密布、礁石林立而又水流湍急，所以行船极其危险艰难。也因为它的险峻，堵住了侵略者急欲西进的野心。

船行了一夜。昭舫醒来，从地上一滚爬起，问躺在地铺上看书的毓章：“章祯青呢？”毓章说：“小孩子贪玩，跑去看水手们玩牌了。”昭舫说：“我们也出去透透空气好吗？三峡的壮景是很难一见的哦！”毓章说：“你睡得死，我都去看了一趟回来了。水手们说要过崆岭了，听说过吗？‘青滩叶滩不算滩，崆岭才是鬼门关！’……”他正说着，忽然“轰”的一声巨响，船身震晃了一下，统舱内顿时一片惊惶。

上头甲板传来惊叫声：“坏了！”“撞了！”“触礁了！”显然是船头撞上了江

中的暗礁了!

在乘客们的叫声、哭声和水手们的呼喊与骂声中,可以觉察到船身有些歪,并且明显开始在下沉了。统舱的乘客慌了,都想爬上甲板去。但那里只有一个门洞。一位身躯肥胖的妇人最先抢去,然后堵在了那里。她行动迟钝。在一片催促和骂声中,只看见她肥大的臀部在洞口扭动,却寸步难移,塞住通道,万夫莫开。

昭舫想, 总不能任凭那个妇人就这么把我们三人断送了。便一手拉着毓章,一手拉住祯青,领着他们朝人群相反的方向跑去,甚至冷静地不忘去把捆铺盖的麻绳抽出来带上。然后他用力打开了水手们运卸货物的边门,带着他们冲出了底仓。后面的人看到,也转过身来跟在他们身后,向外涌出。

船还在设法尽力朝岸边冲去。但甲板上面已经乱作了一团,水手们大声呵斥着,叫大家不要都涌在一边船舷。一个水手见昭舫顺从地听从他们的指挥,感到满意,便递给了他们自己仅有的一个救生圈。

江面不宽,但水流湍急,激流中,夹杂着许多大小不等的漩涡。眼看水就快要漫上甲板,昭舫不由倒吸了一口凉气。他把救生圈套在祯青身上,还用带出的绳子帮她固定。祯青哭了,说:“曾昭舫,你不要给我穿,你没有救生圈,我也不想活了。”

昭舫清楚地听见她竟直呼了自己的名字,这还是他记忆中的第一次,心里略微一震。

他把绳子的另一头系在了自己腰上,用一种大哥哥的微笑说:“别怕,我会游泳,这么窄的江,我游十个来回都不怕!但你可千万不要把绳子弄脱了!毓章,等下在水里,我会托住你的头,有时浪会打到你鼻子里,漩涡会把我们往下扯,但是你不要慌,有我哩!只要你在水里屏住气,莫乱抓我,我就会把你带上岸去。”

毓章说:“你一个人怎么救得了两个?搞不好三个人都活不下来,就让我自生自灭吧!”

他坚决不肯让昭舫把自己也系在绳子上。昭舫大声怒道:“你这时候还有精神和我争辩?就是嘴狠!在学校就是说不过你,没逼你学会游泳!把你丢下了,我怎么向我姐交代?那还不如我死!听着,你们两个都必须听我的!我们三个，都要活出去，一个都不能死！”

岸边陡峭的山坡上，有好多人正在顺着崎岖的小路跑下来，在岸边狭窄的江滩上，排成一两百米长的一溜，很多人拿着头上绑着树杈的长竹竿。也许，这样的事，他们已见到过好多次了。他们是在准备救人，当然，也打捞东西。

离岸边还有一段距离时，船开始加速下沉。昭舫知道船再不可能靠岸了，他估计现在离岸边最多就一百米。便大声嘱咐：“你们两个听着：不要怕水冷，吸足气，尽量憋着，憋不住，就用嘴巴呼吸换气，千万别用鼻子呼吸。我喊一二三，就跟我一起往前跳！”

水开始迅速漫上甲板，他们的双膝已经泡在刺骨的江水中了。昭舫怕被沉船的水流拖拽到深处，连忙喊道：“一、二、三！”

三个人一起扑到水里，立即被冰冷的江水浸得连气都喘不过来。昭舫仿佛有在流水中游泳的经验，他看到了下游数十米远的一排舞着竹竿的村民。自己却对着江岸，略朝着上游方向划去。借着水流，他的努力正好成功到达那些村民们的岸边。

一根带钩的竿子首先钩住了毓章的一只手臂，昭舫便借势一把先将毓章推向了岸边。又用力猛划了几下，抓住了伸来的一排竹竿中的一根。

他松了一口气，知道他们获救了。他用力地把祯青拖到身边，把她带到了坚实的岸上。

他们都上岸了，三人水淋淋地、冰冷一身地站到狭长的路边，一边拧挤衣服中的水，打着牙颤蹦跳着取暖，一边看着村民继续救人。

在水手们的配合下，经过了大半天，大部分人都终于被一个个救上了岸。村民们便开始打捞和哄抢漂浮着的东西。

昭舫蹦着说：“我们活出来了，可这下真正‘一贫如洗’了。幸好我大多东西是随家里运去重庆的。不过星海给我来的信没了。真可惜！”毓章说：“哎，可惜我带的一些书都完了！好在星海的两篇手稿[①]我都交给了昭瑛，否则也会丢失的。”

---

① 冼星海1937年在武大学生宿舍写下的《做棉衣》手稿，以及他从延安寄来的《到敌人后方去》最早油印稿。

祯青说:“我觉得我身上的丝绵袍子像个救生衣,在帮我浮着。”昭舫听他小孩子话,关不住自己幽默的天性,苦笑着说:“幸好河不宽、时间不长,要多一会,你就会像寓言中的那头驴子,晓得它是轻是重了。”

祯青又压低声音说:“曾老师,李老师,行李沉了不要紧,我腰上捆着一个装钞票的腰袋,是我妈妈在我离开武汉前给我缝的,装了一千元钱。我稀里糊涂地在宜昌花掉了很多,不过至少还有七八百呢!”昭舫苦笑道:“好啊,幸亏把你带上,不然我们真山穷水尽了。章祯青,歌咏团没有了,我们不教歌了。以后再不要叫我们老师了,就叫我们的名字,像刚才你以为会死的时候那样叫。”祯青有些不好意思地低下了头。

一只船从宜昌开来接他们,他们无可奈何地又被载回了那个城市。得救带来的兴奋让他们不那么沮丧,似乎也不感到很冷了。祯青甚至还觉得有些浪漫。她扯着昭舫问,有没有看过一个美国电影《冰海沉船》。

现在他们只好又回那座庙里去栖身。继续用体温捂干贴身的衣服。到了庙中,发现多了好多难民。以前的剧团同事已云散,听说大部已被翁将军收编。有几个人还没有离开。但是令人不解的是,他们变得十分冷漠,听完他们死里逃生的讲述后,没什么惊讶,甚至几乎没有表示出同情,更没有借给他们衣物、换下未干透的贴身衣服的意思。

其中有两个一向对他很热情、友好的女孩,可能是看到小小的章祯青居然能随他同行,仅和毓章招呼了一下,对他和祯青的眼光中,竟含有很明显的敌意。

严酷的环境中,有多少人性会被消磨殆尽啊!

昭舫有些感慨。他想,也许是连续经过了太多生死磨难,大家都看惯了太多的死亡和灾难吧!像他们这样大难不死,有什么可重视的呢?大家都是流亡者,现在一瞬间就可能死人成千上万,人的生命太贱了!一天天过去,就看你自己活不活得下来。而且就算你活过了今天,说不定,明天又会降临更可怕的灾难。

又过了一天,那家航运公司的另一只船载他们重新走上了这条可怕的航道。在这艘只有统舱的货船上,他们航行了漫长的四昼夜后,终于到了重庆。

当他们踏上朝天门的高高的河梯时,几乎都想欢呼了。四川,我们的大后方,让逃亡的人感到了天险的保护。他们相信自己安全了。现在要蓄精养锐,日本鬼子,你们等着我们的复仇吧!

八、昭诚赴沪

与昭舫一路历尽生死的艰辛不同，早两个月就离开汉口的昭诚逃亡上海一路都还顺利，让这成长中的少年第一次看到外面的广阔世界。

他是8月18日就离开了汉口的，反正他的一切都由“大人”安排好，用不着自己操心。虽说他随哥哥参加过一些前线劳军、街头演出，但他很自然地把自己放在“跟着哥哥、听哥哥话”的位置。家里谈论分开撤离、疏散，他也看不出这些会对自己今后一生有多大影响，全部顺从接受。他以为，要不了多久，他就又会回到公新里六号，爸爸还会和田爷爷坐在店里，母亲还是会进小佛堂打坐，一切都会回归正常。反正自己早就不再顽皮，已经能自觉“听话”把书读好了。

父亲让他与童瑨的五公子童柏韬同行。也是看在童家派有家人、王兴汉的徒弟童柏青一路陪送保护。从武汉经由广州、经香港到上海，是一条比较放心的到敌占区上海的路线。

昭诚从未出过远门，一路老老实实地把父母的教诲一条条牢记于心，处事谨慎低调，不乱花钱，也不去麻烦童家的人，和童柏韬相处也很和谐。

广州到香港是坐船。前一晚，与他同住一间的童柏青关上门拿出了很多钱在捣鼓。昭诚随便瞟了一眼，怕总有几千！童柏青将钱分藏在两个箱了的夹层里。自己身上装了一小叠，想了一想，又从中抽出了十张共一百块钱给昭诚要他帮忙，他说怕自己遇到搜查需“打点”时被全部没收了。柏青说你小孩子容易混过去些，到香港再还我就是。昭诚摸了摸自己随身的几元钱，这才听说船上还有军警检查，不准带法币出去的事。他不懂法币当时很坚挺很值钱，兑换外币甚至处于增值势头，只怪父亲怎么连这都没交代过呢？难道又是打仗多出来的名堂？幸好自己多的钱母亲早就都藏在那老皮箱底的夹层里，听她说那还是父亲十五年前在船上用过的箱子，母亲还嘱咐过，出门要将自己装穷点。

童柏韬是童瑨二姨太生的第二个男孩，二姨太生下他后不久就去世了。童瑨宠爱的四姨太没有生过孩子，就把柏韬当亲儿子带，带得无比骄横。柏韬在武汉，家里家外不可一世搞惯了，出门后仍然十分张扬。童柏青是下人，不好劝阻太多，只有战战兢兢小心服侍。

到香港后，柏韬就径自住进了旅馆豪华房间。柏青和昭诚则分别住一个小房。虽说香港夜间不像武汉那么酷热，却也足以让人挥汗如雨，加之蚊子太多，昭诚一直到后半夜才因太疲倦入睡。

在香港等船去上海的那几天，柏韬竟毫不收敛。出了影院，便进舞厅，逛了商场，再逛公园，挥金如土，张狂得意。柏青不敢过多约束他，他还不如意，找昭诚那里要了那 100 元法币去兑换港币。早在注意他的当地流氓下手了。有几个人假装扭斗，把童柏青隔到一边。另几个迅速制服了柏韬，不到半分钟就把他的绸衫剥了，将现金连同身上的钢笔一并抢走，然后四散，不见踪影。童柏青虽说一身本事，却知道强龙斗不过地头蛇，只得暗暗叫苦，报了个案，明知没有指望追回的。只能一边忍受柏韬的指责怪罪，连连赔着不是，一边却还担心自己如何向四姨太复命。

昭诚却由此长了见识，看到了世道果真十分险恶，懂得了父亲说得对，出门在外的确应处处小心。

30 年代的香港

他们到上海是乘坐的意大利航船。昭诚第一次尽情地观赏了蔚蓝的大海，让他更相信这次远行十分值得。这航船在当时算是一流的，有帆布袋在甲板上围成几十米的游泳池，昭诚当然不会放弃游泳的机会。他还特地尝了尝海水，发现又苦又咸，于是暗自总结，如果遇海难没淡水饮用，一定会渴死的。

广阔壮丽的海洋太令他神往了。一周多的航行中，昭诚生平以来第一次有时间尽情地幻想，而不是像他以往那样不甘寂寞的孩童寻乐。他想象着父母和哥哥姐姐叙述过的灿烂与充满神奇的上海，自己将来的生活一定会充满现代化的浪漫：无数的公园、游乐和冷饮美食，那些体验一定胜过黑白电影中看到的十倍。还有，等中学毕业，他也要学大姐那样进复旦大学。

海轮终于到达上海。刚靠岸就见到了大姐昭萍在趸船上等着他。童柏韬见自己大伯童玮派了车来接，竟连与昭诚一声道别都没有就径自跑了。昭诚则礼貌地感谢了童柏青一路的照顾。

昭诚随大姐坐黄包车到她法租界的租住处，马上将剩下的三十五元钱和母亲给的十元银元交给了大姐。他一路上用度节俭，什么钱都没有乱花，哥哥送他的派克钢笔也保护得好好的。

见到繁华非凡的上海超过自己的想象，昭诚以为进了人间天堂。他抑制不住自己的兴奋，一路上就在问大姐了："大姐，哥哥说，上海法租界的西餐最地道，你吃过吗？"昭萍笑了，弟弟毕竟还是个孩子，孩子心中的欲望多简单。她答道："吃过，姐姐一定会带你去吃一餐。"

九、孤岛生活

上海的小弄堂

这是一间只有十四平米的小亭子间，按上的楼梯算，是第三层，房中将近一半地方直不起腰。窗口下的胡同一头通街，一头靠壁。他们的房子就在这靠壁的胡同尽头。

在称为“孤岛”的上海法租界租房，租金是很高的。上海沦陷后，昭萍已经没有了工作，暂时在钱江月女士家当家庭教师，以此身份为掩护继续秘密工作。知秋临时在一家民办难民小学教书。两人的收入只勉强够得上糊口。

为了不增加房租，昭诚来了他们也不换房。家里的一张四方桌和一个长方桌，到晚上便拼成他们夫妻的床。昭萍对弟弟说，三层楼的地板没有湿气，可以睡地铺的。昭诚于是被委屈在桌子下面睡地铺。早上起来就收掉所有的“床”。

当时很多家上海人都如此这般过日子。当惯了小少爷的昭诚，开始很不习惯这“大城市、小市民”的生活方式。吃的方面还好说，虽说快餐、便餐占了大多数，但这点对年轻人是不难适应的。最让他不惯的是，他不得不经常忍住大小便，去公共厕所方便。所以，每天从下午起，他就不再喝水，免得半夜哗啦啦地在姐姐姐夫的脚头的马桶中撒尿，那样他觉得太难为情。

尽管他面对的生活与原来的想象相差太远，但单纯的昭诚却淡然地接受了。而生性善良的他发现，大姐的生活原来太艰难了，家里人竟完全不知情。

他后悔自己一到上海就给姐姐奢谈法国西餐，便偷偷找了张有简易法式套餐广告的报纸看，这才知道姐姐若要实现让他“开洋荤”的诺言，会要花去她和姐夫几个月的工资！

尽管这样，昭诚不久就发现，大姐还是把所能办到的、最好的条件全都给了他。赵老板（丙武）每月支给他的生活费，大姐再艰难，也分文不动地、全部用在了他的身上。他长得消瘦，而且发育较迟。为保证他的营养，大姐再忙，每周都要为他煨次汤，打一次牙祭。每次都是尽量让他吃。急得昭诚经常对着荤菜嚷道：“姐夫、姐，我们是一家人嘛！你们再不吃，我就不吃了！”

从昭诚来后第二天起，昭萍只要有空，就会教昭诚阅读书籍。她曾长期从事图书、教育工作，教起昭诚来驾轻就熟，况且她不遗余力，像一只觅食回巢的鸟一样，每天都会为昭诚带回好书。有些好的、而没有中译本的图书，她还抽时间给弟弟讲，并把其中一些段落摘出来，教他原文阅读。知秋也抽空给昭诚讲述了一些日语基础。

在昭萍的教诲下，昭诚的阅读能力比在武汉成倍地提高。他读了大量的书。如鲁迅的小说和杂文，其他如邹韬奋的《萍踪忆语》，还有《牛氓》、《红前线》等当时禁阅的小说，以及那个时代最优秀的、史沫特莱的通讯散文《中国战歌》等等。

阅读打开了他的眼界，他不再是参加救亡时带着几分兴趣去的小青年了。他开始懂得思考和判断。

昭诚在姐姐帮助下复习，随后考进了“南洋中学”高中一年级读书。

这天，当昭萍把写着武汉沦陷消息的英文报纸带回家时，昭诚正靠在窗户旁看汉译的埃德加·斯诺的《红星照耀中国》。

上海市南洋中学

昭萍把昭诚叫过来，指着报纸边说边读道：“英文报纸的报道更全面。昭诚，你来看，日本鬼子在我们武汉是何等的凶残无耻，他们在进驻汉口的当天，就在江汉路海关前抓了近80人，当场就用刺刀刺死几个，又将其余的人用枪驱赶到江中，在岸上用机枪扫射。鲜血染红了江水，而他们却在岸上拍手大笑。”昭萍的声音颤抖起来，读道：“他们连续几天，在六渡桥至满春街、花楼街上段、王家巷以及汉正街等繁华商业区纵火，受害者达3万余户，12万余人。武昌徐家棚一带被夷为平地。汉口、武昌住宅和商店被抢劫一空……”

武汉真的沦陷了！父母真的流亡了！昭诚感到不可接受的混乱，简直不知道怎么面对这发生的一切。

他接过报纸，听着姐姐给他指点着讲述，几乎要哭出来。这都是他熟悉的街巷，姐姐每读到一个地名，他立刻就能想到那个场景、那里的房子、商店老板的面孔、电线杆、地上的石头、阴沟的铁盖板……当讲述到日军随意闯进市民的家，砸开紧闭的房门，随意强奸妇女。将抓住的居民剥光衣服毒打，不少人被活活打死时，昭萍忍不住先哭了。昭诚接着也放声痛哭起来。昭萍继续翻译下去：“许多房屋中，都可以发现被绑在长凳子上的市民的尸体，大部分是无头尸体。在汉口大智门附近，横七竖八躺着许多被日军残杀的中国同胞的尸体……”

昭萍读不下去了，昭诚悲愤地喊叫起来：“大姐，这是说的我们家门口呀！”昭萍点了点头。昭诚哭着说：“大姐，我还读什么书啊？我们学校是严格禁止公开的抗日活动的，巡捕房和日本鬼子简直是一个鼻孔出气。我想回湖北去，去参军！”

昭萍见弟弟的觉悟正在成长，便特意为他带回一些抗日志士们在上海出版的地下刊物。上面摘录了一些国外报纸报道的新闻。用事实诠释着日寇在中国实行的惨无人道的烧光、杀光、抢光的“三光”政策，包括在南京和其他城市的大屠杀……

姐姐为他带回萧军著的长篇小说《八月的乡村》，里面讲到日本占领东北后用鼠疫、霍乱疫苗拿中国战俘和老百姓做试验、不上麻药进行活体解剖……

昭诚痛心极了！我们的母亲中国、我们民族创造的几千年的文明，正濒临灭亡，如果任日寇猖狂下去，那将是亡国灭种的绝境啊！他激动地叫喊正看着一份材料的大姐：“姐，这太惨无人道了！你说，谁来制止这些？”

昭萍看着弟弟，她很满意弟弟的变化，神圣的使命感正在他心中逐渐形成。但是她的内心又很矛盾。父母叫昭诚来上海，显然不是让他走上自己这条道路的。她很不愿弟弟和她一样，整日在危险中生活。她又想到善良的母亲，懂得在她心中,“儿子”是无价的宝,有她生命的全部寄托。

“我是在让他变成牛虻式的钢铁青年。”昭萍回答自己说,“我相信我没有做错!”

面对昭诚的渴求,她继续给他介绍更多的书籍和报刊。昭诚的视觉变得更加开阔了。他吃惊地发现,原来在号称最自由的美国,也有残害工人的屠场,也有惨绝人寰的劳工监狱。他印象最深的是一篇报道,美国芝加哥的劳工因被烫伤跌入了煮罐头肉锅中,资本家竟把劳工的真血真肉、连同他的尸骨一起、混装进了美食罐头!

这太残酷了!人是有感情的啊!他站到了遥远的、不相识的受苦难的穷人一边,在心里大声质问:怎么能容忍这样的事情发生?

他现在知道哥哥以前唱的歌曲中的西班牙人民反法西斯内战是怎么回事了,明白了为什么那么多国家的战士,自愿到异国他乡去为之流血牺牲。终于,他要求了解传说中的苏联那场惊心动魄的红军革命。姐姐便特地为他找来了苏联作家亚历山大·绥拉菲靡维奇的著名长篇小说《铁流》。

原来千万劳苦大众,也和我们中国人民的命运相同。这个刚满十六岁的青年开始形成新的人生观,渴望为彻底改变这一切而战斗!

昭诚变了。

等他们已知道父母平安到了重庆、昭舫也到达宜昌后,昭萍决定有些事不再瞒他。因为她知道,弟弟正在开始成长为一个革命青年。

此时昭萍自己已完全炼成了一个成熟的地下工作者。1937 年 11 月上旬,中共江苏省委员会就在上海重新成立,领导上海和江、浙两省沿沪宁、沪杭铁路沿线地区地下党的工作,开辟敌后武装斗争。上海沦陷不久,昭萍即被任命为江苏省教育界总支书记,叶知秋也被任命为上海教育界总支书记,直接受她领导并配合她的工作。当时的教育支部还囊括教会学校和上海颇具规模的工人业余教育系统。昭萍根据党的安排,通过外围组织“学协”,发动大中学校继续开展抗日救亡斗争。此外,她还利用自己在工运时打下的基础,配合其他同志,陆续动员组织了一批优秀的技术工人、知识分子和青年进入赵朴初先生领导的难民收容机构,由后者以“移民内地垦荒”的名义转移出上海、输送到新四军根据地。

有个星期天下午,昭萍要和知秋外出。她特意对昭诚说:“你不是问过大姐,为什么每天都要把两条毛巾晾到竹竿上、伸出窗户吗?姐姐不是叫你不要动它、也不要在这根竿上多晾东西吗？这是暗号。姐姐的朋友看见了，就知道这里是安全的。今天晚上要是过了 12 点，姐姐和姐夫还不回来，你就收了竹竿，把书桌搬开，把右边的那个抽屉从后面砸破，把里面的东西拿出来全部烧掉。烧成的灰和了水倒到马桶里，就是有人再来搜查也不怕了。明天，一个人还去学校，就像什么事也没有发生那样，会有人去把你接到别的地方找到大姐的。姐姐说这些，你害怕吗？”昭诚说：“大姐放心，我不怕。你自己要多小心。”

不过当天什么事也没有发生。

天气渐渐凉了，昭萍终于找到了一份工作，在一所教会小学教国文。

她也终于下了决心，要让弟弟参加一些真正的抗日工作，彻底把他带上革命道路。于是，有一天，她给了昭诚一个书包，要他送到四马路的一个地点。昭萍说：“你心里不要害怕，放机灵点，别紧张，别四处看。你是学生，别人不会注意的。上车后，把包放到座位底下。要是在电车上碰到人检查，你就不用管东西了，自己没事一样下车。这是些宣传品。他们一般不会怀疑小孩的。不过，你也要小心，环境很险恶，不可大意。”

这样，从 1938 年冬的某一天开始，昭诚开始跟着大姐走进了革命工作。

不久，他们收到了父亲从重庆寄来的第一封信。信中除了嘱咐昭诚跟着大姐好好读书外，还语重心长地表达了很多对他的期望。信中略微流露了一点对昭舫只花钱、不帮他做生意的失望，说是自己在离汉前就在筹备与上海做生意，希望他的小儿子有时能帮他一把。

昭诚把信给大姐看了。昭萍看到与她完全不同的教育目标，不由得苦笑。昭诚在一旁，问了她一个问题：“姐姐，爸爸也是剥削阶级，也应该消灭吗？”这可能是他心中最后没解开的一个疑虑了。

昭萍早就在等着他这样问了，因为这个问题也曾长期困扰过她。她郑重地向弟弟回答：“作为一个阶级，它是注定要被消灭的。但是我们的爸爸也是穷苦人出身，他的身上还保留有很多劳动人民的品质，妈妈更是受够了黑暗社会的压迫。你说过水灾时，爸爸教你们关心灾民疾苦。抗战开始后，为抗日人士提供活动方便、资助，甚至掩护他们。这说明他们完全可能会脱离那个阶级，站到劳苦大众的一边的。”

他们不大可能知道，作为商人的父亲，此时最想干的是什么呢？

十、广诚的新梦

曾广诚到重庆后，住进了南岸的一家四合院。这原是颜家的手下“练哥子”在南岸集训练武的地方，建在朝江边陡下去的山地上的吊脚楼民居中。南岸的街道大多都很窄，房屋也多是些木楼。颜家曾建议他们住到颜家储奇门老宅附近，方便照应，但广诚执意选择了他认为更安全的南岸。

遇到极少没有雾的日子——在重庆，从初冬直到第二年的初春，雾气都会笼罩着整座山城。而包括长江在内的河谷，则被这白色的缥缈物充满——隔江可以清楚看到西北方江对面繁忙的朝天门码头，还可看到来往的各色船只在江面上穿梭般来往。

随着西迁人口的增多，又因为躲避轰炸，上海的大佬和政府的很多要人也纷纷住到了南岸。南岸的一个个市集因此迅速扩大、热闹而且繁忙起来。广诚和静娴住下后，觉得生活还算方便，大米蔬菜甚至比武汉还要便宜。不过总的来说，流亡的生活比不上老家，而且战争时期的物资供应经常是短缺供应不上的。

得到昭舫到达宜昌的消息，又收到了在武汉的赵凯鸣转寄过来的一封昭琳随“美专”安全到达沅陵“国立艺专”的信，虽说信在路上走了半年，但终是得到女儿安好的确切消息了。全家人尽管都背井离乡，但至今都安然无恙，这让他与静娴大大安了心。

在颜秉兰为他们举办的接风洗尘宴上，广诚见自己“仗不是一两年打得赢的”判断得到所来知名人士的一致认同，便在心里进一步决定，不坐吃山空，要在重庆也开出一条生路。

他曾在让昭诚带给赵丙武的信中，提出了将来一起建立从上海经香港再到重庆的长途物资贩运线的设想。这个看不懂地图的生意人，是在商会中以及平时与朋友们的交谈中，逐步形成这个想法的。他对此抱有很大希望。毕竟，青年时候的他是依靠跑单帮贩运尝过甜头的。

在离开武汉前，他又迫不及待地给丙武再发了封电报，要求他回封信，并把

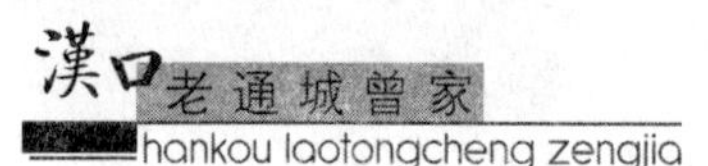

在重庆的地址告诉他。

到渝不久，他就收到丙武的回信了。大意是：自去年以来，他被检查出了肺痨病，只是因为害怕丙文挂念，没有让武汉的人知道。现自己身体每况愈下，再没有精力像从前那样和他合作经商了。为了不负老朋友的厚望，他把已和自己合作多年的一个叫做龚省身的朋友介绍给他。此人在一艘德国船上做事，经常跑香港。如果愿意，可以和他联手。

广诚怕战争期间信件走得太慢，便又拍了电报，除问候外，"由兄安排静候佳音"。数日后，他接到龚省身的电报，要他十天内赴香港一趟，他也想马上和他合做第一笔生意。

他身上生意人的血液又沸腾起来，便不顾静娴的劝阻，在到四川还不足一个月时，就踏上了他的第一次陆路远行。

因广州比武汉还要先沦陷，原先设想的走川湘公路到长沙再南下去港已不可能，只能绕道境外越南了。颜秉兰努力为他讲解这条复杂的国际海运路线，也就是依靠外国人经海防、河内、香港的前后方邮件运输的路线。见他很难听懂，便特地派了与他在武汉就熟识的侯明权陪他同行。

他们两次转坐汽车，六天后才到达昆明，然后乘滇越铁路火车，从昆明经开远、蒙自到越南，河口、老街、河内到港口城市海防，再乘船抵香港。一路马不停蹄，居然按约定时日赶到，在约定的旅馆见到了龚省身。

龚省身大约四十多岁，神态大智若愚。天生的商人脸，满脸都是可生财的和气。他与赵丙武合作，利用跑船在上海和香港一线贩运已经多年。看来丙武给他介绍了一个非常可靠的合作伙伴。与广诚刚认识，他就夸广诚的上海话说得好，又是气宇不凡、看不出年龄等等。

广诚则先询问了丙武的病情。令他大吃一惊的是，丙武的肺病已经相当严重，不仅不可能再与他联手，而且可能已时日不多了。

龚省身告诉他："上海租界对进出物资也查控得很严，就是出了吴淞口，日本人也经常登船检查抓人。'堆头'大了的东西不好藏。若查到和军事有关的违禁物资，就要送命哪！"

他听说重庆这边五金、矿石、医药、日用品、洋火、煤油、肥皂、纸张，样样都缺，这次带来一些小五金和香皂、化妆品，另有一部带电机的旧皮带车床，是修船时故意留在船上的，藏在底舱，没花多少钱。如果广诚肯要，也可以低价卖给他。

广诚大喜，这比他自己原来小打小闹的规模大多了，连连叫好，要老龚以后就帮他这样做下去。他说因为不太平，还怕私运生意有限，自己只随身带了一千元钱，看来带少了，不过可以写个条子请老龚回上海到丙武那里拿。不够还可以寄。

龚省身笑眯眯地说："曾老兄的本钱、信誉，龚某都信得过。这次的货，说来你不信，一千元足够有余的！"他看着广诚抑制不住喜悦的脸，"丙武说想与您把账都结清，退出曾兄的事。我就在想，那以后我帮您办货的路子倒是不缺，您尽可放心，但您还是得要个自家人管钱才行。您知道，上海向来的习惯是一手交钱、一手交货的。"他摆手拦住广诚，看出他想委托他一起管，"不不不，管钱最好是你另找个人！我当然相信曾兄信得过我。但是，曾老板，您晓得，做我们这行，最怕遇到搜查和敲竹杠，特别是上船检查的日本人，说不好哪次遇上，突然亏掉一大笔，我就难得说清楚了。"

广诚笑道："我哪会不晓得江湖上这些名堂呢？我自己就被当兵的抢过……"他用力咽下几乎说出的"几回"两个字，多给自己留点余地，"放心，我不是只能赚不能赔的那种人。我和丙武结交几十年了，你可以向他打听我的为人。"

龚省身还是笑，"我哪会不信曾老板的为人呢？我只是怕万一，丑话先说要好些。船上和岸上一定要分开。"

广诚笑着，拿出一千元交给他，说："龚先生多退少补吧。您把这封信带到上海，按这个地址带给我儿子曾昭诚，他就住在法租界他姐姐家。他们要是搬了家，会告诉赵丙武的。以后做熟了，我自然不再麻烦丙武，丙武什么时候方便就叫昭诚去把账清了，您就可以直接到昭诚那里去取钱、结算就是。"

他想到这么一来，昭诚将会逐渐成为一个精明练达的商人，自己的事业就会如虎添翼，在四川的生意会比在武汉时更加精彩。等到胜利时，他将会带着雄厚的资本回武汉再创业。

老龚满意地收下了钱，回答了些上海租界的生活、日本人对外籍船的限制等。又带广诚去结交了专门往海防、河内倒腾物资的阮老板。阮老板四十多岁，很好打交道，各地海关都有人缘，可让税费大减，还当场给他写了封信给昆明的下家薛老板。这一切，让广诚欢欣鼓舞。

“等打败了小日本，我回去就把‘通成’的招牌改成‘老通成’！”他雄心勃勃地想，“我要回九真山告诉家乡的父老，曾广诚回来了，生意还越发做大了。”

广诚在阮老板的帮助下，很快办好了货运，选了些重量轻的随身带着。他怕静娴担心，便带侯明权在昆明找到薛老板谈完生意后，就马不停蹄地返回了重庆。

没多久，他收到侯明权带来的信，在昆明货物已出手完，广诚一算，本钱几乎翻了一番。

他抑制不住自己的欣喜，拿出一笔钱犒赏了侯明权和在云南帮他出了力的人。侯明权见广诚公平讲义气，高兴得不得了，又带信给广诚说他最近还要在云南呆些时，如果信得过他，不必每次都亲自跑，他可以代劳。

广诚正求之不得，又找到颜秉兰要谢，颜秉兰哪看得上他这点生意，只说这本是顺路的事，不要太抬举侯明权这些“下人”了。

广诚还在陶醉，连面对静娴都是这些话：“车床太俏了，可惜再拿不到第二部。要不是政府的人非要不可，价钱还可以卖高。”

静娴却对他在战乱中走远路跑生意十分不放心。而他正在兴头上，什么也听不进去。

老龚第二次到香港时，是侯明权替广诚去接的货。龚带信说船要跑次北边，下次说不清多久再来，要他将钱直接汇给昭诚，他若有南下机会就去取。

这次广诚又赚了好几百。当然，比不上上次有那部车床打底子。他现在夜不能寐地想着如何将生意做大，夹私贩运一趟，时间至少一个多月，就算每趟都赚几百，除去费用和打点，能指望多大利润？还停留在跑单帮显然不过瘾了，那算不上生意。看来得自己去趟上海，在那里注册家公司，就让昭诚在那里经营。

他把这念头说出后，静娴几乎惊得说不出话来。倒是昭瑛插了一句：“爸爸是不是写信问问大姐和小弟，小弟要读书，能不能管生意？再说，您带一大笔钱上路也不是事，您出去时间长了，妈妈这里一点音信都没有……”

“依了你们我坐吃山空？在重庆卖汤圆？你们哪，我又不往打仗的地方走！不过昭瑛有句话说得对，我不会自己带钱上路。我先寄给昭诚，等他收到了，我再去上海带他做两笔。”

广诚说做就做，马上写了封信去上海。但才过几天，就忍不住去寄了三千元钱，他是寄的丙武。信上说：“我怕他们老搬家，我也许会叫昭诚来拿。只等昭舫回到重庆，我就会自己来上海看望您老哥。”

当时昭舫还在宜昌，广诚已计划好，等他回来当自己的帮手，将来的公司就交他们兄弟在两地分别经营。

沦陷后的上海外滩

十一、姐弟逃离上海

上天一定是经常用讥讽的眼光审视着人间的。广诚如果知道老天对他命运有别样的安排,并能知道最终的结果,可能会啼笑皆非。

他完全不会想到,他在上海那边的宝贝女儿昭萍正想着与他完全不同的事。随着战争的发展,她的工作越来越艰难、处境也越来越危险。

1939年1月,昭萍根据江苏省委命令,为新四军筹集到一批宝贵的药品和物资。提供者是公共租界一个背景复杂的帮会头子。他的条件是一手交钱,一手交货。整个货款达上万元,昭萍当时已经筹到六千多元了。但若结清以往的欠款后,仍有近一半的缺口,几乎想不出什么办法。

药品是日本占领军宣布的"军事管制"的"违禁品",是掉脑袋的生意。对方的开价拿在当时并不算高,只是由于屡次的紧急物资筹集任务,昭萍可以募捐的对象,像徐佑铭这样的爱国厂商。尽管一个个经营每况愈下,仍一次次慷慨解囊,知秋自嘲说是在为渊驱鱼。终于,现在能筹钱的渠道几乎已经枯竭。而且因为他们不得不经常赊账,出面经手的老卓一度被债主逼得十分狼狈,信誉已经很差,再也没有办法赊账或挪用其他交易款项了。

上级通过各种渠道,反复下达着要想尽一切办法尽快完成任务的命令,限定了春节为最后期限。的确,新四军太需要这批药品了。因为缺药,不少战士在低麻醉、甚至无麻醉的情况下动手术,一些人伤口感染。因为缺药,不少伤员在极度的痛苦折磨中死去。

军令如山,但昭萍几乎山穷水尽,她有些束手无策了。

这天午后,父亲的信来了。信中说了父亲雄心勃勃的新创业计划,还说等春节昭舫到重庆后,他就会转道香港来上海。他要在租界注册一家公司,要昭诚有跟着他学生意的思想准备。

昭萍看了信都愣了,在思忖着父亲来了会有些什么意想不到的变化,她问昭诚是怎么想的。

"我才不跟他去当资本家呢!"昭诚脸都黑了,"日本鬼子那么猖獗屠杀我们同胞,他就想着怎么趁战乱赚钱,那不是叫我也发国难财吗?”

昭萍点了点头,虽说演剧二队给上海写的信都说父亲在救亡中表现很进步很爱国,但他毕竟是商人,她还不敢奢望父亲会有这样的觉悟。他们在上海已经濒临暴露,很可能会调离,所以也不可能将父亲还未出现的公司计划来派什么用场。

她太忙,现在要马上按约定时间去会见一位荷兰商人,约好的一位翻译也要去,时间太紧,便拍了昭诚一下就出去了。

昭诚也已知道姐姐现在的困境。现在姐姐姐夫谈话都不瞒着他,他心里也帮姐姐着急,却无计可施。

昭萍回来时都很晚了,已回家的知秋没问她今天的结果,他已从她脸上的表情猜到了。

昭萍吃着为她留的饭菜,知秋与她一起沮丧地盘算着一个个近期不再可能的募捐对象。在战时条件下,很多留在孤岛和沦陷区的企业家备受盘剥,加上原料匮乏,开工不足;另一方面,他们为“难民垦荒”[①]等项目已经付出很多,实际上都面临很大困难。但如果再筹不到钱,不仅给新四军造成困难,而且,卖家很可能用药品要过期为由变卦而另寻下家。

姐姐姐夫继续在外面精疲力竭地活动着。昭诚自放寒假后就只能无可奈何地坐下来做作业,好像自己也在受着某种煎熬。

这天姐姐走了一会儿后,楼下又有邮差在喊。

是本市赵丙武来的信。赵伯伯信中说让他和大姐一起去趟他家,他要将父亲汇给他的和以前存放在他那里的钱转交给他,还将父亲的信原件附在一起。

昭诚的心里突然翻腾起来,此时他脑中几乎全是濒临山穷水尽的大姐,正不知如何能帮上她。但帮了姐姐,说不定就害苦了爸爸妈妈、苦了在大后方无根无底的哥哥姐姐……不,不能这样,这钱不是我的,爸爸这么信任我,我没有这个权利……

---

① 难民垦荒是上海沦陷后地下党根据赵朴初同志建议争取到租界当局支持的一项措施。即将难民转出租界到苏北、江南国统区垦荒,从而合法运出上海,实际上为皖南新四军输送了大量新鲜血液和知识、技术骨干。

“姐姐，快回来呀，告诉我，我该怎么办？”

姐姐和姐夫的脚步声在楼梯上响起，昭诚的心一下都要提到嗓子眼了。

听到姐姐还在楼梯上就对他说话：“小弟，姐姐今天又只能叫你吃阳春面了。”

“姐姐，有钱了！”昭诚一等姐姐上来就迫不及待地说出，但立即想到，自己恐怕会害死父亲。

昭萍愣了愣，从昭诚手中接过父亲的信看了，不由心里一阵发紧。她矛盾了，父亲送来的钱是上天安排的及时甘露吗？她是不信神的。但她确实没有足够勇气去动用这笔钱，这无疑是杀父亲一刀！她虽说不太清楚父亲的家底，但根据她的经验，父亲逃往四川时，手上带的钱最多大概也就两万元左右；否则，不会动用他在上海的几乎全部头寸。

知秋不敢插言。除了昭萍的要强个性，他还认为，这些钱，他是没有发言权的。

昭萍忽然想祈祷了：“爸爸妈妈，女儿要做一件非常对不起你们的事了。为了流血的伤员，为了国家，女儿要抢走你们的本钱了！”她不用“借”字，因为她知道，她是不可能偿还给父亲的。

她把自己的打算告诉了昭诚。昭诚的眼前马上浮出了一幅可怕的图画：爸爸妈妈，还有哥哥、二姐、秋平，像他在武汉看到的逃难的人们一样，衣衫褴褛、面黄肌瘦，流落在重庆街头。

“爸爸应该脱离资产阶级，我这样是在帮他革命！”昭萍违心地搜罗理由说服着昭诚，也是逼自己狠下决心。她懂得，自己已经没有退路，也没有时间犹豫了。

昭诚的心在发抖。他没有勇气开口，只听大姐咬着牙继续说：“新四军的战士比我们家更需要这笔钱！昭诚，你如果同意，姐现在就陪你到丙武伯伯家里去拿钱。”

昭诚其实也早就觉得该是这样的。

丙武撑着病体，按信上的吩咐把钱如数交给了昭诚，一共有七千元！他非常无力地说：“伯伯确实是再帮不了你爸爸了。你爸爸是我几十年的朋友。他第一次托我做生意时，只有十元钱的本钱，还是借来的。他不容易啊！现在你爸爸嘱咐还留几百元钱放我这里。这是留着保证每月给你读书用的。等这几个钱用完，丙武伯伯恐怕就不在了。”

昭诚给老人深深鞠了个躬，把对爸爸和亲人的愧疚也放在了这一躬当中。

昭萍得到了那么大一笔钱的帮助，顺利地、提前几天完成了任务。但她心里却相当愧疚。她努力责怪着自己，这一定是我革命意志不彻底的动摇表现！

也许，革命者就是应该这样狠心的！

她正一个人在家苦想用什么措辞给父亲写信时，却突然接到通信员小况的紧急通知：必须晚上八点到苏州河的一个废弃码头的趸船上与老卓见面。她与老卓很少直接联系，这趸船是他们用来紧急见面的一个特别地点。

天一阵阵下着雨。她穿了件雨衣，又做了点特殊准备。路上特地转乘了几次车，最后步行来到那个码头。见自己来早了，就摸黑到趸船上废弃的售票小房中等着。

雨渐渐小了，她看着远处苏州河下游的灯光，在雨夜中，有些像飘忽的鬼火。等了大约十来分钟，她听见有人来了。借着微微的光线，她看见老卓提着一把伞，走上了趸船。

她正打算迎出去，忽然间，她凭练武人的敏感，听到还有一个踏着水的脚步声。她便继续隐蔽在墙角的黑暗里。

果然，一个穿无袖雨衣的男人，在老卓身后突然出现，窜上了趸船。他四下看了看，喝道："站住！"一边敞开了雨衣，里面露出了一个黑洞洞的枪口。

老卓退后了两步。昭萍也很紧张，屏住了呼吸，决定先看看对方有几个人。那男人也不敢逼上前，举起枪指着老卓低声说："快说，和谁接头？几点钟？有几个人？"老卓说："你是什么人？我来这里找个地方解手，你跟来干什么？"男人说："我是谁你不认识？"

"你……怎么……你不是来我们弄堂找亲戚、还找过我问的吗？"

"我今天从你出门、就一直跟着你的。你跑到这么远的荒郊野外来撒什么尿？"老卓笑道："我也有亲戚啊，就住这跟前。你走开一下，我要方便。"那男人喝道："你少来这套！你不是共产党，就是重庆分子。你们这样的我都宰了好几个了。把手举起来！快说，和谁接头？"

昭萍从“我一直跟着你”，迅速分析出对方只有一个人，又听出，这家伙是个安插在租界的、双手沾满中国人鲜血的一个有经验的汉奸。他们奉命查询和滥杀可能的抗日分子，在租界内制造恐怖。

那家伙判断老卓只有一个人，便举起了枪，说：“你不说，我就不客气了。快说!我数三下，一……”

昭萍知道老卓正面临生死险境。她轻轻摸出出门时特地带在身上的三枚金钱镖，这是她的师父王兴汉伯伯特地打磨成送她的。这种镖投掷难度较大，但昭萍从小就被王兴汉精心传授，这么近的距离，她还是很有把握的。

那人刚数出“二”，却不料一只镖从黑暗中飞来，“噗”地打在右手腕上，枪立即掉到了甲板上。他还未反应过来，第二镖已到，顿时左眼一辣，鲜血涌出，疼痛难当。他下意识地要用手去捂，第三镖已飞来追命，幸而被抬起的手挡住。镖栽进了他左手臂的肉里。昭萍一个箭步冲了出来，打算制服他。却看见有一个披着蓑衣的男人身轻步捷，如从天降地进来。左手将那人扳倒在地上，右手的匕首对着他心口就是一刀，结果了他的性命。

昭萍见来人竟是知秋，大吃一惊。不知他此时如何也出现在这里。知秋不加解释，急促地说：“我去看看还有没有人，你们先说吧！”说完快速去将一把废弃的铁椅拖过来，就用那人的雨衣将其裹在他身上，自己又走上码头去。

老卓急促地说：“曾老师，接上级通知，已有大量日特潜入租界，现在不断发生进步人士和抗日人士遭到暗杀的事件。你们的活动已受到日特注意，小教下属支部已有人叛变，虽不是直接与你们联系的人，但后续发展的危险不容忽视。上级要你们全家必须近日撤出上海，不能在上海过年了。这是要我给你们送的船票，后天的。这里有本书，就是介绍信，千万别弄丢了。记住，按我们以前往根据地送人的‘二号路线’和联络暗号。哦，叶知秋同志是上级紧急通知来保护你的。”他指着又走进来的知秋说。

昭萍接过书，又在地上拾起一个镖，告诉知秋：“还有两个这样的镖。”知秋说：“看到了，在他肉里嵌着。我知道取出来的，快些走吧！上岸左手有两部黄包车，在那等我。”

老卓撑开伞走了一会，昭萍也快步走了。知秋看到了地上的枪，舍不得丢，便别在腰后。又将那人身上的一个子弹夹和一个有特务证件的皮夹搜了出来。

然后将尸体拖到船舷边，推入了江中。

知秋出了趸船，到水边洗了手上和匕首、镖上的血污，快速潜出了码头。拉上坐着昭萍的黄包车就走。

昭萍虽说练武多年，但从未开过杀戒。她有些恶心，也有些后怕。知秋把黄包车拖进了一个弄堂。有个黄包车夫等在那里，接下了知秋的车和蓑衣。知秋和昭萍又走了一条街，换乘了一辆黄包车，在离住处两个街口下了车。

昭萍和知秋回到家中，告诉昭诚这里待不下去了，后天就要离开上海。昭诚立即有种莫名的兴奋。他们连夜处理了文件，精简了东西。知秋经不住昭萍的责怪，把那家伙的特务证和枪埋到了复兴公园内的一块石头下。

他们对房东老太太说要搬家，付了房钱。在上海的最后一天，他们穿上了自己最好的衣服。昭萍实现对自己弟弟的诺言，带他一起到霞飞路吃了顿有洋叉、洋盘的真正西餐。昭萍对昭诚戏言："小弟，这顿吃了，就要彻底和资产阶级诀别了啰！"昭诚一本正经地听着，很懂事地点着头。

餐后，他们叫了黄包车，直接去码头上船。

上海苏州河旧景

30年代温州瓯江上的船工

十二、二号路线

1939年2月的一天，天晴着，但是很冷。下午三时，昭萍和知秋、昭诚乘坐一艘德国轮船离开了上海。他们是统仓票，打地铺。昭萍随身带着那本特别的书。

昭诚已知道他们此去是投奔新四军。想到自己会要去参加真正的战斗，他无比激动。

船刚驶出吴淞口，就遭日寇宪兵上船搜索。昭诚牢记着姐姐教的话，冷静地等着准备应对。

宪兵搜查进行了整整一小时。可能日寇这次搜查是有其他目的而来，重点检查的一、二等舱，还抓了人。对统舱却查得很马虎。他们紧张地熬过了这一关。

从吴淞口驶出大海后，心情放松多了，但立即就遭遇大浪滔天。昭诚略有些晕船，但很快就适应了。

这是昭诚第二次在海上航行，他不由想起自己来上海时那些可笑幼稚的幻想，现实的阴霾那么快就将梦境中的阳光遮蔽完了，而现在将要走进什么样的生活呢？他既兴奋又迷茫。在上海整天想着报国杀敌，但打日本是要拿生命作赌注的。他想到自己所听闻的战场、受伤、牺牲……要还没杀成鬼子就中了弹怎么办？……但做男子汉就不能怕的！

他忽然想起，田爷爷总是说，他耳朵特别大，像刘备一样。那么自己运气一定会特别好，所以不需要怕的。他告诫自己千万不能怂！要当个好样的！

船行两天多后，到达了浙江温州港。在登岸处，却是要过国军的检查关了，不过面对中国人还是叫人放松一些。昭诚听到查问的军官是一口湖北话，遇上了老乡，胆子竟陡然一壮。故意操着汉口腔大声问：“么事吵？”那军官听到绝无半点掺假的纯净乡音，竟笑了起来，还与他搭白了两句。他们便被放行了。

在温州顺利找到了设在那里的新四军兵站。接头后，休息了一夜，即被安排乘上了一艘小粪船。

粪船并不臭，或许徒有粪船外形吧。其实，这是用来运送海外侨胞给新四军捐送的药品和物资的。昭诚拿眼光一扫,发现有两个竟是与他们从上海就同船的,他猜想是奔向根据地的革命青年。

小粪船行得特慢,每天两次登岸,在农家吃饭和睡觉。昭诚第一次亲口吃了地道的农家饭,睡了农家床。

整整行了一星期,小船才抵达了终点登岸,随即转搭上一部来接他们的、盖着篷布的卡车。

昭萍在上车前,见边上无人,突然问知秋:“你以前杀过人吗?”知秋回答说:“没有,这是第一个,但我相信绝不是最后一个。”两人不再往下说。

乘车到达了一个叫青田的地方,又在这里再次改乘一条小橹船,小船咿咿呀呀向前摇去,这回是驶向浙南的丽水。船小人多,摇摇晃晃,总叫人担心会翻倾,但总是有惊无险。

到金华县后,最后一次遇到国军检查。然后一路就没有遇到盘查了。

又步行走了一天一夜,经徽州、屯溪、黄山下的岩寺,到达了皖南泾县云岭的一个寺庙。

这里就是新四军军部的接待站!就这样,他们在地图上绕了一个大弯,共

泾县云岭新四军军部旧址

走了将近两个月。此时已经是 1939 年的 4 月了。

由共产党领导的、在南方 8 省 13 个地区坚持斗争的红军游击队，在抗日统一战线形成后，于 1937 年 10 月，在苏南被改编为国民革命军陆军新编第四军。叶挺将军希望新四军这个番号能继承北伐战争中“老四军”[①]的优良传统。新四军的军部就在云岭。离前线仅十公里，时常可以听到“隆隆”的炮声。

位于安徽泾县西 25 公里的云岭，东接泾云公路，西靠黄山，南依青弋江，北濒长江，风景十分秀丽。叶挺将军有诗云“云中美人雾里山，立马悬崖君试看。”此时他们身临其境，想到自己终于成功来到了新四军的地方，更是心潮澎湃。

一个来迎接的负责同志从寺外走进来，昭萍的心激动得怦怦直跳，终于面对真正的新四军同志了，到家了！再也不用警惕躲藏了！昭萍急切地取出了上海地下党组织的介绍信迎上前去。

那同志背着光，昭萍看不清他的脸，却是他先一声喊出：“曾昭萍！”

昭萍听到熟悉的声音，泪水差点夺眶而出，原来竟是他，韩铸仁！是当年在上海代表共青团组织接收她参加革命事业的、化名罗毅的韩铸仁。她一时不知道怎么称呼，颤抖着声音说：“罗……罗老师。”

韩铸仁笑着说：“喊我老韩吧，我又姓回我的本姓了。”

他接过昭萍递上的那本书，翻到书上的某一页，用棉花蘸上碘酒一擦，上面立即显出了蓝色的字迹。

他热情地说：“我代表军部欢迎你们，新四军又多了三位忠诚的战士。不过，你们要服从组织安排，三个人要被分开。这个小同志要先参加集训，你们两人也将到不同的部门报到。”

姐弟三人无法抑制自己激动的心情，新的战斗生活就要开始了。

除去在上海捐献出来卖药的四千多元钱，再除去近两个月的路上的用度，昭萍还剩下两千多元钱，她把它们全部交给了新四军。现在他们完全是无产阶级了。

“爸爸遭受到我的浩劫，一定会很困难的。”昭萍在心里想着。

---

① 即北伐战争时期的国民革命军第 4 军，叶挺时任其下著名的“铁军”独立团的团长，被天下誉为“铁军”。

漢口

Hankou laotongcheng zengjia

老通城曾家

第三部·再生

第二章／不屈岁月

一、广诚被打蒙了

还是2月的下旬的时候，旧历新年刚过，广诚还在细品着第一次在重庆过年的新感受时，就接到了昭萍的信。

他迫不及待地打开他日夜牵挂的、远方儿女的来信，戴上老花眼镜，慢慢地读了起来。

读到昭萍的信上说，她因为太紧急，将七千元钱用来抢救了伤员时，一下竟

大后方重庆

反应不过来，还以为自己看花了眼。然后他看到昭萍写道，她这样做很不孝，但请父亲以民族大义为重，原谅她“忠孝不能两全”。她感谢父亲的牺牲，相信父亲会理解自己的女儿。最后她还说，她把弟弟“带去抗日”了，以后有了新地址将会和父母亲联系。

广诚好像不懂得信上写的与他有什么关系一样，机械地看下去。他木了，被完全打晕了。

他又读了一遍，这下他醒过来、看懂了，却如同遭了五雷轰顶一样！天哪！老天哪！他辛苦积累的、凝结着他的商业智慧和心血的、寄托着他另创辉煌的愿望的资金，竟然一下子全没了！

本来他对流亡早有充分准备，对在经济上可能造成的损失是准备承受的。他不但不担心破产，还计划在流亡中继续自己的商业智慧做出奇迹。可没想到昭萍竟如此胆大妄为、不讲良心！这一下直接伤了他的筋骨和元气，所有计划都完蛋了！自己哪还有能力再次投资这么多流动资金呢？七千元，七千元哪！上海的底子都取干了的啊！在武汉每次献金还给登个记，还可以听到有人夸两句“爱国”呢！这下呢？连个名分都没有！捐给了谁的伤员？说都不敢出去说，白白地就没有了！

今后在四川的日子将难得过了！可谁知道这日子要熬多久呢？昭萍，你就不怕你老娘抱着你的儿子上街讨饭么？

更让他揪心的是，自己寄托着重望的小儿子昭诚，指望昭萍会读书，能把他带出来，却被她带走不知去向了！他娇生惯养的十六岁的孩子，长得那么瘦，能打什么日本？而且凭他的经验，昭萍肯定是去的“那边”的军队，听说装备比国军都还差，拿什么去打日本？鸡蛋往石头上碰，这不把他毁了吗？

他很想找出这些与叶知秋有些什么联系，但马上自己否定了。凭他对人的观察，知秋是一个很有骨气的人，而且钱捐给了伤员，显然不能怀疑他谋财。而以他对昭萍的了解，谁也不可能摆布她，只有她才有这大胆子！可见下这“黑手”的就是自己的亲女儿！是自己最疼的女儿！昭萍哪，老子注定要死在你手上哪！你出了嫁还要把你爹害死哪！

广诚觉得眼前在发黑，差点就跌到，脚下轻飘飘的，仿佛自己正在坠向无底深渊。

静娴见他脸色白得可怕，吓坏了，好半天才问："出什么事了？"

昭瑛慌忙跑来，接过信看了。她正在讲给母亲听时，看到脸色回过来的父亲把手上的茶盅用力地摔到了地上。大声嚷道："她这样插我的刀子，这辈子已经是第三回了。我生养了个克星！灾星！杀星！扫把星！"

静娴终于听明白了是怎么回事，晓得昭萍祸闯大了。也许，这会要了她爸爸的命！说不定还要了一家人的命！她也顿时手足无措。但她很快想到，必须先让广诚冷静下来，慌忙劝道："稳着点！莫让外人听到了！当心别人说昭萍和她弟弟去了'那边'。"

广诚果然清醒了一些。是的，不能让任何人知道这事，那会招来杀身之祸的！

看来他只能吞下苦果，吃个哑巴亏，千万莫乱了方寸。眼下必须重新打算，先得给龚省身去封信，就说因另有原因，把生意暂且停一停。

还有，眼下，千万千万不能让昭舫也跑了！

他觉得全身冰凉，大声叹了口气，吃力地对昭瑛喊道："发电报，快发电报！把昭舫给我从宜昌喊回来！"

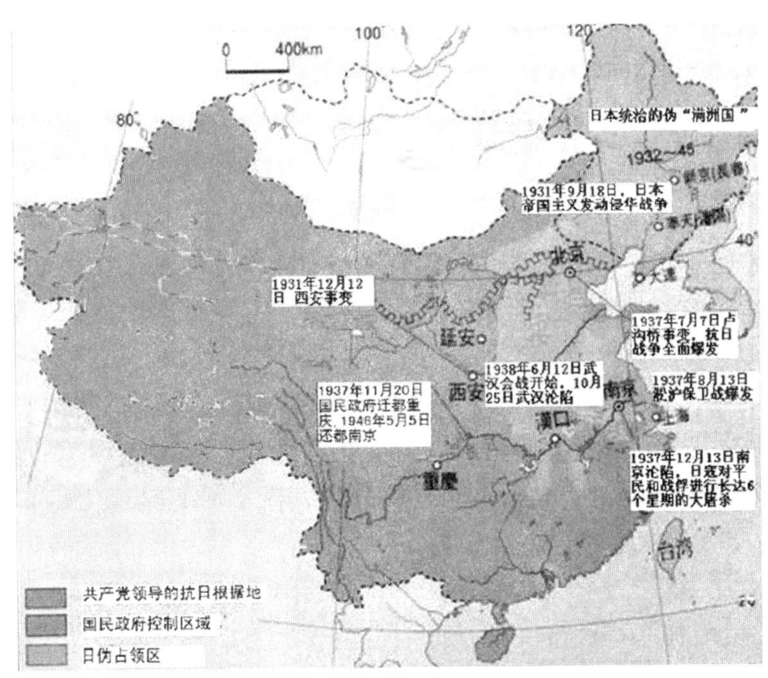

1935—1945年抗战地图

二、昭舫继续求学

当昭舫出现在父母面前,广诚夫妇心中才总算有了些许宽慰。两人同时以诧异而复杂的眼光,审视着比昭舫“小七八岁”的章祯青,让小姑娘也感到了几分不自在。毓章没有一起过来,让她一个人面对老人们刺人的目光。她有些慌张地解释说:“我就是同路,很快就会走,我还要到合江去读书的。”她那模样让静娴都忍俊不禁,笑着说:“我们也是逃难的,你就安心住吧,把这里当你的家!”

让昭舫痛快地洗了一个澡后,昭瑛才给他听讲了大姐和小弟的事。昭舫忙把信要来看了,一时竟呆若木鸡。姐姐真是果断无畏的人,就这么义无反顾地走上了救国前线,哪像自己在宜昌时那么犹豫彷徨,果然自己是不能与大姐、也不能和楚妮相比的。

昭瑛在一旁提醒他,看信后千万莫跟父亲提那钱的事。昭舫却在想,这不能怪大姐过分,换了自己会和姐姐一样做的。但这下对父亲打击确实不轻。想到自己从来没帮过父亲什么,而父亲的钱来得不容易,他的辛劳自己都看在眼里的,哪晚不是过了半夜才上楼睡觉?第二天又起得全家最早,真不知父亲无穷的精力从何而来,这下竟遭受这么沉重的打击,他扛得住么?不由对父亲涌生出很多同情和怜悯。

“你先看看这封信吧!”昭瑛又将几封信递过来,从中抽出一个很大的信封,“这信放在家里等了你们一个多月了。”

信已被拆过,昭舫抽出看了,里面是正直的王星拱校长为他、毓章、昭瑛和潘乃斌写的几封续学推荐信。

“读书?”昭舫这才发声。他的脑子确实一下无法从轰炸、沉船得到幸存后的复仇欲望。从被楚妮、大姐的行为激起的报国热情中脱身出来,考虑刚到家就面对的这么复杂的一大堆事。“日本人这么猖狂,血债历历在目,我就算了吗?能静下心来读书?”

“你想怎样?”昭瑛显得很焦急,“你还想组织歌咏团?”

“不,现在歌咏团能起的作用已经不是我们当初想的那样了。”昭舫沮丧地说，“不要说给你画的框框很小。我到前线劳军过，发现有些人心里已经把你当成消遣解烦的戏子了。唱歌能改变什么，倒不如……”

“你想干什么？去当兵？”昭瑛紧张地说，“你莫太天真了！你打得了几个鬼子？可不要把自己放错位置！当兵要牛万贵那样的，比你合适的多的是，就我们那些店员都个个比你强！可听我说，中国需要工程师造枪炮啊！说到这，反倒没有几个人比上你。”

昭舫知道昭瑛说得有理，但心里那股气焰却没法一下平息。

“昭舫！”昭瑛再次把他从纷乱的浮想中唤回，“你听姐姐说：报国不一定非要上前线的！我们家已经有一个男人当兵了！政府也说过，一家身边要留一个儿子，为民族留种。你不是也说过，你瞧不起国军的那种军阀土匪气吗？”

她从昭舫欲争辩的眼神中，看出了他心里想的什么，赶忙接着说：“红岩嘴[①]你也千万不能去，想都不要想！”她看着惊愕难语的昭舫，用哀求的语气说道：“你总要给爸爸妈妈留条命吧！你想他们死么？爸爸已经萎靡不振好多天了！再说，现在的重庆已经和去年武汉大不相同了，怕你还没走到‘八办’门口，就要被特务绑了。爸爸还会受牵连。还告诉你，‘那边’纪律约束严得很，你能受得了？就算你去了，人家也不一定会要！”

后面一句话把昭舫的要害打中了。他本来就对“投共”不坚决，共产党的清苦未必是他这大少爷能承受的。何况“那边”不是自己想去就能去的。想想自己的经验，也许根本没有可能。

“你那封我拆开看过了。”父亲突然遛进门来，不知道他听没听到他们刚才的对话，“王校长真是好人啊！到了四川还记得你们几个当学生的。我们曾家已经有人上前线杀敌尽忠，也该有人留家尽孝吧？你去学好了本事，帮政府造飞机，炸死那些畜生！”

广诚担心和昭舫会有争论，不等他回答就独自转身又溜了出去。

昭瑛见父亲出去了，说：“爸爸说的还是蛮在道理的，你说呢？”

“王校长怎么知道我的地址呢？”昭舫转过话题问。他很担心因此又与周艾琳有什么关系。他毫不怀疑她的真诚。但是他不愿意、也绝不应该再与她有

① 今红岩村，中共中央南方局所在地。

什么瓜葛了。

“我们在汉口就告诉过好多人的,你忘了?你的信又不是只这一封。哦,汉口很多朋友都来了重庆,我都遇见过不少了。有些还来看过我们,其中有我们武大的同学,还有上海的文化人。”昭瑛不以为然地说,“打听到我们家的地址,有什么难的?”

“还要自己去找教育部?”昭舫的心绪纷乱,一下不能理顺。

“昭舫,你就照王校长说的办吧!今后家里就全指望你了。大姐他们来了那么一下,爸爸差不多万念俱灰。你要再放弃这个机会,爸爸会受不了的,也辜负了王校长的希望啊!”昭瑛苦口婆心地说。

“你呢,二姐?”昭舫问。

抗战时期的山城重庆

“他们愿意承认我的学历,但是我自己不想去读了,我想把爸爸妈妈先安顿好,再去找个学校教书,就是要读,也等你毕业后。我不能增加爸爸的负担了。”

“那还不如我去找工作。”

“你又来了!你不同,我学的历史专业,自学恐怕比学校还学以致用些。我又有自学经验。你不同,你是工科,不读书哪来技术?难道去学徒?你不是想造飞机打日本,还想到美国麻省深造吗?昭舫,于国于家,你现在都应该、而且必须先把书读完!”

在昭瑛苦口婆心的劝说下,昭舫终于被说服了。

昭瑛陪他拿着王校长的信去了教育部,没有费多少周折,他就被通知安排到国立“西北工学院”,并要求他在6月10日前报到,先参加一次工科基础课考试。如果合格,下学期就可插班到动力系三年级(否则,补学一二年级基础课),系统学习汽轮机、涡轮机和飞机的设计知识。

昭舫想起在武汉时,武大的同班好友郭佩珊,曾在去报考成都机械学校高级班学习飞机前来家里住过,两人曾兴奋地谈起振兴中国的天空。能读这个专业,对他也算一个很大的安慰。况且汉中比重庆更接近延安,也多少让人觉得好受。他于是抓紧时间,开始复习工科大学一二年级的课程。

然而毓章、昭瑛却一致决定了放弃继续上学的机会。毓章相信在社会上自己能更好发挥能力,并自信靠自学能收获更多所需要的知识。后他被热心的王校长推荐到了重庆南开中学教书。这是由著名爱国教育家、“南开系列学校”的创始人张伯苓先生于1936年创办的,建于重庆著名文化区沙坪坝。

而和他们同行的小女生章祯青,则去了合川第五中学,继续学习。

中华民族的文化要一代代继承下去,中国等待更优秀的人才担负起它的未来。

1939 年“五四”大轰炸后的重庆

三、再逃难到木洞

就在昭舫准备动身之前，1939 年 5 月 3 日、4 日，接连两天，日寇出动了几十架飞机，密集轰炸重庆了最繁华的中心地带“上半场”[①]。这些强盗为了达到更高的杀人效率，专门对竹、木房为主的重庆市区，投放了数百枚能烧穿 20 厘米厚的水泥屋顶的威力最强大的新式燃烧弹！

火焰混杂着烟雾，呼啸着直冲云霄，遮住了太阳和天空，整个市区都沉陷进了恐怖的昏暗迷茫中。大火肆虐了三天三夜，永远吞没了那些古朴安详的街巷。山城尸横遍街。人的肠子挂在电线上，墙上粘着人的皮肉，近七千名男女老少被活活烧烤至死！南岸虽说比市区挨的燃烧弹少，但敌机扔下了很多炸

① 为了不忘 5 月 4 日惨剧，国民政府后将日军当日投下第一枚炸弹的道路改名为“五四路”。

弹，被炸死的人也很多。

昭舫原来以为，再不会有比他在宜昌看到的更残忍、更恐怖的毁灭式轰炸了。但是他错了，法西斯的残暴无耻是没有底线的！日本侵略者想从精神上炸垮中国军民，以此摧垮中国人的意志。

入夜了，还可看到愤怒的青年们站在废墟上演说，鼓动市民们团结，抗议侵略者们对重庆市持续的、地毯式的、不分军民的所谓“无区别轰炸”。

昭舫看到父亲、母亲和重庆的所有人一样，越炸越不怕了。军民们发誓与小日本不共戴天；越炸越觉得应该支持政府抗战，越炸报名参军的人越多，哭啼声和叫骂声竟越来越少了。中国人更深地记下了仇恨，而以藐视的态度对待敌人，更加空前地团结了。

在政府号召下，从5月5日开始后的三天，有多达25万人疏散离开重庆。

在昭舫的坚决要求下，又多亏颜秉兰帮忙，广诚也将全家搬到了朝天门下游的木洞镇。

他们搭乘专门往返于重庆—木洞之间一艘小轮船。船到木洞后，却一不靠趸船、二不靠岸，而是与一艘由岸上驶出的木船“对接”，让人、货“过船”。入乡随俗，昭舫便小心地把父母亲和二姐都搀扶过船，安全起坡。

从两山中流过的江河，夏季涨水会涨得很高，所以河边没有建筑。在这枯水季节，码头阶梯竟悬在了半山。

木洞是个长江边的小镇，隶属巴县。房屋都建在半山腰上，靠山顺江。像样的主要街道只有一条，就在与江平行的那排吊脚屋的背后。路很窄，路面不知什么年代就铺有大小不太一致的条石，已经踩磨得光滑了。走不了多远的一段，就有阶梯连通上到另一段路。什么车都没法通行。所以，当地不要说汽车，连独轮车都见不到一部。实在不愿步行的，可以选择“滑竿”。

离重庆不到一百里，人们的衣着却和那边大不相同。原住居民们男男女女都喜欢穿蓝布大襟长衣，扎布腰带，并用长长的黑布包着头，背上背着竹编的背篓。这些看似辛劳木讷的农人，一走出城镇，便喜欢放开嗓子，唱起嘹亮、优美的山歌，将它的余音留给镇上的人们。

和天府之国的所有依山傍水的小城一样，这里山清水秀、物产富饶。仅有一条街的城区后，便是一片片精耕细作的梯田。再往山里则人户不多，甚至有野兽出没。他们才到几天，就看到一个人被抬进镇上找郎中，半张脸都血肉模糊地不成形，据说是被老虎抓的。这说明，后山高处还保持着相当原始的状态。吓得静娴反复嘱咐家人，千万不可让秋平离开大人。

广诚全家住进了一家里外两层的大四合院，房东是当地颇为富有的地主，姓黄。曾家几乎占用了外层院的一半，即靠西边的六七间房。

黄家很能干，也很勤劳，平时动手做榨菜，做得非常多；又酿酒，卖给重庆来的商人。黄家人都很和善。有两女一男。两个女孩，一个比秋平大两岁，一个和秋平同年，还有一个刚满周岁的男孩。女孩们见来了个“下江人”小朋友，都非常兴奋。

小镇上，家家都用大竹筢子或木板铺上篾席，晒着红枣什么的。街道很窄，临街的房子就每天从楼顶上、把铺板从街道上空伸出、跨越到街对门家的楼顶

小山镇木洞全景旧照

木洞古镇五步街

上。对面一家也“礼尚往来”，彼此依存，十分默契，从不用事先招呼或征求同意。黄家也不例外。若是遇到下雨，自家的铺板一抽或篾席一卷就收了。但从不主动去帮别家收，只是扯开嗓子高嚷，义务通知其他晒枣的人家。

木洞民风淳朴，对逃难来的人视若乡亲，让广诚一家很快有了安定感。

刚到的第一天，秋平就因枣子吃多了，不肯吃饭。好不容易让秋平恢复了正常的饭量，他却在与外公逛街时发现了新花样，就是熨斗糕。这是用米粉浆加入白糖、蜜桂花等，在一个充作模具的烙碗中翻烙成的，又酥又嫩又香。广诚架不住他吵，便给他买了，自己也尝了一个。秋平吃了一个，还吵着要。广诚自己也觉得不错。小贩便说：“加鸡蛋更好。”广诚便索性把小贩请到家门口，加鸡蛋烙了一大堆，给家里每个人都尝个新鲜。请黄家人吃时，他们都觉得好笑，这算什么稀罕物？不吃。谁知秋平一下又吃膈了食。

木洞还有很多特色小吃，小蒸笼蒸的牛羊肉也特别香嫩。高高一笼，价廉物美。河边的河水豆花，色清味香，细嫩可口，十分开胃。

日寇的疯狂逼得广诚再次逃难，却也让他慢慢从愤懑中解脱出来。虽说经济上受到沉重打击，但他还是有东山再起能力的。他一生没被击倒过，这次也绝不倒下。他想，黄家能够在木洞生存，自己也一定能让全家好好过下去。

昭舫见小镇环境安全，放下了心。于是静下来，首先给国立艺专的昭琳去了封信，将父母的情况与木洞的地址告诉她。他知道，其实昭琳信上写的都是一年前的事了，现在还真担心她的安危。他还听说，他们学校在沅陵才复课几个月，就又受命搬迁贵阳，这一路是中国土匪最多的山区，加之轰炸不断，很多路段都要弃车步行。据说艺专刚到贵州，就接着奉命又迁往昆明远郊呈贡县的安江村。这么艰难的迁徙，却至今没有她的消息，这是他很不放心的。

安顿完后，昭舫赶回重庆，搭乘上了一部大“道奇”货运车，就倚靠在一个货箱上，经过多日的颠簸，历尽崎岖的蜀道，到达了陕南的城固县。这时已到5月的下旬了。

四、古路坝

位于城固县董家营镇的古路坝村，远不像武汉大学那么富丽堂皇和仙风缭绕，却向昭舫展透着一种别样的庄严与神圣。当他远远看到教堂式的学校大院时，竟感觉学院上空飘荡着一个声音，警示他不要忘记自己曾对侵略者飞机发出的咒语。

西北工学院是由流亡南迁的北洋工学院、北平大学工学院，东北大学工学院、焦作工学院合并组建的。古路坝是个山间坝子，北边面对着千里秦岭，南边是连绵几百里大巴山。川陕地区山地占多数，“坝子”是这边的方言，就是说的平坦的场地。在抗战时期，汉中的古路坝、成都的华西坝、重庆的沙坪坝是当时著名的三坝，同为抗战时大后方高校集中的教育圣地。

工学院的原址曾是当时西北五省最大的古路坝大教堂。1893 年，从明朝崇祯年间就进入汉中传教的意大利天主教主教拔土林，在古路坝平掉了一座山头，修建了这所教堂。

建筑具有中西结合的风格。教区内主体建筑都是青砖木结构的两层楼房，雕梁画栋，各楼相互连接。垣墙四角筑有炮楼，有几分像西方中世纪的城堡。而出学校不远，就是一块块高低错杂的梯田。

在极度困难的年代中，国民政府以难得的远见卓识，重视着中国的人才培养，在大后方推行义务免费教育的战时教育方针。大学生全免学杂费，并免费供应午餐。困难学生可申请助学救济金，甚至在大学毕业后也可以不还。大后方的在校大学生人数，竟比战前有了奇迹般增加！这彪炳千秋的功德，使中国

古路坝西北工学院

的新一代旷世之才将脱颖而出。

流亡聚来的教师们,无愧自己的使命。他们拖家带口,过着难以忍受的贫困生活,却挺直着中国的知识分子的脊梁,默默地坚持着自己的岗位。这一切让昭舫感动,更决心要珍视自己的学习机会。

他顺利地通过了插班考试,暑假后就将直接进入三年级专业课程学习。他将利用这学期剩下的不多时间选几门课程,先直接到将插入的班级旁听巩固一下,顺便适应另一个完全陌生的环境,去开始又一轮的大学生活。

住进了学生宿舍后,他不由感到很失望,与武大的斋舍比简,直如同天上地下。这是在校区空地上建的、竹编糊泥墙的平房,风雨不遮。不过昭舫倒是准备承受这些的,毕竟是流亡,比起在宜昌庙里严冬穿着湿衣睡在地上,肯定还是要强多了。

然而第一天,他就认识了个在武汉没见过的新朋友——跳蚤,几分钟就告诉他什么叫坐立不安,更别指望睡好了。不等一个包的刺痒高潮过去,就会在意想不到身体某处又来一下,简直痒得无法忍受!昭舫想,只能指望"不等式规律"了。果然,好不容易到半夜"疲倦大于难受"时,他终于入睡了。但清晨就又被咬醒。他从浓浓睡意中坐起来一看,满宿舍的铺板摊着学生,竟让他想起在宜昌看到的停尸篷。

最遗憾的是寝室内没有桌椅,要看书只能偎在床上。他怕跳蚤,于是去到图书馆。但人多座少,门一开就要拼命挤进去,先抢占个座位,再挤到台前去抢参考书。

昭舫遇到了意想不到的困难,原先想流亡不仅活下来,还能坐下来读书,已经够奢侈的了,但现在学习环境太差。他难免怀念起武汉大学的图书馆,记得曾多次与楚妮比邻而坐,想起来,更觉得难以静下心来。

幸好,另一个插班学生叫石炎的,也是湖北人,来找他,建议出去合租一间民居。昭舫大悟,他就是想自己有个起码的学习环境啊!自己反正没有申请贷金[①],也不用怕人说闲话。于是和他一起去周围村镇的民居中打听,竟很顺利就找了间房租下了。每人每月摊上一元租金。最主要的是,房东发誓完全

① 即每月六至十元的助学金。

没有跳蚤!

这是间二楼的背街小砖木房,离学校只有半里多地。天晴时从田间的垄地上走过去,只要不到十分钟就可以到学校。

房间大约有十几个平方,他们在中间用绳子拉了块布帘,就隔成了两人的两个天地。一张长板桌竖放在中央,跨越布帘分界线的两边,每人用自己这边的一半。

“再不用去图书室‘抢坑’了。”石炎从他那一半伸过头来说,“晚上也不会透过房顶看星星了。你来这些天,还没有碰到过下雨哩!整所学校几乎没有不漏的地方。上课、吃饭、有时连睡觉都要撑雨伞。”

他看见昭舫友好的笑容,便接着说:“你晓得吧?世间把华西坝、沙坪坝和我们古路坝称为‘天上、人间、地狱’,就是说的生活条件相差实在太悬殊了。”

“嘿嘿,那两个地方我没去过,不过我们这里离地狱真是不远。”昭舫笑着赞同说。

“别看我们学校地方不行,名堂还最多。原先,‘北洋’来的学生和‘焦作’、‘东北’的学生光打架。李书田校长气得率领北洋的学生南下,说是要另办学校。哪晓得教育部坚决不同意,大部分学生们只好又折回来了。3月份才在七星寺专门为他们设了个分院。你在街上,干脆说湖北话,保险不会有人敢欺负你。”

昭舫不悦地问:“这么危险?都是中国人,还这么大的仇?我们年轻人,就不能彼此气量大一点么?”

石炎摆出很有见地的样子说:“这就是我们同胞的致命弱点了,小日本不就是糟鄙我们是‘一盘散沙’么?我看他们没全说错。不过也许人就是一股气,过了就消了。上月全院到西饶家堡为汉博望侯张骞扫墓,全院连老师去了1400多人,也没有发生什么事。”

昭舫因和他认识不久,没有继续再接下句。

校区向北,离城固县城约有40里路,若往西70里,就是陕南最大的城市汉中了。但是除了滑竿外,没有任何交通工具往来。

有了基本的读书环境,昭舫安下心来。他的目的是学好专业,危难中的祖国正等着他去报效。

他很快感觉到工学院的气氛很陌生，与他记忆中的校园很不相同，学校缺乏武大的生气，缺少那时的众多的知心朋友。他想，也许是新从陌路集聚而来吧。尽管在简陋的操场上，他还是难免活跃，而且不久就成了田径、排球的知名学生，但这也就是仅存在他身上的学生时代的爱好了。当时排球是九人制的，昭舫的鱼跃救球还在学校一炮打响，还很快有了一帮球迷的拥戴。

有了起码的学习环境后，昭舫开始比其他人更努力沉浸入功课。虽说不时传来的前线失利和国共冲突的消息令人烦心。然而，他似乎与在武大时有了很大改变，时刻控制着自己的情绪。他不想再失去机会。为了抓紧两年时间学点真本领报效国家，他有时觉得自己冷漠得都有点像“老糊”了。石炎曾问过他对唱歌演剧感不感兴趣(学校也有演剧和歌咏活动的)，还仿佛知道他原来在武汉的一些事。但昭舫有意顾左右而言他。的确，他几乎没有主动参加什么活动。他不打算和石炎深谈，仅搪塞了几句了事。

学期末，他收到了章祯青一封信，让他有点意外。信中说，你还记得那个和你一起经历了庞培毁灭和冰海沉船两次生死与共的女生吗？昭舫脑中立刻出现了那聪慧而认真的女孩的样子，想起了那些九死一生的劫难。他很珍惜这段友情，便回信给她，讲了自己的概况，要她好好读书，以求报国。他写道：“既然我们都幸运地活下来了，那么一定还会有非常广阔的将来。”

正式插班前的暑假开始后，工学院古路坝的学生和七星寺分院、南郑县黄家坡的医学院、勉县武侯祠的农学院以及城固的文理学院，联合举行为期一周的夏季运动会。一天，排球赛完毕，昭舫正在换衣，七星寺的一个学生大步走到了他的跟前，用纯正的武汉话喊了声：“曾昭舫。”

昭舫有些诧异。那学生友好地笑道：“你不认得我？去年在武汉，我还看过你的几次演出，是你的崇拜者呢！其实，我们两家很熟的。我姓童，童柏森。我的父亲是童玮，我在家是老三，你大概知道我的。”

童玮是童瑨的异母弟弟，是童老爷大太太所生。曾家与他家的子弟也有过为数不多的交往。昭舫听了他自我介绍，脸上展出了笑容，“当然知道，我记得你是一男中毕业的，后来考到了北洋大学。”童柏森说：“是的是的，这里不就包含了北洋大学吗？我们现在是同一个工学院。我本来比你晚一届，现在恐怕比你高一届了。”昭舫说：“听说你们七星寺的还是发‘北洋’的文凭。”童柏森笑了一

西北工学院简陋的教室

笑说:“无所谓。老实说，我觉得他们闹这事很无聊，中国要的是人才,又不是文凭。为这在学校闹分裂就更不该了，自己同学比日本人还可恨么?后来李校长带老北洋的学生出走,去广元,我都没有参加。好在现在这都过去了。哦,下学期,我也会回古路坝完成最后的专业课,然后去实习。”

两人在球场边草地上坐下来,像是久别重逢的老友。童柏森完全不像童家有些子弟,他毫无矜持和傲慢。当知道即将举行的院校联欢昭舫不会参加演出时,柏森说:“不参加也好。你知道吗?这里离延安太近,有些事太敏感了。政府害怕大学赤化,党训、政训特别抓得紧。你没看这里到处都驻得有兵么?原先院里有个演剧团,都是西北联大[①]过来的。他们硬说成有共产党操纵,还抓了三个人。我们教育部的陈立夫部长,就是怕左派文人势力大了,硬是非要把西北联大拆散不可,成了我们今天运动会上的这一大堆学校。”他踢着地上的石头,“反正就一两年,熬出去再说。”

昭舫怕自己响应太少让柏森尴尬,很想多说点什么,便想起问专门关押想去延安的青年的集中营的事,但立即谨慎地止住,没有说出来。然后,他想起因宜昌沉船随身书籍抄本都失去了,其中有楚妮临走时给他的她母亲的地址,便想可以从柏森这里打听到,但因初次见面,也不好开口问。倒是柏森似乎没有感觉什么,一个人兴奋地滔滔不绝说个不停。

假期末,童柏森他们毕业班果然搬来了古路坝。他也就在昭舫住处不远租了房间。这以后,他们经常在一起打球、上图书馆、散步、吃饭,竟成了形影不离

① 西北工学院的前身。

的好友。

“我们童家上下都知道，你们曾家待人最诚。我还听大伯讲过，你爹冒死从火里头救出我爷爷和二太的事。你呢，武大同学和上海流亡人士都称你做‘武汉的小旋风柴进’。”柏森笑着对昭舫说。

昭舫连连摇手：“过奖了，夸张了，快别这么说，你把我吓着了。”柏森则含笑不再往下说了。

一次，柏森突然问道：“昭舫，你和我四妹现在怎样？”

昭舫见他主动问起他堂妹楚妮，止不住把自己因沉船失去她母亲的地址的事说了一遍，说从此没法知道她的消息。但是没有说到楚妮去延安的事。柏森说：“四妹是我们兄妹中最有才华、思想最激进的一个。我不喜欢政治，可那么多兄弟姊妹，唯有我和她最谈得来。我猜她只怕是去了‘那边’，所以才没敢和家里联系。你放心，姨妈的地址，我可以托我在重庆的姐妹问到的。”

汉中雪景

五、噩耗

转眼到了年底,童柏森为昭舫问来了楚妮母亲萧雨杨的地址,离他们学校向西有二十多里路。柏森也打算去看看姨妈。两人便在寒假的一天,各自买了两盒点心,早早地一同出发前去。

陕南的冬天比武汉更强势地表现出它的威严,此时早已下过几场雪,田埂和山坡上,到处都有没化完的、一片片的白色斑块。他们踏着山间的雪路走了两个小时,在一个山边的小镇,顺利找到了在一片竹林后面的萧雨杨的家。

这是个有两层庭院的四合院,在那一片很是突出。昭舫记得楚妮说过,是童瑨专门为她母亲重修的。

当见到楚妮的母亲时,昭舫觉得她好像突然苍老了很多。

萧雨杨客气地把他们请到中堂屋,并不言语。只听任柏森滔滔不绝地说着童家的人在重庆各次"神经轰炸"中的惊险遭遇。柏森讲完童家全都安然无恙后,又说了他父亲童玮在上海的近况,又讲到自己在西北工学院如何和昭舫同学、如何相逢,如何现在才得到地址登门拜望等。她只是毫无表情地听着,没有任何反应。

等柏森说完,她才转向昭舫问了一句:"你是去过我们家的曾昭舫吧?"

昭舫慌忙"哎"了一声站起来,又点了点头才坐下。心里埋怨柏森一开口就说了半天,都没有想到先将自己作个介绍。

萧雨杨慢吞吞地站起身去了后屋,动作缓慢得近乎迟钝,不多一会就又表情麻木地出来,手上拿着两封信。她把一封直接递给了昭舫,另一封放在桌上。

昭舫很疑惑,不由又环顾堂屋,一切看上去都简单而井井有条,但是冷峻得如同楚妮母亲今天的神情一样。是楚妮写了什么吗?她不会写什么的,楚妮一向很善于把握分寸的。

他把信抽出来打开,一排无情的黑字如同晴天惊雷直向他猛击过来,几乎把他砸昏:

"讣闻……"

萧雨杨已在一边痛苦地抽泣起来，童柏森顿时手足无措。昭舫只觉得仿佛一把利刃插进了自己的心脏，使他感到一种从未有过的疼痛。他无法相信自己看到的文字。这怎么可能？这太不可接受了！

讣文简单地写着，×××、×××、萧纯和××同志，在10月底反击日寇对晋察冀边区北岳根据地进行大“扫荡”的战斗中英勇牺牲。

信也许是由八路军汉中办事处派人秘密送来的，无从了解更详细的情况。多年后，萧雨杨才得以知道，楚妮到达太行山后，一直在新闻宣传部门工作，在抗日前线表现得忠诚英勇，牺牲前已经是中共党员。在日军独立混成第二旅和第110师团等两万多人发动的扫荡中，他们和一群乡亲们隐蔽时，不幸被日寇发现。为了保护群众，她和几个同志把日寇引开到相反的方向，最后，她被迫用自己随身携带的那颗手榴弹和敌人同归于尽。但当时，昭舫除了知道她牺牲外，其余什么都无从知道。

桌上那封信是楚妮到八路军后给她母亲写的唯一的一封。信不长，通篇文字含蓄，表达着在前线的感受。如果不是早就有很多约定，看不出她在那边，看不出她就是萧纯，但明显地洋溢着兴奋与朝气。信上只有一处一笔带过地说，她在离开宜昌时，把母亲的地址给了曾昭舫。虽然只此一处提到他，但不难看出，她母亲应该很熟悉这个名字，以及楚妮在说到这个名字时的含义。

她没寄来过任何照片，无法想象她穿上军装后的形象。

“英勇牺牲”？这说的是她吗？不！不！！不！！！

那个美丽风采、才华横溢、执著追求光明的楚妮，难道就这样消失了吗？楚萧、楚妮、萧纯，这每一个刻骨铭心的名字，就这样成为过去了吗？那喜怒来去如风、小妹妹一般的、曾经彼此剖肝沥胆的知己，从此就再也见不到了吗？楚妮啊楚妮，我们分别得那么急促，平常得就像能很快再见面一般，现在仅过了一年，那竟然就是永别吗？

昭舫无法相信眼前的事实，更无法抵挡排山倒海般向自己砸来的痛苦。他几乎要大声向天空号叫，但一眼就看到了一旁痛不欲生、泪水泉涌却努力压住哭声的萧雨杨。教养有力地逼迫他迅速压住了自己的悲痛。他尚存的理智在提醒，应该安慰萧阿姨两句吧。楚妮嘱咐过要喊她“叔叔”。但立刻发现自己一旦开口，那巨大的悲痛会冲破这最后一道障碍，如同山洪一样不可抑制、也许会夹裹上楚妮母亲而放声倾泻而出，给她痛苦的伤口再撒上一层盐。

他艰难地压抑着自己，不知所措，也不敢多看萧叔叔一眼。他听见柏森在有一句无一句地搜寻着所有能想出的安慰的话。倒是萧雨扬突然收住抽泣声站了起来："你们走吧，我想一个人……"

昭舫记得自己深深对萧叔叔鞠了个躬，和柏森一起离开。他机械地走着，双眼漠然地看着前方，空气中飘忽着只有他才能看见的东西。他不记得走了多远，回头看了看，只见那片竹林已经看不到了。他又看了看四周积雪不多的田野和山林，忽然间，号啕大哭声猛地从胸中喷发了出来。

一切美好的记忆，在瞬间变成了让他痛不欲生的刀伤。那初识时充满神秘的变化无常女孩，那"一二·九"示威时锋利而机敏的楚箫，那为争取渡江共同战斗的不眠之夜，还有那相伴而行的春天田野，并肩泛舟的美丽湖面……直到他们终于心心相印，结伴同游昙华林、参加江上的火炬大游行……但以后，家乡的每寸土地，见证着他们的友情的土地，再不会有楚妮陪伴他一起行走了！

他们间从未说过一个"爱"字，却深爱着对方，也都深信对方真挚地爱着自己，爱得那么真诚和坚定。如果不是死亡，什么力量也无法将他们分开！

还有好多话准备有机会才对她说的。在宜昌时，完全没有机会单独相处，那么多对战局、对歌咏、对救亡、对政府、对熟人、对感情、对很多很多事的看法，准备要和她说，只对她一个人说的，还猜想过她会怎么应答。但是，这永远不能了！永远不可能了！再也见不到她了！她不在了！她没有了！这个世界上，再没有童楚妮了！

老天哪！你为什么总是让强盗得逞、对善良的人们却这样无情，连一纯洁个的二十岁女孩都不放过？

为什么那天不坚决与她一起走呀？也许那样就可以保护她，不让她受伤害，哪怕自己……但现在偏偏就是她，她才二十岁呀！走上战场才不到一年啊！她本应该还有多么广阔、光明的未来呀！然而在日寇杀人狂的眼中，仅是一个可以射杀、以增加他们的军功的数字？

野兽！强盗！法西斯！凶手！无论什么词汇都不足以形容的下流东西！在他们的屠刀下，我们多少优秀的儿女就这样早早离去了。战争竟是如此残酷，生命又这样脆弱，一朵美丽的鲜花，就这么容易凋落在了侵略者发动的战争中!

万恶的日本强盗,你们又欠下一笔血债了! 我誓将与你们不共戴天!

昭舫不记得是怎样走回古路坝的,仿佛是踩着一条陌生的路,好像走了很久、比去时长得多,但走完后竟完全没一点印象。

以后一连几天,他没有出门,没有吃饭,也不清楚自己的思想或生命是否去了另一个世界——没有感知的世界。

幸而有童柏森一旁劝慰,让他慢慢接受了这个现实。昭舫又一次看到,自己并非具有坚强的性格,正如冼星海那天所言,他缺少挫折,所以遇到打击便经受不住。他得强迫自己坚强,绝不能因此消沉下去。

为了摆脱悲痛,他开始拼命地埋头读书、解题、推演公式,这的确可以让痛苦稍淡一些。而他渐渐清醒并明白了,他的努力,就是积蓄力量,是对日本侵略者的蔑视。必须努力地深读《热工学》《空气动力学》《飞机原理》等一切可以化为复仇力量的知识。尽管痛苦无时不忘记折磨他,他也不松懈了。因为他懂得,待到有机会复仇的那一天,他需要的是力量,而不是让自己不能自拔的悲痛。

1940年日寇疯狂对我北岳根据地扫荡

六、报国仇昭诚初试刀

曾广诚当然没料到儿女们会背离他，把他的血汗钱毫不心疼地捐献。而更让他做梦不可能想到的是，他断言的“不是打仗的料子”的曾家子女中，竟会走出一个个在战场上叱咤风云的英雄战士！而他们的勇敢和力量，都是由对侵略者的仇恨化成的。

昭诚到大部队的第二天，就被分到了“教导团”。这是新四军中和延安的“抗大”一样的机构。当时是第三期，分成了九个队。第一、九队是长征时留下的老红军；第二队是抗战后从城市来的青年；昭诚在第三队。昭萍则在八队当了政治教员。第八队都是女生，驻地与昭诚相隔十几里山路。

“你是湖北佬？是我的老乡啊？”鲍大娃，一个五大三粗的汉子，也是教导团的学员，大家喊他鲍连长的，笑着问：“你爸爸是什么大老板？你把他的本钱偷偷捐给革命了？你这个伢，胆子好大，了不起呀！”

昭诚满脸通红，不好意思答话。

“你怎么这么瘦？十几了？十六？大点声！什么？你十七了？你哪像十七的人？块头太小了吧！你莫是从小没有挨过饿，顿顿见了饭就不想吃吧？”

周围的战士一阵哄笑。昭诚很不习惯，这说得也太过火了，我哪会这样呢？但是他既然是连长，怎么说都应该都是可以的吧？当兵嘛，也许就是这样。

不过事后，昭诚很快喜欢上了鲍连长。他教他学会了自己编草鞋。昭诚第一次听叶挺将军讲课时，就穿着自己编的草鞋。

新四军深知革命知识分子的重要，定期组织和选拔工农干部到教导团培训，也很注意培训新参加革命的城市青年。昭诚有高中一年级的文化，颇受上级爱惜。教导团有薛暮桥、冯定、朱金鄂等知名学者讲理论课，又对学员进行严格的军事训练和战术培训。

鲍连长把昭诚当成小弟弟，在军训之余，又热心教他瞄准、擦枪，还帮他练刺杀的技巧。对昭诚来说，拼刺似乎比瞄准要难得多，进步很慢。鲍连长有些急了，有天他在练兵场对昭诚说：“拼刺时，第一不能怕，你要让他感到，遇到你算他倒了霉，出手要快要狠！鬼子拼刺刀时，枪里是不装子弹的，因为短兵相接，开枪很容易打到自己人，对敌人杀伤并不大。不过你块头还没长出来。来，我教你……”他把昭诚叫到跟前，凑着耳朵说道：“你要是看到可能斗不过他，就在快拢时，朝他的腿开一枪，不管打不打得中，他的步伐一定大乱！”

“鲍大娃！你是不是又在教他怪名堂？”一旁走过来的苏教官对鲍连长喝道。他又转向昭诚：“曾昭诚，要想在战场上消灭敌人、保全自己，就要练好自己的本领，不能投机取巧。战场上经常不是一对一，你有多少花巧拿出来玩？”昭诚立正大声回答：“是！”

战场上的考验才是真格的，5 月，他第一次参加了真正的战斗，反击日寇的“扫荡”。日寇想消灭这一带的中国军队，尤其想摧毁新四军的军部要塞“父子岭”。

新四军在英勇阻击日寇

昭诚和教导团的其他学员隐蔽在树丛中的战壕里，他兴奋而紧张。

战前的时间好像很长，蚊虫趁机出来叮咬他。他忍着，免得打破这必须保持的寂静。而在家里，哪怕只有一只蚊子，妈妈也会来为他打扇和点蚊香的。

大约九点多钟，几架日本飞机来了，他们先是没有明确目标地用机枪乱扫。忽然间，空中强盗发现了隐蔽在山脚的一所白墙青瓦的卫生所，这立即成了他们的目标。在昭诚他们正为卫生所担忧时，一连串炸弹已经投下，顷刻间，那房子就被炸毁了。战士们都大惊失色，因为他们都知道，里面的护士和伤员一定就这样牺牲了。

他们的仇恨加速燃烧起来。不一会，友军那边阵地先打响了。敌人的炮弹开始向纵深、也向他们这边飞来。炮声震得耳朵发聋，看到树被连根拔起。昭诚想起鲍连长说的，新兵才会怕炮，老兵怕机枪点射，便拼命强迫自己像老兵一样镇静。

渐渐炮声稀了，代之以激烈的枪声；又过了一阵，枪声也稀少了些。昭诚看见友军52师的士兵溃逃下来，他们竟慌不择路地穿过新四军的阵地，就从昭诚他们不远走过，向他们主力所在的泾县方向逃去。

在他们后面，日寇的部队出现了，好家伙，装甲兵车在前面开道哩！但他们没有想到，一辆兵车狼狈地翻进了新四军和百姓一起挖好、并掩蔽得很巧妙的大坑中。

敌人的步兵在逐渐靠近，昭诚他们的阵地开火了。

他一直屏住气，决心要弹不虚发。他选择了一个容易瞄准的日军，但是第一枪就打高了。他气得骂了一声："死鬼子，长这么矮！"忽然，他又发现了一个在一棵树后、正端枪向我军瞄准的士兵，相对静止，很适合他射击。他默念着瞄准的要诀，一枪打去。只见那个鬼子应声滚下了坡，抢摔到了一边，摊开四肢，大约是死了。昭诚兴奋得轻轻欢呼了一声。

曾家的人开了杀戒了！

日军发现新四军阵地是他们最大的障碍，便组织轮番进攻。战斗越打越激烈。日本人在付出重大伤亡后，寸步未进。又绕道山底，企图借着一条冲沟躲开火力，直抵要塞，但立即遭到教导团"排枪"的狙击。

日军也杀红眼了！在山下用小钢炮猛烈地朝昭诚他们阵地轰击，步兵则利用冲沟中的乱石横木躲避着枪弹，慢慢向山上推进。在沿途都留下死尸后，鬼子终于冲到了新四军的阵地前沿。

白刃战开始了，一团三营营长李元站起来，大声喊道："同志们！死守住这个地方，跟我冲啊！"就带领着战士们跳出了战壕，与日军拼刺刀，拼手榴弹。他这一声喊，后来被写进新四军军旅作曲家何士德的歌曲《父子岭上》中。

打红了眼的昭诚，也和鲍连长一起跳了出去。他心里燃烧着对日寇的仇恨。他想，今天我决不能熊，如果牺牲了，也一定要够本，要为南京、为武汉，为千千万万死难的中国同胞报仇！

鲍连长喊着说："小曾，跟着我。把手榴弹拿出来，和我一起，先扔后拼刺刀！"

昭诚的手榴弹已经用了两颗，他把第三颗拿了出来，在快要和日寇接近时，跟着鲍连长扔了出去，自己连忙侧卧。爆炸声一响，他和鲍连长又猛跳起来，冲了上去。一个鬼子大概被震得天旋地转，还没有认清方向，昭诚已经使劲一枪戳进了他的左胸。

昭诚听得到那胸膛被刺穿和肋骨被切断的声音，敌人的血喷了出来。那鬼子白眼看了一眼昭诚，倒下了，痛苦地抽搐着。昭诚自己也吓傻了，他觉得自己手有些发软，毕竟这样杀人的感觉和射杀是大不相同的。

“你在等死啊！小曾！”鲍连长的骂喊声提醒了他，他又跟了上去。幸好日寇刚才在掉头溃逃，不然他的犹豫实在是太危险了。

残酷的战斗进行了七个小时，结果日寇狼狈退兵了。我军也付出了很大伤亡。战斗最激烈的那个阵地上的第二连战士，几乎全部牺牲。其中，百分之八十是共产党员，包括不少长征时留下的老红军，其他是抗战后加入的新兵。

昭诚后来回忆：“我第一次上战场，就至少杀死了一个日本鬼子。以后每次打仗我都想，我已经够本，后来杀的鬼子，都是帮我的同胞们赚的。但是我承认，那天的战斗中，我害怕了好几次。”

由于他的英勇表现，1939 年 6 月，在他参军不到半年、还没满十七岁时，就被吸收加入了中国共产党。

历史的教训，已使共产党成熟和老练。当时党员身份，连在新四军内都是保密的。

从 5 月 18 日到 12 月下旬，昭诚又参加了在芜湖左翼繁昌，配合友军反击日寇七次扫荡的战斗。

新四军在多山地区，袭扰、钳制、阻击和消耗敌军，让日军疲于奔命，步骑兵、迫击炮、重机枪发挥不了优势。战斗空前激烈，日寇曾几度攻占了繁昌，我军又一再反击夺回。在一次巷战中，昭诚第一次挂彩，左臂中弹。

在七保繁昌战斗期间，他还兼任文化教员，凭着在武汉歌咏运动中的经验，他还在部队教唱战斗歌曲：

……我们站在父子岭上

高喊“同志们守住这个地方”……

又如：

皖南门户长江边上　平静的繁昌

……峨山头的搏斗　汤口坝的血战

我们用雪亮的刺刀　暴烈的手榴弹

……七次伟大的胜利　我们坚决地保卫了繁昌

他的忠诚勇敢，得到了组织的肯定。这年的8月，他被提前转为了正式党员。

不久，他又被调到了“学兵队”。学兵队有班长级干部和老战士七八十人，他兼任党支部书记，已有通讯员、卫生员随行了。苏教导员鼓励他说：“好好工作，只要你能当好指导员，将来就能当好团政治部主任。”

这年春节，他步行了十几里山路，去看大姐。姐弟俩商量好后，一起给父母写了封信，隐讳地说“在韩铸仁先生的公司做事”，按重庆南岸的地址寄出。

这封信辗转千里，到了在木洞的广诚手中，广诚和静娴悬着的心总算放下了一半。他们终于得到证实，自己的女儿和小儿子，的确是跑到“那边”去了。广诚推断，信里既然说了姐弟俩在一起，女兵不会上前线，那昭诚显然也不用扛枪的了。他们一定在那边就是抄抄写写，教教歌，做点后勤，部队里这号人多得很，说不定昭诚还可受点历练。他自信地对静娴说，凭自己与韩副官的生死患难交情，韩铸仁断不会要他曾广诚十六岁的孩子去扛枪打仗。再说，昭萍一去就送了七千元大礼，韩副官哪会不知道这是我广诚在爱国呢，他会晓得如何做人的。

他说得竟然像有些得意，不仅当然地给自己冠以“爱国商人”“义举”的想象来自我满足，还给自己罗列了一堆应安心在大后方过日子的理由。然后，他和静娴两人彼此都装得很相信这些推断。

而从昭琳的最新来信中，已得知她在长途迁徙的途中安然躲过了所有劫难，社会上流传的艺专车队在冷水铺遭土匪袭击抢劫的灾难中，她却因所乘车掉在后面幸免于难，已经安全抵达到昆明复课。那么，在离汉一年多后，子女们都还是安全的。在战乱中，这就足够了，多的都不能奢求。

但是有一条他们绝不会麻痹，就是对外仍说昭萍姐弟在上海，绝不向任何人透露半点“那边”的消息，这一手必须留着！国共合作的事，他们从来都没相信能靠得住。

七、难以抚平的创伤

昭舫正在古路坝过着他从未经历过的苦日子。自日寇攻取了南宁后，中国海岸被日寇彻底封锁。大后方的生活越来越艰难。粮价涨了数倍，学生们的贷金每月才加了五元。而教师们工资几乎没变。不法商人还趁机在粮食中洒水、掺沙。每天，师生们吃着受潮、甚至发霉变黑的陈米，其中还杂着稗子、蚂蚁，有时干脆没有米饭，一连数天吃带霉烂味、苦如中药的苕干，叫人简直难以下咽。菜肴就更不消说，几乎天天都是白水煮老菜叶，清淡得见不到油盐。如果有一盆萝卜汤，那就称得上盛餐，不少学生因吃不了这苦而离校跑了。

昭舫很长时间都没有收到父亲寄来的钱，很少能到校外的小餐馆去改善一下。但一向被人认为大手大脚大少爷的他，却能很淡然面对生活的艰难。

收到二姐和毓章结婚的喜讯时，因交通太不方便，昭舫没能回渝参加婚礼，这让他十分遗憾。二姐是他成长中的保护神，豫章是与他出生入死的知己。他写了信祝贺后，感到加倍的孤独。加之童柏森从3月起就去了昆明实习，到6月才回院。仅仅一个月后就毕了业，被保荐到军政部兵工署。昭舫更是觉得寂寞难耐。

尚未淡忘的伤痛，借势又向他袭来。昭舫闷坐在房里，摆脱不了苦愁的纠缠，便拿出自己的长箫，吹起了据说是蔡邕传下的古曲《空山忆故人》。

他好久都未吹过箫了，但音乐毕竟早就是他生命的一部分。忧郁而深沉的箫乐声，在汉中的夜空中回响起来，哀转不散，加深着他的寂寥与苦愁。

忽然听到门外有人在说话："就是这里。你喊门啊！曾昭舫，有人找你。"

昭舫离开了自己刚进入的意境，随手把箫放在床上，走去开门一看，着实地吃了一惊：门口竟站着章祯青！他脱口问道："你？你怎么来了？"

祯青显然不满意他的问话。曾昭舫，你就这么麻木和迟钝么？几年来，她已经从一个小女生成长为一个玉树临风的花季少女。而那段与他一起投身爱国歌咏运动的洪波和以后出生入死、影形相伴的经历，已使她灼热地爱上了这个她当年的崇拜偶像。

爱情本来就能使人盲目和幼稚。昭舫在武汉歌咏活动中的出类拔萃，早就迷住了她。后来，他在宜昌轰炸时的从容，在崆岭沉船时的冷静练达，在她看来，此人是如此的完美。到合川读书后，她再也无法摆脱他的形象，苦熬着，一心等着假期到来去找他。

昭舫刚问完话，忽然间自己全想明白了。只是此刻他哪还有这份心绪？然而他又怎么能轻视和亵渎这无比纯真、无比珍贵的感情呢？

他只好找到房东，请他帮祯青找了一间房，先安顿下来。

他把她带到小镇的一间餐馆吃饭。祯青显然很兴奋，滔滔不绝地讲述自己这次孤独而离奇的旅行。由于缺少汽油，多处长途汽车都不能正常营运。偶尔上路的长途客车，不少竟是用木炭作燃料的！而显得稀缺精贵的汽车司机，在人们印象中已恶劣得与土匪差不多。但她顾不上这多，跑到重庆找到了已经回到大后方、并接来了母亲和弟弟的马莉。在她的帮助下，居然搭乘到了一部中央银行运送钞票的大卡车。她就坐在钞票木箱上，经成都、剑阁……一路颠簸劳累，满面尘土，除了晚上各自住入公路边的小店休息外，从不下车。在艰难的蜀道上竟走了 14 天！到达了古路坝。

昭舫禁不住奇怪地问："不下车，你吃什么啊？"

祯青满不在乎地说："我带了一只布枕套啊！我在重庆，叫马莉帮我买了一大盘卤鸡翅膀，装在这个布枕套里头，路上饿了，就抓出一只鸡翅膀啃着充饥。"

昭舫看着她仍然不乏稚气的双眼，那神气好是可爱。他摇着头叹气道："就吃那么点？你真是个神仙！"

祯青兴奋地说："你才是神仙呢！你的箫吹得真好听。还在小巷口，我就在想，想不到这种地方还有这样的高人。嗨，原来这高人就是你！"

昭舫被说得有些不好意思，说："我吹得不好，读中学时跟连老师学的。也不知他现在怎样了。"

祯青说："我可不是恭维，我不懂音乐，连我都能感动的乐曲，我想一定是真好。它让我想起了李清照的《凤凰台上忆吹箫》：'……生怕闲愁暗恨，多少事，欲说还休？今年瘦，非干病酒，不是悲秋。休休！这回去也，千万遍《阳关》，也则难留……'"

昭舫正好被说动满腹愁肠，也不去扫她的兴，便沉默不语。

祯青的到来暂时冲淡了昭舫的落寞。接下来几天，他带她参观了学校，游历了周围的景点张骞墓、武侯祠等。并以一个兄长的口气，详细询问了她在“合川五中”的学习生活。

他们站在学校附近一处高坡，放眼望去，竹林散落遍野，每隔一段路就有山溪潺潺流过，山上，树木郁郁葱葱，低坡上野菊、槐花等竞相绽放，飘香阵阵，令人心旷神怡。农田则从半山一片绿色、往下渐渐过渡成金黄色的麦地，到山脚坝子，则是已被收割后的褐色土地了。古朴的村落，散落点缀在一层层梯田边的一簇簇竹林中，如同一幅巨大的水墨画，全部铺陈在他们面前。

在寂静中展开的仲夏美景，竟如同无数尖刀一样，刺得昭舫心痛。陶醉在如画景色中的祯青发现昭舫脸色阴沉，大为不解地问：“这样的美景都不能打动你？在大家的印象中，你是个乐观、幽默的人。知道吗？崆岭那么九死一生的沉船，因为有你，我不但没有觉得一点恐怖，反倒觉得充满了刺激和浪漫。我把那些事讲给同学们听，嘿，你猜，竟让他们羡慕不已！我一个同学还说：‘要是我就好了！’可我现在怎么见到你整天都好像郁郁寡欢的？你有什么不快活的心事吗？”

昭舫不是一个有了痛苦就需要别人分担和怜悯的人，他早已决定，要把对楚妮的那份怀念永远深埋在心底，便说：“没有，我是看见纵横田埂，想起了曹操的诗。”他仿佛自言自语地吟道：“越陌度阡，枉用相存。契阔谈宴，心念旧恩。”

祯青有些失望，知道昭舫必不会是在说自己，但也没去追问究竟。

吃晚饭时，祯青忽然说：“曾昭舫，你帮我复习，我要考你们学校。”

简直又是突发奇想，昭舫觉得太不可思议了，立即反问道：“考我们学校？你中学还没有毕业呀！我听你讲，你在那里读了很多书，从司马迁到鲁迅，从萨福到狄更斯。古今中外，你爱好的尽是文科啊！你才读完高中一年级，进工科大学要考数理化的，你怎么考？”

祯青满不在乎地说：“我还不是也喜欢凡尔纳。再说，你可以帮我补课啊！”她看见昭舫疑惑的表情，又说：“我太喜欢陕南的景色了，真愿意在这里读书。你帮我，考不上不怪你，好不好？”

昭舫确实觉得她简直太孩子气了，也拗不过她，便从翌日起当真教起她数理化来，差不多两三天就要讲完一本书！昭舫不由回想起“晴川中学”老师们的教导,听他们授课简直是一种享受呢！他从他们那里学会了怎样从生活中的小现象入手,引导听者走入深奥的理化知识的殿堂。祯青听得还真有点兴趣,学得特别认真。超强的理解能力、也让昭舫对她的聪明有了更高的评价。

一个月后,祯青便去应考,到8月中旬考试结果下来,她除了数学外,物理和化学居然都及格了。当然,她还是没有能被录取。

“早知道这样,不该要你突击补课的。浪费时间,害得那么多天都不能玩。”祯青沮丧地说。

昭舫笑着说:“不管怎样,知识都是有用的,你以后学这些不可以少费些力吗?”

祯青立刻笑了,说:“我在学校,物理好多都没有搞懂,经你这回一讲,我以后再不怕数理化了。看来你是个好教师。”

昭舫微笑着摇了摇头。他以前听过太多女孩们的各种称赞了。不过他相信祯青的夸奖是出自内心的。

到暑假的最后十天,昭舫帮祯青乘上了学校去重庆的卡车。临走时,祯青竟流泪了。她追问着昭舫:“我一走你又会忘记了我吗?我给你写信、你还是只回寥寥几个字吗?你明年毕业以后,会把新地址告诉我吗?”昭舫耐心地、用满意的答复给了这个身边仅存的崇拜者。

“她太小了,太幼稚,不懂得这世上不知有多少比我优秀得多的人。”他在心里想道。“天真的小姑娘,我其实太平庸不过了啊!”

然而,当祯青离开古路坝后,昭舫不得不承认,她的来访,使自己得到了极大的宽慰和解脱,也抚平着他的伤痛。同时,她的离去,竟使自己感到了加倍的失落和空虚。而且,他的耳边总回响着那机敏而又带着几分稚气的语言,他心中也再无法驱去那个声音了。

抢购与抢兑

八、再创业广诚屡败

曾广诚已彻底断掉了再找龚省身做生意的最后指望。

从 1940 年夏天开始，法币不再稳定，四川物价开始逐月上涨。他不得不更加紧张地面对现实，作长期打算，设法让一家人生活能维持下去。

“我说过吧？吃一元钱少一元钱！”他不只是自言自语，还是说给静娴听。现在他的身边只剩下她和秋平。

他于是虚心地向房东学做榨菜、学制酒。四川人酿酒是高温制曲、老窖发酵、混蒸续渣，让他大开眼界。出酒时，酒香飘溢半里之外，真是好酒不怕巷子深。他甚至还和当地人合做肥皂。可能是因为离开了家乡的土壤吧，他一件都没能成功，连本钱都没赚回来。幸而出于从商多年的经验，他不断地通过颜家的门路，将手中的法币及时兑换成了银元，使得钞票贬值的损失降低了不少。

面对一连串的挫折，让他不时对昭萍的作为由愤怒升级到痛恨。不过，时日一久，他却慢慢想起了母亲卢氏说过的话。她说人的一生财富是注定的，如果太多，终是要失去的。于是他开始猜想，这是天意，让我曾广诚为国家捐了一大笔钱，昭萍拿去报国了，一个铜板都没有糟蹋。这一想，居然使他的心态大为平和。这时他才又想起了那位郑国的牛贩子弦高，想到弦高是自己挺身而出舍财救国，我曾广诚怎么这么勉强呢？能比上他一个小指头么？不过，七千元钱哪，也的确太叫人心疼了。

昭瑛结婚了，她的婚姻对他早没悬念。静娴觉得昭瑛自己的选择让自己满意就行。可广诚内心是抵触的，他并不为毓章的才华而满足，仅以认命的态度接受，并完全覆灭了自己对女儿婚事的所有痴心妄想。

当年暑假后，“国立艺专”再次在战乱中搬迁，迁到了重庆西边的壁山新校舍。在史无前例的长途流浪中，涉过千山万水的昭琳出现在了木洞。这是父女三人战乱离家后第一次重聚。静娴与昭琳抱头痛哭不止。静娴哭道：“女儿啊，你吃的苦比我们家每个人都多啊！”

昭琳极力宽慰着母亲，此时的她已经成长为国难中涌出的一代坚定勇敢、心存大爱的青年中的一员。她尽量淡化着自己几年经历的闻者无不色变的惊险，岔开话题说自己去重庆南开中学见到了二姐和姐夫。二姐已经怀孕，闲在家里。二姐夫在学校才华横溢，无人不知。广诚看到昭琳谈起二姐时洋溢着的亲情，想到自己对昭瑛婚姻的冷淡，不由心里也泛起一丝愧疚。

昭琳返校去后，也许是心中对昭萍昭诚的那份担忧，静娴竟变得更加沉默寡言，广诚也因一次次努力都劳而无功加倍消沉。

他反省自己的成功，原来一直是靠很多朋友帮助的呀！王兴汉、赵丙文没有入川，可曾昭泰……看来自己一个人的能力真的很有限，还是该去找找他们才对。他悔不该一到重庆就自己跑去香港，是不是已经把朋友们疏远了、怠慢了呢？

这个大年前后，豫章昭瑛都回了木洞看望他们，可新年团聚的气氛一点都不浓。广诚和静娴竟多日同时感到心惊肉跳。彼此都发现对方常语无伦次，但谁也不愿说破。不是因未归的昭舫昭琳，他们实在放心不下的是，在“那边”的两个儿女现在到底怎样呢？

九、昭诚浴血皖南

1940 年 7 月，曾昭萍和所在的新四军第二支队随陈毅、粟裕率领的部分主力渡江北上后，昭诚一个人留在了孤悬江南的新四军军部和皖南部队。

1941 年 1 月 4 日那天，新四军军部和直属队共约一万多人，奉命从云岭出发，拟向东经苏南、渡江北上。昭诚就在队中。

老天似乎在警示着一场灾难的临近，那天天气恶劣、风雨交加。部队在崎岖山路上行军了一昼夜后，所有人都疲惫不堪，上级下令在茂林修整了一天。

第三天，也就是 6 日清晨，苍黛幽静的山区枪炮声突然大作。昭诚和战友都不知道发生了什么事。

传令兵匆匆跑来，昭诚所在的学兵队紧急受令死守烟墩铺，掩护机关和上海来参军抗日的知识青年撤退。这次昭诚拿着一支七九步枪，发给了他一百发子弹，还有三斤米。他想，这么丰富的弹药粮草，任务一定很艰巨了。

果然，战斗一打响就激烈异常。昭诚认出面对的敌人了，竟然是曾并肩战斗和联欢过的“友军”！他们那劲头比打日本足多了！拉开就是两天一夜不停的攻打，先炮击、后冲锋，打得他们不停地补修工事，连烧柴煮饭的空隙时间都没有。

谁也不知到底发生了什么事，反正对面不停冲来的就是敌人，要活命就必须朝他们打、打、打！

这就是三战区司令顾祝同调集了八个师“友军”，在皖南泾县石岭地区对北移的新四军军部发起的突然进攻。后来的历史称之为“皖南事变”。

皖南事变九死一生突围出的新四军部队

血战到第二天下午，一块弹片飞来、击中了昭诚的头部。鲜血淌流下来，可怕地布满了左眼和半个脸，一直流到下巴和衣领上。

一个看上去最多只有十五岁小卫生员跑了过来，听口音是个上海姑娘，给他包伤。昭诚把她手推开，很内行地说："我伤得不重，头部血管丰富，看上去流血多点，根本不疼，按一下就不会流血了。节约纱布吧！"

小卫生员用清脆的上海口音严厉地说："你得听我的，我比你懂得多！"她那命令口气和神态，让昭诚不得不服从她。鲍连长过来看了下昭诚的伤，骂道："狗日的这帮顽军，跟日本人还没打就跑，打起新四军来下手这么狠！"

昭诚正用手抓着积雪擦脸上的血污，通讯员传来了命令："撤！'学兵队'就地解散，人员另行安排！"

随即，昭诚和鲍连长被分派到了机枪连。

为趁黑绕过敌人，他们顾不得又饿又困，赶了一整晚路，方向却是向南。终于转到了敌人后方的山侧了，大家都以为走出了第一道包围圈，哪料山头早有国民党军埋伏着守株待兔。

原来往南是一条死路！

包括鲍大娃（这下是一排长）在内，战士们根本不知道敌人在怎样下套，新四军军部在发生些什么事，是谁在指挥、下一步怎么办。现在机枪连只凭着本能的生存欲望，又转向东北、拼命朝苏南方向杀去。

好不容易杀出到火力封锁外，他们发现自己已变成一支孤军了。

他们哪知道自己正处在一场精心策划的罪恶阴谋的漩涡，十倍的精兵正摆下天罗地网来消灭这支装备简陋的抗日武装！而新四军军部却还在为突围方向争论不休！

新四军零散突围战士自觉集结，共产党领导的队伍永远不倒

鲍排长被命带昭诚等作为先头部队，向一条小岔路侦察。

昭诚从没有过侦察经验，加上三天两夜没睡觉，已经很困了，每一步都像是软绵绵的。尽管他格外小心，还是“一不小心”惊动了山鸟。只听得咕咕几声鸟叫声，一群鸟扑扑地冲向了晨空。

鲍大娃好生气，这个错误可能就会导致死亡！

他正向昭诚投去责备的目光，却听到一阵更惊惶的逃命惨叫声。原来那群鸟惊动了几十米外的一个“国军”阵地，埋伏那里的一二十个人以为是大队新四军从天而降，吓得拔腿就跑。鲍排长和昭诚并没有开枪，就势跟着冲了过去。对方却已一溜烟跑光了，居然甩下了一架重型机枪和几箱子弹留给他们。

机枪连的关连长喜出望外，若不是这群脓包敌兵怕死，这挺机枪守在这条路上，谁也别想活着出去，想不到昭诚惊动鸟群还成了好事。关连长舍不得意外之财，他不听鲍排长“突围不要辎重”的建议，命令一个扛枪管，一个扛三脚架，一个扛结合部转盘(扛结合部的人还要提一桶水)。其余每人都分工扛子弹。

昭诚被分配扛枪管，这枪管重35公斤。他从没做过体力活，才站直腰，黄豆大的汗珠就如雨下来；多走了几步，腿就开始打战，头上的伤口也开始胀痛起来。然而他懂得，身为战士，必须咬牙扛着，还得跋山涉水。好个口粗心细的鲍排长，看出昭诚不行，过来就要将枪管接过去。昭诚坚持不让。汉阳三爷嘴巴犟，鲍排长只好依了他。说来也怪，争着犟着，昭诚反觉得不那么重了，但不久还是被鲍排长坚持换了下来。

这支孤独的小队伍走着走着，下午竟又与大部队走汇合了。这下他们才搞明白，是战区司令顾祝同布了阵要消灭他们，形势十分险恶。

还没歇口气，他们又被马上命令参加抢占高处的一个敌方阵地。

我方的一门迫击炮开始发威，几下就把敌人机枪打哑。昭诚等趁机越过开阔地冲了上去。不料，这时侧翼山坡上竟突然出现了一股敌人。关连长眼快，用力把身边的昭诚往山坡一推。也就这时，一排枪弹朝这边飞来。昭诚刚明白自己躲过了一场杀身之祸，却见关连长捂着肝部“啊”了一声，随即倒下。

昭诚和鲍排长都连忙爬到关连长身边。鲍排长朝后大声喊：“卫生员呢？”

关连长腰上血如泉涌。他睁圆双眼、使劲瞪着鲍排长，吃力地说了声：“你来……指挥。”就断了气。

鲍大娃愤怒得要发狂了。他从树丛中操起一挺敌人丢下的德制伯朗宁轻机枪，狂吼着，朝那边山坡扫去。昭诚也举起枪连连往那边射击。那群敌人被他俩的气势吓坏了，倒下了几个，余下的掉头四处逃窜。

战士们挖了个坑，埋葬了关连长和另外两个牺牲的战友。昭诚与关连长认识仅一天，连名字都还不知道。为了让他避开枪弹，关连长竟牺牲了自己年轻的生命。想到这，昭诚忍不住抽泣起来。

鲍排长拍了拍他的肩："帮他完成革命吧！战士是不能随便流泪的。"不想他一说，昭诚和机枪连的老战士竟一起哭出了声来。鲍排长强忍住悲痛说："让老关在这里休息吧！我们去帮他杀鬼子、杀反动派！"

昭诚无法忍住哭。他知道，战场上不知多少战士都是尸暴荒野，任野兽啃噬；还有不知多少受伤得不到救治、却无可奈何地听任死亡慢慢到来的人，连名字都没有留下一个。

随后开始了僵持局面，双方互相打着冷枪。派出侦察的人回来说，前方发现大股敌军，从这个方向不可能突围！

很快他们明白，自己的大部队竟已放弃了这条路径，但却无法联系上了。老鲍回头看了一眼他们刚才冲过的那片开阔地，也已被敌军用机枪封死，后退也不行了。他们成了陷入死角的孤军！

他叫大家不要慌，因为他们还占着一个十分有利的地形，这是制高处的隐蔽死角。他很冷静地叫大家就地轮流休息，等天黑了再设法转移。

昭诚体力早就透支，迫切需要休息，什么危险、死亡现在对他已都变得无足轻重，一听从鲍排长口中说出这话，居然就什么也不知道地睡着了。但好像仅过了一眨眼的工夫，就感到鲍排长在用脚踢他。睁开眼一看，天竟然已经全黑，原来一觉就睡了几个小时。这时他感到了彻骨的冷，两个牙齿打颤打的像机枪。昭诚奇怪，刚才睡着时怎么不知道冷呢？

鲍排长聚齐大家低声说："大家振作起来，我们不能等死，得趁黑悄悄撤出去。跟着我，小心别弄出声来。"

这七八十号人信服地跟着他，在漆黑中向左边的山沟摸去，朝山顶方向匍匐着前进。一路上可以清楚看到四边山上都有敌人的篝火和火把。看来顾祝同已将他们铁桶般围困。

现在所有的人都明白形势的严峻了：敌人想将他们分割消灭！

但是共产党率领的军心向来都是非凡地坚定，从创立以来便是无法击垮的！叶挺带出来的部队更是铁军！

他们互相帮助着，在雪地里爬行，隐蔽前进。就这样，又走了一夜加一整天，其实总共才在地图上走了四十里，还没能到达山顶！

大家已经又累又饿。昭诚也学大家，边走边解开生米袋，抓些积雪，硬嚼咽下去充饥。不料过了一会，饿没减轻，肚子却开始发起胀来。

偏偏天又下起了雨，而且越下越大。昭诚头上的纱布都湿透了，从头上流下来不知是雨水还是伤疤被泡开后淌出的新血。地上变得泥泞不堪，一步一滑。此时，昭诚只觉得困极了、累极了、饿极了、冷极了。死亡对他来说，已经不比现状可怕。他切身感到这时的第一需要的是睡，尽管一旦睡熟，或者就冻死、饿死了，但也许就解脱了这越来越沉重的折磨。

美丽的黄山啊，为什么此时成了抗日战士的生死绝地啊？

他在走着、走着，仿佛也在睡着、睡着，神志近乎麻木地溶入又一个夜色的混沌之中。昭诚一次次在意志的坚守下猛迫自己清醒，告诫自己决不能掉队，一定要活出去！日本人还没打完哩，不是还要参加解放全人类的战斗吗？坚决不能死在某些中国人的阴谋里。他走着、走着，仿佛看见了妈妈，看见了大姐，看见了所有的亲人，甚至还看见了田爷爷和“通成”的店员们……

忽然他听到传来一阵抑制着的欢呼声，瞬间又清醒过来，警惕地飞快把枪端在了手中。原来是前面遇到了新四军的岗哨。他们又与军部会合了。

这里的地名叫做石井坑，四面环山，东西约三公里，南北约四五公里。山沟里零散着几处小村子，总共不足百来户人家。大家听说叶挺将军就在这里亲自指挥，顿感信心。昭诚兴奋了不到五分钟，就放心地睡着了。就在他睡着的半天多时间里，军部能干的司务长居然从老百姓那里买来一口猪，又煮了几袋米。昭诚被叫醒来，饱餐了一顿。好痛快啊！他觉得自己又能够坚持几天了！

但事实与他们以为的相反，形势正越来越糟，四面布阵长达数十里的重兵，正在收缩包围圈。长达十里的战线一直在拼搏，烈火腾天。

鲍排长向大家传达了“掉过头来向北方突围”的计划。

军部参谋长冯达非，一个满口广东腔的、赴苏联留学归来的干部，走过来大声问：“你说的那个高中新(生)在哪里？”鲍排长便叫道：“曾昭诚！”昭诚应声而出。冯达非叫他把步枪交给鲍排长，递给他一把盒子枪，然后让他扛起一架六零小钢炮。一起叫了六个人，其余的扛炮弹。

他们跟着冯达非小跑了约一公里路，上了一个小山峰。冯达非看了看山下如同蚁群般、向上涌来的敌军，对昭诚说：“你学我酱（这样），新区大拇几（伸出大拇指），看，借系（这是）个相系三国形（相似三角形）……”他教他单腿跪地，估计和计算出距离，教他瞄准、装弹、发射。

昭诚估算出大股敌军离他们最多三百米，就按着他的方法发射。只听一声巨响，把他自己耳朵都差点震聋了，炮弹在敌军阵中开了花。

昭诚的炮越打越好，他们的火力有力地压制住了敌人的冲锋。由炮弹开路，老一团团长傅秋涛首先带着上千战士，成功突出了重围[①]。

昭诚跟随军部打到第五天下午时，更多的敌人又重重围了上来。他看见自己人在山沟里反复冲杀，被打得转来转去。但是，他又看到了镇定自若的叶挺军长，正与作曲家任光——他和哥哥都很喜欢他的《渔光曲》，他也学大家一样叫他“王老五”——在说着话。军中没有人惊慌，仿佛面对的只是一次很普通的遭遇战。其实他知道，倒下的同志已越来越多，战场上，没了及时的救治，一旦受了重伤，就只有等着自己的血慢慢流光而死去。而他们能够杀出去的可能性已经越来越小了。

到第六天，敌人竟然用飞机来助战了，重机枪从高空向新四军阵地扫射，威胁大大增加了。昭诚很诧异，他听说自武汉失守后，中国已经没有力量与日寇争夺制空权，只有任日本飞机横行。那么，蒋委员长从哪里找来了飞机呢？他为什么这样不顾血本、把这么稀有的飞机用来对付这股不足万人、几乎有一半非战斗人员的新四军军部呢？

在国民党40师的强攻下，新四军东流山及其以北高地终于失守。接着，白山等阵地和军部南北各高地也相继失守。

昭诚已经打完了炮弹，又奉命回到了机枪连。当夜幕将再次降临时，鲍排长指着昭诚白天打炮的那个小山峰对大家高喊：“把重机枪架到那个山包上，我们排负责掩护军部突围！”

---

① 据史载，这是皖南事变中新四军突围出来的最大的一支队伍。

敌军正加紧包围上来。机枪刚架好,包围圈已缩小到了不足三百米。清晰地听得到敌军的叫嚣声:“活捉叶挺,赏金十万!”

关连长牺牲前命令他们辛苦背出来的重机枪响了,这下发挥了大作用!狂泻的子弹,压控着一大片,敌军又被打到了千米以外。

这当儿,昭诚听到传来让他格外痛心的消息:作曲家任光被敌人的流弹打中,牺牲了。

我们的作曲家怎么被打中了?他能给千万人的生活带来那么优美的旋律!他比我们更该活下去啊!昭诚愤怒了,与战士们打红眼了,一直拼杀到后半夜,敌人的攻势才渐渐减弱。

鲍排长把剩下的不足五十名战斗人员和那个小卫生员叫到一起,说:“同志们,接到通知,军部已经安全转移,我们的掩护任务已经完成。但是我们再不能去跟在军部后面追了,那样会很快被消灭的。要想活、想不当俘虏,我们只能避开重兵,拼命冲过左边的那个山坳再往北,自己找条路。如果打散了,就自己去江北找部队。记住,要么是苏南,要么是去无为县,都有我们的新四军。谁能活出去,就是胜利!”

他们忍痛破坏了那挺来之不易的重机枪,把它扔进了山谷,然后偷偷向左山摸去。

上到那山坳顶,才发现那是个两人高的坎子,像个鱼背,险峻得让人不得不小心慢行。哪晓得就在这迟缓的一瞬,一梭机枪打了过来,马上有人倒下。

敌人又发现他们了!

鲍排长喊了声:“卧倒,快滑下去!”战士们纷纷趴在地上往坎子下硬着头皮滑下去。昭诚才蹲下,就听见小卫生员“啊”了一声,昭诚一看,她已倒在地上。

昭诚爬到她跟前,问:“你哪里伤了?你的绷带呢?”只见那姑娘摇了摇头,大团的血正从她的胸前和嘴里涌出。昭诚慌忙把她的医务包打开,里面除了一把剪刀、几个空药瓶和一个掌心大的小日记本,其余什么都没有!姑娘使出最后的劲说:“补……补我一枪,别告……告诉我……我妈……妈妈。”

昭诚慌了,说:“你坚持住啊,我背你走!”他飞快解下姑娘的绑腿,用力帮她在胸前包扎。看见血还在往外渗,他又把自己头上的脏绷带也扯了下来,包在外面。这才把她背上,一起溜下山坳,居然还站稳了。这时,鲍排长也最后一个滑了下来。

昭诚背着小卫生员，又翻过一个山坳后，天已大亮。他小心地放下那小卫生员，这才发现她已经死了。

昭诚忍不住痛哭起来，这是他几天以来的第二次痛哭。他边哭边用冯达非给他的手枪柄和剪刀在山边刨着坑，两个战士也拿着刺刀哭着来帮他。他们都知道，敌军中有些人渣是怎样对付我军被俘的女战士和牺牲女同志的遗体的，他们绝不让自己神圣的战友受到流氓们的蹂躏和亵渎。

昭诚埋葬了小卫生员，设法在周围作了几处记号，决心终有一天要过来找她。他打开她的那个小日记本，里面娟秀的字体记录着一些急救知识，后面有一个上海闸北区的地址，大概是她的家。他这才知道姑娘复姓欧阳，这个年龄的上海女孩应该还在读初中，无忧无虑，可能还常吊在妈妈的脖子上撒娇呢！昭诚心里说不出的难受，一个花季少女就这样死在了中国人自己的枪下，他真想对眼前包围他们的"友军"们说："你们是一群日寇的帮凶！"

上官云湘将军似乎很想彻底消灭这支与他们同属第32集团军的、不足五十人的疲惫之师，一个活的都不留！昭诚他们于是就在自己的同胞的铁桶般的包围圈中，面对四面射来的弹雨，冲啊、杀啊！逃啊、躲啊！行上一段，又开始冲啊、杀啊！逃啊、躲啊！他们打死出现在跟前的任何一个敌人，此刻求生的欲望已使他们思想麻木，"友军"的概念在他们脑中已没了容身之地，一双双眼睛发红地向外透着拼死的杀气。

又是血战的一天过去了。这天夜晚，他们总算向北突进了四五十里。昭诚发现，给他信心的鲍连长已不知去向，他的身后仅只跟着三个持步枪的战士。

难忍的饥渴给了昭诚冒险的胆量，他竟冲到一处毫无遮掩的坡脚，拾起了一个上面滚下来的军用水壶。他太幸运了，没有人向他射击。他转身又躲回山沟的茅草中，与战友们分享那半壶宝贵的水。

大股敌军还在山上搜捕幸存的新四军战士，肆意地射杀着。多少次、连敌人说话声音他们都能清楚听到，但他们居然一次次侥幸躲过了，等待到了天黑。

趁夜色，他们且躲且跑，连夜又走过了茂林——皖南打响第一枪的地方。村中已再无人烟。他们趁天没亮又赶了30里，看到了一个小村庄。

这里有百姓了，村名是"大坑王"。他们走进一个小院，闯见了一个老乡。

那老乡把厨房指了指，就躲不见了。他们顾不了许多，便进去大口喝饱了生水，紧张地把水壶灌满，正吃着很少的一点剩饭时，忽然又响起了机枪声。

昭诚以为又碰上敌人了！但很快想明白了，响枪那边应该是新四军军部机关，由叶挺将军带领着，大约有四百多非战斗人员，离他们仅有几里山路。但之间隔着一道险要的沟口，两山守卫着“国军”52师——这个父子岭战役被他们从日本人的追击中掩护救下的部队——死死封锁住了这唯一的道路。

他们赶快走出了小村子，也许马上又有敌人发现他们了，两挺机枪朝他们点射了几梭子。但不知是不是见他们人太少，竟没有来追杀。

昭诚只好放弃了去找军部会合的打算，又隐蔽地折向正北。正是这一决定太明智了，竟让他们侥幸逃脱了杀身之祸。

他们小心地前进，差点一头闯进“国军”52师驻地。幸而昭诚眼快，又迅速掉头折向东北方。盲目地走了一阵后，眼前出现了一条傍山的大路。他们便靠着山，小心地沿路一气走了30里。

这已进入了泾县境界，似乎很久都没有听到枪声了，昭诚他们相信，自己终于逃出了包围。其实，是顾祝同趁叶挺将军前往交涉抗议时，将其“活捉”。军部的所有人员也落入了魔掌。这场“围歼新四军”的战争已经结束了。

七天七夜的时间里，皖南新四军军部9000多人，在国民党军7个整师、8万余人的围歼下，六千余名优秀儿女牺牲在东流山下，一千多人被俘，仅有两千余人冲出了重围。

这是一次令亲者所痛、仇者闻快的同室操戈。这里特别引用大汉奸汪精卫的一句评价：“数年来蒋介石未做一件好事，唯此次尚属一个好人。”

昭诚他们成了真正的溃败散兵，沿路小心地找着孤独偏僻的人家。幸好百姓们心中都有杆秤，很明显地同情他们，让他们有一顿无一顿地吃了些东西。有人告诉他们，应该再继续向北到清弋江。那是长江的一条支流，经芜湖流入长江。

他们把自己装成国民党军，反正军装帽徽本来就一样，不避路人，大摇大摆地又走了30多里。下午四点过钟，到了泾县城西关半里外。

冤家路窄，迎面竟来了一群出关散步的国军军官。昭诚看出对方一定是从破旧的军装上猜出他们是什么部队了。便心一横，用杀红了的眼神射出随时准备拼命的凶光死盯着他们，那群军人竟吓得脖子都直了，放开脚步赶快走了。

绕过城门口，涉过一条小溪后，他们遇到一个自称是“自己人”的男人，给了他们一些大饼充饥。根据他的指路，当晚，他们到达了青弋江边，又被一家四口人冒险用小船送过了百来米宽的清弋江。

在这些化装成百姓的地下党帮助下，昭诚已来到他曾多次与鬼子交锋过的地界，这一带地形他熟透了。便一个人走在前，让同伴们在后面十几米跟着。

然后他们连夜翻过小岭，再次撞上了几个游逛的敌军，双方立即对峙。昭诚大声狂言：“这条路，我们新四军经常走，你还想在这里活不？我这几天在那边山里头杀红了眼。这一片也都是打熟了的！”把那几个吓得没命地跑了。

其实，他们自己早已疲惫不堪。但不敢休息，连夜翻过了大岭，又走了三十几里路后，到了宣纸坊。

已经又是一个拂晓了，这是一处和平的小村，一家家纸坊在用竹子纤维打成纸浆，往小墙上敷，干后剥下，是著名的中国书法绘画用宣纸的产地。昭诚略知当地的情况，直接找到当地甲长家，给了他一块大洋，请他去买来些大米饭。

一人一大碗，咸菜萝卜干，大家总算舒舒服服吃了顿饱饭。

他们不敢休息，又穿过南陵县。再次经过了几天前战斗打响时他曾奉命死守的烟墩铺，竟又会集到九个战士。大家便开了个会，推举昭诚担任总带队。

再走，过有砌铺，下长江。又经过两天的艰苦跋涉，继续收留了些被打散的、死里逃生的新四军战士。一路上，也曾数次避开敌军。此外，还要小心冒着被贪财的“乡亲们”告密领赏的危险。昭诚带着这支临时聚集却无比坚强的队伍，不停留地走啊、走啊，一心要到江北去，回到自己的部队。

腊月二十五的半夜，天上降下了鹅毛大雪，路坎河沟都被白雪覆盖。他们沿着江边大堤走着，路已完全看不清楚，十分危险。而他们的衣服都很单薄，在冷风中冻得打哆嗦。昭诚这才切身体会到，当人冷到极致时，最冷的地方不是手、脚、不是背脊，竟然是睾丸！冷得剧痛！他们咬牙忍受着，坚持走到了芜湖西南江边的“旧镇”。

这一带是敌我犬牙交错的混杂地区。西边不远的荻港就有日本鬼子。但昭诚知道，新四军五团在此有地下党组织。

当他们终于找到了当地“基本群众”的家后，昭诚已经严重透支，竟突然夜盲了！

但他是万幸的，在这里有自己的组织和群众。他们煮了猪肝汤为他治病，让他很快就恢复了视力。

“老乡们太好了！”昭诚想，“如果我瞎了，还怎么打日本呢？”

日寇巡江很严，一时过不了江。大年初一那天，他们曾乘木船尝试过一次，结果被日本军舰发现并枪击，只得又折回江南。他们便听从群众的意见，干脆在他们保护下舒舒服服地休息了几天。几天后，大家的体力得到了很大的恢复，然而他们还是心急如焚，希望快些归队。

熬到大年初四(1月30日)，昭诚才终于带着那十几个战士，乘夜藏进一艘有棚的木船，悄声渡过了长江，到达了江北。登岸后，他们顺利地找到了新四军的部队收容处。这里，他见到了同样历尽艰辛来此的鲍连长和二十几个熟识的战友。

这回是鲍连长先哭了，这个能给战友力量的硬汉忽然冲到门外，朝江南跪下，大哭不止，那冤屈的声音，足以感天动地。

劫后余生的战士们在昭诚带领下唱，响了新四军的军歌：

光荣北伐武昌城下，血染着我们的姓名……

千百次抗争，风雪饥寒；千万里转战，穷山野营……

东进，东进！我们是铁的新四军！

那些想在历史的长河中，搭载自己私货的人的阴谋破产了。新四军军部已经重建，陈毅代理军长。新四军的光荣军旗不倒！人民的铁军不可战胜！

新四军军部。左起：陈毅、项英、袁国平、李一氓、朱克靖、粟裕、叶挺

当晚，昭诚躺在暖和的床上，回想着1月6日以来的一幕幕惊心动魄的战斗。他居然奇迹般地、带伤逃过了这场同室操戈的大劫。现在，十八岁的他，已经是一个成熟的战士了。

十、重庆的湖北帮

毓章夫妻又返回重庆后，广诚整日里还是坐立不安。他否认了这是因为自己多种创业尝试都失败的缘故，也从未猜想过天地间是否有感应（这正是昭诚在皖南九死一生的那个月），只觉得在木洞小庙中的求神进香远远不够表达其虔诚，终于向静娴建议去峨眉山烧高香，以求菩萨保佑他子女平安，也祈求帮他“转运”、摆脱一年多来的低迷。

他们真个带上秋平出门旅行了，到达了峨眉。

在坐滑竿上山的那天，竟遇见了来佛地寻求解脱的童瑨。

数月前，童瑨从侄子童柏森的一封急信中，知道了楚妮的噩耗。这让他顿时如遭晴天霹雳。想到一向就对萧雨杨有愧疚，理应和她分担这份沉重的悲痛。于是他运用他的神通，搭乘上了一架军用飞机，急匆匆地赶到了汉中。

一路上，童瑨想明白了，楚妮的死固然是日本鬼子欠下的血债，但自己也是有责任的。董必武先生曾说过，想叫楚妮到重庆《新华日报》社的。如果不是因自己过于担心她的安危，安排人处处跟着她，使她感受到禁锢而愤然出走，女儿断不会这么年轻就失去生命。

他后悔得痛不欲生，见了妻子的面后，竟不能说出半句劝慰的话，一个人关在房里失声痛哭。

他回忆自己在武汉何等神通广大，现在在四川大不如前。而前方战绩不佳，雪恨难望时日，不禁有万念俱灰之感。他懂得再也无法奢求与萧雨杨破镜重圆。在彼此冷对了十来天后，又独自怅然返回了重庆。剐心的痛苦却只能埋在心底，不敢对任何人诉说。最后还是没能瞒过老太太，只好又花更多的心思极力化解老太太的悲痛，对外却谎称女儿在宜昌的空袭中遇难。

颜秉兰见童瑨情绪非常低沉，劝他上峨眉山休养一下，还为他介绍了位峨眉的高僧，以及一个由几位武林高手在峨眉办的武馆。童老太太也怕儿子闷出病来，便和四姨太把童瑨劝出来，上峨眉山散心。

童瑨在这里遇见广诚，情绪一下放松了不少。此时，有这位能剖开心扉的知己陪他,真是上天的刻意安排。他让女眷们和静娴在一起活动,自己则和广诚二人每天形影不离。

两人在外人面前只是谈佛论道,切磋武术。背地里却是童瑨先问起昭萍和昭诚。广诚搪塞说还在上海后,童瑨失女之痛再也控制不住,声泪俱下地敞开了压抑多日的悲伤。以前他从未让人知道楚妮去了哪里,所以他的痛苦也无人能分担,而现在面对广诚,一下喷涌而出,撼天动地。广诚这才知道楚妮的死讯。他看到战争居然能给这位强人带来如此创伤,想到儿子昭舫和楚妮多年的情谊,也想起自己的满腹牵挂,也不由同声痛哭,十分贴心地为童瑨分担着忧愤。他兄长般的真情,让童瑨大为感动。

他们难得地共处了一个多月,共同饱览甲秀天下的美景与佛教圣地。回重庆以后,童瑨盛情地挽留他一家在南岸多住些时日。

此时的南岸已和广诚初到重庆那年大不相同了,不仅下江落难来的富商云集于此,一些洋行、外国使领馆也在这一带落户。从弹子石、周家湾、枣子湾、老码头、瓦厂湾到马鞍山,新建成了一批西式的、中西合璧的和中式院落,与原有的弹子石、玄坛庙一带的老街市以及旧有的慈云寺、慈母山教堂老建筑等混合搭配。下浩摊子口也成了十分重要的码头,那一带已形成繁华的街区。

童瑨热情地带他登门认识了现任军法总监的原"湖北王"何成浚(原来在武汉也认识,但那时广诚地位太低微渺小),进入了何成浚家的客房。这里经常有武汉流亡官员与一些或因地盘已失、或因风头已过、在政府中均属过气的人物来访和闲谈,甚至有如曾风云一时的陆军中将杨虎这样的,多半是些职务半实半虚、财源大都枯竭的昔日军政界巨头,会会官场老朋友。

那些过气的官员,也常整日在帮会中厮混。广诚在光绪年间就由谭襄农带入洪门,辈分甚高。大水那年,童瑨还曾带他到北平街智民里的"道德善堂",堂主竟是国民党汉口市党部的范鸿举,让他歃血、砍红香后成为了洪帮"心腹大爷"。但是,这个身份他一向束之高阁,连当年那些流氓闹店时都没想起来用一用。现在他想起来自己还有个山寨大爷的"公片宝札"的。不过不需他亮"片子",那些风光不再的官人和袍哥大爷们就对他不仅热情,而且互报家门、奢谈交情,称兄道弟,然后畅所欲言,听他们信口对政府的军事、经济、作风等无一不大加抨击,仿佛只有他等才能扭转战局,救国于危难。广诚当然清楚自己是什么地位，一天都没有忘记提醒自己是"两个共产党"的父亲。每处都以领受教诲的姿态出现，客观上满足了他们的抒发欲望。他与这些名流周旋，实在是怀着再建新的社会基础和靠山，以便有朝一日重振家业的企图。

有天在童瑨家客厅，广诚看到一位身着军警服的官员登门，口称"拜访前辈恩公"，声音甚熟，待近前认出竟是武汉警局的龙汉彪。

龙汉彪在童瑨面前竟然恭敬如同晚辈，让广诚颇感诧异。原来，这位局长是在武汉沦陷最后一刻受命，随运送物资的驳船撤退的，来川后被编入了"收容队"。听说是整编后派上前线，龙汉彪慌了手脚。急忙中找到了在汉口好不容易巴结上的童瑨。童瑨尽管流亡，但余威尚存，靠了他的面子，由何成浚介绍龙汉彪到了刘峙将军手下的"防空指挥部"。

龙汉彪被派去担架营当营副，这让他甚是失落，比他在汉的级别降了不说，每月还仅几元钱的勤务津贴。但毕竟可不上前线，所以他认了。

但他上任后不久，即发现得到的居然是个大肥缺。担架营原先受辖于卫戍部队的劳动总队，实际上是以改造流氓扒手为名、挑选其中身体强壮的犯人组织的，其中不少成员还用铁链子拴着"上岗"。这些拴着的部下虽说看上去混杂

1941 年重庆参加劳务的国军新丁

了点，却可派上大用场，除了毫无顾忌地合法分吃掉他们的军饷外，还能经常暗地里放其中一些“懂事的”出去，穿上便衣行窃，所得赃物的大头当然必须“上交”。但一有警报，这些“部下”必须赶到指定地点集合准备抬担架，误事者后果自负。龙汉彪参与这些可谓轻车熟路，不久就如鱼得水了。

作为报答，龙汉彪找机会将一些防空物资采购和收费防空洞的开挖建设工程，交给“嘉瑞公司”承包。

躲在重庆地下公共防空洞的人们

原来当时重庆的防空洞分了好几个等级，高级的如高官、社会名流专用的，设施一流，如同地下起居室般，坚固、安全。中等级的是单位、机关自备的，条件也说得过去。此外，有私人家庭自备的，一般容积较小。而容纳城市底层市民和流动人员的“公共防空洞”，则是简陋到了极限的，里面没有电灯，仅有油灯照明。而除此外，还备有一些“面向大众”的、条件好些的收费防空洞，卖年票，价格十银元到二十银元不等。承包最后一种防空洞的油水，是远大于一般“公共防空洞”的。

龙汉彪是什么东西，广诚在大革命时就切实领教过了。他真不明白，童瑨为何要推荐这样的人渣给防空部队，这不给我们武汉人丢脸吗？他一下就记起了，前不久报纸上揭露过，担架营有人趁救人时搜捡死伤者的钱财，因而耽误了伤者救命时间，以致扩大了死亡人数。“大后方”的百姓们指靠这些人在生死关头救命，岂不是开玩笑？

十一、广诚不屈努力

广诚流亡重庆快有三年了，在重新找到江湖路子后，他十分急于借此寻找商机。他看到不少下江来的商人与他一样努力，但很少看见谁成功了，这让他的危机感越来越强烈。他时刻告诫自己，手中的几个钱不管能否熬到胜利，肯定是越来越少的。更糟的是，原来与银元等值的法币，现在已降到一银元兑换几十元了！他不能让自己破产，让静娴再回到过去那种穷日子；他绝不承认他以“通成”为标志的事业就此已经消亡。所以，他觉得不能再待在木洞苟且下去了。现在，这事能借助谁帮一把呢？颜秉兰！他真后悔在武汉时对颜秉兰客套多于合作，幸好自己对“嘉瑞公司”的成立有过那么重要的贡献，还有那么点小股份，这才让自己入川后处处得到颜家的照应。应该说，颜秉兰早就不欠自己的情了。

静娴带秋平去沙坪坝昭瑛处，看望刚满百日的外孙冰冰。昭瑛刚强，不愿意从此为孩子拖绊在家，竟带着襁褓就去市中就职教书了。冰冰是广诚的第二个孙辈，但因他对毓章狭隘地坚持偏见，所以远不像当年秋平降生时那么兴奋，独自留在了南岸，观察商机。

重庆南岸海棠溪码头是沟通重庆南北的要冲

亏了他入洪门早，辈分较高，于是在袍哥的朋友中，也每每享受着元老级、前辈级的尊敬与礼让。他现在有点悟到了这一无形资产（尽管他不懂这名词），决定进一步与袍哥们建立友谊，利用好这些关系。做生意嘛，靠的就是关系！这个道理他是再清楚不过的了。

这两年，“嘉瑞公司”的业务一直是颜秉兰和曾昭泰在打理。公司总部日常办公已搬到了南岸，不过市中区磁器街还留着门面接待用户、应付场面，正儿八经的大事也还常在那边处理。

由于参加了大抢运，颜秉兰得到了政府颁发的勋章。武汉众名流逃到重庆后，颜秉兰身为地主，又有机会大力展现义气，这让他在重庆各界名声大涨。“嘉瑞公司”的几艘驳船与数十艘大木船已被政府征用。驳船长期往返万县重庆，木船则大部由万县出三峡，近的到三斗坪，远的直赴洞庭和湘江长沙，少数几条木船跑上游和嘉陵江，运送大后方奇缺的物资。但公司仍不缺船，不属于公司但属于颜家门下袍哥的大小私船，也夹带在为政府运输的船队中同行。

市民在城墙上书写不屈意志标语

广诚在公司见到了管账的曾昭泰。昭泰一如既往地卑谦热情，在“向叔叔汇报”了公司的运输业务成就后，向他透露了公司股东与一些官员夹私贩运的秘密。

昭泰看着目瞪口呆的广诚，直言劝他投点钱参加，“您要是不放心，先少投点都行，这样的事情除了叔叔我还会透给谁？”

广诚心痒了。曾昭泰直言这是公司股东独有的赚钱机会。“这船都为政府办事，政府给租金。船上运些什么不归我们管，我们夹带点私货，他们也会睁只眼闭只眼，这也是江湖上的规矩嘛！”见广诚点了下头，曾昭泰又强调说，“比叔叔当年还省事。其实，这都是为股东自己着想。你想啊，帮政府运货拿的雇佣金和运费都那么低，政府是抠得很的！只靠他那点哪里能维持公司？叔叔啊，你晓不晓得？每船都有当官的在夹运私货，多的时候恨不得占了一半吨位哩！我们不混几条私船在船队里头，哪里载得下？我只有一个脑壳，不敢点那些大官的名字。哎，我就问叔叔，我们自己不夹点，是不是太傻了？其实，运作起来比叔叔当年还省事得多，湖北那边我们有的是熟人；四川这边有你颜家侄儿，选货、进货、出货都不消自己操心。押运有当兵的，不用担心土匪打劫，政府里负责沿途通行证和监管进出货物的，就是我们汉口的范鸿举啊！叔叔啊，大后方需要物资呀！政府哪里能管到那些细尾末节的事？我们运点东西，也是在帮助政府和大后方人民渡过难关哪，是不是？这是我们在尽一份爱国心哪！”

广诚受不了诱惑，在曾昭泰的劝导下，一横心拿出了三千元交给昭泰，算是入伙资金。他明知在昭泰他们眼里这点钱有些寒碜，但他更须理智，他才不在乎别人瞧不瞧得起呢！凭着他多年生意成就的老练，他不会不自量力，去在一个盘子上压下全部赌注。量体裁衣，见好就收，不指望发财，千万不能在这里头伤筋动骨。他觉得这比起自己跑千山过万水、经越南渡香港不知要省事多少。况且昭泰说，只要每次驳船回渝，就会进行一次“留本分红”。

他继续说服自己克服最后的道德障碍：昭泰既然说政府禁止的物资是不运的，夹私贩运是在帮大后方解决物资困难，是“爱国之举”。木船运输遇上了黄金岁月，这样的好事谁不心动？既然让我曾广诚给撞到了，何必抠着几个死钱等着贬值，还不晓得我要在四川熬多少年呢？

进 4 月了，重庆居然还没走出雾季。雾给重庆人的安全感也越来越靠不住

在防空洞口等待解除警报的人们

了。原来的经验是有雾就不会有空袭,都以为这是老天爷对重庆的青睐。哪知日本人对屠杀有了新经验,雾季也会不时来炸。他们晓得根据天气情况算好时间从武汉起飞,结果大雾刚散重庆警报就响了起来。这也给了广诚自以为是的经验当头一击,不得不打消了将全家从木洞搬回重庆的念头。

雾散前还是令人放心的。南岸的路他已走熟。窄窄的石板阶梯路,与重庆的多数道路一样,与走在木洞的感觉也差不多。就算雾再大,出门完全看不透五步,只要沿着长长的阶梯石板路走去,不误入那些看来幽静、其实千回百转的诡异巷道,到公司南岸办公处去就绝不会走错。他已完全熟悉了浓雾中慢慢出现的一个个吊脚楼,一株株现出的顽强生长在崖壁上的黄桷树。走过那些一楼是砖砌、二楼是板房的带照壁墙的房子,它们的二楼常有穿窭悬出的廊道阳台。他甚至看熟了那些洋房,那些爬在墙壁上茂盛攀匍的藤蔓。

走在雾中,仿佛走在只属于他个人的世界,他那缺乏理论的脑子就开始充满思维,总会不断呈现自己几十年风雨历程的一幅幅图画。他在汉口的闯荡,就是从一个大雾的清晨开始的。汉口的雾比起这边,简直是小巫见大巫了。他感觉汉口的迷雾是幽灵般从地里缓缓升起的,而重庆的大雾却像是从天上泼下来的。

他惊奇各种草木在四川都能生长得格外茂盛,这地方哺育生命的能力实在太强了,难怪叫"天府之国"哩!任何放在湖北可能寸草不生的石岩,这里都能从缝中长出弯曲强健的树藤。他甚至觉得丢一块泥巴到石头上,就能长出花草来。

他不由加倍地想念田爷爷、王兴汉、赵丙文、淘气和其他朋友们。没有了他们,自己一下就少了运气,也少了很多本事,脑子也不知道该怎么用了。真不知道这辈子还能不能见到他们,还能不能回到汉口。每当想起扔下就走的"通成",就像想起被自己扔掉了的孩子一样,总有说不出的难受。

颜家就住在下浩那边。广诚常去颜家和袍哥们寒暄交往。有天在颜家,众江湖朋友聚集,他助兴亮技,做了几个菜,竟得到一片称赞。袍哥们当场就建议他,不如就在重庆开个馆子哩!哎,他其实也并不是没有闪过在这边开餐馆的念头,但一是他与静娴再没了当年的精力,哪能亲自采买掌勺;二是不一定能合四川人的口味。这里的人喜欢麻辣,菜里放糖倒成了大忌,说什么又甜又咸要反胃;三是山城的路蜿蜒崎岖,哪里有汉口那样的人流;而最主要的是,等开春后日本人又会不分青红皂白地"无区别轰炸"、"神经轰炸"。所以,真要说干就

重庆南岸下浩老街

干简直是发疯。

果然，从5月开始，日寇对重庆突破战争伦理底线的轰炸又频繁起来，他们专门寻找大学、医院、住宅区狂炸。市区上千栋房屋被炸毁，居民死伤无数，连英、法使馆都被炸毁了。但重庆人却自以为躲飞机的经验已经够丰富了，早已不那么惧怕小鬼子的空袭。

每当警报声响起后不久，警报架上的三角灯就会被换成了圆形的红色警报灯，即告知敌机已（大约是从武汉）出发了。重庆的军民对空袭已经习以为常，也更蔑视这些飞贼。大多数谋生的人们，竟若无其事地继续在街上坦然地行走。一直到黑压压的成群日本轰炸机出现之前，街上依然可看到车辆来去，女人们还挎着菜篮或背着背篓，在集市和菜场讨价还价。

在广诚住的主要是下江流亡人的大院里，只要有一个人带头，大家都会学着重庆腔、齐声合诵那妇孺皆知的民谣打趣：

任你龟儿子凶，任你龟儿子炸，
个老子、个老子
我就是不怕；
任你龟儿子炸，任你龟儿子恶，
个老子、个老子
豁上命出脱！

但每次空袭后的场景还是可怕的，广诚终于觉得应该回木洞了，便托人带了信到沙坪坝南开中学，叫静娴带秋平回来。嘱咐说不用过江了，他会到公司在磁器街坡下的那个大院等他们，直接在储奇门江边上船。信中表露出想见外孙冰冰的意思。他打算不管昭泰哪里有没分红，一家都还是先回木洞，躲开空袭季节再说。

十二、血泪凝成的陪都

静娴接到了广诚带的信，就带上秋平赶到了广诚所说的大院。她知道那个地方，他们家刚来重庆时就在那里临时落过脚，离储奇门不远，一个大院住着六七家人。早年颜秉兰的爷爷，就是在储奇门一带夺下药材山货市场和码头起家的。江对岸就是南岸的海棠溪码头，那边也有嘉瑞公司船舶的锚地。

广诚拥着秋平，嘴里却在不断打听小外孙冰冰的消息。听静娴说到冰冰姓李，他的脸忍不住阴沉了片刻。静娴明白他的心思，接着往下说："毓章说的，他是李家单传，下一个就姓曾。"广诚听到这一句，脸色才舒展开来，摆出一副大度和理解的样子说："那是那是，毓章到底是知书达理。那要再生第三个呢？"静娴仿佛早料到他会这样问，胸有成竹地答道："第三个还姓李，第四个又姓曾，不问是男是女，行了吧？人家毓章够大度的了，你怎么越老越贪心？我为你生那么多，怎么没听你说过要哪个姓蒲的？"广诚见说，不好意思地笑了。

静娴并不笑，还念叨说："我们昭瑛命最苦，又最是刚强。我心里就是过不得她，她是我们家最懂得甘苦的孩子。她读到大学，哪点要我们操过心？几时找家里要过钱？冰冰才几个月，她就去教书赚钱了。"

广诚心头不快的症结又升起来了："这是她自找的！该男人养家啊！毓章养不活她么？"

静娴不高兴地反呛道："你又来啦？那些年我没和你一起做哇？是靠你一个人养我啦？现在米多少钱一担？有几个教书先生的钱够养活一家人？他们学校，哪家老师不穷得像落魄的秀才？我在沙坪坝看到，连大学的教书先生都上街卖字画、变卖衣物、上当铺，教授夫人抛头露面摆小摊子、帮人洗衣服，月底揭不开锅的多的是。昭舫的好朋友洪深先生，在汉口老去我们家的，那么有才学的大教授，女儿病了，穷得一家三口吃毒药自杀……"

"越说越远了，你出去两个月，懂得多了？洪教授的事也拿这里说，和我们扯得上边么？"广诚早就知道这些令人心酸的事，但从静娴说口中说出来，不由有些让他诧异。

“谁不希望家里过得宽敞点？毓章紧得那个样子，还在街上救过一对湖北逃荒来的母子呢！还把那孩子送去上学了。我见到过那孩子，蛮懂事的。人家知恩图报，昭瑛月子里都是人家来服侍的。毓章这孩子心这么好，那是钱买得来的么？”

广诚听到这些，对毓章有些佩服，可叫昭瑛嫁过去过这样的苦日子，他心里总归是不悦。

静娴吼住秋平不可去井边后，又回头叫广诚听她说“正经事”。原来，她还带来了一大堆最新消息。昭琳从“国立艺专”毕业后，已被学校留校试用，留在了璧山。这让广诚听了十分舒心，足见他的女儿是与众不同的。

然后，静娴悄悄告诉了广诚一个让他心情大为放松的消息：昭琳十天前又收到了韩铸仁先生一封信，说昭萍姐弟仍在他的公司就职。虽说今年1月公司在皖南亏了一笔生意，但是两姐弟一切都好。

广诚呆了半晌，他已听出了其中的奥秘，“1月”？皖南……？他惊讶得张大了口、却开不了腔。反倒是静娴怕他听不懂，又小声追述说：“你等明天昭瑛来了再细问吧，信已被她们烧了。昭瑛说，今年1月，就是过大年前几天，国共反目、动了刀枪，在安徽出了‘新四军事件’。沙坪坝、曾家岩那边都有学生游行抗议过的哩！昭瑛说好多新四军被杀死了哩！韩先生是怕我们担心，特地给昭琳写了封信。信咋个送来的都不晓得，在路上走了几个月！”

广诚越想越是后怕，难怪那些日子心惊肉跳。也得亏赶去峨眉山抱了佛脚，菩萨果然灵验。今后一定还得多烧高香，感谢菩萨保佑啊！

次日是星期六，毓章昭瑛一家要过来。静娴特地请同住大院的四川嫂子帮她买了只鸡杀了帮她煨炖。广诚知道，这嫂子的男人是当兵出川抗日去了的，便去帮她挑水劈柴。他与静娴的素饭有专门的锅做。

毓章一家是中午到的，鸡汤还没来得及炖，一家人便草草吃了中饭。广诚把冰冰看了又看，又爱又遗憾，恨不得私下对昭瑛说，能不能再商量先让这孩子姓曾。

一家人大半年不在一起，说起话来，一下午不知不觉就过去了。不料快到六点钟时，突然响起了警报。广诚想起两年前十八梯被炸惨状的报道，觉得一家人应该去防空洞。据说到十八梯上去还要走一百八十步台阶到较场口，那里有一个很大的公共防空洞，号称大隧道的，不用票都可以进。

尽管他领教过公共防空洞的粗糙、拥挤和肮脏，连电灯都没有，仅有油灯照明。但终归是个安全屏障吧！

重庆渝中十八梯老街

一家人带了水壶、湿毛巾就要起身。还没走出院子门，帮忙煨鸡汤的四川嫂子带着老小四口，从后面喊住了静娴："嫂子，老母鸡难得炖，还要有大半个时辰才炖得'趴'。我要去躲飞机了，对不住了，你自家去看着鸡汤啰！"然后就一家匆忙出了门去。这一带人家亲历过空袭有血的教训，所以都十分认真听从防空队的疏导指令。

她的话提醒了静娴，准备了一天的鸡汤哪能就这样不管了？昭瑛喂奶多需要营养啊！她斩钉截铁地说："你们去吧，我不去了！"

广诚心烦女人总是这样，心疼起东西来固执得不知轻重，为一吊子鸡汤宁肯冒这种危险，简直可笑可恼！但他与昭瑛无论怎样劝，静娴也听不进去。秋平又坚决要跟着奶奶。到后来，反倒是广诚也只好决定不去了。毓章于是也劝昭瑛："大防空洞人多，空气不好；这天气又闷热，不如我们也不去吧！"昭瑛还是不放心，反复强调这附近十八梯、观音岩空袭中都出过特大惨案，最好还是听防空警察的，不要存侥幸心理。两人还在争，却见父母还是带着秋平回去了。

大院的一间库房中，有他人用圆木、抓钉搭就了一个人字形架，上面还盖了些旧棉被，旁边有防火的水缸。这就是好多码头和苦力们发明的一种土防空"洞"。除非炸弹正好炸到头上，否则还是可以躲一躲弹片的，起码比硬着头皮坐在家里强。当时那里面已经坐着两个后生，还在棉被上泼了水。广诚等三人便也躲了进去。

昭瑛终是不放心冰冰，见劝不动父母，只好横下心拉了毓章就朝十八梯跑去。

哪知才跑完守备街、上了几步梯子，就见不少人在反着往山下跑。昭瑛设法拦住了一个人问，那人说是高头防空洞人太满，'防护团'的警察已经关了门，不让进了。就这说着话当儿，爆炸声已经传来，跟着一声巨响就在通较场口的梯口上爆炸了。昭瑛等被震得一仰却顾不得害怕，两人急忙护着被吓得哇哇大哭的冰冰，小心防范着飞下来的弹片碎石，退到路边岩脚下就势卧倒。

紧跟着炸弹在如同雨点向山城落下来时，几乎分不清那一声一声。不过毓章凭经验感觉，日机似乎有目标地在将炸弹投向坡上、投向市中区。

重庆大轰炸后死难民众陈尸街头的惨状。(1941 年 6 月 6 日摄)

趁着日机轮番轰炸的间隙，他们决定往回跑，去和父母亲一起。但立刻又被迫止住了脚步，因为敌机又在沿江开始了新一轮投弹，储奇门的缆车似乎也成了目标，从南纪门、金紫门到人和门瞬间便是一片火海，带火的烟柱直冲向已经有些昏黑的天空。

他们慌不择路地躲逃着，渐渐地筋疲力尽，也没有力气再跑了。昭瑛喘着气，卧靠在一片有几棵树的小坡下，被毓章搂着，自己则紧紧地搂住已经没有哭声、不知是否还活着的冰冰。他们知道，现在除了听天由命外，已别无他法了。

爆炸声时近时远，一轮接着一轮。6 月的天偏又黑得晚。但到他们焦急等来完全黑下后，轰炸却一点没有停止的迹象，滥炸疯狂地继续，竟从傍晚一直持续到半夜，整整炸了五个多小时。

昭瑛似乎已经被震散了架，肢体都麻木了，除了精神上还知道保护冰冰外，几乎没有了力气和知觉，在炎热的空气和呛人的烟雾中进入了半昏迷状态。她觉得一家三口正在漂泊在通向地狱的路上，而且越来越近了……

不知是怎么熬到警报解除的，她半天都站立不起来。看看怀里的冰冰，他居然被上天眷顾活了下来，在地狱边缘的强烈轰炸中竟睡着了。

毓章拉起了昭瑛说："快起来，赶快回去，看爸爸妈妈！"

借着惨淡的月光可以看到，被炸得面目全非的梯路街道上，到处躺着、伏着不知是死是活的人们，半空飞来的、认不清原貌的杂物、砖瓦、冒烟的木头、破衣烂鞋散落在地上。有房子在燃烧，火光中看得到有人在救火抬人。没有完全失聪的耳朵，仿佛能感觉到处都布满了哭喊声。

昭瑛忽然看到父亲在匆忙从身边跑过，慌忙喊了一声。满脸惊惶的广诚看到了他们，表情缓了下来。昭瑛满脸满身都是泥土，难怪父亲认不出她来了。

从父亲嘴里昭瑛知道了，没有炸弹投向他们那个大院，全家安然无恙。鸡汤也煨好了。

太好了，又活下来了，简直是万幸！

他们回到院里吃喝后，又休息了一会，外面仍然吵闹不安，哭叫声不断。奇怪的是，大院里竟见不到一个人回来，那几个一起躲避的人也不见了，帮他们煨鸡汤的那四川嫂子一家也都没有回来。

广诚心里越来越不安。这时天已开始发亮，他决定自己马上送昭瑛一家去乘车回沙坪坝，然后与静娴立即离开重庆。

他们向坡上走去，听到不少路人都在说，较场口死了好多好多人啊……

快到十八梯防空洞附近时，人间末日的景象越来越清晰地呈现在他们面前了！

脚下踩着湿滑的混着血污的泥土，阶梯上卧着一堆堆散落的、还有被担架队拖来、像麻袋货物一样、横七竖八堆积起来的死人，有的残缺不全，有的衣衫全无。广诚、毓章和昭瑛一辈子都没见过将人的遗体这样不分男女、毫无尊严地乱堆，全都被这惨状惊傻了，忍不住向那边走去。一个警察冲过来恶声地吼他们："走远点！"

"这都是人哪！怎么能这样堆着？"毓章忍不住大声嚷起来，声调明显透着哭音。

"眼镜！"那警察用食指指着毓章喝道，"你跟老子快走远点，莫管闲事惹出麻烦！要认尸到那边坝子头去！走开！"

广诚拉开了毓章，他看得出这个警员完全是龙汉彪那样的没有多少人性的家伙。

上边较场口坝子，有他们来不及去的、重庆市民赖以保命的那个著名防空洞，现在变成了源源不断拖出死人的洞穴！

里面的死人太多、太多！尸体很少是被抬出来的，多半是拖出来、见到空地就一撂搁下，再进去拖尸。有专人在确认新撂下的是否是完全死了，一旦确认，就再被拖去堆放在梯道边上等着装尸车。

这里又聚集了太多的人。听旁边有人说，防空洞里躲进去的人太多，天气又热。飞机仿佛认出了洞口、反复地炸。大火浓烟钻进洞里后，人们闷得实在受不了，想逃出来，哪晓得洞口竟被防护团的警察锁了！人们高喊着救命，却无法出来，就这样被活活地憋死在里头……与十八阶梯接合部的闸门倒被人们冲开了一个，但很快发生了踩踏。被活活踩死的尸体又堵在隧道口，深处的人仍旧拼着力气想往外挤，结果越挤越紧，越压越重，谁跌倒了就根本再别想爬起来……有个洞口还被炸塌的房子堵住了，里面的人在喊着救命……

广诚的脑袋开始麻木了，他亲眼看到过辛亥年街上排成一长溜的死人，大革命时倒在刑场上的一大排死人，“六一一”惨案被英国兵杀死的用板车拖走的死人，民国二十年水灾时用木船捞起的满船死人，但从未见过这样几百上千、还在源源不断从大隧道口拖出的那么多的死人！

1941年6月5日夜，在日机疯狂的轮番轰炸下，重庆大隧道发生数千人窒息大惨案

忽然间，他看到了一个自己认识的遇难者，正被一个倒退着走的带袖章的人托着双腋从身边拖过。她的脖子与扯开了的领口露出的前胸上，布满一道道指甲抓伤的血痕，显然是在窒息而死亡前痛苦挣扎留下的。广诚忍不住大声喊了出来："哎呀，那是那个四川嫂子呀！我们院子里帮我们煨汤的那个嫂子啊！"

那位四川嫂子脸色紫黑，下身和双脚在污泥地上拖出浅浅的沟痕，但这沟痕很快被后面拖来遗体的新沟痕所覆盖。很明显，她是在洞里被活活闷死的。那她们的一家呢？

1941 年大隧道惨案军民伤亡惨重

广诚竟然当着女婿的面放声号叫起来："杀千刀的小鬼子呀！"

他不知道自己已经完全失态、泪流满面，也不知道毓章和昭瑛如何把他拖开、躲避前来运尸的卡车，只看到这些曾经的生命正如同麻袋一样被扔上卡车、胡乱堆满后拖走，而警察正不分青红皂白地恶吼着把他们驱赶开。

不少人都在忍不住放声痛哭、放声痛骂，仇恨让他们变得如同即将爆炸的火药。

这惊天的大隧道惨案，有两千人丧生！

曾家六口人居然侥幸躲过，那么偶然，偶然得简直不可思议。广诚从心里认为，是那位认识仅两天的四川嫂子顶替了他们，让他们避开了死亡，也阻滞了昭瑛一家去那可怕隧洞的时间。

六岁的秋平刻骨铭心地记下了这次经历，七十年后，他仍记忆犹新：奶奶为了一罐鸡汤让全家躲过了死神。而大院里少了好多鲜活的生命，就在一天前，他们还在说笑、在井边提水、在做活……

十三、昭舫綦江就业

1941 年 7 月，昭舫以优异成绩毕业于“西北工学院”，回到了木洞。他的学业终在不断自励、克服了悲痛、郁闷和失落的努力中，画上了成功的句号。

然而，他并不能就实现自己去造飞机、打日寇的愿望。他还得等候教育部的就业通知。谁知直到夏天过完，“求贤如渴”的政府那边竟仍没一点音信。他渐渐忍不住焦急了，甚至猜想是自己在校拒绝加入三青团被政府“误解”了，便写了一堆充满报国之志的求职信寄出，不料又如泥牛入海。

昭舫无可奈何地“吃闲饭”，父亲则不时暗示他可以参加到生意中去帮他，但那将是他极不愿意的。他对贩运是否真合乎天理心中打着问号，也不愿满怀壮志读完大学却去经商。

两个多月就无所事事地盼等过去了，他雄心勃勃的热情在一点点地被磨尽，看来这世界有他没他都一样。想抗日报国却找不到门路，这不能不让他越来越丧气。他开始想着再多少多少天，若工作仍无音信就去从军。若找“八办”无门，就参加国军，尽管他知道这支军队曾在皖南向他弟弟开枪，但只要能打日本就行。

然而他又免不了十分矛盾，父母目睹了大隧道惨案后情绪一直很低沉，显得少有的疲惫，所以绝不能再去刺激他们。如果偷偷离去，像大姐和弟弟一样，很可能会要了母亲的命。

他努力掩饰内心的焦虑，然而敏感的父母已经有所觉察。他们表面上也仍旧平静，实际整日里心如火燎，已经“跑”了一个儿子，昭舫是“留下的根”，决不能再让他离开了。

就在“双方”都想“摊牌”时，章祯青找来木洞了。

她读了两年高中，和当年的李毓章的感觉一样，认为中学已根本满足不了她的知识增长速度，而她再也无法克服对昭舫日夜思念的折磨，便不顾一切地找来了。在她心里，爱情如同神话般纯洁和浪漫。只要他也爱她，那么此生她便再无遗憾了。

对这个不速之客的到来，广诚和静娴都不约而同地感到振奋，这个“变数”简直是天意，是老天爷有眼啊！“章家大小姐”知书识礼，家境比他们“最好的时候”还富裕得多。昭舫已经二十六岁，该有个家了！有了媳妇，可以把他结结实实地拴在身边。再说童家四小姐都“走”了两年了，想昭舫也该“放得下了”。于是，两人当即决定：接受祯青！

昭舫见她到来，也充满了惊喜。他佩服地说：“看来你很善于凭地址找到很难找的地方，是个旅行的料子。你那么崇拜司马迁和张骞，将来你一定可以实现‘读万卷书、行万里路’的理想的。”

祯青比较满意他这次的表情，说：“这次可不是我自己找来的。你知道谁帮了我？”昭舫问：“谁？”祯青说：“你猜！”昭舫无奈，他哪有精力去猜这无头谜，只有顺口说道：“是我二姐？毓章？”祯青说：“我还没来得及去找他们，我碰到了孙—师—毅。”

昭舫听到是原演剧二队的大编剧施谊，有恍若隔世之感，便点了点头。祯青说：“他还说，他想介绍我去‘中华剧艺社’当演员。你说我去不去？”

昭舫哪曾想过这些，全无相干的思路，便机械地问：“那……你去吗？你不是还要读书、去旅行吗？”

祯青想：“呆鹅！我不是在问你吗？”就故意道：“还没想好，是不是可以演些时的戏，再去考大学？”

昭舫心气高，不愿去求助这些老友。他不是不知道孙师毅在大后方与陈布雷关系甚好，被陈举荐为军委会侍从室少将高级参议，这小姑娘有他介绍不简单，谁知她到底有什么神通。

祯青不问自答：“我爸爸有个朋友张叔叔，是留学过日本的医生，原先在武汉医院当过院长，可他的静脉注射还是我爸爸这个江湖医生手把手教的呢！我老家长沙每三个月就有管家为我寄钱到他那里，我就去那里拿。他在重庆那个什么医院……想不起了，反正离码头不远。我就在他那里碰到去看病的孙师毅的。嗨，你说巧不巧？”她说话不吐尽不痛快。

祯青和昭舫一家人坐在一张桌上吃饭。秋平非要和这个新认识的人坐在一起。他跟着外婆什么都不缺，却本能地渴望一个母亲，一个自家的、外婆以外的女性。这个角色原本是二姨昭瑛承担的，但是自从她去了重庆，忙于自己小家的生计,回来得很少了。

昭瑛去重庆结婚前,找到木洞镇中心小学,不知使了什么神通,也许是秋平争气吧,硬是让他们收下了刚五岁的秋平。秋平绝顶聪明,又很喜欢学校的生活。现在,六岁的他是一个喜欢皱眉思考的小学生了。

祯青把秋平带到江边,陪他坐在被清澈的江水冲刷、洁净得不可思议的巨石上,远眺江中的沙洲。秋平用手指着远处说,那边有个军官学校,有很多军官,他们读书后,就都去杀鬼子。那么多军官,鬼子一定是打不赢的。他要在这个新朋友面前表现得自己知道得很多,能将自己满肚的见识一吐为快。

祯青到来后几天,昭舫终于收到了在政府军政部兵工署任职的童柏森的来信,问他是否愿意到资源委员会下属的綦江赶水镇,参加航道建设工程。他有机会帮忙推荐。

昭舫报国心切,立即回信表示愿意。他已经“毕业即失业”四个月了。他敷衍着母亲的试探,等不到柏森的回信,就带了祯青去了重庆。然后独自去找柏森。

章祯青渴望摆脱学校单调的生活,分开后便去了“中华剧艺社”。有孙师毅

綦江东溪峡谷边的民居群落

的推荐，经陈伯尘导演的面试，即被录取为见习生。重庆的电影院早被炸得不成样子，现最受欢迎的就是话剧。10月中旬，不屈的文化界人士们在重庆的“雾季公演”揭开了大幕，这竟然被后来史书记载为“中国话剧的黄金时代”。中华剧艺社的演员有舒绣文、白杨、张瑞芳、秦怡、吴茵等。

经柏森的帮助，昭舫被录用，随即去了重庆南约一百多里綦江县赶水镇，参加即将进行的工程施工设计。

赶水是綦江县的一个小镇，靠近贵州。綦江河源发于贵州桐梓，流到赶水场后，方可开始行走吃水不超过5吨的木船。以后经三溪镇，汇合浦河，经江津汇入长江。綦江枯水季节经常断流，不能满足大后方需要的常年水运。况且货运经过羊蹄、二垌等滩险时，人、货都还需换船，劳民伤财。

綦江境内，铁、煤藏量丰富，是大后方主要的钢铁企业“重庆大渡口钢铁厂”等的主要原料供给地，其中綦江三溪大田坝的“特种金属电化冶炼厂”和赶水镇的“第四十兵工厂”，在当时对国家举足轻重，所以整治水道和兴建船闸对抗战具有非常重要的意义。

凭借扎实的工科底子，昭舫很快掌握了测量和土建施工的技术。土建成了他的第二专业。他热情地投入工作，还和工人们一起干活。现在，他一心只希望綦江能尽快全航，贯通到贵州，使得大后方更有实力，这也许就是他此刻生命的意义。

大后方的长途汽车

十四、广诚的新创业

不说昭舫去了赶水上班，兢兢业业。广诚日夜盼等的“嘉瑞公司”驳船夹运分红却传来了坏消息，一艘带有他们货物的驳船在酆都水域遭到日机轰炸沉没，船货全没了。

广诚闻讯匆忙赶到了重庆，知道了损失的具体情况。本以为可以借此赚几个钱解决生活拮据，但现却可能要赔一大笔。他不由想起了昭萍告诉他的话，“覆巢之下、焉有完卵。”看来的确是这样啊！

曾昭泰表示了半天歉意，说是他把“叔叔”卷进来后，却尽遇到这样的倒霉事。反倒是广诚大度地说，这种事本来就有赔有赚的。昭泰也立即附和说，不会每笔都这样，他们的资金并不就投在这一条船一笔生意上的。

昭泰打发走了广诚，心里好笑，既然投资不在一批货上，在损失中的分摊应该是按总数来的，“叔叔”以为还是跑单帮、一笔笔算哩！

战争时期，“嘉瑞公司”重要支柱之一是颜家树大根深的药材生意。参与并逐渐熟悉了这一行业的曾昭泰，开始利用范鸿举在武汉亦官亦商时的大量关系，从武汉走私后方稀缺的药材，因暴利而进一步巩固了他在公司的实权。昭泰交际脉络也越来越广大，在官场、军界、商界的名声都越来越响，已成了公司的实权人物。

随着业务扩展，从汉口购进医药也从华商的“叶开泰”、“大华”、“郑大有”、法商“良济”、德商“赞育”药房发展到有日商背景的“思明堂”。运输方面，湖北方面可利用郭梓璜“大洪山”的江湖通道，运到国军防线附近，再由帮会或中统的地下通道运至国军占领区。往下就靠嘉瑞公司的船只了。昭泰开始为大后方走私药品时，有范鸿举撑腰，因得到了政府支持，便由隐蔽走向公开。而他二人也将敌占区需要的药材私下偷运过去，胆子也越来越大，发展到常将鸦片和矿产品改头换面运给敌方。

那郭梓璜在武汉曾一度在汉阳乡间竖起“抗日自卫队”大旗，自称司令，但不久被日军包围攻打、命悬一线，情急中投降，接受日军整编。从此改头换面，

抗战时的重庆大渡口钢厂

以洪帮“洪兴正义会”旗号成立‘漕运团’，为日军组织运输贸易、供应军需，赚得盆溢钵满，转而死心塌地当起了汉奸。

大后方因军用和生活物资越来越紧张，物价连年翻番。为此，重庆当局不得不对很多与敌占领区的非法交易睁一只眼、闭一只眼，掺进了官员的私利后、进而变得对其积极促进。日本人也无法在漫长的军事控制线上，有效地制止这种贸易。相反，许多日本人也偷偷摸摸参加了进来，主动与敌方通过“白手套”勾结。日寇得到稀缺的药材和矿石后，又特许郭梓璜控制武汉鸦片市场，任其毒害市井、大发横财。这种一度被称为“走私”的交易，便在战争的相持中半合法地繁荣起来。

当然，日本人不会放过任何实施阴谋的机会。

以德商“赞育”药房医生为外衣、化名钟楚民的宗方武彦，多年前与昭泰在“通成”吃饭认识后，来往渐渐亲密，现在合作更是融洽。他有时也来重庆小住，对范鸿举、曾昭泰二人出手极其大方。此人不仅药务精熟，而且神通广大，偶尔还能帮昭泰弄到稀缺的军控药品和器械。

昭泰终于达到家藏万贯、呼风唤雨了,在商场和江湖无人不赞其眼光锐、见识广、魄力大、运作精。但他在童瑨、颜秉兰和一切他认为需要的人面前,却延续着谦逊忠诚的态度,甚至对掩饰不住内心丧气的广诚也绝不变化。只有一次,他压下讥讽的本意,装出关切的口气向广诚建议,去为颜秉兰在重庆的货栈当掌柜,以解决日常柴米之资。

广诚愣了片刻,差点就觉得这是个谋生之计,但还是谢绝了。他还不想让人们都知道他的窘境,自降"身份";况且当惯了老板去寄人篱下,一时心态也调整不过来。

一日里,他去看望童瑨。为昭舫得到柏森的帮助,去了赶水向童瑨表示感谢。童瑨把脚一顿,说:"我的哥,你摆着大钱不赚啊!綦江那个地方,遇到你家昭舫,就遍地都是钱啦!"广诚把头一摇,说:"兄弟说笑了,他一个月不过百把多元。这个年头,以他那手脚,这点钱也就顾得到他一个人吃饭。"

童瑨大笑不止,道:"哥也,你这回糊涂一回了!昭舫学的是技术。中国现在四面被小鬼子包围封锁,最缺的就是钢铁。綦江地下有铁有煤,当地人炼土铁都有上百年了。现在俏了,炼多少国家就收多少。连颜秉兰如今都想做原材料生意了。你还不赶快去綦江,开个铁厂?"

广诚还在半信半疑:"靠我那个儿子?我只看他会花钱,没有看到他几时赚过钱的。"童瑨说:"你呀,你去办厂吵!要他教你技术吵!这样,我来三成股,你舍不舍得?赔了我分文不要!"广诚见他说成这样,心头也热了起来。当即回到木洞,说服静娴拿出留着翻本的最后银元,忙不迭地去了綦江。

昭舫听完了父亲激动地表达出他的愿望后,毫不犹豫地表示愿意帮他。

从1939年开始,大后方民营钢铁业正进入了发展的三年黄金时期。中小炼铁厂和具有一定规模的冶炼厂数量大量增加,为国家急需的钢铁作出了贡献。在綦江,民营小高炉迅速增加,但是多数因为不懂技术,炼铁质量参差不齐,铸铁工艺也非常原始,多数只能生产简单的农具、铁锅之类低质产品,却也极大补充着大后方的急需。昭舫知道,靠自己的理论和实习时学到的知识,帮父亲超过他们是绰绰有余的。

他耐心地给父亲讲述炼铁知识,从高炉炼铁的化学概念,炉内砌衬的要领、铁矿石的选择,到焦炭、石灰石的比例、火候、工艺过程……然后从赶水边一家行将破产的老板手中,低价买下了他的厂子与设备。

广诚一开始对于昭舫这个做法不太满意,认为从失败者手中买来的东西不吉利。

"爸爸,这您就不要讲封建迷信了!炼铁靠的是原料和技术,不是风水!成功都是从失败中进化来的。"

"进化?"广诚听到了一个让他振奋的新名词,"好,我们炼铁厂就起名叫'进化'"

1941年底,广诚就在赶水镇注册了他的"进化公司綦江铁厂",自任经理。

果不出童瑨所料,昭舫指导冶炼游刃有余。产于赶水附近小鱼沱一带的铁矿石品位虽不算高,然而在昭舫的指导下,通过试验,调整配方和参数,对原始的竖炉进行了改造,使出铁的质量明显超过其他所有小厂。他还将产生的煤气从炉顶导出,作为锅炉的燃料。这种能源综合利用的例子,在当时是相当超前的。几个月后,他又加建了一个高炉,开始了铸铁件的生产,产品供不应求,很快赚回了投资。不过半年时间,他的"进化公司綦江铁厂"已扩大到有工人二三十了,开始走出了一段他事业上的"小阳春"。

昭琳所在"国立艺专"在重庆"黑院墙"校门留影

十五、昭舫完婚

章祯青中意的事业却并不顺利。

她进剧团后,被安排在阳翰笙的《天国春秋》演配角。这个剧通过太平天国内讧而衰的史实,隐射统一战线中的分裂行为。祯青对演这个戏,还是很认真投入的。

遇到没有雾的天气,重庆的天空是晴朗而明亮的。但日机此时必来轰炸,夺走人们期盼的阳光。祯青和剧团的人以及很多文化人,此时就都躲避到北碚。他们自我揶揄说,每逢这时,北碚碰到的演员比观众还多。

剧团本答应她两个月转正,且对她的评价普遍不错,但可能因经费紧张,突然又通知延期转正。祯青觉得受到不公正对待,便负气辞了职。她在剧团仅待了三个月。

她没有什么地方可去,便到了木洞。家里除了静娴和秋平外,还有因不愿"入党"而得罪党训教官,以至从国立艺专失业归来。现在镇中学任教的昭琳,除了特别欢迎她的秋平外,她面对的是曾家两个最温和、最恭谦的人,这让她觉得还很自在。

几天后,静娴实在忍不住了,可这年头的年轻人又不喜欢说媒,她实在想不出办法,便叫昭琳去问祯青,是否愿意嫁到曾家来。祯青毕竟是新女性,她坦然地回答说:"这事您最好先问您家曾昭舫。"

静娴立即让昭琳写了信给广诚,希望昭舫能成家,争取给曾家"留一条根"。昭舫心里早已爱上了祯青,只是怕自己和她年龄相差太大,说不定都有代沟了,怕祯青适应不了他。这下祯青愿意接受自己了。结婚后,如果真能如母亲心愿,自己以后想从军也就没有后顾之忧了。只是他原本还想再晚一段时间的,因为楚妮走了还不到三年。然而他是孝子,一向尽量听母亲的,想到两个姐姐都没有在婚姻上顺从过父母,给父亲打击很大,便表示同意。

1942 年 4 月,祯青和昭舫在重庆一家临江的饭店举行了婚礼。她母亲在武汉不能来,由她父亲生前的朋友、那位医院的张叔叔当代表。

广诚此时事业初步复苏，财源渐开，加上他江湖上下的人缘，来客甚多，竟然请来了曾经的“湖北王”何成浚主婚，自然也请来了童瑨等一帮湖北流亡大佬以及颜秉兰等一些地方要人出席。

昭舫看见了出席婚礼的马莉及其丈夫翁将军。在向翁将军致谢时，他心里觉得好笑，我曾昭舫结婚，这都来的是些什么人哪?

终于有一个同学出现了:周艾琳及其丈夫——一个比她大十岁的、春风得意的财务部官员。周艾琳又恢复了不可捉摸的矜持神态。她极力要表现出自己是先结婚、是她看不上昭舫的，然而仍禁不住心里酸溜溜的，并同时猜不透，昭舫怎么会结束了与童楚妮的关系。莫非两家交恶了？不对，童瑨不是在那边和他家老头子一起有说有笑么？自己怎么就没有得一点信息呢？居然让章祯青这小丫头得了手，当初真不该小看她了。

来宾掀起的高潮，是一帮在重庆的文化界、演剧界、音乐界人士的到来之时。孙师毅亲自到场。昭舫与这些人在武汉时就已熟识，让他欣慰有“自己人”来参加。明星舒绣文还为祯青安排了自己的小女儿和大导演应云卫的小儿子牵婚纱。

同学中，除了西北工学院的童柏森和一群同学外，武汉大学就郭佩珊一人匆匆到场祝贺，他是偶尔来重庆出差的。他们当年曾互称“物理学的知己”，曾在“一二·九”运动时并肩参加武昌争取渡江的游行斗争。昭舫离开武大后，已经六年不见了。他在昆明战斗飞机维修工厂工作，与昭舫一直有断续的通信。昭舫对他的工作极为羡慕，恨不得立即随他去将自身所学报效国家。

郭佩珊因有公务在身，没等婚礼正式开始就提前离去。

昭瑛和毓章抱着冰冰来，他们当然不能计算在同学一类中。看到武大来的同学不多，昭舫有些失落。但到婚礼仪式快要开始时，魏公博的出现给了他莫大的快慰。

公博穿着笔挺的蓝色中山服，一副公务人员打扮，叫人捉摸不透他的身份。他在向昭舫祝贺时与他简单交谈了几句，说自己在一家政府领导的物资部门当个小职员。

“你成了物资员？”毓章问他。公博笑了笑，“混饭吃吧！”旁听的年轻人竟都投以羡慕的目光。这在当时是个大肥缺，虽然口碑不怎么样。

婚礼中西合璧，庄重而热闹。昭舫顺从地听从父亲的安排，对父亲那些江湖的、湖北官场流亡的“前辈”一一致礼。该完成的礼数一一完成后，他高兴地与章祯青一起去与她的演艺界朋友们交谈、怀旧。等到他想好好与魏公博畅谈时，公博已留下一张条子走了，这让他不无遗憾。

广诚笑眯眯地陪着宾客，这也许是他来四川后最高兴的一天。儿子书没白读，一出手就帮他打开了事业新的大门，又孝顺地照他意思成了家。看来，后面等待他的都将是好运了。

被轰炸后的重庆

不屈的中国人

蒋介石重庆曾遭轰炸的黄山官邸

十六、魏公博没讲的故事

魏公博在昭舫的婚礼上编造着自己的身份，其实他是以物资员身份为掩护的军统特工。他在昭舫应酬开始后对毓章说："我今天还有事要先走，明天我又要到外地提货，回来我去找你，我们再好好聚聚。"他将祝贺的话说给毓章后，让他转告昭舫，就提前离开了。

他后来果然在去沙坪坝办事时，看望了毓章。

他怀着遗憾离开昭舫的婚庆，因为他没勇气再面对最想念的朋友哪怕几分钟，他预备好的所有伪装与谎言也许都会破露，那样将犯下无法弥补的错误。

自从在宜昌与昭舫别离后，他受命潜回武汉，开始在隐蔽战线与日寇战斗，尽管天天面临生死、步步惊心，他还是长成了一个令敌人胆寒的战士。他亲眼看到武汉人民没有在日本强盗的淫威下屈服，从来就没停止过斗争，他们让他受到鼓舞。他十分想有一天能告诉昭舫和毓章，在武汉与日寇殊死战斗的英雄中，有不少曾是他们"业余歌咏团"的成员。

参加久别朋友的婚礼，或许可以避开不谈这些。但他刚才在与昭舫短短的几分钟交谈中，在武汉的一些见闻是那么强烈地在心里涌动，他好不容易才忍住了要涌出的热泪，这是婚礼喜庆哪！而他却满腔都是悲痛！

他看着昭舫厚道的笑容，竟立刻联想起了市一小学华侨教师连峰云，后者是昭舫极其尊敬、离开武汉时心里最放不下的人，曾对昭舫的音乐启蒙起了极大作用。

那年一返回武汉，他就听说了让他无法忍受的惨案：市一小学被日军占用后，迁到了铁路边与扶轮小学合并。不久日本人下令恢复开学。开学典礼时，一身是病的连老师被日本人用刺刀抵着押到操场，命他给学生教唱《君之代》[①]。连老师冷笑着缓慢打开自己带来的大张歌单，突然打开高举，并随即放声高唱起来，原来竟是《义勇军进行曲》！鬼子大怒，冲上来用枪托将他打倒在地，又强

① 日本国歌。

行将他拖走。但连老师并未停下歌唱！他病弱的身躯发出嘹亮的歌声始终没停下来，不少学生都当场大哭起来。连老师被日本人拖到校外铁路边，他还在高唱，一个日本军官便用刺刀戳进他的嘴巴，一直戳进喉咙，鲜血从他口中喷出，就这样当场死去。尽管日寇下令封锁此事，但一连数天传遍武汉……

他不敢面对昭舫满含友情和期盼的眼睛，虽然他受过专业的训练，但还是就要忍不住热泪了。

他一路选择黑漆的街边走着，这也许是他职业养成的习惯。在黑暗中不仅好隐蔽自己、观察别人，也好在面对那些心中无法驱开的事时，不用太注重自己的表情。

他的思绪还是离不开武汉。在那边，他曾劝说“锄奸队”不追杀熊道昌，因为这蠢货可以大加利用，从而获得了很多自己无法得到的收获。借助这个蠢货，找到了他在沦陷前就注意到的陆宗汉，顺势查到了特务世家、儿玉机关的头子宗方武彦诡秘的踪迹，并一直寻踪跟到了重庆。

因想念昭舫，去年夏天时，他曾化装去嘉瑞公司在南岸的经销处询问曾家的近况，无意中发现了宗方从公司侧门走出。他一眼就认出了这位来自武汉的老对手。

他怎么会来这里？得来全不费工夫！公博没有声张，及时汇报给了郑扩儒。很快，龙汉彪、曾昭泰都列入了军统监视名单。

原来早在武汉时，宗方就派手下与龙汉彪有过来往，了解物资运输撤离情况。到重庆后，手下又轻易地接近并掌控了他。狡猾的龙汉彪晓得厉害，不敢就痛快当汉奸。直到亲自与宗方见了面、并得到让他万一被怀疑逃离重庆的保证书后，他便将系着百万重庆人生命的公用防空洞分布图高价卖给了日本人。但狡猾的宗方并没按约定付全款，而是以此威逼龙汉彪接受了落实蒋介石在南岸“黄山官邸”具体位置的任务。

宗方自以为隐蔽很深，其实他的潜伏小组已落入了军统的监视之中。而龙汉彪并没有资格去接近领袖四大官邸中的任何一个，因此一直没能让他如愿。

6月5日，日寇准确轰炸造成的大隧道惨案震惊了世界。在国人义愤填膺，舆论不依不饶形势下，何成浚主管的军法处终于逮捕了一批渎职和趁火打劫的防空队官兵。其中，当日值班的军官和一些担架队中涉案人员，几乎都与龙汉彪有关。当时，童琊联想起自己曾举荐龙汉彪，而这家伙肯定不是什么善角，脊梁骨有些发冷，便安排手下设法处理掉这家伙。谁知龙汉彪早就自知罪责难逃，提前拿着宗方给他的保命符，按日方提供的逃跑路线溜了，竟于数月后逃回了武汉。

8月8日，当“黄山官邸”被炸后，军统不得不放弃进一步跟踪的计划，提前收网抓捕日特。不料宗方已提前逃走，其下属数人在抵抗中被我方击毙。

何成浚以军法处的名义颁发了对龙汉彪“渎职私逃”的通缉令，又处决了一批罪恶彰著者，算是平息了些民怨。加上宪兵也抓到了一个承认拿了别人两元大洋后用镜子向飞机晃动的贫民，经公审后以汉奸罪处决，有了头替罪羊，此事就这么糊弄过去了。

对郑扩儒和他直接领导的魏公博而言，这一结局并不完美，因为没有及时破获日寇阴谋，重庆人民遭受了巨大死难，尤其是差点让蒋委员长遇险。郑扩儒遭到重斥降级，差一步就要提升少校的魏公博又被安排不日重返敌后。

不过，他总算赶上了心中最好朋友的婚礼。

不屈的中国人民在市中心都邮街（现解放碑处）建起“精神堡垒”

国立四川大学大门

十七、昭舫弃职赴蓉

昭舫新婚后，在重庆度过了两个星期的蜜月，随后带祯青一起去了綦江。

到1942年的夏天，祯青怀着一个新女性的求知愿望，到重庆沙坪坝报考大学，少读一年高中的她顺利被“国立四川大学”中文系录取。

川大原校址在成都南郊，为避轰炸暂迁到了峨眉。祯青不得不离开了昭舫一个人去上学。从重庆乘坐了小轮船，第一晚停江津，第二夜合江，第三晚宜宾，整整四天方到达乐山。上岸后，又步行大半天才到学校。

川大的新生院是由寺庙改成的，也还算宽敞。只是生活条件苦得叫人难忍，与流浪难民差不多。最叫人难以忍受的，是蚊子如雨点般往人脸上扑。祯青学着其他同学买了个坛子，晚上做功课时盛满水将脚泡在里面。她发现这很管用，是回避双腿遭叮咬的妙方。

仅仅上学一个多月后，祯青就发现自己已经怀孕。静娴得到消息后，生怕她一人在外有所不测，命昭舫、昭瑛、昭琳接二连三地去信，坚决命她回木洞保胎。祯青见曾家把这事看得那么重，不得不屈从于婆家意志，休学回到綦江。不想刚到綦江不久，潜伏在身体内的疟疾就爆发了。

峨眉期间的川大，全校几乎所有人都得过疟疾，唯独那位留学过德国的校长一人离奇地幸免。

看见她承受着那任何人都难忍的疟疾的极端折磨，昭舫只有把她送去重庆的医院。战争时期药品奇缺，疟疾根本无药可治，死亡率极高，能否挺过完全听天由命。然而，苦难的年代竟然奇迹般地锤炼出了一代青年超强的意志和体格，祯青居然熬过了这一关。

大隧道惨案后，在重庆市中区都邮街广场，不屈的国民建造了一座高 7 丈 7 尺(象征“七七”抗战)的、四方形、5 层炮楼式木结构的、黑色的“精神堡垒”①。1943 年“愚人节”前两天，就在离此不到二百米的一所医院内，曾家第一个“正统”的孙子降生。

曾广诚心花怒放，他亲自为孙子取名宪渝，小名毛咪。他仰谢苍天，中国人不会绝，中国根不会灭！在谁也难料生死的年头，上天不绝曾家的后，给他留下了种！

昭舫将祯青送到木洞的家中，哺育宪渝，独自去了綦江。但虽说静娴对儿媳体贴周到，但因为生活条件远不比武汉，加之“大后方”物价上涨越来越快，所以日子还是处处体会到艰难。祯青明白，短暂的爱情神话已经结束了。

特别叫她难耐的，是读书人特别敏感的那份孤独。除了带来的书，昭琳整天都在学校，唯一能和她说上几句话的就是秋平。遇到秋平去上学时，她只能抱了毛咪出去走走。

她没有兴趣去参加街头巷尾的闲聊，只能一个人带着寂寞机械地行走。镇子就这么点大，秋平的“木洞镇中心小学”几分钟就能走到。

离学校不太远，在一所早已荒废了的寺庙“万天宫”门口，挂着一块冷酷得叫她初次看到时打了个寒战的“难童教养院”的牌子。这里住的都是四方搜罗的流浪孤儿和与家失散的外地儿童，多数都在十岁以下。他们个个穿着不合体

① 即今解放碑前身。

的衣衫，破烂肮脏，吊着鼻涕，头发焦黄，一脸虫癍和营养不良的颜色。“教养院”实行集中营式的封闭管理，孩子们不许自行外出。

祯青知道这个地方后，常常特地带去一些衣物，或捐献些零钱。每听到里面的指挥哨音和吆喝声，她便感觉到难言的心酸，不由自主地把毛咪更紧地抱在怀里。

这天路过禹王庙街时，她竟遇到了一个川大的同级校友，她的亲人也是流落木洞的下江人。祯青好不高兴。校友告诉她，川大已经迁回了成都，问她还有多久返校。祯青想起离校时没有办过任何手续，不由沮丧地问：“我的学籍还有吗？”

然而这次邂逅使她燃起了复学的欲望。她回家就写了封信托同班好友宋元谊帮她打听，居然得到了让她喜出望外的答案：“多亏”了学校办事人员的马虎失职，她的学籍竟还被侥幸地保留着！

她立即写了封信给昭舫，说要带着孩子去上大学。

这件在宇宙中可忽略不计的小事，却在曾家掀起了轩然大波。广诚几乎大怒失态。他曾家宝贝的“根”才几个月大，是他老爷子心头重点的重点，核心的核心！为了他，一切均应责无旁贷地让路！他认为这“妇道人家”的要求简直是无理加无知。你一个女人，硬要读那么多书算什么？你将来除了“相夫教子”外，还准备干什么？

但广诚没想到的是，昭舫竟坚定地站在祯青一边，果断地表示愿意自己辞职，去成都陪伴她读书。这让老爷子半天回不过神来，这才感到了他所熟悉的时代和道理，的确已经完全变迁了。

昭舫在表态后，充耳不闻父亲的训斥责骂，毅然到“资源委员会”辞去了技术员的职务。广诚简直没有料到这“商量着的事”，发展起来竟这样地迅雷不及掩耳，一切就这么既成事实，无可挽回了。他这才想起报纸上经常看到的说法：维护五四精神的新青年，是会不顾一切地维护妇女解放的权益的。

他懂得自己没有能力改变这件事了，昭舫根本不在乎去成都后生活如何着落，声明不要他管。他听了这话，几乎要发火。但他从经商锻炼出来的脑子想问题时，是很全面周到的。想到自己若再强硬毫无胜算，只会让家庭大乱。退一步想，一家人本来就流散天各一方，子女们哪一个不是在按他们自己的意志选择生活呢？真想把自己闹成孤老头子么？如今自己的“进化公司綦江铁厂”的迅速发展全靠昭舫，再要骂他不合情理。何况现在经营已很稳定，自己也从他那里把技术要领学到手了，放他走也不是不行。而祯青生男孩的丰功伟绩，理所应当给予一点受宠的地位。

广诚到底还是决定妥协了。对昭舫，也许他从来就在惯纵，那么现在忍让也是顺理成章的了。

次日，昭舫夫妻就带着仅半岁的孩子，经重庆坐汽车去成都。

竖着小烟囱的木炭汽车

这一路行车极其艰难，受的折磨简直难以言表。大后方稀缺的汽油是作为军用物资控制的。民用汽车烧的是竟然青棡木烧制的“棡碳”。助手变成了司炉。在司机座的车门外，竖立焊着一只约一米高的木炭炉，一边开车，一边由助手往炉门里添碳、掏灰，遇到上坡，便使劲拉动风箱鼓风。简陋的道路颠簸不堪。遇到上陡坡，便是全车动员，拉风箱的拉风箱，推车的推车，司机的助手则干着更重要的事——提着三角木跟着，随时准备塞在后轱轮下面“打眼儿”，否则车退滑下去，后果不堪设想。昭舫不知有多少次下车帮忙推车、发动……

车走了两天，总算安全到了成都。

川大新生院在城西南角的“成都公园”附近，他们就在不远的烟袋巷租了间平房住下了。祯青如愿办好了复学手续。经过半个月的军训后，便开始上课。

四川大学中文系的教学意识看似非常守旧，老夫子们不许白话文进门，写作需用骈文。然而也并非一概排外，对外国文学如“两希”及文艺复兴时代和近代的资产阶级文学的优秀作品，也还照样极力推崇。

未婚的女学生们常用傲慢眼光，打量着已经生了小孩的祯青，鄙视地看着她飞跑着回家喂奶、奔跑于学校和烟袋巷之间。

每次过锦江都要花上几枚铜板，那锦江只有十来米宽，那些木船就横在河面上，付了过河钱后，从船头上去、船尾下船，就过了“江”了，活脱一浮桥。水涨时，“桥”不够长了，小船就装模作样地在河里掉个头，就把客人送过去了。

祯青知道有同学在背地议论，却只用眼角的余光扫视她们，反觉得她们的骄傲实在无知。

昭舫请到邻居赵婆婆在白天帮忙照看宪渝后，开始了四处求职。但是在教授尚且穷得典衣度日、斯文扫地上街摆摊叫卖的年月，求职谈何易？幸而在重庆沙坪坝南开中学的二姐夫李毓章得知后，托了朋友的朋友，帮昭舫在北门外的“华美女子中学”找到了一个物理教师的职位。

“华美”是一所美国传教士创办的教会学校，离他们的住处有十几里远。学校附近是小小的镇子，其余四周都是庄稼田。昭舫于是开始混迹于穷“教书匠”队伍中，每日来回奔波。

不久天气渐渐变冷，整日阴霾，从空气到床褥永远是潮湿和冰冷的，自然叫人想起杜甫老先生在成都留下的“布衾多年冷似铁”的诗句。祯青和昭舫白天忙碌如同打仗，夜晚便再无精力给毛咪端尿。于是几乎夜夜龙王发威。他们住的屋内横拉着的几根晾衣绳，总是挂满了尿片子，如同军舰上的万国旗。但遇到天气冷阴（成都经常这样），尿片子也有“供不应求”之时，昭舫只得把尿片贴在身上，胸前背后若护身夹，用体温来捂干。

对祯青来说，带孩子真是个考验。有一次，她将毛咪放在背篓里去河边洗衣服，一躬腰，竟差点把他从背后泼出来翻到河里。这事让她多少年后都心有余悸。

祯青向来生性木秀于林，张扬自得。不要说从不沾厨房烟火，对女红更是不暇一顾。然而她有幸遇上了昭舫这样的好性格。昭舫的长衫腋下环扣破了，没有人缝，只有自己用线绕上，每天穿脱时得耐心地绕上绕下。日久天长，昭舫不但没有发火，还便绕边笑着说，现在他绕一颗扣子的速度比原先提高了几倍，有了独家的“手法”。如果以此开发一项竞技比赛，他可能会成为世界冠军。

十八、昭舫投笔从戎

昭舫曾一度很珍惜并且很认真地对待自己这份教师工作。他本来就有善于从熟悉的现象去诱导人进入物理学领域的讲解能力，所以深受学生欢迎。

大后方的学生们充满着爱国热情，昭舫也被他们感染。学校给了他一片发挥自己长处的天地，他开始在课余教学生们唱歌。随后在祯青的鼓励下，他热情地帮助一群活泼有追求的女孩子走上舞台，演出她从“中华剧艺社”带回的话剧剧本《万世师表》，亲自导演。每个周末在学校演出。

这是著名的电影、话剧导演和剧作家张骏祥先生的新作，当时还未公演，是以闻一多先生在抗战中的经历为蓝本写的，表现了中国爱国知识分子的民族气节和不屈服的脊梁。昭舫亲自出演那位教师，首演时祯青赶来饰演他的妻子，而由一位很有音乐天赋和舞台表演潜质的女生郑小瑛[①]演女儿。演出条件相当简陋，每次换景都差不多要半小时，换景时昭舫就为大家表演唱歌。一演就演到半夜，竟没有一个观众离去，可见演出还相当成功。

昭舫力争在学校多做一些有益于教育青年、多做一些有利于抗战的事，他又排演了曹禺用巴金小说改编的话剧《家》。

但是环境越来越恶劣了。到1944年的春天，“大后方”的物资越来越匮乏，昭舫和祯青第一次真正体会生命中的一大痛苦——饥饿。

4月，日寇开始了在中国大陆的最后一次大规模军事行动——“一号作战”，其目的主要是摧毁美空军在华的基地，夺回制空权；同时，打通贯穿中国南北的铁路，以支持在东南亚的日军。结果，腐败造成作战能力低下的国军节节败退，竟损失了多达50万的兵力，丢失多达20多万平方公里的国土，造成我方抗战中期最大失败；在最后一次长沙会战中，我军电报被破译，致长沙沦陷，衡阳继而失守；桂林大战前，国军士兵因被扣军饷，抢劫民间粮食充饥，引发全城大火，灾祸不输日寇轰炸。随后桂林、柳州也相继丢失。

---

① 七十年后，宪渝在博客上邂逅了这位在厦门交响乐团的名享中外的著名指挥家，两人在网上共同交谈华美中学的当年故事，这一逸事当即受到几万次的点击。

长沙沦陷，使祯青彻底失去了本来就断断续续的家庭汇款，昭舫一人的工资已经支撑不住小家庭的生活了。祯青自回到学校老校区上课后，常与同学们在望江茶楼馆坐着看书。但她再渴也没钱喝茶，只能喝“玻璃水”——这是学生们对白水起的名字。

“大后方”则经历着更严峻的考验，各种不可救药的致命病态正大量地显露出来。当世界反法西斯战争取得伟大转折后，这个政权居然全面现出了衰败迹象。政府尽管能对八路军、新四军在敌后扬长避短的越来越有成效的斗争消息严加封锁，却挡不住自己军政首脑丑闻的漫天传播。

陈姓护士被蒋委员长金屋藏娇、蒋夫人一气之下跑去美国的事，被传得有声有色，听者啧啧。身为最高军事长官的何应钦，被揭发出在国外储存了大量美金，终被免去参谋总长职务，调任陆军总司令，闻者唏嘘。

与教员和工人的饥饿相对照的是，陪都重庆和成都的达官贵人们，筵席上电炬通明，一桌万金。那些有实权的官吏和借战争时物资紧张发了大财的暴发户们，在茶馆、澡堂中消磨时光。有些新富为了能享受捏脚、按摩的奇妙舒适，竟故意去染上脚气病。茶馆中，说书唱艺空前发达，笙、笛、箫、琴，一应俱全，哪里像是一个沦落了半壁江山国家的后方。

1944年饿殍遍野的中国

昭舫坦然承受着贫穷和饥饿，却无法对“大后方”显贵们的醉生梦死熟视无睹。他们的骄奢淫逸，不都是靠前方战士用血肉之躯在保卫么？前线回来的伤兵们说，士兵连饭都吃不饱，甚至虚弱得不能行军。连美国援华将军史迪威都说，由于官员们的贪污腐败，中国士兵是半饥饿的，营养不良，体力不支，几乎未经训练，而上面经常不发他们薪饷，任其生死，实在令人绝望。

“我厌恶这样的官僚，我不能和他们一起窝在‘大后方’！”昭舫在心里呐喊着。

遇到没有雾霾的日子，太阳出来，昭舫和祯青便如同打仗般，在户外争抢一绳之地，把家中潮湿的衣被倾巢晾出。自从 1943 年 8 月以来，日本飞机在空中的霸道时代似乎已经过去，空袭基本没有了。

偶尔，警报声也会响了起来。昭舫却若无其事地走在街上，赶着去学校上班。这时，昭舫总回忆起在宜昌、重庆见到的那些溅涂到断垣残壁上的血迹、脑浆、残肢，那残存的儿童和嚎天痛哭的女人，以及正在抽搐着死去的人们。他心中便强烈涌起去轰炸东京、讨回血债的冲动。

这天，昭舫路过盐市口时看到了一张布告，是政府军事委员会为“飞虎队”招聘英语翻译人员，须一个半月内到昆明报到集训。

当时，以陈纳德将军为首的美国志愿援华航空队已经被改编为美国第十四航空队。他们协助重建了中国空军。飞虎队英雄在中缅边境上空重创日寇。除对日作战外，还通过“驼峰航线”，飞越喜马拉雅山，从印度接运战略物资到中国，以突破日本的封锁。由于他们的不朽战功，“飞虎队”已在中国家喻户晓。

昭舫思想急促地斗争起来。他想，宪渝已满了一岁，可以断奶了。不如把他送到木洞，让母亲照护，也更有利祯青读书。自己既然已经完成了曾家香火继承的任务，应是把所学贡献给国家、亲手上前杀寇的时候了。

积蓄于心中多年、对日寇不共戴天的仇恨和报国之志即刻涌出，不可抑止。他等不及回家和祯青商量，更不待征求父母意见，就一气跑去报了名。

昭舫斩钉截铁的态度，不禁让祯青只能被迫含泪接受。她同意把宪渝送回木洞，交给母亲照管。他们谢辞了赵婆婆。昭舫带了一包好不容易买来的“代奶粉[1]”，抱着毛咪上了路。

不知道世界上还有别离、更不知还会离开母亲温暖怀抱的毛咪，怎么也弄不清，突然间怎么一切全变了，妈妈去了哪里。他在长途汽车上被强行断奶。他徒劳地抗议和挣扎着，终于累了，睡着了。

昭舫两天后回到了木洞，他说出自己回来的原因后，让刚刚喜出望外的母亲顿时又如逢晴天霹雳，一时竟茫然无语。静娴强忍住涌出的热泪，关上她在这里的小佛堂的门，一个人进去打坐。

在木洞教书的昭琳看见昭舫为难的样子，觉得只有自己才能理解和支持弟弟，便说："不要紧的，你放心去吧。毛咪就交给我，我来带。"

昭舫确实不忍让就要满二十九岁还未出阁的三姐身边拖个孩子，一时不知如何是好。昭琳却不在乎地说："妈妈是担心你，你自己也该小心哦！"昭舫故意大声回答，能让在里屋的母亲听到："我是去当翻译，又不是去开飞机。再说，人家开飞机的，还不是都和我一样的人……"昭琳连忙伸手把他的嘴堵住，故意转个话题说："祯青呢？你怎么丢下人家一个？"

昭舫懂得，自己是给母亲心上扎了一刀。大姐、小弟在前线还不知死活呢！

母亲再没有说什么话，那么多人家的孩子不都上前线了么？他们没有母亲妻子么？她红肿的眼睛告诉了昭舫一切，母亲的心此刻是承受着什么样的重负哪？

而襁褓中的毛咪，很快就把昭琳错当作了自己的母亲。在严酷的年月，他舒适地继续享受着慈祥伟大的母爱，什么也不缺。

---

① 是一种用大豆和其他粮食为原料制成的、供婴儿食用的粉状食品，在当时也极为稀缺。

十九、艰难仍未有穷期

“大后方”的日子是越来越难过了。

到 1943 年冬天，毓章转到了自贡“蜀光中学”教书，也隶属张伯苓先生的“南开系列学校”。原在“南开”附近中学教书的昭瑛因生第二个儿子明明，已无奈失业。

毓章不是第一次来这个学校，他曾为这所学校谱写了校歌，他卓越的才华在这所学校师生中已广有影响。此时在生活的重压下，他已自然地收敛了很多孤傲的习气，战战兢兢教书度日。平日里还要帮报社抄写稿件，加上变卖物品，才能勉强保证全家人的温饱。

1944 年暑假前，新来学校的督学兼训导长交给毓章一张表格，命他“填了！”毓章问明，是申请加入国民党的，他便当面拒绝了。就是因他自恃有才，生性清高，从未能和学校某些“忠于党国”的精英们和平相处。他没有联想起昭琳的遭遇，更没想到，他在这个学校的饭碗就要保不住了。

他领了最后一个月的工资。在回家的路上，他遇到自己的两个学生，其中一个垂头丧气地站在墙角，原来是他父亲生病，抓药的钱不够。

热心快肠的毓章立即掏出钱来，帮他补足了钱。

他的内心感到某种满足和快慰。回到家里，见到正在等钱买米的昭瑛，便做了个鬼脸去掏口袋，但却立即遇到当头一棒——口袋已经被人用刀割破，里面一分钱都没有了。

毓章气得要发狂了！一定是他刚才帮学生掏钱时“露了财”，被小偷下了手。他不知道如何咒骂这充满丑恶的现实世界。但是，他有什么办法呢？

昭瑛气鼓鼓地说：“晚上先饿一顿吧！”

可是冰冰在一旁叫了：“妈妈，我要吃烧饼。你说过，爸爸回来就给我买的。”

昭瑛含着泪，低着头一言不发。对孩子是绝不能失信的！毓章忽然想起，他的《辞海》中夹有一张充作书签的、崭新的一元法币。他急忙翻开《辞海》，高兴地找到了那张宝贵的钞票。

门口不远就有卖大饼的，一元五角钱一个。毓章恳求小贩说，差五角钱，我下次给你送来。那小贩开恩，说："算了，就一元钱卖给你吧！"

毓章把烧饼掰成了两半，将大的一半递给了冰冰，小的递给了昭瑛。

昭瑛没好气地说："我不饿，你吃吧！"但是毓章扭过头、走一边去了。

亏了木洞的母亲和昭琳的帮助，捎了点钱来，他们总算活过了暑假。

不料直到开学前一星期，毓章也没有收到学校要他上课的通知书。毓章忍不住，便跑到学校去问，才知道他没有被续聘。原因呢，他当然也能想到了。

现在已完全失业了！毓章不得不再次四处写信，求朋友和熟人。

就在这时，昭琳带着已经学会走路的毛咪加上秋平，陪母亲一起到了重庆，来送假期回木洞看儿子的祯青，顺便买点木洞买不到的生活物资。

暑假时，祯青因实在太想念毛咪而回了木洞。看到儿子已经四处乱跑，活泼健康，夹着舌头可以清楚表达很多完整的意思，真是可爱极了。但让她失望的是，儿子这么快就把她忘了，不愿亲近她这个妈妈。第一天晚上，毛咪狂哭挣扎到半夜，也坚决不愿跟她睡。弄得昭琳好像做错了事似的，难为情地躲在隔壁房，听着祯青软硬兼施、手段用尽。最后她只好进去怯生生地向祯青建议，"暂时"向小家伙妥协。

静娴劝导失落沮丧的儿媳："你也别放心上，大些就好了的。小孩最后只会认他亲娘，哪个也养不家。"

祯青只能希望是这样。直到暑假过完，毛咪也只在白天不抗拒地接纳她，一到天黑，就警惕地防范着她的每一个"阴谋和陷阱"，寸步不离昭琳。祯青只能这样带着遗憾过完了假期，回成都去了。

静娴他们仍到南岸的老院子暂住。自上次离开重庆后，这房子被炸过一次，已被"嘉瑞公司"拾掇修整过，但还能看到明显的伤痕。

广诚除在公司有生意合作，他的"进化公司綦江铁厂"在重庆的业务，也一度是由"嘉瑞公司"在南岸留守的曾昭泰代办的。每隔一个月，广诚便会捎些生活费到这里，昭泰会叫人顺路捎带到木洞，很是默契。

次日，当静娴准备买点东西就回木洞时，久违的警报响了。静娴对大隧道惨案记忆犹新，慌忙携着孙子从阁楼上下来，准备去防空洞。那四川人惯用的木楼梯，又窄又陡又滑。静娴竟一脚踏空，从木梯上滑滚下来，结结实实地翻了一个滚,倒在了地上。

毛咪被保护在祖母的怀里,居然一点都没受到擦碰。静娴却为了保护"曾家的这条根",让自己任凭翻滚摔撞,再痛也绝不松手,绝不分散一点注意力。等她落到平地后,已经再也站不起来,她距骨骨折了!

听母亲在喊"我螺丝骨好疼",昭琳忙去扶母亲,这才发现母亲的脚腕已经迅速肿了起来。她一边劝母亲说,不消这么慌的,日本飞机被昭舫他们飞虎队打痛,今年很少来了,十次警报有九回是虚惊一场的。但没等她说完,江边传来连续几声很响的爆炸声,没想到这次鬼子飞机居然还敢真的来,而且来得这么急。又听到秋平在院子里着急地大声喊:"三姨,来不及跑了!"

昭琳真慌了,赶紧叫秋平回来蹲到堂屋的八仙桌下。又把母亲拖到桌下、倚靠着桌腿坐着,把毛咪放到受伤的母亲怀里。自己则从屋里抱出了两床棉絮,铺到桌面上,却又去端了一盆水,泼洒在棉絮上。

她还没有忙完这一切,又是几声巨响,毛咪大声哭了起来。房顶上被震下的瓦灰哗啦啦地、垮向了阁楼,又透过阁楼稀疏的木地板洒向一楼堂屋。昭琳这才也挤到了这自欺欺人的土"防空洞"中。

昭琳此时只在幻想,昭舫能开飞机回来,保护他们,把日本强盗痛打一顿。一连串的爆炸声响了起来,空气中充满了令人窒息的灰尘和硝烟。飞机在头顶呼啸,震落的灰尘还在从上面洒落。曾家最弱小的四个人缩在桌子下,大声咳嗽、喘气。死神在向他们狞笑,他们是这样地无助无力,只能听天由命了。

9月8日,面临彻底失败的日本空军做垂死挣扎,对重庆连续进行了几次大规模轰炸。

老天可怜见!他们的房子竟没有被炸!几个人都不记得,他们是怎么活出来的?

静娴的脚腕肿这么大,绝对不可能就回木洞去了。昭琳顾不得哭,她知道现在一切都要靠她自己。她扶静娴躺在床板上,把毛咪放到他奶奶的身边,要秋平守候着。自己则拿了十元法币,去求颜家守院的人找来了医生,又托他去叫来了毓章和昭瑛。

医生叫来了,给静娴上了夹板,还裹上了中草药配制的"枳壳"。

昭瑛一家来了。静娴看到了冰冰与又一个外孙明明。明明还不满周岁,但迫于生活，昭瑛又在四处写信求职了。静娴听后不由叹气；日本侵略者把多少中国人都推向贫穷和死亡的边缘。他们在汉口安乐温馨的生活，已成为遥远的记忆。想到走上前线的四个孩子（她与广诚不同，在她心里早把知秋、毓章当成亲生骨肉），既牵挂他们的安危，又希望他们能早日打败鬼子归来。

静娴看到家中最无私忍让的昭瑛，现在生活最是困难，一家人脸上都现着营养不良的虫斑，很是心痛。多年来，静娴又一次感到了生活拮据。但她还是准备塞给昭瑛一点钱以度近日无米之急，连昭琳都不让知道。广诚曾声言过不许给钱给昭瑛的，因为她理应由“她男人”养活。静娴无法改变老爷子的曾家遗传性固执，只能偶尔偷偷自己省下几个钱帮她们一下。而昭瑛为了孩子，也只有不声不响接下。她知道毓章自尊心极强，从未让他知道。

昭琳听说毓章已经失业，几乎要对天喊冤了。她紧张地心算着怎样从她那点可怜工资里拿些来，周济姐姐一家四口！今年物价又涨了一倍多，父亲却一个钱都没多捎给家里。连宪渝到了木洞他都不多给一文钱！她的工资已全部贴来家用，哪怕在就读“国立艺专”时，在敌机扫射下四处漂泊的岁月里，她都没有觉得身上的担子这么沉重。而为了带好宪渝和秋平，为了照顾好母亲，她一直全力挑着生活的重负，拒绝身边众多男士的追求。

姊妹们商量后，决定把母亲留在重庆，让昭瑛服侍她疗伤。昭琳要一人带着两个孩子回木洞。

翌日，昭瑛送妹妹到码头后，却发现码头、船只均已炸坏，通告“停航一周”。昭琳怕误了开学，丢了饭碗，不顾姐姐的劝阻，只身带着秋平，怀抱毛咪，毅然步行向木洞走去。

我们中国人不愧有最能吃苦耐劳的基因，一路步行的人还真是不少，除了流浪人家，多数都是他们这样的城乡平民。昭琳背了一个包袱，又带着两个孩子，沿着江，沿着人们双脚踩出的宽窄不一、方向不定的崎岖土路，时而上坡，时而下河，一路问路走着。宪渝基本上不能走，昭琳只有一会儿扛、一会儿抱。可能是谁都看得出她的艰难，不断有人来问要不要坐“滑竿”，要不要帮拿东西。昭琳咬着牙一一谢绝了，她舍不得钱，却坚信自己经历过迁校千里跋涉练出来的体力和意志。

七十多里路啊！他们高低蹒跚地走了一整天。谢天谢地，总算平安到达了。

毓章、昭瑛一时都没工作音信，完全失业了。幸好靠着昭琳在木洞小学的良好人缘，昭瑛有望在下学期顶补上一个要去生孩子的老师的位置，而毓章的工作还杳无音信。单靠两姐妹每月的工资，基本生活都不够。带母亲回到木洞后，昭瑛不得不帮人家洗衣服，贴补家用。她早就学会了在菜场买剩下的“尾脚”便宜货，现在又学会了挖野菜。毓章则伏案帮一个小出版社抄写文稿，帮学校抄写讲义，虽然不免常对其中“狗屁不通”的句子大发牢骚。

然而秋平、冰冰、毛咪、明明却没有感觉到什么短缺，他们仍不知道世上有贫穷和饥饿。秋平学会了淘气，他和冰冰躲猫猫，哄他躲在没人的柴房里几个小时，自己却跑开了。一直到吃饭昭瑛问起，才去喊回了冰冰。

冰冰却觉得生活还是很多乐趣的。三姨还带他到秋哥（他这样喊秋平）的学校参加双十节演出。还让他扮演一个戴眼镜的小朋友。“眼镜”是用细篾条做的。冰冰演出完后，几天都舍不得丢，却被刚刚能自由走路的毛咪偷偷破坏了，这让他大为光火。

伤筋动骨一百天，静娴伤刚好，就对昭琳说，她要带着秋平和毛咪去綦江找广诚。“他怎么变成这样？不想管他一家人的死活了！”

昭瑛负疚地说：“都是我拖累你了，妈。毓章的朋友已经在帮忙，下学期到重庆的清华中学教书哩！我们熬得过去的。再说，秋平还要上学哪！”

静娴铁青着脸，说：“我听昭舫说过，赶水的小学比木洞还要好。再说，秋平才八岁，就上三年级了，黄家的八岁才上一年级。休息一学期怕什么？莫把伢的脑筋用坏了！”

1944年年底，静娴托房东找到了一辆运油桶的大货车，便带上秋平到木洞附近通巴南的公路边上去等。昭琳出于对昭舫的承诺，也因不放心伤愈后并未得到充分调养的年过花甲的母亲，坚持把毛咪留了下来。

昭琳也不放心把毛咪送去成都。不久前，祯青来信说，成都流行着可怕的瘟疫。信中说到有一天，她实在受不了学校带沙的霉米伙食，和同室同学宋元谊进城去找东西吃，结果看到街上到处躺卧着尸首。有人说是鼠疫，也有人说是霍乱病爆发了。反正整个成都都传染了。有的全家一天内死光。她们看到一些房子紧紧地关着门，好多间里面全是死尸，但还是忍不住在街上买了些大饼带回了学校宿舍。她怕传染，忍着饿得难受的肚子却不敢动。但宋元谊停了一阵，竟去拿出来就啃，还直着眼说："我太饿了，不吃也要死的！"祯青也想病死饿死不都是死吗，于是也吃了！幸运的是，她们竟都没有被传染。后来，祯青见同学抓到大老鼠煮来吃，竟然也凑上去分享，还在信中说"川耗子其实很好吃"。既然成都苦成这样，昭琳觉得，不能送孩子去，毛咪还是跟着自己最合适。何况，她已经舍不得他了。

两姊妹陪母亲在路边等了一个小时，终于来了一辆装有很多油桶的货车。静娴爬上车厢，接过昭瑛递上来的包裹和干粮。秋平却在二姨帮助下自己爬了上来，与外婆一起，挤坐在那些笨重冰冷的铁油桶中。

车上竟还挤有十来个人，大家彼此警惕着把钱交给司机——他们自有公路以来，就在四川有特殊的地位。房东特别嘱咐过静娴，为了行车顺利，必须对司机表示尊敬，不要像你们下江人那样称呼他们"司机"，要称呼为"师傅"或者"驾驶员"。

汽车在崎岖的山路上整整走了七天，静娴才到达了赶水，很顺利便找到了广诚。她这才知道，原来广诚已经濒临破产了。

40年代成都鸟瞰

二十、飞虎队翻译官

昭舫到了昆明空军翻译人员培训班，这是专为中、美、英盟国培训空军口头翻译和书面翻译的。昭舫在昆明接受了三个月培训后，被派到机场作地勤翻译。当时机场的维护、守卫都主要是中国军队。地勤和机械维护则由美中技术人员和工作人员共同承担。

克莱尔·李·陈纳德将军

还在 1943 年 3 月，美驻华空军就和美空军志愿队合并，改编为美十四航空队，陈纳德任司令，坐镇昆明指挥。次年 1 月由他建议，“中美空军混合大队”成立。

昭舫最初是为中美空军地勤人员作联络，包括翻译、接送、服务。由于他在专业知识方面的优势，他还被派参与过“301”基地空、地勤物资供应计划编制和汇总。

“虽然不能上天去炸鬼子，也总比在大后方强。”昭舫宽慰自己。

他最初对美国的飞行员怀有一种完美救世英雄的崇拜，美国朋友们友好地和他招呼，在酒吧和他交谈。昭舫借机提升自己英语的听力和会话能力，很快，他做到了使自己的思维不再通过“汉语的”的大脑，他的英语变得纯熟而自然。

昆明比汉口华界还要原始简陋，除市中区外，街道多半是鹅卵石铺成，或者干脆就是土路。路旁不规则地散布着桉树、榕树和胡椒树等，窄窄的人行道上摆满了各种小摊小贩，后面则是低矮的、一层或两层的泥石房屋。基地附近，路边小吃店、小饭馆还是不少的。小贩们的叫卖声在木轮马车的吆喝声、自行车与人力车的铃铛声、汽车喇叭声、杂乱的家畜号叫声的混杂中，却能清晰地传到人的耳中。

昭舫很快熟悉了周围的环境。有天,他在空军第十飞机修理厂附近的一家小饭馆吃面,与同桌对面坐着的一个人几乎同时放下了筷子、对视着站了起来:

"曾昭舫!"

"郭佩珊!"

前年昭舫结婚时他正好到重庆,曾赶去祝贺。但后来由于两人都曾搬迁,失去了通信联络。

他们十分激动,添酒痛饮,以后两人就常在一起聚会了。

郭佩珊当时已经是第十飞机修理厂的修造课课长,即生产一线的总工程师。

他是一个居然成功改良了美国 B-25 型飞机的中国技术人员,将其一次携弹量提高了三四倍。这件事轰动很大,获得了飞虎队美空军官兵一片赞誉之声。陈纳德将军公开表示钦佩,就连蒋介石也亲自下令嘉奖他,发给奖金 1000 元,并破格晋升一阶三级成为少校。当然,昭舫不知道,郭佩珊其实还有中共党员的身份。

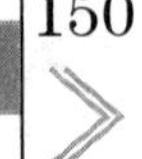

昭舫说:"真羡慕你,我却还是一事无成。"

佩珊说:"我不这样看。你在学校就用歌声和行动唤醒过很多同学的爱国之心。你和毓章编写的《大家唱》对抗战初期的救亡歌咏运动影响相当大。我一直很钦佩你。现在,你的工作也很重要的。此前,机场有个翻译被日本特务和汉奸绑架,就是为了从他那里获得基地的情报。幸而我们的特工早就在注意,很快破获,救出了他。"

昭舫说:"我知道,可听说那个人不愿继续干,回重庆去了。"

郭佩珊知道昭舫学的专业就是飞机,很想让他也来自己工厂。但他没有权力作这样的安排。

遇到了同学,昭舫觉得不再那么寂寞。他们可以畅谈只有知心朋友才敢说出的对国家大事的看法。但是同样是很快地,新的刺痛开始折磨他强烈的民族自尊心。

基地附近有些小地摊专门收罗和高声叫卖美军用品,小到巧克力、打火机和自来水笔,大到美军夹克、军服,甚至蚊帐、军毯和睡袋,然后就地出售,市民和学生们常来这里淘宝，使这里出现了与战时极不协调的繁荣。

昆明街上的美军很多，有些军人态度很随和、友好。但是经常有让昭舫感到刺眼的画面，特别是那些招摇过市的“吉普女郎”，那些如脓疮般趴在机场周围的妓院。

昭舫为自己的民族感到难受，有天他和佩珊谈到了此事。

“嗯！”郭佩珊说，“孔祥熙就曾对史迪威发过牢骚：‘我们杀了耕牛来让你们的飞行员吃牛肉，你们一个军人的待遇是中国军人的五百倍！’可是美国飞行员是我们的朋友啊！他们用生命在帮我们保卫天空，驼峰航线运送了我方大量宝贵物资。我们从日本人手中夺回了制空权，现在更多的是我们轰炸他们了！飞虎队打乱了日本人所有的后勤供给线，对战争优势向我方转化起了很大作用啊！你得装作看不见这些洋人的奢靡，你在武汉难道没见识过吗？”

这天他们正在饭馆休息，两个美军飞行员也来此吃饭。在门口，一群衣衫破烂不堪的孩子围住了他们讨糖吃。一个美国人掏出几粒巧克力。见孩子们太多，那些脏手正不顾一切地向他逼来，他便慌忙把糖从空中洒向了他们，让孩子们自己去抢。

“请你不要这样！”昭舫忍不住了，站起来用英语大声说，“他们很穷，很饿，可是他们有尊严！”

那个美国人回头看见了昭舫，有些惊慌地说：“请原谅，我不是你想的那样。我的糖太少了。我以为这样可以公平些。我喜欢中国人。我没有嘲笑他们的意思。”

他的同伴迈克尔，空军中校，以前就和昭舫彼此认识。他调解地向昭舫证明，那人说的是真的。

那美国人叫克莱斯曼。见昭舫还圆睁着怒眼，便诚恳地走向他：“请原谅，也许我错了。我真的爱他们，因为中国人救过我的命。我们可以坐在这里吗？”

昭舫点头同意。他们互相握手，作了自我介绍。

克莱斯曼说：“请你相信，我没有骗你，中国人曾经救过我的命。去年的冬天，我从湖南的一个机场出发，轰炸九江附近的日军，被高射炮打中，跳伞后受了伤，左腿也骨折了。日本人派出了士兵和警犬在满山遍野搜捕我。我落在荒山野岭——以后我才知道那里是铜陵——躲了一天两夜。我想我就要被他们抓住了，结果我被几个中国农民看见，他们想都不想就把我藏了起来，如果让日本人知道救我，他们会被残忍杀掉的！我的上帝，他们把我藏在荒山里，还给我送吃的东西。我吃不惯他们的干粮，当时饿极了！上帝保佑我，他们不知从哪里叫来了一个会说英语的中国军人，他是新四军。啊，我记得，他也姓曾！也是汉口人！个子比你高半头。噢！他像魔术师那样，一见面就为我端出一大盘美食，有面包、鸡肉，我真高兴。后来他用了整三天时间，要士兵用担架抬着我，冒着危险绕过，不，有时就是穿过日本人的占领区。他就像有隐身的法术，一直抬着我安全过了江，把我交给了他们的大胡子司令，又是个姓曾的[①]。上帝，我获救了！我在那里治伤半个月，一直都是那位会说英语的军官陪着我的。我感谢上帝，感谢他们。”

“姓曾的，汉口人？”昭舫激动起来，“他叫什么名字？”

“我问过，他不说，只说他是新四军。他家好像是汉口做蛋糕饼什么的。我归队以后，有一次又去巢湖作战。结束后我驾驶着 P51 野马式飞机，特地飞到了我记忆中的那个师部所在的村庄，我在它上空盘旋，俯冲，又拉起来，转了十多分钟，才飞走了，我是想向他们、向我的中国朋友致敬。”

昭舫已经激动得不能言语了，他认定那一定就是昭诚！不过，会不会汉口还有一个做蛋糕饼的老板也姓曾？还是昭诚的英语把豆皮描写成了“cake”[②]？

他们的误会解释清楚了。也许是缘分，后来他们四人都成了朋友。

有天昭舫在仓库帮忙清点备件，迈克尔中校和昭舫的上司过来了。

“曾昭舫！”他的上司说，“迈克尔中校他们要去执行任务，他点名要求你随他们去当翻译。记住，不许对别人说，也不允许给家里写信！”

---

① 即新四军第七师司令员曾希圣。

② 蛋糕、饼、块。

二十一、雪恨长空的感悟

昭舫匆匆随美军的一个中队出发，驻扎到了位于群山环绕的湖南芷江机场。这里是中、美空军的重要前沿秘密基地。战斗机曾多次从这里出发，沉重打击了华中、华东的日军机场、军舰、运输线和仓库。

十四航空队早就和新四军五师进行着有效的情报协作。五师将侦察到的情报，每日或间日，向美方提供关于监视地区的敌军机场、仓库、兵营、指挥部以及敌伪兵力调动等情况，及时校正美机轰炸目标。与飞虎队的联系是用无线电(中文)收发的。由翻译译成英文交给美方指挥人员。昭舫一般是在地面做文字翻译工作，也数次随轰炸机作随机翻译。

现在，昭舫终于遂了自己刻骨铭心的报仇心愿。他终于从空中看到曾经不可一世的日寇狼奔豕突、连滚带爬的惨相了！日寇的军舰翻沉了、日寇的汽车爆炸了、日寇的士兵崩溃了……他的心里激荡着快感，他真想将这些立即写信告诉毓章、告诉母亲和姐姐们、告诉曾经遭受过日寇轰炸肆虐的所有同胞们，他相信这就是报应！就是复仇！就是天惩！

但渐渐地，当他看到求生逃命着、如同被追猎的小动物般的无助和绝望着，看到被炸死者和残缺的肢体，他又不时从内心掠过一阵怜悯。

他们还轰炸日本人主要的空军基地，像汉口机场、香港机场，日本飞机常常来不及起飞就被报销了。经半年来14航空队反复轰炸，日军已经没有多少空中力量了。

湘西山区的夜里是非常寒冷的，那种莫名的冷向人的骨头内浸润。昭舫觉得这种冷和以前经受过的不同，好像是从身体内发出的，无论是厚厚的衣服和熊熊的篝火，都很难驱散。

有一个叫亚当斯的轰炸机飞行员是克莱斯曼的好友，他们常在一起烤火，三个人很谈得来。

一个阴冷的傍晚，出去执行轰炸武汉机场任务的飞机、包括克莱斯曼都回了，但亚当斯却没有回。

两天后，机场流传着、并很快证实了一个让人痛心和愤怒的消息，顿时让昭舫刚刚滋生出的对“挨炸的日本人”的一点点同情心化为乌有，转化为更强烈的报复欲望。

就是那天，在他的家乡武汉，亚当斯那架B-25轰炸机在武汉被敌地面炮火击落。三个美国飞行员跳伞后被日本人俘虏了。鬼子强行剥下了他们的外衣，几个说日语的人穿了百姓衣服化装成武汉人，用绳子牵着他们的脖子在汉口市区游街。在几公里的途中不断用木棒、拳头、皮靴殴打他们，百般折磨、侮辱他们。他们被折磨得奄奄一息，满脸是血，连行走都艰难了。这下日本兵公开站出来，把他们用绳子拴住拖在汽车后继续游街，一直拖到到日本寺院[①]外，将他们双手吊在绞架上，堆上木柴，当众活活烧死！

这消息让整个基地都愤怒得近乎疯狂了。那三个牺牲的飞行员，奥斯托和亚当斯都是两个孩子的父亲，维特才二十多岁，是他父母疼爱的小儿子，在田纳西有等待着他归去的未婚妻。

飞行员们围住了指挥部，强烈地要求出发报仇。

迈克尔对同样愤怒的昭舫说：“你知道吗？我们不是在和‘人’作战！他们是不值得可怜的野兽！我有时看到地上日本兵被火烧得痛苦的动作，被我们炸得绝望的样子，还产生过怜悯心，还在求上帝宽恕我。现在我不了，我要打死他们！炸死他们！我要用汽油凝固弹烧死他们！越多越好！”

飞虎队彻底摧毁日寇在汉口空军力量的战略部署，就在飞行员们狂热的激情中实施了。1944年12月18日这天，十四航空队从不同机场出动了近两百架飞机，实施对武汉空前大规模的轮番轰炸。

昭舫坐在迈克尔指挥的轰炸机上。这天，无线电中并没有多少汉语需要翻译，他便帮他讲解着武汉的地图和居民分布。很快，昭舫从空中看到久违的家乡了。一瞬间，他几乎就要涌出热泪，那宽阔的长江、银带般的汉水，如同沙盘玩具上的熟悉的城市。如果再低一些，他还可以看清街道——那些他生长的、令他魂牵梦萦的、镌刻着他成长记忆的故乡街道。

他所在的飞机第一次投弹的目标，是武昌南湖机场。飞机俯冲下去时，他

① 今江岸区民政局。

看到机场已被前面的编队炸过一轮,来不及起飞的日本飞机早已是一片火海,到处都在燃烧和爆炸。于是迈克尔命令对那些救火的士兵作了些扫射,然后尾随机群,去轰炸设在凤凰山上的高炮阵地。

他们来回俯冲。昭舫看着下面的昙华林,那是记载着他与楚妮难忘岁月的地方,生怕炸弹炸偏了,因为他看到也有炸弹落在了实验中学的操场上。猛烈的轰炸最终把那高炮阵地彻底炸哑。

随后他们的编队飞向江北,掠过了汉口一片火海的王家墩机场,没有投弹就又盘旋回来,将剩下的炸弹全部向江中的未沉日军军舰砸了下去。昭舫看到日本军舰在挨炸、起火、倾斜,却全无反击的炮声,水兵们在跳水逃生,甲板上一片混乱。

他们再次飞回到武昌一边时,地面的防空火力已经寥寥无几了。此时,可以看到我方从老河口等机场起飞的大群飞机已经到达了汉口上空,来进行下一轮轰炸。迈克尔叫机枪猛烈扫射了一阵地面的尚有一丝气息的防空阵地后,便按计划返航。

回到基地降落后,机场的地勤人员飞跑过来,为他们飞机加油加弹,对飞机进行检查。昭舫和迈克尔就站在起落架边上,吃着送来的面包和肉汤。迈克尔脸上的杀气还没消去。边吃边恶狠狠地说:“现在日本人只剩下挨打的份了。”

下午,飞机第二次起飞,去对汉口进行大概是第四轮轰炸。机场空军司令陪同前来的、一个湖北口音的中国将军,让昭舫对迈克尔翻译:此轮开始对市区轰炸,地图上标注有轰炸目标,在攻击位于市区的宪兵司令部等军事机构时,要特别注意:汉口居民区、特别行政区[①]和法租界不在轰炸范围内。

迈克尔又在飞机上看着地图,再次听昭舫如数家珍般地讲解武汉的街道,一边点着头。飞临武昌时,居然还有几个日本人从蛇山上用机枪对他们射击。眼睛发红的迈克尔毫不犹豫地命令,用机枪把那群人消灭掉。然后用炸弹炸毁了在古楼洞上方蛇山顶的供水塔、在彭刘杨路的汽车修理厂、在文昌门的船舶修理船坞。

飞越了长江后,他们接替刚离去的飞机,对已经毫无还手之力的汉口继续

① 是沦陷前地名,指原英、德、俄租界。

轰炸。

尽管是对侵略者复仇，昭舫还是惊呆了。飞机毫不犹豫就在阜昌路[1]口投下了炸弹（这里有日本人宪兵司令部）！然后对汉口一元路以下直至古德寺长约3公里、宽约5公里区域目标进行猛烈轰炸。这一片地图上的目标标注得太多了，在飞机上看地图有些难以辨别。迈克尔便红着眼、学其他飞机一样，将凝固汽油弹播种似地投了下去。顷刻间，从二曜路日海军机关、三元里日军第六方面军司令部，一直到六合路以下战前的日本租界——这是沦陷后日本侨民的主要生活区，如同火山爆发般，房屋顷刻瓦解、崩溃成一片瓦砾，街道连同铁路堤尽夷塌为平地。德、日租界的江滩上，无处躲藏的日本兵、混杂在无路可逃的日侨和平民中乱窜。一个穿和服的日本男人衣服着了火，没命地向江中奔跑。

此时昭舫觉得这已超出了他复仇蓝图的底线，他忽然感觉再忍受不了，便猛然拉住迈克尔的手说："行了，迈克尔，我们去炸他们的军队吧！汉阳那边还有个日本军营，留两颗炸弹吧！"迈克尔有些粗暴地把昭舫的手甩开，用英语对地面骂着粗话，双目都要喷出火焰来。昭舫觉得自己的声音都在发抖了，他用力喊道："行了，迈克尔，这不是日本，这是汉口，下面也有很多中国人，有不是军人的日本人。我求你，汉口都要炸平了！"

这次大轰炸，尽管狠狠教训了日本侵略者，使日军在华中的主要空军基地遭到毁灭性的打击，让伪"省政府"吓得迁往黄陂，伪汉口市政府跑到黄冈仓子埠。但是，与此同时，沦陷武汉的居民也因可怕的轰炸纷纷四出躲避，市面一片萧条。

昭舫感到很痛苦，他想汉口很多人的心态也一定和他一样，日本人该炸，而我们的城市，则本应该是无辜的，它为什么要遭受这么大的浩劫呢？

到次年1月17日，参加了对上海日军机场的攻击后，昭舫才被调回了昆明。这时，他已经悟出战争对人类的灾难本质了。

---

① 沦陷前的路名，现南京路。

二十二、广诚的失败

自从昭舫离开綦江后，曾昭泰为广诚从“嘉瑞公司”物色了一个武汉人，协助他管理。这人叫肖志为，才三十来岁。为人极其勤勉，且顺从乖巧，凡广诚想到的，他几乎都能努力办到。

肖志为带来妻儿，又与妻子认广诚做了干爹。平日里，洗衣、做饭，生活上对广诚照顾得无微不至，让广诚感到十分受用。肖志为又处事精明干练。渐渐地，广诚对他寄予了更多希望，还对他谈起过以后回武汉后重振“通成”的憧憬，心里有意将来让他将来接替已经年迈的田贵义，成为自己的好帮手。

自昭舫走后，由于地方小钢铁一拥而上，加上国营钢铁后来居上。而实际上，大后方兵工生产并无急剧增长的需求，小钢铁厂的产品开始出现滞销。广诚经营的压力越来越大，整日里坐卧不安。这时，肖志为去重庆办事回来，给他带来了曾昭泰利用好“嘉瑞公司”渠道的建议，说西南钢铁积压，而远在西北的甘肃却在闹铁荒，对钢铁来者不拒。广诚为此亲自去了趟重庆，了解行情，然后谨慎地采纳了志为的建议。试着做了一笔生意，一下赚了近四成。当时快过阴历年了，广诚大喜，给志为发了他工资几倍的奖金，也捎了些钱回木洞。

几个月后，当昭舫参军的消息传来时，广诚吃了一惊，心中甚是不悦。政府不是说家中可以留一个儿子么？昭舫怎么这么一意孤行呢？现在躲壮丁都躲不赢，还自己送上门去参军，他来帮他老爹不比当兵好么？

这时他的资本已经翻了一番。除了两座小高炉，还打算买下一座小炼钢厂。

正好肖志为的二儿子做周岁，一家人来给广诚磕头。广诚觉得，这年轻人简直比亲儿子还好。想到昭舫一点不体谅一天天老起来的父母，不禁酒后对干儿媳说起，自己子女和自己不一条心，成事不足，败家有余，很有些伤感。

肖志为便劝慰他，又把话岔开，建议他不要再去买钢厂。他说现在物价、工价飞涨，原料和生产成本都一天比一天高，私人小型工厂都办不下去了，衰退是迟早的事。这时候买工厂，要不了多久就会变成包袱。不如趁机低价，把那些支撑不下去的钢铁厂的产品直接收购去卖。广诚一听，大声叫好。趁着兴头，给肖志为的小儿子起大名为勇飞。

广诚采纳了肖志为的建议,志为便再次不辞劳苦,帮他压价采集收购了一批钢铁,亲自跟船直到广元,完成了交易。

广诚于是又结结实实赚了一笔。而这次肖志为又带回了更大的、据说是曾昭泰提供的需求信息。但是广诚却犯了难:附近的小钢铁厂已经该垮的垮、该跑的跑了,并没有充足的货源。

眼看摆着一块肥肉没法啃?这时候,他生意人的头脑起作用了。原来昭舫工作过的赶水航道局要处理一批拆卸下的旧水工钢材,理应由国营钢厂回收的,办事人却因吃不到回扣,正刁难着拖延不办。

广诚跑去找到了昭舫的旧同事,通过他们帮忙,很方便就打通了关系,顺利达成了收购协议。

但是对方在得到他回扣的许诺后,又提出要一次完全付款。广诚手头资金却差一大截。

虽说他在木洞静娴处还藏着两根条子和一点银元,但那是他与静娴商量好留着回汉翻本,铁定在四川不能动用的老本。

他于是四处奔走,终于通过赶水的湖北同乡互助会,用自己的铁厂做抵押,也算是广诚面子大,互助会的负责人、范鸿举的侄儿、綦江"汉捷利公司"董事长范丞,竟让他一气借了二十万元。

肖志为再次上路,很快又是一个多月。肖的妻子每日照顾着两个孩子,还坚持帮广诚做饭、洗衣。广诚倒也过得逍遥自在。

这天,广诚正和几个四川朋友在下象棋,志为的妻子抱着孩子也坐在一边,宛如亲儿媳。忽电报局送来一封电报,是志为来的,说是运去的钢材中,有一部分对方只愿给废钢的价。广诚略微一惊,但马上在腹中算了一下所占的比例,也不过影响总价少赚一成,便即去电报局回了电报说:"可由你作主。"

电报去了数日,不见回音。广诚想,这志为也是,结果总该告诉我一声吧。恰好这时收到了昭琳的来信。信中说,几个月前母亲伤了脚,现已经复原,怕父亲担心,没有讲。现姐姐、姐夫都搬到了木洞,生活过得比较紧。见父亲一人在外几个月没有信来,所以问候一声。

广诚看得心烦意乱,又是担心静娴的腿伤,又是不满意昭瑛还回来增加娘家的负担。便嘱咐伙计和志为家的看好厂，自己则赶去了重庆，打算找曾昭泰问明情况后回趟木洞。

他径直去了"嘉瑞公司"，昭泰见了他，好不亲热。广诚先问了夹运的事，昭泰打着哈哈说叫他放心。广诚又说起肖志为说的生意，问有没有往这边捎话。谁知昭泰听了，竟皱了皱眉头，反问："叔叔说的是几时的事？肖志为有几个月没有来过公司了。我也从没听说过这笔生意的事啊！"

广诚心里"噔"的沉了一下，即刻掏出电报给昭泰看了。昭泰若有所思地说道："志为精明，是不是找到更好的搭档卖家，跳过我，独自去办，也说不定的。"广诚红了脸，说："不会，他亲口说，连你都说这笔生意好得很的。"

昭泰连连摇头说："没有啊，我看这小子谎子[1]有点大哦！广诚紧张了："你知道他的底细么？"昭泰说："知道一点点，他说住花楼街，左邻右舍、草草木木都说得清清楚楚，还留了地址的，说他汉口还有老娘。他在我这里做了一年多，我还试过他几次，好像都还很老实的啊！"

广诚心里略微宽了一点，说："他是精明，帮了我不少忙。我已经是力不从心，哪里还跑得动江湖，还不是多亏他跑上跑下、翻山越岭地做事。再说，他若哄了我，又怎么会给我发电报？"昭泰点头说："我看也是的，不消担这些心吧？"

广诚听他这么说，心里却越发不放心。离开昭泰后，顾不得回木洞，却是次日就搭上了顺路汽车，赶回了赶水。远远看见小高炉旁工人还在做活——炼完剩下的矿石后，大部分工人都已结算打发了——他松了一口气。在工厂门口随便露了下面后，他就直接向不远的肖志为家跑去。到门口一看，这下才是真的感到从头发凉到脚跟，人去房空！房东说：昨天女人孩子就走了，不晓得他们的去向。

广诚懂得上了大当了。但仍然不死心，到电报局，按上次的地址又发了个电报。几天后，仍没有回音，他终于最终相信自己受了那小子的骗。那封电报，显然是有意稳住他、并给自己老婆发信号的。几十万元钱都被那对夫妻骗走了！

戏演得真好啊！

他气得七窍生烟。我曾广诚一辈子越过大江小河无数，这下竟栽在你这毛

① 武汉方言，虚话说得大，怪点子多，不诚实。

头小子手上了！但是他怕丢面子，不敢把事传开，又去发了电报，要求曾昭泰速来一趟，但毫无回音。

此时接近年关，借款期限已到。按合同，到期不还，一月后利息翻番。湖北同乡互助会长、綦江“汉捷利公司”董事长范丞开始还叔叔长、叔叔短地笑着脸打招呼，不久后，渐渐马下了脸，说：“叔叔在汉口信誉还是有口碑的，这换了地方，怎么就变了个人？”

广诚脸上实在挂不住，以后次数就多了，范丞的话越说越难听：“你那个破铁厂谁要啊？要不是看在湖北同乡份上，当初你拿来当抵押，我们都不会放款。”后来又听朋友告诉他，范丞在背后安排了人偷偷看着他，说怕他离开赶水跑了。

广诚被羞辱得又是气、又是恼，偏还只得忍气吞声。范丞有次酒后还对人说：“他应该有个有钱的女婿帮忙吧？当初他女儿眼睛那么高，我以为他已经发了大财了哦！”广诚这才回忆起十年前曾昭泰做媒的事情，恼火得恨不能找个地缝钻进去。

就是在这时，静娴带着秋平来找他了。

广诚不想要静娴也来承受他那份痛苦和负担，便表面上装出平淡，任静娴埋怨他自私、无情，心里却想着，这次不知怎样才能过这道坎了。

他已经几次想对静娴讲明实情，把压箱底那点本钱拿出来，再变卖工厂抵债。但是他觉得这样对不起静娴。他还在咬牙坚持，一个真正的创业者，是不相信有山穷水尽的。

1945 年綦江东溪镇下太平桥

二十三、童瑨的瞒天险棋

就在广诚近乎山穷水尽之时，在重庆的“嘉瑞公司”也差点遭受灭顶之灾。

抗战已进入到了第八个年头，曾昭泰差不多就是“嘉瑞公司”的执行总经理了，大小业务、商户往来无不由他经手拍板。渐渐地，童瑨在他心里都放到了过气的位置，只是他坚持完整地保持着他那卑谦的姿态，对他来说，这种表情已经成了一种习惯，成为了一副成功处世的面具。成功到一直都没引起老谋深算的童瑨与颜秉兰的警觉，而一致认为他能干、忠心。

童瑨想图清闲，也信任昭泰。尽管如此，却一天也没有中断打探湖北老家现状与生意行情。汉口还有童家大笔产业，弟弟童琪还留在汉口。但是在前年，他知道童琪出了大事，不方便带信给他。也觉察到有少许不对头的地方，便遣心腹卧底，对交易进行了盯梢暗查。侦查结果让他吃惊不小，竟发现曾昭泰极可能“大忠似奸”。他于是安排了数个圈套试探，竟然被证实了。这个一辈子点头哈腰的曾昭泰，原来不仅大肆私吞谋利，而且还可能与敌方有来往！于是，他又派人秘密潜入到汉口，通过自己和彭先旺的江湖网络，证实了昭泰确与郭梓璜、与日伪早有勾结。

曾昭泰的阴险叛逆不仅要使公司蒙受损失，还将把童、颜两家带上绝路！

还在1943年底，宗方因从昭泰那里了知道了彭先旺“抗日先遣军”在新堤的基地以及他在汉口的秘密接头点，不久就让日军消灭了那支令他们头疼了五六年的民间武装，彭先旺殉难。

颜秉兰最先得知了这一噩耗，立即告知了童瑨。原来他也早就在暗查公司生意中的疑云，并派了卧底秘密监视，竟发现了曾昭泰宅子有些诡秘。

两位大佬终于消除了互猜、通了气。童瑨警告颜秉兰这一发现的严重性：“这个家伙会把我们拖进通敌汉奸的嫌疑，公司会被取缔、财产会没收！”

其实童瑨内心比秉兰更焦虑，他得到了童琪在武汉失节的消息，更觉得必须迅速割断一切与敌伪可能的瓜葛，并需巩固政府对他的信任，所以要精心布局才能扭转一切被动。当然，也要让面临灭顶之灾的公司转危为安，在经济上少受损失。

而当时军统方面魏公博通过侦查，也发现了宗方与范鸿举经常来往的证据，特别注意到范鸿举喜欢打听驼峰航线和滇缅公路的“行情”。不久，他们的监视对象中又开始增加了一个曾昭泰。

童瑨与颜秉兰发现了的确有像是军统的人在监视昭泰，这一对老谋深算的枭雄大惊，因为他们无法知道军统掌握了什么、打算怎样。于是立即决定采取果断措施，抢先狠下杀手。

他们派人不声不响将昭泰秘密绑架，私刑拷打后，证实了所有猜疑，也知道了钟楚民（宗方）正是来自武汉的日本人。

他们毫不犹豫地偷偷将曾昭泰杀害并毁尸灭迹，又迅速派人去做掉了昭泰的所有心腹以灭口。

下一步还要亲自带人追杀宗方，但还必须做得巧妙，以求“撇清”并灭口灭迹，瞒天过海。

此时军统也侦破了宗方的电台。得知去年（1944 年）底飞虎队通过新四军提供的情报，炸毁了宗方在三斗坪附近用走私作掩护的“儿玉机关”秘密基地后，宗方恼羞成怒，鉴于日寇的全线败退，正欲孤注一掷组织在重庆特工对黄山官邸进行突袭，郑扩儒懂得必须收网了。

他忽然得到了颜秉兰在向宪兵紧急报案的消息，称曾昭泰失踪多日，其宅子被不明武装人员占据。郑扩儒立即率人赶去。当时颜秉兰已亲率嘉瑞公司职工封锁了那所院子周围的各条明暗道路，枪战正酣，凡欲冲出的日特都被乱枪击毙。宪兵们赶到后，顺利地将近二十名日特全部歼灭，活捉三人。而宗方武彦——这个世代与中国人民为敌的大特务被颜丙兰的人击中数枪后，眼看即将被生擒，颜丙兰叫手下故意高喊着抓住后要痛快侮辱他，逼得宗方在宪兵眼皮下自杀。

如此，“嘉瑞公司”不仅不用担心宗方把他们咬进去，事后还得到了政府表彰嘉奖和领袖亲笔提书的“江湖楷模”匾额，经济上也没受什么损失。

曾昭泰找不到了，结论是被日特杀害了，官方没有掌握什么不利于“嘉瑞公司”的证据，也不打算怀疑它。而这一案件涉案官员甚多，官方简直忙不过来。有些涉案者身居要职，却没人能说清楚，于是命令一概送上军事法庭。

不料范鸿举竟在家中“服毒自杀”。

童瑨虽说做得天衣无缝，却免不心有余悸，揣着不安度过了新年。在确信已安然渡过了危机时，却接到了广诚公司资金被盗、即将破产的急信。他是“进化公司”的股东，广诚写信给他是理所当然的。广诚显然不想宣布破产，因为这会丧失他在武汉商界多年辛苦建立起来的信誉，况且破产也会影响到童瑨的名声。这一切，广诚是看得比性命还要紧。

恰好因颜秉兰要进一步表现爱国热情，决定加入綦江河运，欲在赶水建一个码头，童瑨便委托他去看看曾广诚。

美军拍摄的湖南芷江机场日本前来投降场景

二十四、普世欢腾

日本投降矣！

答覆四國接受規定條款

今晨七時四國首都同時正式宣佈

日本答覆係昨晚提出

社評 注意善後救濟工作

昨日東京

巨型八百架昨炸日

1945 年 8 月 15 日，重庆《大公报》

颜秉兰见了广诚，他带来的消息让广诚听得胆战心惊，听到彭先旺在和日本人的枪战中不幸牺牲，不由眼泪涌出。听说曾昭泰失踪后，他也有说不出的痛心，从自己二十多岁认识他到现在，昭泰一直像亲侄儿一样恭谦，也多次帮过自己啊！

直到颜秉兰主动拿出他给童瑨的信，他才从悲痛中醒过来，将自己这些日子的遭遇和盘托出。他鼓起勇气对颜秉兰说，想卖掉“嘉瑞”的那点股份。他是下了很大决心才说出了这句话的，因为在那个年代，在中国老式的合股经营中，退股被认为是近乎翻脸绝交。

颜秉兰有半晌没有吭气。他想彭先旺对广诚一向敬如父亲，他对广诚的知恩必报在汉口被传为美谈。而彭先旺对自己也是有过大恩的。童瑨将信交给我，意思再明白不过了，这是让我来出面做好人啊。拜把兄弟的主动施舍，显然会泼掉广诚的面子，自己何不来一件誉满江湖的义举呢？何况就区区几十万元钱，还不是在公司里消化了。自己就忍心让“义叔”被逼得无路可走么？况且姓肖那小子说不定就是曾昭泰一伙，根本不能留！自己手下好多人认得，他只要还在四川，想要抓到他只是迟早的事。

他豪爽地笑着说：“曾叔叔，你需要多少钱，就把你那个铁厂用多少钱卖给我。你要还想做，就还当经理；不想做了，我派个人接手。‘嘉瑞公司’正要在赶水设办事处。公司办得旺，还不亏了叔叔当年在汉口帮了我一把。叔叔在公司的股虽不多，我也不能叫叔叔撤股亏本，让外人看笑话，说我这个侄子只认钱不

日本无条件投降之后，重庆街头狂欢的民众

讲义气，先旺哥在阴间晓得了也不会饶我。叔叔莫要推辞了！再说，童瑨老爷会不管么？他为啥子把你的信给我？我要应了你退股的事，他怕要把我骂死了。”

就这样，广诚绝处逢生，虽吃了个大亏，却靠颜秉兰帮了他一把，总算有惊无险地渡过了债关。现在，“进化公司”再也不是他的了。因为颜秉兰的出面，他不但未失颜面，反而在当地地位大升。鉴于范鸿举的涉案浇熄了范丞的气焰，也逼使他算账时不敢对过期的利息实施加倍。

广诚一直都回避在静娴面前谈起这些事，直到静娴不知从什么地方听到风声后，才对她讲述了发生的一切。

他已经没了产业，用近乎绝望的口气说：“静娴哪，广诚垮了台啊！广诚对不起你啊！广诚穷了啊！”

但静娴却好像没有太把这放在心上，反而体谅了广诚很长时间不给家里寄钱的原委。她只需要证实广诚仍然正直、诚实，就完全心满意足了。

她宽慰他说：“那样说什么？我怕穷么？现在比我们挑担子卖汤圆的时候

还是强多了吧？我们还没有老到不能动，你还怕饿了我们么？再说，打仗时候做垮生意的又不是我们一家，有哪点见不得人？以后你再有不顺心的事，一定要告诉我，多一个人扛总还要强些吧？我就是帮不了你，也可以免得你闷在心里坏身体啊！”

静娴的态度让他大为感动。他对自己说，广诚，你真有福啊！这是天下最好的女人哪！

以后，广诚在綦江继续炼铁经营，维持着一家人的生活。日子就这么一天天过去，铁厂也越来越艰难。那么多土地还在日本人手里，抗战的胜利看来似乎遥遥无期。

1945年9月3日，重庆。胜利日狂欢的海洋

1945 年 9 月 3 日，重庆。中国人民高举同盟国领袖的头像庆祝胜利日

广诚的心似乎正在枯死，每天晚饭都要独自喝酒解忧。晚饭后，他会默默带着秋平到河边去，看着河里的游鱼，看它们翻腾、穿过、沉没、消失，新的鱼群又出现……一看就是一两个钟头，不知想看出点什么。

这个消沉下去的生意人，完全不知道世界正在发生的事。不知道美国向日本投放了原子弹，不知道苏联军队打垮了百万关东军，更不知道昭萍和昭诚所在的新四军部队，已向日寇发起了反攻。

有天黄昏，天已在慢慢地暗下来，广诚在自家门外的矮桌边喝着闷酒。忽然听到街那边出现很大的喧闹。

闹声越来越响，一群又一群人在从他门前疾驰跑过。一个不认识的人走过跟前，对着他大喊："老哥，小日本投降啦！ 小鬼子完蛋啦！"

广诚半信半疑地，却如同被通了电般一下弹跳起来。他确信自己听得真真的，但仍还不敢就轻信这天降的喜讯，便拔腿就往外跑。他竟没注意到，秋平就跟在他身边，静娴也就紧跟在身后。他只注意到周围的人越来越多，欢呼声越来越热烈：

"小日本投降了！"

"小鬼子完蛋啦！"

"中国打赢了！"

"我们打赢了！"

"我们胜利了！"

等跑到了赶水镇街上，天已经全黑。而所有的街灯和每家房子的灯全都大亮起来。街上到处是人。有人举着火把。相识的和不相识的人，都互相握手、欢

汉口民众为庆祝胜利的游行，并为怀念为国家捐躯的爱国者鞠躬。

呼、跳跃，甚至拥抱，不知有多少人在不同地方敲锣、打鼓。不久，有鞭炮响了，紧接着满街都是炮仗争鸣，如同是激烈的战争般鸣响。

不分男女老少，都在忘形地狂欢着。人们笑着、哭着，喊着“胜利万岁”、“中国万岁”、“盟军万岁”。

路边的酒店大开着门，老板拿着酒碗，向不认识的路人敬酒。糖果店的老板捧出糖果来，请路人品尝。灯笼店在把灯笼发给不相识的路人。

广诚也拿了一个灯笼。此时，他已经忘记了自己的年龄，如同一个年轻人般，笑着、喊着，还蹦着，和不认识的人友好地推搡着。他喊不出什么像样的口号，就“啊、啊！”地大声叫着。他觉得，噩梦真的结束了，自己又将新生，一切又要好起来了。他将回汉口重振旗鼓了！

他这时才发现，静娴和秋平就跟在身后。他们也在尽情地笑着、喊着。而他还从来没有见过静娴在外边有如此绽开的笑容。

一群穿制服的女生排成队跑来，站在了教堂前的坡地上，一个教会的嬷嬷带她们唱起了一支歌：“普世欢腾，救主下降！”刹那间，会唱此歌的都跟着唱起来了！“普世欢腾！”的歌声和欢呼声、锣鼓声、鞭炮声、口号声汇在一起，响彻了夜空。

第三章／老通成

一、重返汉口

想要在朝天门买到一张去武汉的船票，就是等上一两个月也不会有影子。不要说广诚这样的小商人，就是很多军政界要人的家属也一筹莫展。多达几百万人都急于第一时间出川。而政府更需要用最大的力量来运送出川去“受降”和“接收”的政府官员和机构，运送“收复”广大敌伪占领区的军队。加之下游各

等待返家的难民

公司企业的要人或派出的先行人员，也都在争抢着上船回乡收拾产业。一般对故乡旧土望眼欲穿的民众，只能每天候在朝天门附近，叹着气看看热闹了。而有些有实力又还轮不到“计划安排”的军官们，则干脆自己下码头抢船，却常常“大水冲了龙王庙”，遇到了另一部分“老子抗战八年”的军人，相互红着眼、拔出枪来，“提虚劲”威胁。

广诚在庆祝胜利后几天工夫，就完成了赶水的所有业务交割和结算，然后一气赶到了重庆。他心里不打算再去木洞。但是当看到码头的混乱后，他便明智地让也赶来的毓章，把静娴和秋平暂时先送回木洞。

他自己则直接通过颜家的袍哥兄弟们，上了一艘不知是准备运送些什么要人的客轮。他被用小船从江中送上船，直接安在了水手舱。

经过长达十天九夜的航行——往日只要四五天，因沿途均有重量级人物或重要公务人员登船不断停船耽误，挤得满满的轮船才终于到达了武汉。这一天是 9 月 2 日。

美丽武汉，龟蛇锁江

从看到龟、蛇山在天边的轮廓起，广诚就一直挤在靠船头的左甲板上，眺望着汉口。看到久违的江汉关钟楼出现时，他顿时心潮澎湃：他回来了，他真的回来了！

当登上四官殿码头时，他连眼睛都湿润了。终于又踏上这片土地了，他故乡的土地！

他简直不大认得经过七年蹂躏后的汉口市区了！四官殿以上的房屋已经变得十分陌生，以前王兴汉、童瑨住的老屋一带，房屋街道都完全变了样子。听拉载他的车夫说，四官殿、六渡桥以上是日本人划定的“难民区”。街巷两头都树立了木栅子，每天上午 9 点到下午 3 点才让人出进。几年前，日本人放了把大火将这一片三万多户人家烧了个干净，广诚听得鼻子发酸。不过毕竟是故土，他还是能大致认出汉口老街的旧迹。

他叫车夫径直拉往公新里。人力车经过水塔后，他发现街道的变化就不大了。当到达江汉路口的中国银行时，车夫突然说：“这是日本人的‘华中派遣军司令部’，‘大孚银行’就是宪兵队，鬼子抓了中国人放狼狗咬、灌辣椒水、钉竹签、拿电烙，死了就丢在硝镪水池子里化了。就才一个月前，这些地方都没有哪个敢路过的。”

广诚揪心地听着。但是很快就顾不得听车夫说话了，他被眼前的惨状猛击了一下：“大智旅舍”等一排沿街房屋，已被炸得只剩下一片瓦砾！从中山路就可以一眼看到公新里六号的山墙——已显得有些破旧斑驳的老墙。

家！家啊！

他付了钱，提了箱子下车，迫不及待地就转到“祁万顺”和“通成”的大门前。

“祁万顺”的大门敞着，里面摆着几张办公桌，有人坐在椅上低眉吹着茶水，看也不看他。“通成”的门口则竖着一块“中国国民党平汉铁路特别党部”的大牌子。大智路1、3、5、7、9五个门面门都开得很小，每间都有穿制服的办公人员，有的在谈天，有的在看报。广诚伸头往“通成”里边探了一下，一个戴着大檐帽，穿着警服，挎枪的人立即从里面走了出来，厉声斥道：“看什么？没事走开点！”广诚小心赔笑说道：“这位老总，我是这里原来的老板。”那军警道：“什么老板？这是日伪逆产，我党部奉命接收了。走开点！走开！”

怎么被这些官老爷占了？

广诚心想，犯不着和这么个小丘八去浪费时间，他要先弄清楚到底是怎么回事。便绕到公新里六号门口。

大门被封着，上面被不同的什么部门贴了好几层封条，最上面的封条是“第六战区敌伪财产清查小组”，下面被盖着一大半的封条还看得到“……先遣二十一军逆产接收……”几个字，再下面压着一张“……高军事委员会接……”最下面是“武汉治安联军治……”从门缝往里面看，堂屋里就是堆着些破家具和破棉絮，遍地破纸，连天花板上的灯泡都被下掉了。看来，尽管有这么多部门贴了这么多封条，也还是有人破门而入，先下手为强，“接收”过了。

广诚心里发凉，汉口怎么这么乱，成了抢犯的天下了？从四川起一直燃烧在心头的烈火，现在开始转向烧他的头。他在门口发呆站了一阵，便提起了箱子，向法租界方向走去。

大智路凋敝得破烂不堪，他不想去走了，选走中山路。对面的电信局依旧完整挺立。中山路上，一路的店铺、房屋，只要像样点的，多半贴得有封条，兰陵路口对门、原先的“万方旅馆”那一大片，都只剩下轰炸过后的断垣残壁，显然不存在了。兰陵路“大光明剧院”，有些叫花子一样破乱的中国军人出出进进，也不知道是后方运过来的，还是前方打过来的，抑或是胜利后冒出来的“先遣军”。

广诚拖着腿，慢慢走到了法租界口上，远远就看见了“万国旅馆”的招牌，虽有些旧，但仍十分醒目。他好像被注射了一针兴奋剂，终于看到自己在汉口还有占股的产业尚存，便大踏步地向旅馆走去。

广诚一进门，就听里面赵凯鸣喊着“叔叔”跑着迎了出来，一手接过他的箱子，一边睁大双眼看着他，眼泪都快出来了，问：“我婶娘呢？我的妹妹、兄弟们呢？”广诚感到一阵温暖，一边回答着，一边信由他把自己带到了二楼的账房。

凯鸣一边为他倒茶，一边说：“叔叔你休息一下。戴老板一会就要来，我们再一起去吃饭，为您接风！”

广诚问：“你爹你娘好吧？”

凯鸣低下头说：“爹大不如以前了。娘……已经走了几年，是闹饥荒那年得病去的。”说着眼泪流了下来。广诚想到这场万恶的战争，又气又恨。连忙把话岔开。

凯鸣又说：“待会戴老板来，叔叔莫问起他的闺女。”广诚惊问：“又是怎么了？”凯鸣说：“日本人投降后，他听人说，去年被日本人打死的游击队长‘六姑’，恐怕就是被他从家里赶出去的桂香。外人只晓得戴桂香，我们一小长大的和她家里的，才叫她‘六儿’。原先和大少爷一起唱歌的，叔叔只怕忘了？”

广诚立即想起了戴六儿，却又恍若隔世，说：“哪里会忘呢？是么回事？”凯鸣说：“她啊，中学毕业那年和她家二妈、九妹回乡，在路上被日本人糟蹋了。小妹还不到十岁，当场被活活糟蹋死了，二妈当晚上了吊。真惨啦！鬼子真是畜生都不如哪！可戴老板那人糊涂得不懂好歹，那样的血海深仇，他还去顾面子，反倒骂桂香怎么不死，硬把她赶出了家门。哄外人说，她们三个搬回乡去住了。这事我还是到我娘归天那年，回乡“上山”，才听说了一些。谁知六妹是个英雄胚子，立志报仇！她先是在码头假装卖绿豆汤，用药毒死了好几个日本兵后跑了！后来胆子越来越大，不知几时投了哪股游击队。有天晚上摸到妓院，砍了一个日本特务头子的头，还在墙上留血书‘专杀鬼子汉奸，六姑是也！’这一下出名了！那几年，不晓得有几多个汉奸丢了脑袋。其实，有些是别人借了她的名杀的。警察局还悬赏抓她。嘿，那些王八羔子提起六姑就打战！那几年，再厉害的汉奸走狗，只要有人在他耳边悄悄说声‘六姑刚来过’，他就吓得脸色大变，马上溜开。”

广诚听得十分敬佩，又恍然大悟，说：“是了，我们船过沙市码头时，上来一对唱渔鼓的瞎子夫妻，唱的就是《六姑夜闹江汉关》，说她把四川逃回的大汉奸、警察局长龙汉彪几个人杀了沉江。我还当唱的哪个……”正说着，有人在楼下喊凯鸣：“赵经理，戴老板来了！”

老朋友见了面，戴老板脸上笑着，表情却很是复杂。赵凯鸣又跑着去喊来了他父亲赵丙文以及戴承喜的女婿杜季卿，一起到火车站边上的一家酒馆为广诚接风。

广诚问起王兴汉。丙文摇头说：“不在了，死得够本，三个日本人和好几个汉奸哪！以后和你慢慢说。跟日本杂种、汉奸走狗的账是有得慢慢算的。”

见广诚很是难受的样子，丙文便把话扯开，说：“兄弟，你回来打算怎么办？”广诚讲了今天的见闻后说：“我想把隔壁那几家人都找到，去求他们把门面还给我们做生意。”戴承喜说：“你先住下再说。我晓得法租界那边有几间空房，房东与我有些交情。你先去租来住下。汉口现在太乱，你刚回来，去哪里找那些人？我叫凯鸣和季卿先帮你打听。我记得日本人来后的第二年，祁海洲还在大智路开过一家‘福兴和’，卖粉面，生意不好；后来又听说在民权路与人合办了个‘吟珍楼’。只是听说几个月前也停了。”广诚见说，很是感谢戴承喜。他便在肚里盘算，先找到省银行的人，打个招呼。再利用这几天回趟乡。他挂记着自己的哥哥广智，还有广瑞、淘气等兄弟们。此外，他还想去看看田贵义。

经历了似乎永无尽头的苦难，目睹了无数善良的人的死亡之后，这几个幸存者都相信，和平和安宁已经真的到来了。正规中央军来后，这些乱七八糟的接收班子一定会烟消云散。市场又会回归繁荣，那个热闹、富足、忙碌和蒸蒸日上的汉口，又要回来了。

当晚，广诚跟随戴承喜去租下了法租界的房子。他已经下决心了，这次必须去找童家开口求助。童琪在法租界的住所就离他租的房子不远。

帮他“安家”的赵凯鸣听他一说起童琪，立即告诉他童琪这些年的事。童琪是童家唯一留汉看守家业的人，躲在法租界的。“开始鬼子也奈何不得他。张仁蠡[1]亲自登门，请他当汉口商会会长，他也不买账。一直到日本和美国开战后的第二年，龙汉彪跑回汉口，拿了童三爷藏身的地址，叫原先跟过童家的那个孙狗子，跑到日本人那里告了密，说童三爷在帮重庆做事。日本人派人进租界把他绑了出来，拉到宪兵队灌盐水！童三爷哪里受得了那份苦，招了，投了降。领着日本人把重庆的电台也破了，人也抓了，重庆的死了七八个。日本人把他放了，又逼他当了年把会长。听人说，法租界小老大彭先旺和六姑后来的死，都跟他有点关系。“锄奸团”原先和童家是割头换颈的，这下恨死了他，说他是‘漕运团’的，也就是投降了日本人的帮会，是汉奸。军统还派人打了他的黑枪，三枪都没把他打死，倒帮了他！挨枪后日本人再也不为难他了，他也就从此成天养病。前些时，重庆派来受降的马本全少将，在五花宾馆[2]，当众又说他是忍辱负重的地下抗战的英雄，说那些事和他没有关系。我们反正都是听，那个晓得是真是假。”

广诚听到童琪“不是汉奸”，吃了颗定心丸，决定次日便去登门。

40年代的汉口沿江景色

① 伪武汉特别市市长，大汉奸。武汉人民敬仰的张之洞先生最小的忤逆之子。

② 今黎黄陂路中共江岸区委所在地。

二、劫后的家乡

童瑨不愧是神通广大的武汉枭雄。他是和蒋委员长的特使、军事委员会少将参谋马本全同一天到汉口的，比广诚还整整早了一周。广诚去找他时，只见童家门口有人云集。看来童琪的旧事污迹早已烟消云散，童家又开始呼风唤雨了。

其实童瑨这阵也如走钢丝，亏得他在政界军界财界和江湖的牢靠根基，他的难关已过，剩下的是要封住舆论，以防众口杀人。而无论是从四川回的，还是留在汉口的，都与广诚一样，毫不怀疑往日的童大爷又回了，仍是汉口一言九鼎的枭雄，来求他、巴结他的人络绎不绝。要不是童家上下认得广诚的人多，广诚还不能那么顺利就见到童瑨。

童瑨见了广诚，就说本想约他一起回来，但一直联系不上，只好自己先回了。等听明了广诚的意思，马上说一定帮忙，给他几天时间，定有佳音。广诚大为开心，便马不停蹄地赶回乡下去，见他常年挂在心上的哥哥。

乘小艇渡过马沧湖，从松林嘴登上东龙王山的垭口了。他心潮澎湃地极目望去，故乡竟让他震惊，惊得差点迈不开脚步。

他几乎认不出来了！九真山上所有的树木荆棘都已被伐光或烧光。往日墨绿苍翠的群峰，竟全是光秃秃的，一片荒凉。听同路的人说，日本人因为在侏儒山挨了新四军五师几次揍，吃了大亏，便拿这里的山出气，砍树烧山，把山上的庙、观也都拆光，把山都变秃了。

下午两点来钟，广诚回到已经显得破旧的老屋，见到哥哥广智正木然地坐在堂屋的竹靠椅上。

兄弟俩几乎说不出话来，呆视了一阵后，互相拥抱着，哭了不下半个钟头。

堂屋里跪着广智的一排子孙，一大半广诚都不认得了。嫂子在饥荒的 1942 年已经去世，广智的两个儿子和一个孙子都死于瘟疫。好在他另两个孙子现已长大成人。

他童年的挚友淘气在永安堡被日本人抓走，有人说看见他在汉口被装上了火车,以后就没了音信。鬼子还进村抓过人,只要鬼子进山,村里人便都要往山上躲,像淘气那样被抓走没有了音信的男人就有十几个。

广诚忍不住哭了出声来,“兄弟啊,我再也见不到你了啊!天杀的小鬼子啊!”一大家人也都呜呜地哭成了一片。

广智茫然地看着门外远远的山野,木讷地对广诚述说:“你广瑞哥想留在汉口发财,结果被日本兵抓去,不晓得受了什么罪,还是陆财宝看见了他,把他救出来送回村的,回来就疯了,过了两年就死了。他那个小儿子,花光了他老子一辈子抠出来的钱后,一个人跑去了汉口,专门帮警察打听抗日分子,换赏钱。那家伙不是个东西,呸!败类啊!他哪里配姓曾?后来被‘抗日锄奸团’打断了一条腿。有人在汉口看见过他讨饭。这两年也没有消息了。倒是他娘可怜——就是冯嫂——眼也哭瞎了,后来投了河。”

一个身材瘦削的小青年站在了堂屋门口,怯怯地喊了声:“爷爷!”广诚问:“你是谁?”小青年说:“我是宪麟,就是塘草。”广诚有些吃惊,忍不住又问:“你……塘草?姓……曾?你姓曾?”这时一直躲在屋外的女人们才一起涌进了门,又跪下一片。

塘草他娘说:“爹呀,不是你,我娘俩哪还有命啊?他当然该跟你姓曾,姓曾啊!”

广诚大为感动,说:“你们都起来起来,以后都不兴跪了。日本人打败了,以后就好了。我们活下来的人,一定要好好过,堂堂正正做人哪!”

乡里的亲戚朋友陆续聚来了一屋,“广”字辈的坐在大小板凳上,“昭”字辈的则站着,“宪”字辈以下的和女人们都站在门外。谈论亡国奴的辛酸,谈侏儒山大战,谈一家家的现状。广诚也讲了在重庆几次空袭中的惊险经历,讲了大后方的艰难。他听到乡亲们现在都很苦,感慨地说:“我这几年在四川坐吃山空,现在差不多一无所有,店铺也被铁路党部占了。现在胜利了,我要重新再来,等我再办起了店,绝不会忘记我们义田湾的人。”心里却在默记着下面人的名字,排着将来带进城的先后次序。

到了晚上,广智走到他面前,把原封不动的三十张10元的法币塞给他。广诚大为失望,捶着哥哥的胸,顿着脚说:“哥也,哥哥啊!你怎么是这么个人啊?你怎么一张都不用呢?还是我哥哥不?现在这钱顶多当原来的十元!你要拿出来过宽点，嫂子怕也不会走啊！”广智难过地把他推开，强打起厉声说：“你瞎说什么？日本人来了不久，就不让用中央法币了，藏有法币要抓起来的。再说，那几天，我被抓到外面修炮楼，我一点都不晓得家里……她……她……兄弟，我让你嫂子苦了一辈子，我心里也过不得她……过不得她啊！”说着，又呜呜地大哭起来。

广智泣不成声：“过了不多久，连孝期都没有满，两个儿子和大孙子又被派去修过路。那边闹瘟疫。后来又从村里拉去过十几个人，那些活回来的就和尚一个。那年头盐都没吃的，要配给。日本兵每年都来收我们的粮，一亩稻田要给他大米六斗，无田无地的也要每人交两斗，交少了就说你“抗粮”，要抓去做劳工，想打就打，想杀就杀。”他艰难地继续讲述：“就我这个老不死的……偏就不死……活着受罪……兄弟啊，那不是人过的日子啊！”广诚听着难过地想，说是我们逃难吃了苦，毕竟都还活着，还活得像个人。留在家里的人真是太可怜了，鬼子真没把人当人啊！忍不住抱住哥哥，又痛哭起来。

广诚给爹娘、嫂子上过坟，又赶去大集看望田贵义。老天爷还要继续让他伤心，他又只看到了一处坟冢。

他回乡将自己在乡下所拥有的田地分成了三份，有十来亩交给了哥哥。广智本欲不受。但想到若不收下，广诚仍会交给祠堂做善事。自从日本人来后，那些地一半已无人耕种，而自己子女已成家，靠自己那点地分下去，吃饭都成了问题。这份帮助只有亲兄弟才能做出的，便默认了。广诚又将近二十亩地仍交给祠堂，继续他的善事。剩下离家最远的一二十亩土地出租，自己则带走了这几十亩地契，打算万一再在汉口借贷时可以用上。

他在乡下耽搁了三天，流了一生都没流过的那么多眼泪，带着和尚和读过两年小学的曾宪麟，也就是塘草，回汉口了。既然是“自家子孙”怀着感恩的心情跟随，可以暂时不发工钱。眼下，他是请不起人的。

三、忍敲诈重金讨门面

回到汉口,凯鸣已经帮他找到了祁万顺的老板祁海洲。祁家也想回老地方做生意,主动跑腿把那三家也找到了。广诚听到后大喜,连忙将那四家老板拉到茶馆见了面。大家都是百感交集,也都很齐心要把门面要回来营业。谁都知道那是黄金地段,但谁都知道要回来不是那么容易。尽管交涉都还没开始,老板们都没忘记从抗战前广诚的运作中受到的启发,不想再把自己的楼上让给广诚去租用了。米店的孙老板最先发表声明说:“这次每家租自己门面上的,一直到顶楼吧!”

广诚一听,再不能像战前那样租下全部楼上,虽然觉得遗憾,但毕竟自己已经元气大伤,一时也没有那个财力。何况现在正是需要五户团结的时候,就貌似爽快地点了头。

童瑁果然帮忙,给省银行的吴副行长打了招呼。吴副行长是战前留日的高级金融人才,是金城银行退休的高级职员吴先生的二公子。广诚听说到这里,才猛然悟出这位副行长是谁。心头涌动的那股所向披靡的勇气一下泄了一半。心想,如果当初昭萍应了这门亲多好。联想起自己在綦江赶水时,也是因悔婚得罪过的范家侮辱他,脑中不禁反复跳起“冤家路窄”四个字。

反正也不能退,他和那四家碰头商量好后,便约在一起去省银行登门求见。哪知第一次就吃了闭门羹。那接待的张科长一张判官脸,说是没有预约。五家人便只有各拿出些银元(这还要人教吗?)求那张科长“按规矩”办了个预约。第二次去时,张科长倒是一副笑脸了。但回答说今天不巧,吴副行长正代表省银行去接收日本“正金银行”汉口支行,改明天吧!五家人只好又第三次“早点去等”,不料吴副行长又带着人去清点伪“中央储备银行”汉口支行等汪伪金融机构,并接收伪湖北省政府借款押存的4万两烟土。几天内回不来,还得等。

要说张科长存心刁难,那是冤枉他了。他也害怕自己被说成收了银子不办事,便讨好地说:“我看你们跑了好几趟,我也不好意思,告诉你们发点小财吧!

你们手上要有中储券[1]赶快用掉，或者去买东西。你们去看了就晓得。官价公布了，一元法币兑四十七元伪币，其实市场上兑两百元都不止。莫看法币在大后方贬了值，到这里倒是值钱咧！”祁海洲一听，大惊失色：“那我们刚被解放的百姓，岂不是亏大了？”米店孙老板也着急地说：“算米价该是一法币当二十五元中储券啊！这哪是接收，简直是没收！打跑日本，政府应该保护我们被解放的子民才对啊！这样搞，我们的钱都不值钱了，这不是要了我们的命？”张科长见说话的对象不对，便做着手势说：“那各位也要赶快出手，我是把你们当朋友才说的，是为你们好！”

广诚一回家，就带着和尚、宪麟一起赶去统一街、清芬路的货币黑市。果然，法币兑换银元、镍币、关金，很是红火，黑市卖主都已经不要储备券。在抗战后期已大大贬值的法币，竟开始了“小阳春”，让广诚喜出望外。

原来法币都在大后方来的人手上，汉口民众手上只有伪币。国民政府的银行家们抓住了机会，乘机拉大兑换比例，也就贬低了接收区的资产市值，“合法”掠夺沦陷区的财富。一时间，周转不灵的商家纷纷急于出货，他们的债主也拒收储备券。法币顿涨，让商家叫苦不迭。武汉市民的钞票，一瞬间被贬值了好几倍！不知多少人，连八年抗战都熬过来了，却熬不过“胜利”的打击。广诚在抢购东西、兑换银元时，到处都听到一片骂声：“盼中央，望中央，中央来了更遭殃！”

又过了一天，广诚在又一次没见到吴副行长后，再也沉不住气了。他再次找了童瑨。童瑨见自己面子竟然不灵，有些气恼，立即连拨“军事委员会”和省党部的电话。然后让广诚把事情交给他的刚从上海回汉的家人童柏青去办。

次日一早，童柏青来广诚住处，告诉他吴副行长已同意了他们续租的要求。省党部也下了通知，为贯彻政府迅速恢复市面繁荣的精神，请铁路党部搬出。

广诚的心情顿时由阴转晴，兴奋得即刻去找到那四位，一同随童柏青到了省银行。这次没遇到麻烦，虽仍没见到吴副行长，但张科长已经主动拟好合同

① 伪币。“关金”原为缴纳关税用的海关专用货币兑换券，1942年起在市场流通。

条文,正交给人誊写。

张科长请众位坐下,说:“各位休怪我多言。说句我职责分外的话,这合同还不能忙着签,因为即便签了也不能生效。你们还要想办法让铁路党部的人真正搬出来才算兑现。”

米店孙老板再也忍不住,火了:“我们租房,你们当然要负责把房子交到我们手上吵!”

张科长大度地笑道:“孙老板,你都是白了头发的人了,还搞不清现在的市道?我们银行只要资产还在,就算完了事。你看我这银行的先生、小姐,个个细皮嫩肉,哪个有本事帮你去撵人搬家?他搬哪里去?人家要是回说要另找房子,缓几天再说,你们怎么办?”

广诚知道不是个事,上前赔笑道:“张科长说得有理。不过,我们都是些说话没有斤两的人,就是扛个大印去,别人也不会买我们的账。能不能请张科长帮忙搭个桥,我们愿请铁路党部管这件事的人在‘扬子江’见面洽谈。再说,张科长要肯帮忙,省银行还愁没地方让他搬?你看……”说着从袖子里给张科长递过去一锭小“条子”,这是广诚咬着牙动用抗战前在家乡留下的老本。

张科长仅用眼瞟了一眼离他最近的童柏青,脸上所有肌肉却都参加了他新组织的笑容,连说:“好说好说,曾老板的事,我一定尽最大努力。”

再经过请客、洽谈、协商,平均每家又花了一百多银元后,门面终于让出来了。

几家人现在完全领会了当今市面上流行的“无法无天,有条有理”一句话的精髓:无“法”币就无法通“天”,有金“条”就有了道“理”。

而拿到续租合同的“副卷”一看,每户竟还要交四百银元的“挖顶费”!

这是个“胜利”后冒出来的新名词,连这些花甲左右的老商人也闻所未闻。指的是在租房之前要付一笔费用(停租时不退还!)。“挖”是指房屋使用权是挖来的,“顶”指内部水暖电器、装修设备都“顶让”给租户了。气得这几位“和气生财”的楷模们,当时就在银行跳起来破口大骂。

幸亏广诚冷静,懂得“花小钱办大事”的道理,劝住了大家,几人联合又出了两百大洋请张科长“帮忙”删去了此项。

押租[①]是月租金的十倍，四家人已经跳得筋疲力尽，只好听之任之，照付不误了。

祁海州哭丧着脸，说："早晓得是这回事，真不该亏血本要这房子。"

孙老板说："别个花小钱办大事，我们几个'汉苕[②]'是花大钱办小事，自己情愿的！"

五金店刘老板苦笑说："我这是租了栋金房子来卖铁啰！"

各家花钱后，到 10 月下旬，总算办成了事，便分头去筹备装修门面的事。原来以为"要讨到明年都不行"的担心，看来是消去了。

而广诚还想租下公新里六号。六号在沦陷期间是住的日本特务富川中佐，房子内现已十分破旧，二楼堂屋甚至有爆炸过的损伤痕迹，侧山墙仿佛就要向外倒去，是不折不扣的危房。省银行不想出钱修缮。张科长见广诚要租，因为怕屡次刁难得罪童瑨，就以朋友身份建议，要广诚"买天不买地"买下来更划算。张科长出价甚低，且免去了挖顶和押租。广诚算了一下，算上额外花的维修钱，现付的一笔直到整个费用，都比租房划算得多，于是稍微宽心了些。便将房子"买"下了十年的产权，即到民国四十四年(1955 年)十二月底前不用交房租，但须每年交纳"房产税"和"地壳税"。

这让他稍微减轻了些伤痛。他也知道，自己给张科长的"条子"得到了回报，而凡是他出面花的一切费用，那几个老朋友是会装着不知道的。

他执著地认定，只要有了"通成"，他就会重新活过来，哪怕八字还没一撇，他就连箱子底的点本钱都拿了出来，泼水般地用了出去。

不过他还有信心，"万国旅馆"他还占有两成半的股份，七年未分红，旅馆房地产的钱也是他当年垫的，这不都是钱吗？何况，战前"大智旅馆"也还有些东西，如被褥、电扇、灯具(当时电器是很昂贵的)等都存在老戴那里，可以要回来卖掉，少说也值几万银元。

比起那些翘首以待胜利、而又因"胜利"而破产的人们，他已经够幸运的了。在他们为那可怜的小门面磕头般地诉求、奔波的同时，更多的民间财产正在被

---

① 即保证金。

② 苕，汉口方言，笨蛋。

一些接收大员肆意吞占。仅汉口就有三十家大的民有企业被无端没收。其中，有太平洋肥皂厂、金龙云记面粉厂、福盛机器碾米厂、上海大戏院等。

还有许多民房、民产也被强行霸占。汪伪陆军第十四军军长邹平凡(现在变成了新编第二十一军)封闭了几十幢高级住房，并购买了几十套上等新家具，无偿供作来汉接收大员们的住宅，以求保自己免遭惩治。“老子抗战八年”的军人，在大街上为“没收敌产”闯到了一起，动不动朝天放枪。接收官员们名里、暗里敲诈勒索、强抢财物、花天酒地，变态地奸淫被战败的日本禽兽当做法宝抛出的、失去依靠的可怜日本女子。“接收”被武汉人民改称为“劫收”，接收大员被称为“五子登科”，即金子、房子、票子、车子、婊子。

1946 年步行返乡的人们到处可见

四、胜利后的混乱世道

胜利一个半月后,静娴才带着秋平和毛咪乘坐一艘货轮回到了武汉。这还全靠了颜家的帮助,否则至少还要等上数月。此时,昭琳已经受聘于“国立艺专”,过段时间将随去杭州复校,也会路过武汉住几天。

公新里老屋要修,暂时还不能住,他们都住进了原法租界,就在复业的“中央电影院”[①]背后毗邻楼房的楼上。广诚留下宪麟在家照顾他们。同时告诉静娴,汉口相当乱,要他们少上街。

到汉口的第三天,宪麟就陪着秋平,去离他们住家不到一百米的“法汉小学”,要求插班。但是代表学校接待的一个官员模样的人说,要等到明年春季,现在市党部正在对原来几所学校的“伪老师”和“伪学生”进行集中教育,帮助他们“洗掉思想上的污点”。刚刚十七岁的宪麟哪里听得懂这些,只听懂反正是现在不行,就带着秋平回家。

只见一辆军用吉普迎面慢慢开过,直插向中山大道转弯,向“高头”方向驶去。大白天,车后面竟拖着一个人,那人双手被绑在前拖着,衣衫破烂,嘴里被一块硬篾撑着不能说话,只是痛苦地流着口水,“唔唔”地发声求救。跌跌撞撞地被车拖着小跑。路上的人看见这光天化日之下的酷刑,无不惊恐失色。

秋平问宪麟:“塘草哥,那是个什么人?”宪麟也被吓得脸色大变,小声叫他别吭气。他害怕,赶紧带秋平回了家。

正缠着静娴闹的毛咪见哥哥们回来,好生高兴,放了奶奶。秋平还在想街上看到的事。他知道“太”再不会准他上街,就叫宪麟带上毛咪上了顶楼,从楼顶平台翻过隔墙,到“中央电影院”的楼顶平台。宪麟没想到秋平这么大胆顽皮,只好也带着毛咪翻了过去。

他们哪里知道自己刚才看到的是怎么回事。

一个多月来,当年与童琪一起的,知道他在日伪时期底细的几个跟班,除了两个心腹,都已经被打发回乡或到外地,他们就此“失踪”了。而当时沾上边的

① 战前称威严大戏院,即后来的解放电影院,在今胜利街蔡锷路口。

那些汉奸和伪警,也先后一个不剩地被不知名的好汉"锄奸"除掉。这天在大街上被汽车拖着的,则是无恶不作的、汪伪特务的走狗孙狗子。

孙狗子在日本人投降后,自知恶贯满盈,而因为出卖过童琪,尤其惧怕童瑨惩治,便跑到麻城。但很快就被童瑨的人找到抓回。"接收"时混乱的世道,让童瑨可以为所欲为地惩治他想惩治的人,但他的策略是不可留下痕迹以免将来有麻烦。他用来对付孙狗子的人,全是从四川临时雇来的。孙狗子受了十天生不如死的折磨后,开口求死。童瑨便"成全"了他。

在孙狗子被汽车拖到大智路口时,终于有警察想要上来查问、干涉这"清平世界"的极不正常的现象。汽车便蛮横地加快了速度,冲了过去。孙狗子也就被拖倒在地,汽车一直冲过保华街、南京路、江汉路、水塔……满春路,孙狗子就被一路拖了几公里到满春路。一条血污也就被涂撒了几公里。司机这才弃车,溜之大吉,无影无踪(拿了钱,上船回四川了)。附近的人只看到了留在马路中央的、血肉模糊、白骨暴露的孙狗子尸体,吓得连忙躲开。

那辆车是第六战区卫生处"遗失"的。究竟谁"做掉"了孙狗子,知道汉口往事的市民们,都能猜到个大概。但一来孙狗子罪有应得,二来谁都怕引火烧身,所以没有人想去报案,后来警方也因"证据太少"而不了了之。

当年的中央大戏院

秋平对见闻远比木洞、赶水新奇丰富的大汉口充满好奇,趴在平台边墙,向下俯视。街沿上,正驱赶一群日本兵,衣着破烂,不知是四处搜来的散兵,还是刚奉命回汉投降的外围小股部队,准备在粤汉码头集中装船运走。自华中地区总受降官孙蔚如将军"九一八"在中山公园受降日军后,汉口将日本兵都集中在西北郊的打靶场、三眼桥、堤角几处。

看到被押解的日本兵,秋平兴奋极了,带着由宪麟抱着的毛咪反复高声大喊:"小日本,投降了!小日本,投降了!"那些日本兵麻木地充耳不闻,只有少数人偶尔抬头看看他们。却有一个不知死活的军曹，不知是出于他那狼的本性还是恶作剧，捞起路边的一根长竹竿举着走过来，吓唬秋平。被押送他们的中国军人一声呵斥，他才丢了竹竿退下去了。

但是秋平和宪麟的脸都吓白了，就连这样的“抗日”都不是游戏。

当天下午，静娴带了他们，逛到“通成”老店。这里正被装修得焕然一新，看来不久就可以开业了。样子和 1929 年刚开张时差不多。门边是炕锅贴的灶。只是战前的几个厨师都还没找到，准备暂时先由和尚带着几个徒弟，出售些小吃。

广诚迎出来，兴奋地说：“我已经在申请执照。我起的名字叫‘老通成’。”

“老通成？”

“是啊，就是告诉大家，原来那个老的‘通成’又回来了，保险老人一听说都要来的。不等过年我就能开张啰！以后天天有点赚的，再不坐吃山空了。我想钟长子、胡豆丝得到消息自然会找来。我再把香烟摊摆出来。”静娴见他所熟悉的、朝气勃勃的广诚又回来了，心里也充满了希望和信心，说：“反正仗已经打完了。开了春，国军也都运完了，写信给昭舫，叫他退伍回来。再叫和尚去上海，找昭萍他们三个。”广诚说：“对，全家一起，非把店办出名不可！”

静娴又问：“田爷爷不在了，你为什么不叫杜季卿过来帮你？”广诚忽然叹了口气，说：“赵凯鸣要来的，晚上回去给你慢慢说。”

原来，静娴问的正是广诚烦心的事，已经在他心里郁积了好多天了。

被收容的无家可归的孩子们

五、又逢见利忘义人

还是在他们撤退时，广诚担心日本兵进汉后抢劫，请小老大彭先旺帮他在粤汉码头附近找了一处库房，让赵凯鸣把“大智旅馆”能搬动的都搬了过去，还把床上用品、睡衣、电扇、电灯等列清单交给了戴承喜。戴承喜也提前关闭了“万方”在兰陵路口的分店，把能搬走的东西也都搬去放到了那里。

日本人占领汉口后，这两处旅馆都被强占，成了侵略者的兵营和特务驻地。戴老板庆幸并佩服广诚的先见之明，除了搬不走的装潢和卫生设施等外，损失降到了最低程度。

1942年年底前，有暗地里和国统区做生意的人来找他，要买他那些棉被和床单，也不知道他们怎么知道的。戴老板听到后喜出望外，他一直揪心放着的东西日子久了会发霉（实际上后来发现，原来“万方”两个分店的枕头都有很多生霉烂出了洞），毕竟堆了近四年了。

原来，那年中原地区发生了少有的大饥荒，加上丧心病狂的贪官们的层层克扣，坚守豫南和粤西北抗战的国军，正经历从未有过的困难，军需给养严重不足。那些地方冬季寒冷，士兵们衣衫单薄，病倒了不少，眼看根本无法对付即将到来的严冬。在河南，甚至有部队因冻饿难忍、屡次发生入户抢劫村民衣被的事件。

戴老板惊喜遇到卖个好价的机会了，便以生意人的老练欲擒故纵。他表面上装作不感兴趣。逼得那位冒着生命危险潜来汉口、度日如年的国军军需官心急如焚，不得不接受他近乎敲诈的开价。以相当战前新被絮几倍的价钱，把那些旧棉被等积压物品买了，戴老板美滋滋地发了一笔国难财。

赵丙文事后曾听说这事，但不甚知细节。由于他一向信任戴承喜，很少过问他的经营。且又正逢老伴去世，也更无心去了解详情。

广诚回汉后，全力做着复业的准备，也从赵凯鸣那里了解到了一些情况。他因实在需要资金，便找了个时间，约到了戴承喜、赵丙文以及杜季卿和赵凯鸣，要求能帮他复业。丙文就说，不如把这七年的账“理一理”。

戴承喜不慌不忙地拿出了两大摞账本，交给广诚。广诚信任地说："不消细算了，戴老板说一说就是。"戴承喜一副坦然，说："那就叫季卿说吧！他比我更清楚。"

杜季卿清了清嗓子，说："日本人来以后，就剩'万国旅馆'还在营业。市面一直不景气，电梯也修了好几次，旅馆根本一直在亏本，完全多亏我老亲爷[①]在支撑，总算没有垮台。胜利后，中储券兑换又亏了一家伙。不过我老亲爷说，反正养活了自己一家人。亏的，就不要摊给各位股东了。"

广诚听得不是味。他那意思岂不是说亏了，不但没有利润可分，自己还要拿钱出来？还要欠他的人情？见没有人作声，便把账本随便拿了一本来看。

赵丙文说话了："季卿，你有没有算错，除开头一年，以后每年，我一直都分过红利的啊！"季卿说："叔叔要说分过红利，那是我老亲爷怕叔叔日子难过，看重多年的交情，自己贴的。这账本叔叔可以看。"

丙文又问："那大智旅馆搬出的东西呢？"杜季卿说："大智旅馆住了日本人，有东西也被他们抢了。"丙文见他说得不对，便转过脸说："戴哥，彭先旺不是帮我们把码头仓库的东西卖给了九战区派来的人吗？"

这句话就像丢了颗炸弹。戴老板见瞒不过，便说："这……支援抗日的事，那个时候是要杀头的。我家桂香不是为国家捐躯了么？我就没……没有让季卿知道。这……我另外记着的，这里……好像不在这里头，一共……大概卖了一万两千中储券吧！后来，我生意经营不下去，一直在贴进去用。不然，哪里能保得住这旅社？给赵兄弟分的红利又从哪里来？现在一胜利，我的些中储券亏大了，我还想过要找你们股东帮忙，渡过难关呢！广诚老弟想要急用钱，我就是想帮，也难想出办法啊！"

赵凯鸣是越来越听不下去了，便插话道："戴伯伯，你怕记错了，卖的不是一万两千中储券，是一万二千银元。"

戴承喜一下跳了起来，用手指着凯鸣大声嚷道："什么？凯鸣，你想要杀我么？丙文，我们合伙快二十年了，你儿子的话是你教的么？"

赵丙文虽说听出了点名堂，这可不是差一点，拿到现在怕要差几百倍！但

---

① 武汉方言，称岳父老亲爷，岳母为老亲娘。

还是顾及戴承喜的面子，站起来向儿子喝道："凯鸣，不许随便胡说！"

赵凯鸣冲着他老子顶道："我没有胡说，是那年陪那人来过的那个北方口音告诉我的。他就是那年日本人来店里搜过的那个军统，是昭舫大少爷的同学，姓魏。这会也在汉口，前些时还来过柜台，问过大少爷有消息没有。你们要不信，可以找他来问。一万二千'大头'，真是他亲口告诉我的。"

赵丙文呵斥道："你没弄清楚的事，莫要张嘴就瞎说，外人哪里会有戴伯伯记得那么真？就是戴伯伯记得有错，也不许你这个样子说话！"

赵凯鸣见父亲压他，知道自己给戴老板一炮太打重了，便坐了下去，低了头，打算不再说话。

戴承喜却下不来台了。他听出丙文的话中有话，便愠怒地对着凯鸣说："我怕不会记错。凯鸣也不算一下。你先问问你老子，还有你曾老板。我们撤退前清出来的东西，那些棉絮被窝，统共值得到几个屁钱？一万二千'袁大头'？你要我命啊！是不是你这些年在我这里受委屈了啊？如今你跟季卿的老板也已经回来，我这里庙小，今后怕供不起你这大的菩萨了。"

戴承喜原想用话把凯鸣镇住，毕竟这多年他是很权威的。谁知适得其反，后几句倒把凯鸣刚压下去的不平和多年郁积心里的反感，又挑了起来。

赵凯鸣一直对那年日寇到"万国"搜查那军统（他叫不上魏公博的名字）的事耿耿于怀。那时，戴老板吓得全身发抖，显然打算出卖那人了。他带日本人直接去那房间抓人。如果不是自己及时转移了那人，戴老板就不折不扣当成了汉奸。戴老板交不出人，竟又把事情往赵凯鸣身上推。当时凯鸣被日本人把刀架在脖上逼问，还差点抓了他去。就这件事，让他从心里鄙视戴老板。加上他多年看透了戴老板的自私刻薄，对付起下人来，其淫威难以忍受。他常感到奇怪，这个人哪点配当"六姑"的爹？

他毕竟是血气方刚的年轻人，忍不住又站起来说："戴伯伯，这话不要这么说。我会记得你老让我吃了七年的柜台饭，我也跟你老学了不少东西。"戴承喜以为凯鸣打退堂鼓了，才要松一口气。没想凯鸣接着说："我站七年柜台，是盈是亏，有账就可以看明白。不过我不明白，我和季卿一起记了七年的账。可你老今天拿出的账本，都是重抄过的，没有一个是我写的字。"

广诚翻过一本账本，又听到这里，完全明白了戴老板是怎么回事。黑心啊！

拿假账糊人！但他仍然沉住了气，听戴承喜怎么往下说。

戴承喜的脸一阵发烧，完全领略了凯鸣话里的分量。又见丙文也要认了真。心里很明白，自己和杜季卿的假账做砸了。便眯起了双眼，拿了本账本装着研究，又把丙文手上的那本账本也拿过来看了看，说："季卿，你怎么拿错了？这是给税务局看的那本。"

原来一些不规矩的按营业额交税的业主，常常另假做一本亏账来逃税。戴承喜被凯鸣顶穿，急中生智，只想编两句话，先下个台。

广诚已心知肚明，便干脆留个梯子给他下，说："季卿有时就是慌七慌八的，也不先给你爸爸看看。戴兄，我也是太急了些，光只顾自己手头紧。要不，等戴老板再算一算，换个日子再说？"戴承喜见有机会下台，连忙笑道："好说好说，这回是太急了点。我回去再仔细算一算，这样，我算清楚了去找你。广诚，你就放心等我的信吧！"

1945年11月中国政府工作人员向待遣返日本人训话

六、穷人才有的胸怀

广诚不喜欢把生意场上的烦心事告诉静娴。现在,因为静娴问到杜季卿,他才忍不住,详细地把戴承喜的作为说给她听了。他说戴承喜是用足了心思赖他的钱,言语里充满了愤怒和失望。他说已经把那个见利忘义的卑鄙合伙人看透,不要说想把他揭穿,连揍他一顿的心都有。

静娴听了广诚的讲述后,也一下无法说出话来。她深知广诚受的打击有多大。算起来,这是广诚事业的第四次重创了。撤退时,“通成”损失了几乎一半;半年后,昭萍拿跑了七千,把上海的本钱弄得一个不剩;今年,被肖志为骗走了的几十万法币(折成银元差不多五万),让四川的产业彻底失去。现在,戴承喜怕要再次让广诚受一次致命的浩劫,搞光广诚的最后本钱了。

但静娴从来就不是一个世俗的小女人。

她叹了口气,对着广诚,也宽慰着自己,说:“我看我们往宽处想吧!莫自己烦自己。老戴那里,就别去作指望了。”

她的话让广诚大为惊讶,马上本能地反问:“那不开张了?不要说我们修门面和修六号房子的钱都还有一大半没付,就连开张的钱也不够啊!你当我还有多少底子?不是差一点,差两万元呢!他也不是黑我几百,至少是一万多现洋哪!还有当年买下‘万国’帮他垫的钱也是一万多,我根本不打算要他利钱,可他连提都不提,黑了心啊!”

静娴叹气道:“有什么法?有些人哪,就是钱比命还重。人要是一起了贪心,就什么丑事、坏事都做得出来。我听得出来,老戴就是想把钱吞了赖了。”

广诚气急地说:“是啊,他以为我没有办法治他。我十个办法都想得出来,还怕了他?”

静娴却摇头说:“可我们和他不是一样的人!你的心有你嘴说的那么狠么?”她心平气和地继续说道:“我说啊,我们跑到四川去的时候,就把汉口的什么都当成丢光了的,哪个还对那些棉絮、电扇作什么指望啦?你管他卖了几万银元啦?身外之物,犯不着眼红他!到阴司,阎王老子会和他算。”

广诚叹了口气,解释道:"那个卖被絮的钱,我其实也不打算提的,只当日本人抢了。凯鸣说出来,我才吓一跳,看出这人心太黑,不把他戳穿,他还以为别个都是苕。我只想找他讨点买'万国'的钱,多少也给点我应急吧!你记不记得我对你说过的。原先彭先旺帮忙买下'运通旅馆',就是现在的'万国旅馆'的房子和全部家当,按股我们是两成半,可完全是我一个人垫的,两万银元。都是老朋友了,我就没有要他们签过字据。为了在法租界办执照,房、地产证都交给了老戴。丙文也清清白白记得这事。丙文真是君子啊!他现在这么穷,还自己去找戴承喜商量,说广诚等钱用,都这么多年了,该还了。戴承喜却反问他:'是广诚要你问的吧?你怎么没有还呢?我记得我早还过了,曾广诚再要我还,就叫他拿字据出来。'你说要不要脸?他什么时候还了?他那时还在为别的事找我借钱,哪来钱还我?一句话:姓戴的就想赖,光这他就赖掉一万两千现洋出头!丙文正正经经对他说:'我记得广诚把我们当自家大哥,没有要我们写过字据。你说你还过就算了。我还要对得起良心,去还我的那份。'姓戴的这才说,他还要再想一想、记一记看。原来,他打算拖久了来个死无对证啊?哎,昭舫当年提醒我要借据,我还骂他不懂事,看来真被他说中了。你说这么个人,该不该对他心软?他敢赖,我就叫他今后在汉口见不得人。"

静娴太了解广诚了,她清楚他受到的欺骗与打击,更知道他骨子里的诚实和善良,她轻言轻语地慢说:"按道理,是不能让他赖账。只是我想,都二十年的朋友了,该不该和他一般见识、撕开脸来吵?他在日本人底下熬了七年,提心吊胆守住这'万国旅馆',也不容易哪!那是人过的日子吗?他家里三个人死得那么惨。我听了都不晓得怎么才能帮他宽点心。好容易熬到胜利了,你回来就要算账,想想这样近情理么?他那点摊子守得容易么?再想想他家六姑娘,那年还想跟我们昭舫呢!那是个花木兰,英雄哪!我听不认识的人都在竖起大拇指说她。我们就冲他生了个争气的女儿,拿出命和日本人拼,也莫再逼他算了。"

广诚被她说得心软,说:"我原来也不是认真算他的账,只是想要他拿几个钱出来救急。我哪不晓得他们家惨?特别是六儿,这么好的孩子,怎么有个那么不要脸的老子?我也不想对他拉下这个脸。只是……太便宜他了。"

静娴又说:"先不说他吧!就说赵大哥。他家被日本人查过、抄过几回,人没事就算是大幸，也差不多是穷到底了。比我们还惨。他过得这么难，还忙着还钱，我们好意思收么？你以后要悔死的！我看，我们得赶快去丙文家，赶快说不要了。就算他硬要还，也等日后再说。我们连老戴的亏都能吃，哪能去亏他、亏你穿草鞋时过命的大哥？”

广诚点头说：“丙文的事，就这样好。但是现在我那么大的缺口，哪里去借钱呢？”

静娴平静地说：“还有德租界一张地契，卖它！”

广诚岂不记得，只是觉得自己太冤了，再说当初这地买得那么便宜，现在到底能卖几个钱？

静娴又劝道：“要是开张还不够，开小点！我跟着你，靠我们自己，再从头做起来。让戴承喜见识下曾家的骨气！我们哪里没有受过穷呢？不要说现在我们有店了，就是没有，也不值得去为几个钱闹！吃再大的亏，也莫乱了自己本性！你说过，钱，生不带来，死不带走！我们这样做，菩萨会晓得！我们就积了德了！别说来世，就是今生，也不会整天心里挂着那些事来烦自己，我们会过得心里舒舒服服。”

广诚听了静娴一番话，不由得从心里佩服她真是难找的好人，对神明是真正的虔诚。他被她宽阔的心胸折服了。心想与其闹翻脸又要不到钱，还不如暂时忍一忍这口气，放老戴一马，先一心去办自己的店吧！

只是太便宜了不要脸的人了！

他赶紧先跑去安抚赵丙文。

果然丙文已和凯鸣商量过，卖房子或者借钱，都要还钱，帮广诚开张。广诚怎么劝，他都不愿改主意。直到广诚流着泪喊哥哥，拉着他的双手说：“亲哥呃！你要算得这样清楚，还把我当兄弟不？要不是你带我出去闯江湖，广诚今天只怕还在当茶房。我现在要你的钱，是看日本人没把你逼死么？”

见广诚说到这一步，丙文这才同意暂不卖房子，不提还钱的事。但他还是暗自决心，先尽力凑钱帮广诚开张。等自己喘过气来，还是要慢慢攒钱还给这兄弟的。

再说戴承喜恼羞成怒，眼见自己手段不高，弄巧成拙。担心真要算起账来，要给广诚的钱不下五万现洋！丢钱又丢人，这辈子都会在广诚面前抬不起头。

他不能输，日本人底下七年是人过的日子么？我一家死了三口，那么惨，他一回汉口就要算我的账！但广诚在汉口是有人缘的啊！万一他翻下脸来，把事情都摊上桌面，自己明显背理。在乡下置地、修房、修坟的打算泡了汤不说，还将从此在汉口说不起硬话，还留下一个丢人的话柄，搞不好身败名裂。

还有一件更大的心病在折磨他。他的四女婿郭梓璜，武汉沦陷初期也曾一度成立"汉阳人民自卫队"，挑起抗日大旗。但不知怎的不到两年就投了日，变成了汪伪特工总部武汉区专员，成立什么"洪兴正义会"，当上了铁杆汉奸，以后作恶多端。但还是多少保护了他这个老丈人，使得他在日本人鼻子下没吃什么大亏。也多亏郭梓璜不知道六姑的真身。本来嘛，其实连我这亲爹都不晓得，六儿算没连累老子一家。郭梓璜现在已经被当成"经济汉奸"给抓了，他可千万别把老子连累进去啊！

广诚偏这时候来算账，真烦心！不怕，反正他没单没据！但他会不会知道了点什么？不给他一点能混过去吗？钱哪，可爱的钱，迷人的钱哪！一旦捏在手上，怎么舍得给别人啰！

他叫杜季卿把大撤退前在"通成"搬回的碗碟（当时有些档次较高的餐具提前藏到了法租界）清了出来，给曾广诚送去。

这日他正在家里发闷，广诚约了丙文一起来找他了。见凯鸣没和他们一起来，戴承喜稍稍松了一口气。叫正在他这里的杜季卿泡了茶，四个人就围着桌子坐着。

戴承喜心里盘算着怎样说话，怎么抵挡。倒是广诚先开口了："戴老板，年后我'老通成'重新开张，请同仁来捧场，戴兄一定要赏光哦！"戴承喜皮笑肉不笑地说："好说，好说，我要去的。"

四个人喝着茶，却好一阵没人说话。杜季卿低着头，现在那边装修那么忙，广诚也不来叫他，懂得再不会要他去坐柜台了。他没忘记，其实广诚比戴承喜对他要体贴宽容得多，不禁有些怀恨他的老亲爷，把他卷进了见不得人的阴谋中。

戴承喜心里发虚。冷冰冰地说："过年还早，广诚老弟今天怕不只是为了说这句话来的吧？"

广诚微笑道："那是那是。戴老板，广诚比你年轻，办旅馆是你带我入道。多年来广诚一直都心怀感激。"戴承喜越听越沉不住气了，大声抢着说："曾广诚，你有什么话就直说，你要想算哪一笔，我今天就陪你算哪一笔！"

广诚听他毫无悔改之意，顿时觉得，眼前这家伙真是一个被逮住的、鲸吞他多年血汗钱的痞子。但是，他压住了自己的怒火。他牢记着静娴的话，决心不去为了得不到的东西和这小人一般见识，去伤自己的肝火。便平静地继续说："广诚今天来，不是想和戴兄算老账的。戴兄在这些年提着性命，保住了'万国'，广诚更应该感激。我们二十年的老朋友，这交情哪是钱买得来的？那点账有几大个算头？算不算，你我心里都清楚得很！我还想我们三个一起再共二十年事，也就不把那点钱放心上了。戴兄家出了桂香这样的英雄，足见戴兄的家教了。你也莫想多了，开张前我叫人送请帖来，你一定要去哦！"说完就起身告辞。

戴承喜听了半天，简直不相信自己的耳朵。他极力回味那些话，想在里面找寻讽刺、威胁、暗示、挑衅的隐语，却一句都找不到。只有句"算不算你我心里都清楚得很"还有点敌意。说明那个人哄是哄不过去的。

真的是他看重交情不戳穿么？戴承喜哪里看得懂，这世上有一种只有穷人才具有的宽广胸怀！他这才开始去想广诚最后的几句表白。自己也是从六儿的事起嫉恨广诚的。他眼前忽然清晰地掠过了六儿、陶氏和九儿的身影，心里一阵难言的刺痛。顾不得杜季卿就在身边，伏在桌上"呜呜"地哭了起来。

抗战中视死如归的女英雄

七、再寻故友

广诚在华清街的地皮只收回了很少一点地租，因为那块地上的老房子在美军大轰炸中都被炸光了，老户主也不知死活。新房主倒还厚道，没有费什么口舌就交了一年地租。广诚便向他问起德租界的谢家，那人摇头说没听说过。广诚想知道谢三金的近况，指望他说不定还能帮上自己，比方说凭他在钱庄的面子，将地契压出去多贷点款。现在自己的钱只够开张放个炮，若找不到三金，岂不得开口向童瑨借钱？唉，这个口一辈子都没开过呢！

他现在常常会感到孤独，胜利时的兴奋劲似乎连影子也找不见了。人生中有些东西被破坏后，就永远不可能恢复了。几个最知心的朋友已经没有了，王兴汉、田贵义，还有不知生死的淘气。丙文现在苍老得厉害，不知他是否知道丙武的事，广诚故意不主动提起丙武。

他想找到三金，更多是出于感情上的需要。

胜利后驻汉日本人开的饭店，见风使舵打出新招牌

他一边想着，抱着一线希望向“底下”走去找谢家老宅，却见那一带已面目全非，一群简易的两层砖房挤在原先谢家大宅的地盘上。新住户对他的问题都如听天书，只有一个老先生突然插话进来，说知道有个谢家，在沦陷前就逃回浙江了，他家里没有人在汉口了。

广诚便扭住他问“谢三爷”，那人摇着头说不清楚，只听说过谢三爷好像残废了，谢家并没有带他走。

谢家抛弃了谢三金？那怎么可能呢？但广诚越想越觉得那人的话像是真的，谢家的口碑一向不怎么样，看来在他们眼里，三金只是一个没有用处了的家奴，说甩就甩了！三金可是我几十年的穷兄弟，我绝不学他们嫌贫爱富。若是他沦落了，我就要帮他，不过自己都还没着落呢！但哪里去找三金呢？

前面通向原日租界的一片，背街小巷到处展示着被轰炸过的断垣残壁，其状惨不忍睹。但中山大道（胜利后，这一段再也不叫“两国街”了）当街房子差不多都修复开张了，虽说有些修得比较马虎，但总算能用上门面。一些即将被遣送回国的日本侨民，当街摆出了地摊，卖出各种什物，价钱便宜得惊人。一些武汉的兵痞流氓在街上乱逛，寻找日本女人泄欲泄愤，据说这是在“爱国”。

广诚恶心这些人渣的行为，转弯走向当年自己被熊道昌骗来扛箱子走过的老路。竟发现每一步似乎都能踩出当年的记忆，那些遥远的事怎么就变得那么清晰细微呢？前面不就是日租界巡捕房吗？昭舫的信上可是说炸得什么都没有了的，可这几栋几十年的老建筑怎么还是那个样，是修过了呢、还是根本没炸着？

和记蛋厂旧貌

想到四十年就这么一晃过去，他心里不由百感丛生。他走向江边，又回过头向粤汉码头走去。

和记蛋厂前不远的沿江道上，也有一些中国人零星摆着地摊。一个衣衫破旧的女人在收拾他人的地摊弃物，突然引起了他的注意。他向那女人身边走去，忍不住开言道：“您家是……”

那女人抬起了头，她大约五十来岁，身材消瘦，脸色憔悴蜡黄，两眼还残存着少许曾有的光彩。她惊讶地反问道：“您家是……是他……曾大哥？”

果然是谢三金的妻子朱氏，真是天意！

广诚居然就这样找到了谢三金，一个刚才他路过而没加留意的、形同乞丐的、守着一些旧日本军靴和军用罐头、饭盒、水壶地摊的假腿人。假腿就是一根如同高跷棍子一般的木棍。广诚知道，那些日本肉罐头都是“人造肉”，一点都不好吃。一些穷人趁日本人投降时哄抢了不少。

广诚一下就看出了三金的现状，忍不住恸哭失声：“我的兄弟啊，你怎么成这个样子啦？”

三金却远不像他那么激动，他反应迟钝得近乎麻木，但是他的双眼没法掩盖他翻江倒海的内心，他低吟了一声：“你回来了，广诚！”就垂下了头。

朱氏在一旁细述着三金的遭遇：原来，当年三金受伤后，谢老太爷曾当面说过要保他一辈子，但是不久日本特务就派人将谢家养的狗宰了头吊在大门口。谢老太爷吓得全家逃离了汉口。像遗弃旧家具一样丢弃了为他家出生入死多年、当时重伤未愈的“干儿子”谢三金。

武汉沦陷两年后，孙狗子提醒熊道昌，带人抓了躲藏在法租界的谢三金。熊道昌对所有反日的中国人恨之入骨并胜过了他的日本主子。他将谢三金五花大绑拖到兰陵路口，用日本军刀将三金那条受过伤的左腿当街活生生剁砍了下来，血流满街，三金当时就痛昏死过去。熊道昌本想将他折磨至死，也是三金命不该绝，陆宗汉（财宝）正好路过，慌忙制止了，谎说留此人有大用，要通过他找谢家在汉口的财产下落。遂叫了辆板车将他拖走，送到“万国医院”[①]抢救过来，治好了伤，还帮他配了条简单的假腿。

“财宝后来怎么圆的谎呢？”广诚担心地问。

“他把当年走漏日本人炸火车消息的事推给了唐七啊！”朱氏说，“本来唐七在帮鬼子抓中国女人做慰安妇，干了好多坏事了。宗汉哥借日本人的手把他除了。”朱氏停了片刻，又说，“熊道昌后来被六姑锄了奸，吊在太古洋行[②]的当街

① 现武汉市中医院，位于黎黄陂路。

② 现沿江大道140号武汉市航道工程局，距老粤汉码头很近。

阳台上。说来也是天意,那天粤汉码头的人特别多。六姑还在旁边贴了张‘必杀令’,有郭梓璜哪、孙狗子哪、秦禹洲等人……三十多个汉奸啊!吓得那些狗腿子街都不敢上。你三金兄弟又算不上名人,这帮汉奸自己顾命去了,就没工夫再顾到他,兴许把他忘了吧!陆大哥后来帮他在日本人那里办了张汉口良民‘安居证’。”

“啊!”广诚又一次为六儿的英勇壮举发出由衷地感叹。

“就是你三金兄弟经手榴弹一炸、又被熊道昌这么一整,脑子就比不上以前好用了,犯起病来,半边头疼得恨不得撞墙。他做不了事,坐吃山空,靠我帮人洗衣服,儿女去铁路边上捡煤渣,饱一顿饿一顿。又是陆大哥帮忙,把他安到一个修马车、自行车和汽车的修车厂,看守大门仓库。喏,就在麟趾路那边,离江边德国四码头不远。我也进了‘和记蛋厂’做工。好在我们俩都是穷人出身,苦惯了的,就这样一年年熬过来了。那日子真苦啊!从前年起,日本人连大米都不许中国人吃,配给‘富强粉’,就是带砂子的连麸粗面粉,真难吃啊,屎都屙不出来!去年我们的叔叔从乡下找来过,乡下也苦啊。他是个孤老,我们就让儿女随他回了汉川,留在汉口养不活啊!”

胜利后的原日租界

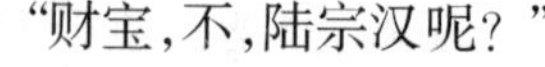
“财宝,不,陆宗汉呢?”

“哎,好人没好报啊!去年被日本人枪毙了!说是……喔,和哥哥的‘万国旅馆’还有点关系呢!”三金插进来说,“有个叫滕培英的侦缉队长,派人卧底,查出‘万国’三楼有几间都住的中统,是在黄冈办《武汉报》的重庆分子。姓滕的家伙原先也不是个东西,这下看美国人把武汉炸得那样,料日本打不赢了,想留后路,就通知重庆的人跑了。可不知是不是他还下了阴锥子,日本人还是抓到了一个,就关在‘通成’楼下后头。你那馆子也成了日本的机关呀!我的个实心眼的傻子陆大哥，想偷偷救那个人。谁知那家伙已经投了敌，反而把他给出卖了。哎！”

广诚听着财宝的遭遇，想到他终还是死在日本人的手上，反为他不断的良心救赎松了一口气，他终于死得像个真正的中国人！

他原本想找到谢三金解决开张的资金，没想到他现状竟如此之惨。他说的那个修车厂，早在飞虎队空袭汉口后就已不存在，仅靠朱氏在蛋厂的微薄工资以及拾破烂度日。

“兄弟！”广诚动情地说，“收拾东西跟我走，我在装修铺面，开年就可以复业。你去我那里帮我管账，有兄弟帮我坐在那里我就放心了！广诚虽说今天家道已经不比当年了，但只要你看得起，有我一天饭吃，就一天不会让兄弟饿着！弟媳妇也莫做工了，我晓得哪份苦的。日后你们有好的出处，你几时想走都行！你起来呀！怎么扯你不动？”

“广诚哥，”谢三金泪流满面地说，“我晓得你一片真情，但是三金已经是个废人……”

“你是我兄弟！”广诚不由分说，将他抱了起来。

1945年11月，等待被遣返的日本女人

八、重开“老通成”

1946年2月，旧历灯节前，广诚的饮食店终于复业了。

上午十点多钟，先是锣鼓声开始响起，接着是鞭炮声响彻了大智路口上空。一队舞龙舞狮队伍伴随锣鼓，在店门口的街上起舞。人们赶来围观这曾被侵略军占据七年的老店“通成”重新营业。

二楼窗外遮在大招牌上的红绸，在鞭炮声中被揭开，露出了几个傲然突出的大字：老通成食品店。

广诚肚子没多少文墨，可一个“老”字加得无人不拍掌称绝，恰如其分地点出了他店的资历和根底，炫出它在汉口的深厚底蕴，张扬着还欲继续开拓的雄心。汉口人一看，就能勾想起那已茫茫逝去的岁月沧桑。

广诚满脸笑容地站在大堂门口，向前来祝贺、捧场的人作揖致谢。第一天开张，就卖出了战前经营的大部分小吃：锅贴、大包、葱油饼、伏汁酒、莲子羹、发糕、烧卖、油香、肉丝面……出于对“通成”和老汉口的怀旧情结，尚还健在的老朋友、老食客差不多都赶来了。

前来捧场的人中，若是同行，多半是老板亲临，而商界知名的人士多派来管家级的替身。广诚因手头拮据，一直没敢登门拜访老友，硬等到送开张请帖，避开了空手登门的窘态。而那些收到请帖的、身份高一些的人，因出于“礼数”，表现自己不忘流亡交情，多半派个代表来送礼金和表示祝贺。例如，有官员身份的“湖北王”何成浚，就派了个副官，还送了花篮。

靠了押出华景街的地契，通过三金找到的熟人，总算在“老协和钱庄”借到了到一些钱，用作开张费用。由于资金不宽敞，暂时只拿一楼来营业。开张收的礼金倒是有一些，但广诚不敢对这些钱太作指望，因为大部分只怕很快就会用于还礼送出去。于是他委托哥哥将乡下的土地卖出一些，以解燃眉之急。

谢三金坐在柜台上收钱。谢三爷的风度已经回来，只是增加了些沧桑感。赵凯鸣协助三金两人共同打理原来田贵义、杜季卿管的一摊子事。广诚从乡下找来了十几名曾氏亲属，全是昭字辈和宪字辈。其中有广智的孙子宪银，由和尚和两个战前做过的老店员当师傅，带徒弟。

学徒没有工资，每月发三元零花钱。师傅工资暂定法币十五元，相当低了，承诺等营业上去后再加。每日又按流水小账的一成、另加顾客给的小费，仍由工人自行分发。老通成的厨房早被日本人毁掉，如今重新搭建。但是原来与交易街间的空地，也就是曾经是淘气等有家属的职工搭建板棚住房的地方，已被别家占用，建起了一个煤店(武汉人称作“炭元铺”)，挂牌公新里八号。员工只有先住在老通成的三楼。

静娴在二楼窗口看着开业盛况，将楼下一切尽收眼底。每当遇到有带女眷登门的，她就下楼寒暄接待。她相信广诚会慢慢积累，渡过难关，还清借贷，重振雄风的。

公新里六号已修缮完毕。由于手头太紧，维修很不彻底。这个生意人，显然不懂底层承重墙壁的作用。他看到二楼侧墙向外鼓出变形，便采用头疼医头脚疼医脚的办法，仅让重砌二楼和以上的侧墙。一楼原封不动。营造厂觉得这样太不安全，便说服他同意增加了几根圆木柱子和横梁，撑起二楼。这样，修好的公新里六号，一开始就仅是表面看得过去、骨子里却尽是病灶的危房。

好在终于搬回老宅了。只有回到老宅故居，广诚和静娴才有了到底安定下来了的感觉。公新里六号留给他们的所有记忆都是温馨的。流浪终于结束，他们所期盼的和平安定的生活似乎又重新开始了。

虽说在外人眼里，曾广诚在汉口又“活”了起来，但他自己却深知压力重重。抗战时的一切底子、连同公债，都已经用光。他得考虑还要付房屋装修欠费，第三个月就要开始还债，说他捉襟见肘一点都不夸张。

老通成开业后，几个邻居也陆续开业。广诚少不得又去回拜还情。一连串的应酬和赶场，不出所料，一些红包还没打开，就又送了出去。生意人无利不起早，他想从粮店孙老板那里赊进一批面粉。依靠战前的信誉和这次同舟共济的交情，他盘算问题是不大的。谁知孙老板现在也是在硬撑着门面，几年战争和胜利后中储券的贬值，让他元气大伤；加之现在他租了整个一到顶楼，不再愁长期储粮的地方。他眯眼对广诚笑着说，祁海州也在找他借粮，但他本钱实在有限，像战前那样放上千斤粮在通成“铺底”的能力是没有了，可否先让“老通成”和“祁万顺”每人先取三天的用量，以后大家都做大了再说。广诚很失望，但还是满脸笑容地说:“好得很了,已经好得很了!”

其余的旧时供货上家,像盐、柴、肉、菜等,本来就不是什么大的坐商,这些年来,有的没有能活着熬出来,有的破产,有的不知去向。新找了些供货的,东西品种变少了,却都在不声不响地涨价。广诚一厢情愿地相信这是暂时的,他耐心地等着国民政府接收完,想那时就会好起来。他已选定侄孙宪银(广智的第三孙)作自己的帮手,耐心带着他慢慢重建采购关系。

没有哪件事能顺顺当当不叫人操心。就说烧的吧,他原计划舍远求近,以邻为友,主动和公新里八号炭元铺的席老板建立了关系,请他为老通成供应煤球。哪知不等供一次货,席老板便来找他道歉,说已经一月有余进不到原煤粉。他拿出省政府、六战区、武汉警司发布的联名布告,上面张告武汉已经断煤,十二月中旬起定时供水供电,而要求市民以木炭、豆饼作代燃料。

广诚大惊,这岂不是断餐馆的薪火。他慌忙带宪银跑到蔡甸,找到关系定下了一船柴禾、板炭,还签了一个长期合同。这事他做得太及时了。到当月月底,市面上煤炭便陡涨几倍,后来干脆有价无货。近郊大小山林砍伐殆尽,还有一批工厂因缺煤而停产、关闭。汉口居民在胜利后第一年的,只能苦熬寒冬了。

广诚又恢复了战前的生活习惯,清早到江边打拳(他现在舍不得坐黄包车,当然也不会去太远的中山公园)。回来时,前面的早点营业开始了,他便开始练字。完成这些功课后,又亲自带人去菜场。大约九点半以后,第一个营业高峰已过,他会接替静娴,到自家的小佛堂去拜佛、打坐……每晚收账出纳。每周去商会一次,也会顺便去逛统一街的银元市场。

一天,正在早点营业、铲着锅贴的和尚,忽然对围着炉子的顾客后边的一个人大喊了一声:“矮子!”接着居然放下锅铁铲冲了出去。原来是老员工牛万贵带着一家老小找来了。这个在抗战中历尽颠沛流离的老实人活了下来,胜利后回了一趟孝感老家,但还是没有哥哥的消息,他便又携儿带女回到了武汉。

广诚对万贵的归来感到特别的欣慰。他永不会忘记,大水那年,就是他在肆虐的洪水中救出了自己。牛万贵是杀鸡能手,等资金再充足些,就可以恢复供应“瓦罐鸡汤”了。

广诚驾轻就熟,虽然债务还没见减少,但顺利的开张仍让他充满信心。然而,他眼巴巴盼望的“四大金刚”:章狗子、胡豆皮、钟长子和姜胖子,至今一个都没出现。可恶的战争改变了一切，祸及到每个平凡的人。他们活着吗？去了哪里呢？在别处谋生？显然他们都不在武汉，否则至少会来看看的。

但愿他们还活着，平安着。

他让万贵去了趟黄陂，找到了王兴汉的妻儿一大家。他不能忘记与兴汉大半辈子的兄弟情谊，从兴汉当初帮他上船，到后来去跑马场，都给他创业带来转机；他忘不了兴汉教昭萍习武，帮他解救被绑票的昭诚；忘不了辛亥年是他帮忙搬静娴母女到法租界避乱，又带他一起从火海中救童家父母；再到大革命时，提着脑袋护送谭将军，搭救韩铸仁。哪一次兄弟两人不是意气相投同生共死？广诚每每想象兴汉为了尊严杀日寇而牺牲的情景，就不禁热血沸腾。

经广诚诚心相劝，王兴汉家人终于搬回了汉口集家嘴。广诚又以老通成名义，在汉阳收购了一个小酒坊，还是让他们家去打点，并把在四川学到的酿酒工艺也传给了兴汉的儿子，兴汉家慢慢恢复了生机。以后广诚每看到王家送来一坛坛白酒，就仿佛感觉那如钢似火的兴汉大哥还在身边。

现实总是让他太多失望，“老通成”并不像他希望的那样每日宾朋满座，生意一时难有多大起色。武汉工厂开工的不多，刚迎来胜利的人们又大多手头拮据。“老通成”现在仅供应小吃，大多数顾客买后，拿着边吃边走了，一楼通常一半都没有坐满。每天最热闹的场面还是在夜间，吃汤汤水水的多了些，看上去人气要稍微旺盛点。不过因戏院、影院都没有恢复元气，散场的人流不大，营业时间充其量到晚上十一点多便告结束。

反正，他越希望能尽快恢复到最辉煌的局面，却越是闹心的事一件接着一件。他不得不服了，他的小买卖终究还要听任大气候的摆布。

接下来几个月，广诚都忙得不可开交。他到老商会大楼露了面。商会虽未完全恢复，但商人们还是很乐意来此聚会交谈的。广诚回拜了商界大佬和老朋友。此间，他首先去接上了烟草公司的关系，依靠老朋友董鑫贵，在烟草公司进了几箱烟。他在通成的门口摆了个烟柜，根据他的经验，这生意比餐饮实惠得多。广诚打着如意算盘，押他一批烟在手里，用香烟来帮助他资金周转。

但紧跟着又是一个打击来迎接他。开春后不久，商会大楼贴出了一张告示。武汉行营在审讯日伪战犯的过程中，已经拘捕和控制了一批涉嫌在沦陷期从事过汉奸活动的商界人员。正文中就公布有董鑫贵与日“丸三洋行”狼狈为奸、合伙贩卖鸦片，胜利后又帮投降日军隐瞒、转移军用香烟“旭光”、“樱花”库存等罪行。广诚痛恨汉奸，但这时却高兴不起来，因为烟草公司的经营人员找他，说是正在清理董鑫贵的账目，请他务必在半月内将余款数千元结清，否则将永不再供货。

这对广诚无疑又是当头一棒。他为解决店铺、资金、粮食、燃料……等早已筋疲力尽，更谈不上一口气拿出这笔钱来维持香烟零售，无论香烟零售对他多么重要，这道坎也很难跨过了。他很自然地复燃起了找戴承喜讨钱的打算，并不由得责备起自己，怎么会债主反怕了欠债的。

广诚听说了一些事。老戴的四女婿郭梓璜在胜利后被作为“经济汉奸”关押，梨花哭上门来要父亲帮忙搭救。多亏《武汉报》的中统先遣人员借“万国旅馆”潜伏过，戴承喜得以认识了负责人钱舟主任。钱主任带记者回“潜伏基地”参观时，听说这位老板就是六姑的父亲，立即把他归入自己潜伏时的收获，当场要手下大力宣传为“爱国商人”。老戴趁机找他提出了“帮忙疏通”郭梓璜的事，钱主任拍拍胸口就答应了，回去果然亲自找了归来的党国重臣周远涤。周远涤虽然早就忽略了六姑这些与共党有些关系的“小人物”，却十分看重钱舟的面子，便将曾作恶多端的大汉奸、汪伪特工总部武汉区专员郭梓璜定位成“地下工作需要”无罪释放出来。郭梓璜当然不会让老亲爷吃亏，戴承喜因此腰板一下直多了。

“双十协定”是以国共两党协商方式产生的一个正式文件

广诚还是决定上门试试讨点钱。但当他回到“老通成”时，却见和尚正在瞅着他回来。原来“万国”戴老板的大太太陈氏突然去世，静娴已经和凯鸣赶去戴家了。

广诚一下泄了气，这戴家太太走得还真不是时候！现在也不好开口讨什么钱了。相反，他回忆起了陈太太为人的贤惠。他一边前去吊唁，一边心想，戴承喜现在三个太太都没了。三个太太没能帮这个人生下一个儿子，这只怕就是老天爷对这个人的惩罚吧！

等吊唁完晚上回家后，他对静娴讲了目前的困境。

静娴一如以往地平静，她把自己一直准备着的手镯、耳环等首饰都放在了广诚的面前。但是，因以往广诚送她东西时她都不让买贵的，所以现在也很难凑出多少钱。广诚想干脆孤注一掷，把这“有天无地”的公新里六号房产证押了借钱。

静娴苦笑道：“这房子买价就低，说得好听，是张科长给你个人情；说得不好听，是他在甩包袱，免得他花钱去修。能押几个钱？”

两人面面相觑，箱底都干了，再怎么也想不出办法了。

广诚不禁想起昭萍和昭诚，这两个家伙把老子坑苦了！可他们在哪里呢？怎么不给个平安的消息呢？共产党不会把他们两个送到前线去真刀真枪打仗吧？不会的！一看他们俩就不是打仗的料，充其量也就只能帮忙抄抄写写吧！等生意做稳了，一定托人去找找看。国民党既然和共产党讲了和，签了《双十协定》，那么天下会太平了。他们来封信总可以吧？还有，昭舫快回来了吗？他的飞机不会去炸他姐姐吧？

突然听和尚在楼下高喊，两人竟如觉石破天惊：“叔叔，大少爷和三小姐回了！”

1945 年昆明“一二·一”运动国民党特务武装袭击昆大学生

九、武汉团聚

昭舫不是一个喜欢讲述自己经历的人，所以家人都只看到他穿着美式皮夹克回了，其余什么都感觉不到。

他在昆明迎来了胜利的消息，也知道了何应钦长官就是在他服务过的芷江机场接受的日本侵略军的投降。

但这次战争让他从此憎恨一切战争。两个月前，当目睹《双十协定》墨迹未干，当局就出动近80万军队攻打共产党后，他立即想到了自己在“那边”的姐姐和弟弟。

“难道我要为一支去轰炸我姐姐和弟弟的空军服务吗？”他问自己。

这是他绝对不能接受的！

全中国人民都渴望和平，反对内战。1945年11月25日晚，昆明各校的学生、教员、教授约六千人在“西南联大”校园内举行了反战集会。12月1日，云南当局竟派出军政部所属第二军官总队和特务暴徒数百人，突然围攻西南联大、云南大学等学校。他们用棍棒野蛮地毒打学生，并有人偷偷投掷手榴弹。当场有四名年轻人被炸死，多人受伤。这就是促使全国揭开反内战序幕的昆明“一二·一”惨案。

身在昆明的昭舫为自己身着屠杀学生军队的军装、为自己在为这么一个屠杀学生的政府服务感到羞耻，他坚定了退伍的决心。

飞虎队翻译官的待遇在当时比普通国军士兵要优裕得多，尽管他离开这份工作，就可能加入到失业和贫穷的队伍中去，昭舫还是向长官递了辞呈。

正好飞虎队有一部分美籍队员要解散回国（一部分运输机留下，空运国军去占领、接收失地），正要复员一批翻译人员，昭舫便顺利达到了目的。

他去向郭佩珊道别后，在迈克尔帮助下，搭便机到了成都。现在彻底自由了，并能轻易完成这段记忆中无比艰难的路程，让他很欣慰。他于是突然出现在了妻子的面前，祯青高兴地跳着、嚷着，说他是“从天而降”的。

几天前，祯青也激愤地参加了川大师生声援昆明的游行示威活动。事后还被校长叫去训过话。不过昭舫看出，她仍然极其单纯乃至幼稚，什么政治也不懂。

两周后，昭舫又告别妻子到重庆，见到了打算本学期结束就返回汉口的二姐昭瑛和毓章一家。然后，通过朋友买到两张船票，和受聘下学期到“杭州艺专”任教的三姐昭琳一起，回到了武汉。

他带回的复员费，正赶上救了父亲的急。

“你吃老子那么多，总算还了一笔啰！”广诚喜得笑眯了眼，昭舫回得真是时候呀！这大概就是田大爷常说的“吉人自有天助”吧！他发现昭舫一脸愕然，生怕说的话儿子不理解生了气，毕竟他才落屋。连忙又说了一句：“真是只能指望自己的儿子啊！儿子，你帮了老子大忙哟！”

“儿子真好啊！”他反复沾沾自喜，这才想到要和昭琳说几句话。见昭琳已和静娴一起在她原来的房间逗毛咪，昭琳正搂着毛咪说笑，反复亲着，却又同时满脸泪水，姑侄二人正乐得忘乎所以。

不说广诚暂时渡过了难关。昭舫在家里休息了两天，就拿着复员时部队长官的推荐信到政府去。在那里遇到了童瑨的侄子、他的同学和朋友、现在军政部兵工署工作的童柏森。

“我会帮你催，让他们尽早给你安排。放心，工作肯定有你的。百废待兴，用人之际，还少了你？你就在家里放心等吧，不用经常跑来问。哎，我们好多同学都回汉口了。和你同租一间房的石炎在颐中公司，还有……以后我们可以经常聚聚了。”

春节前昭瑛一家就先回了武汉。适逢国民政府打算在汉口市增设17所国民学校。在朋友帮助下，毓章顺利得到二女中的任教聘书。不久，昭瑛也得到了江岸铁路扶轮小学的聘书。学校位于离家较远的老日租界。外柔内刚的昭瑛就像她读书求学时一样，完全不靠父亲，在学校附近租了房子，安置下全家，每周末才带上两个儿子来看望父母。

除开昭萍、昭诚与媳妇祯青，广诚已经全家团聚了。

这半年多来他心情都没有这么舒畅，他觉得自己又长出了新的精力。

虽说湖北春荒严重，武汉粮食供应不上，粮价屡创新高，三镇百姓生活负担沉重。但因大批返乡人员路过汉口，40万部队过境，还要面对大批待遣送的日俘、日侨，人流增大，餐饮生意还是有了些起色。

一天，广诚正坐在大堂，一个英武的、额头上有道明显伤疤的中校，身后尾随着一个士兵，走到了柜台前，向广诚问道："请问您是这里的曾老板吗？"

广诚觉得眼生，便反问道："正是。请问阁下是……"

那军官立即立正，敬了一个军礼，答道："曾伯伯好！在下姓谭，家祖父是谭襄农……"广诚不等他说完，就激动得从柜台后快步走出来，紧拉住他的双手道："好，好，到底把你等来了啊！我就是曾广诚。上次错过，我都悔恨死了！一晃八九年了。谭将军，快随我到家里去坐坐。"谭承荩便对随从说："你可到晚上八点钟来这里接我。"

广诚兴奋地把谭承荩带到公新里六号，先是见了静娴，然后又喊来昭舫。广诚兴奋无比，先问了师父的近况，得知师父在抗战时还曾率华侨捐赠汽车，组织司机到缅甸参加大后方的运输。但现在身体渐渐多病，谭承荩就是请假回南洋探望的。

谈话越来越投机，广诚让昭舫拿出战前的一张全家照片给谭承荩带去。谭承荩翻看着昭舫的相册，忽然问道："这位可是你姐姐？"

昭舫回答："正是。"

谭承荩问："你姐姐是曾昭萍？"

广诚和静娴都异口同声地惊喜道："谭将军认识？"

谭承荩道："曾家果然如家祖父所说：高风亮节！我在六年前曾会过令姐。那天我们团被日军紧逼，多亏她率十多人突袭日军前线指挥部，才转败为胜。那是场恶战啊！我们范师长常念及她，称她巾帼英雄。不过以后我就再没有听到过她的消息。"

广诚惊喜到极点，站起来到楼梯口看了看，又回来坐下，小声地说："谭将军莫要认错了，她是教书的，连枪都打不来。"谭承荩看着广诚，小心地问："曾伯伯可有她近来的消息？"广诚思女心切，便老实承认已经八年没有消息了。谭承荩压低了声音说："她是……共产党那边的。国共要是真的停战，她就可以回来了。"说完这句自己也不信的话后，他就低下了头，两眼看着桌面。广诚则不满足地问："她还有个弟弟，你见过吗？"谭承荩摇头说："没有听说。"广诚和静娴不由听得又喜又忧，又欣喜又失望，心里七上八下。

静娴想了一下，问道：“你听说过有叫叶知秋的吗？”

承莣说：“听说过啊！新四军通海启[1]部的名人啊！这是个了不起的人，汪伪政府点名悬赏的，日本元帅畑俊六大将亲自下令组织专门特务队点名追杀‘那个会说日语的朝鲜人’就是说的他！说他搞的‘反战同盟’瓦解了日本军心，恨死了他。可特务队被他设计消灭了。哦，还有件事，日本宣布投降后，扬州日军不肯缴械，叶知秋明知蒋委员长有令，不让日军向新四军投降，竟然只身一人，挺赴扬州市，去催促日军投降。那是多冒险哪！虎胆啊！日军谈判代表知道他的名字后，不由对他钦佩之极，同意他将他们一个武器库内的枪炮弹药和军用物资都装船交给他运走了，还将身上的一把指挥刀双手托起、行鞠躬礼交予叶先生，又送他一只军犬。这事当地很多报纸都有过报道。连我方长官都悄悄兴叹，共军竟有如此孤胆英雄！请问这是婶婶什么人?”静娴感慨地答道：“是我女婿。”谭承莣听了，竟马上肃立鞠躬，连声赞叹不已。

谭承莣次日离汉回南洋后，就再没有回大陆。从此，广诚便再没有过师父的消息。他认为师父一定是看到日本已经投降，不再让孙子回国当兵打内战了。

谭承莣的到来，让广诚大大改变了对昭萍的看法，他做梦也没有想到女儿、女婿竟是如此英勇，真是为他光宗耀祖。他猜他俩是“当官”了，只有些可惜，是……“那边”的。

这个生意人和所有人一样，对新年前不久的“政治协商会议”的五项协议寄予着极大的希望，同时又对国内时局心怀不安。这关系到他和每个中国人的命运、生活，也关系到他一家人的团聚和安危。

---

① 抗战时对南通、海门、启东新四军活跃地区的称呼。

十、昭舫拒职

1946年2月10日较场口血案直接屠杀民主人士和学生

当重庆较场口事件[①]的消息传来，武汉人全都惶惶不安，内战的阴影已经切实地笼罩在中国的大地，也沉重地压在每个受尽了战争之苦的中国人身上。百姓不想要战争！难道这辈子的战乱还没有受够吗？

昭舫等来了受聘通知。但他昙花一现的喜悦，立刻变成了难言的苦闷。等了两个月的消息，居然是被安排到“汉阳兵工厂”当技术员。

这让他大失所望，难道这就是“用人之际”么？要他去造杀中国人的枪炮支持内战么？不！他不愿造枪炮，不愿造去杀他姐姐和弟弟的枪炮！

他希望能有一点改变的余地，便约了童柏森到鄱阳街“美的”二楼喝咖啡，希望他能帮忙。他谈到了自己不想去兵工厂造武器杀人，问有没有办法换一家别的企业。

“我看很难。”柏森皱着眉头说，“也许你可以自己去找家私营的工厂。但是，现在又有哪家工厂能置身于世外、不接受政府的订单？它的产品不直接或间接用于打仗？连农民的粮食都要送到前线，照你说的就不种地了么？兄弟，一个负责任的政府决不会允许国家分裂！你说得出对付共产党还有别的办法么？你要相信，凭现在蒋委员长的威信和实力，最多一两年，中国就会统一。”

---

① 1946年2月10日晨，国民党特务在重庆较场口制造的杀害民主党派和无党派人士血案。当时各界人士为反对破坏政协决议、独裁内战、践踏人民民主权利举行群众抗议集会。

昭舫听他说得和官方一样，便问："柏森，你不是最反对内战的吗？你难道愿看到同胞兵戎相见？"

柏森笑道："此一时，彼一时也。当时我们是外患当头，当然要团结抗战。现在要想和平，要想不打内战，除非共产党自愿解除武装，团结在蒋委员长身边和平建国。昭舫，你难道不觉得战乱之源就是共产党吗？蒋委员长是中国历史上最伟大的领袖。八年抗战，他扛住了多大压力啊！差点把他炸死他都没屈服啊！我们都是亲眼所见啊！是他，从未动摇地领导了一场史无前例的、胜利的保国保种战争。中国历史上有过这么伟大的领袖么？"

昭舫不反对他赞扬委员长，但是蒋委员长再伟大，也不应该让饱尝战争之苦的中国再次陷入战争啊！他不想得罪老朋友，便说："柏森，你想，要是你四妹活着，你还赞成打吗？"柏森不高兴地说："四妹是死在日本人的枪下的。昭舫，你不该提让我们都难过的事情。"昭舫低下了头，不再说话。柏森却笑了，调侃说："难怪这墙上写着那么大的字：'莫谈国事'，我看我们也不谈这些了。刚才那些话，都是我劝你想开些的。放心吧，我会再帮你打听一下看。"

街上一阵喧哗，他们两人也凑到了窗前，向下面看。昭舫认出，竟是穿着黑呢大衣的魏公博，正在往死里痛打一个从斜对面"巴公房子"边巷子里逃窜出来的人。后边跟着追出来的一个人劝道："魏长官，别在大街上打，回去再找他算账。"

昭舫此前已和公博有过一次照面，也知道了他的军统少校身份，但是从未把他和自己不喜欢的那个军统联系在一起。只有这一次，他忽然感到，自己好像少了不止一个朋友。

事情过了两天后的傍晚，魏公博来"老通成"吃东西，要凯鸣去叫来了昭舫。

"我那天看见你在'美的'楼上，知道我抓的是谁吗？"公博笑着问。

昭舫淡淡地笑着，他没有兴趣去关心这些事，便说："你是公干，我何必知道。"

魏公博吹了吹面前的鸡汤，说："昭舫，那是我在算一笔旧账。是当年带日本人去搜捕六姑的那家伙，叫侯树坤，战前当过警察分局的局长。恶贯满盈！就算我不找他，共产党也会要他的命！你还记不记得那年我们歌咏队成立周年的庆祝会，街上响了枪，我始终和你在一起的？那天，是他们日本特务想绑架你呀！你瞪着眼干什么？日本人想绑架你，逼你爸爸当维持会长！记起来了吧？

那天我们抓了一大堆日特汉奸，可撤退前，被这个混账家伙偷偷放跑了。这是他迎接日本人进城的见面礼。”

昭舫问：“我记得有一天，我们两个在武昌，你撞倒了黄包车，和车上的那个老头一起被抓去，是不是演戏给我看？”

公博得意地笑了：“哈，哈，是的！那老头是个潜伏汉奸！你呀，真是诚实厚道。昭舫，我原来是受命监视你的，可经过那一次，我把你当成了最可信的兄弟。相信我，我从没有做过对不起你的事！后来，在宜昌和你分手后，我就受命潜回了汉口。你知道，那几年汉口多血腥啊！可汉口又出了多少抗日英雄啊！武汉人组织了‘抗日锄奸团’，专杀鬼子汉奸，那老头最终没有逃过六姑的枪口。他们还公布了《燃犀录》，就是铁杆汉奸名单。哈，汉奸们人人自危！一次，我们想杀《大楚报》的汉奸胡兰成，败露了！记不记得那个到我们歌咏团捣乱的雷胖子？带人伏击我们，被六姑一枪点了。我们那个好校友滕培英呀！现在好像变成了‘先遣地下工作者’，又在省党部人模狗样的公干起来。他妈的！那天就是他带鬼子到‘万国旅馆’搜我，要不是你柜台上那个赵凯鸣兄弟冒死相救，我今天就不在这里了。我说的六姑，你听说过没有？你还记得我们歌咏团的戴桂香吗？”

昭舫点着头，他把她敬为英雄，还和凯鸣一起专程到姑嫂树为她扫过墓。他回答公博道：“抗战八年，你出生入死。昭舫自愧不如。公博，你何必和我说这么多呢？”

魏公博笑道：“让你了解我！我何尝不知道，你的心里，对军统是什么评价。其实我早就知道六姑投了共，我还不是敬她是英雄！”

昭舫微笑着说：“你想多了。其实，我懂你，我很珍惜我们在一起的友谊，那时候，所有真正的中国人都团结得很紧，彼此不存猜忌。”

公博又笑了：“书呆子！白脸小开！是你对别人不存猜忌吧？”他正色道：“昭舫，我相信，我所做的每件事都对得起良心。我给你说这些，只是希望你，永远把我当朋友，和以前一样。”

昭舫诚恳地点着头。

公博说：“但是我给你提个醒：国家大事，委员长自有他的安排。你别看贪官污吏那么多，别看摇身一变的变色龙那么多，那是因为他还来不及清理。我相信国家当今第一要务，是先对付共产党这个老冤家。他们趁抗战做大了！昭舫，你太单纯，中国不可能像美国那样，我就不相信什么多党政治协商。只有坚持‘一个领袖’，中国才能走向统一富强。我可是怕你跟着别人乱起哄惹麻烦哦！”

昭舫世故地微笑了一下，说：“老兄，你晓得我一向不关心党派。哎，馆子里头，莫谈政治。”

过了大半个月，两个戴着呢礼帽、穿黑色风衣的先生，来找昭舫。昭舫一眼就认出了其中的滕培英。他发胖了很多。昭舫把他们请到公新里六号一楼堂屋坐下。广诚正好回来，见状，便在门外惶恐地看着两个“政府人”——他们太让人联想起专门抓人的特务便衣。

“昭舫老弟，你不要紧张，没有什么特别的事。你收到过这份聘用函吗？上月底你就应该去报到了啊！”滕培英用公事公办的腔调说。

昭舫从心里鄙视这条恬不知耻的变色龙。至于工作，他已经拿定了主意，便回答说：“谢谢滕兄，还专门跑一趟。只是这些事，我犹豫了很久了。本来我有心为政府出力，但却遇到了些难处。家父他一生的心血都在这‘老通成’。经八年抗战，我们家已经元气大伤。而我父亲已经年迈，重振旧业很有些力不从心。我已决定暂时留在家里，帮老人家操持一阵，也就一年两年，待生意恢复了，我再出去工作。有道是忠孝不能两全，还望滕兄理解。”

滕培英乜斜着眼，狡黠地笑道：“曾老弟的孝心真让我佩服啊！不过你上班了，还是可以有空帮助令尊哪！这份工作工资，比在其他工厂同一级别高一倍哟！这不是平常人想得到的咧！老弟是退伍军官，是社会的精英哦！这份工作，政府不是什么人都给的。老弟你不要随便自作主张哟！失去了这个机会，不仅没得后悔，而且，而且……”他放低了声音，“现正当用人之际，这是党国的信任，也是对你的考验，该如何正确对待？老弟是明白人，就不要我多说了吧！”

昭舫压抑住自己的愤怒，这简直是在威胁！你滕培英什么东西，无耻的变色龙一条？他不动声色地慢慢说：“谢谢滕兄的好意，只是我主意已定，不想改了。”

滕培英收起桌上的东西，叹道：“曾老弟还是那么柔中带刚，处事有一定原则哪！”他故意把“原则”二字说得很重，好让昭舫去体会其中的深意。

昭舫不卑不亢地笑道：“我哪里能像滕兄那样，能随机应对复杂的形势，我就这水平啊！”

滕培英听出其中的讥讽，又找不出破绽。现在他还不具备对不顺眼的人落井下石的本钱,也只好先放在心里。

广诚听壁却听到昭舫这些话,倒是十分开心,终于可以有儿子继承他的事业了。

不几日,童柏森给昭舫回话了。省党部直接在管理着这些大学毕业生和退伍军官的分配。昭舫是两条都占,被分管的周远涤书记“钦点”,没有改变余地了。

“你的理由倒说得过去。你也只能这样,先帮你爸爸做些时。等这阵风过了,一有机会,我会第一个记得你。”柏森边摇头边拍着他的肩说。

昭舫相信柏森对他是真诚的。他想,也只能这样了。

他想起几天前在父亲那里看到誊写的《汉口市汤圆面粉业同业公会调查表》和《汉口市政府办理商业登记月报表》,今后,自己的十年寒窗学识,将只能在这个圈圈内展现。

他脑中再次呈现出了表格的内容:

“商号名称:‘老通成’;店址:大智路三号;营业种类:汤圆面粉熟食;资本金额:一百万;会员人数:三十九人;理事长:曾广诚。”

生成里(今交通路)是汉口书市集中地

十一、昭舫从商

1946年4月,尽管"局部冲突"战事的报道从未间断,武汉人还是宁愿相信那是些个别现象,对和平的幻想依然尚存。一排排房屋正在战争后的废墟上快速建立,一些工厂也陆续开工,市面也在逐渐繁荣。

武汉轮渡恢复了;省主席王东原贪污渎职,被湖北地方派撵走,万耀煌接任;新贵们在大兴土木,"华界"的一些板房,被整齐的洋房代替;汉口在大力取消黄包车,推广三轮车以改进城市交通;从四川回来无家可归、拥挤于未修成的聚兴诚银行大楼[1]内的人们,纷纷自行涌入老圃昔日日军刺杀训练场的院子,拆掉旧院墙,自搭简易房屋居住……武汉又有了不少改变。

汉口市商会是5月20日正式重开的。贺衡夫任会长。广诚被推举为总商会委员。"老通成"在汉口的率先复业,并办得颇有声色,帮他这个资产并不大的商人得到了这个地位。他春风得意地将昭舫带到商会,去介绍给同仁,到处声明昭舫将直接管理"老通成"的经营运作。也是昭舫与从商有缘,在和童瑨说话时,正好省商会会长陈先生走了过来。童瑨便热心地介绍了下昭舫。陈先生道:"好啊,老曾家这下如虎添翼了。犬子元植,也是武大的,在四川毕业,我听他说起过你在珞珈山时的事。你记得他吗?"昭舫笑道:"怎么会不记得?只是隔八九年没有见面了,见了面应该会认得出的。"陈老先生便顺便把他介绍给了几位商界知名人士,让广诚心里乐开了花。

昭舫却很难与父亲共鸣,他极不习惯在一堆"前辈"中点头哈腰,便提前溜了出来。

他没有目的地走着,信步到了统一街。这里是一个战后又死灰复燃的自由市场,出售着各种民间印刷的书籍、年画、冥币等纸制品,同时摆满了"劫收大员"们掠夺后又拿来销赃的各种物资,从瓷器到电器、字画、靴子、军服……除枪支外,应有尽有,物美价廉。还煞有其事地按不同种类、沿路一段段有规律分开。市场的规模竟扩大到了清芬街和前花楼一片。当然,这里也仍然是沿袭旧

---

[1] 即今江汉路机械局大楼。

时的、半公开的货币交易黑市市场。

昭舫想起要找一部好收音机，但是半天没有看到。在清芬街，他看见一个美国人正用蹩脚的汉语和两个汉口人谈生意。那个美国人可能是想用美元换点银元，学着很内行的样子，在用嘴吹，用耳朵听，用牙齿咬。昭舫从他们身边经过，无意中看到他就要上当，脱口用英语说了一声："bogus."[①]

那个美国人听到并立刻醒悟了，看了已经走过的昭舫一眼，找借口中断了交易。昭舫走到前花楼街口时，那个美国人追了上来。

美国人先友好地招呼了一声，昭舫随意地笑了一笑。美国人问："你愿意换美元吗？"昭舫摇头笑道："对不起，我没带钱。"只把两手摊开，和他分了手。

昭舫觉得无聊，又折到交通路，去"联营书店"找新交上的音乐发烧友马仲扬。重庆"联营书店"武汉分店是当年1月开张的。马仲扬现在是书店的经理。这个书店公开经销一些当局不喜欢的书刊，还私下里经销列宁、毛泽东的著作。昭舫对它卖什么并无兴趣，他来这里是为了与马经理在二楼会客室喝茶，听他新收集的唱片。他们俩在音乐欣赏方面是相当投缘的。

喝了两道茶，马经理问："你怎么好像无精打采？要不要来张罗西尼的《威廉·退尔》振奋一下？"昭舫沮丧地答道："你不知道啊，'三十而立'，我刚满三十，还一事无成。要说也不愁生计，算不上什么，只是我对生意还真没兴趣，得要一段时间习惯。"马经理点头说："你是读过两所大学的人，又和美国人共过事，眼界大了，一个'老通成'哪里关得住你？"

昭舫勉强笑了一下，说："我哪有什么眼界。只不过我不帮父亲，就要吃白饭，那像什么话？"马仲扬皱着眉头："其实我一直没有弄明白，你为什么硬是不肯去汉阳兵工厂？你是转业军官，工资高啊！"昭舫搪塞道："家父年纪大了，当然要儿子继承父业啰！"

马经理狡黠地笑道："你这样说，就把我当外人了。我每天早上都看见令尊在江边打拳，那身手，哪里看得出年纪大了？你还没回汉口时，他就一个人复了业，从那些接收大员的手里要回房子、修店面、办执照……那精力和本事，游刃有余，全汉口我没有见到第二个！我看哪，如果你不是特别不愿去兵工厂，哪会

① 假的。

勉强自己去做生意呢？”

昭舫叹了口气，“知我者马兄也！你说啊，兵工厂，造枪去打哪个？八年抗战，战争的苦还没有吃够？那倒是外敌入侵强加给我们的啰！现在都胜利了，哪个中国人不想过几天太平日子，好好搞建设？凭什么一门心思要打？”马仲扬问：“你不去，‘上边’不说你？”昭舫道：“怎么没说，还派人到我家里来过哩！我这人最反感威胁，又惹不起那些人，只好回答说要留在家里尽孝啰！”马仲扬微笑了一下：“那是那是，这话说得圆泛，可以，说得好！”昭舫补充道：“也就是你，别人问起，我就不会说这多了。哎，刚才的话，我出了门就不认账哟！”马仲扬笑了：“你又没有说什么，我什么都没听到啊！”两个人不约而同笑了起来。

昭舫离开后不久，竟从经理室后边小间走出来一个人。这夹板墙不隔音，所以他也就一直在清晰地听着他们的谈话。他问：“他就是老通成的老板？”马仲扬说：“嗯！”那人说：“我知道他，他的姐姐曾昭萍是我们这边的人。他在抗战前思想就很进步，掩护过何功伟等同志。王杰臣一直都想发展他。在重庆的几年，他有些沉寂，和我们疏远了。不过，从他的谈话可以看出，尽管他在国民党空军呆过，但是他的是非界限仍然是很分明的。他拒绝为兵工厂聘用，就表明了他反对内战的立场。他能顶住压力，是要有勇气的。显然，这些表现与他姐姐的影响是分不开的。你可以再做他些工作。‘老通成’在抗战初期，就是我党的一个很方便、可靠的联络地点，应该争取他能继续帮助和掩护我们。”

昭舫对待父亲的生意，当然不像他说的那样有孝心和责任感，那只是他应付形势的权宜之计罢了。餐馆的运作不像綦江那样多少有点工科专业的成分，很难提起他的兴趣，他于是消极地打发着时光。

广诚尽管一度感到欣喜，但渐渐发现，昭舫从不主动过问生意的事，而且经常郁郁寡欢。特别是半夜餐馆收场后，正是老板要盘账出纳、调整战术之时，昭舫却很少参加，时常径自去睡了，这让他相当失望。

谢三金劝广诚耐心，年轻人好多想法和我们是不一样的。

和所有失意的年轻人一样，昭舫也很渴望享受生活。他热爱音乐，更愿意让自己的思想随着音乐在艺术的天堂中自由飘荡。他不由加倍怀念自己的启蒙老师——市一小学的连老师，自己从少年时起就经常在他家听唱片。他回武汉时，就知道了连老师英勇反抗日本占领军壮烈牺牲的事迹，还知道当年不少爱国家长偷偷用他来教育后代。连老师的旧居早已不在了，连他葬身何处都打听不到，很可能也被日本魔鬼毁了。

他打算建立自己的音乐室，便常到拍卖行去转悠、淘宝。于是先买了一部老式的手摇留声机，接下来便是贪婪地收集唱片。拍卖行经常可以捡到价格很低的“漏”，多半是接收大员们不感兴趣卖出的。比方说，凡是不适合作为舞曲的一些经典唱片，都会被新贵们像垃圾一样甩出来“变现”。昭舫从心里嘲笑这些不识货的暴发户们，他们的无知正好给了他机会，让他如愿买到了德国柏林交响乐团演奏的贝多芬九大交响乐及大量的经典乐曲，他的唱片很快超过了马志扬，成了当时武汉独一无二的名曲拥有者！回家后，他几乎天天忘乎所以地、通宵达旦地欣赏。这吸引来一些音乐知己登门。秋平有时也凑过来，他便忘情地给秋平讲解音乐的语言。

不久，他的复员费差不多花光了，而家里经济状况已不如战前，只能暂时收敛一些奢望。

看到儿子不仅没帮上自己的忙，还“玩物丧志”。广诚再也忍不住了，便常在无人时拉下脸来斥责他。昭舫简直无法容忍父亲闯进来，破坏自己向往的意境。但他懒得顶撞父亲，只要看到父亲脸色一变，他就一溜烟跑出门。

这样的局面出现了好多次。静娴劝广诚，要理解儿子“怀才不遇”，要有耐心。广诚于是使劲把不满压在心里。静娴清楚知道，该是自己来规劝昭舫一次了。

有天，昭舫斜靠在床上，放着留声机，小提琴演奏的歌剧《萨特阔》中的插曲，里姆斯基·科萨科夫的《印度客商之歌》，把他带到了大海温顺时的宁静、辽阔的幻想世界里，暂时远离了尘世的一切。等到一张唱片放完，他站起来打算翻面和上发条时，发现母亲正站在门口。

“妈。”他喊道，“我以为您还在打坐。您怎么不进来坐？”

静娴不语，进来坐下了。昭舫感觉母亲有话要说，便把手中的唱片放好，关上了留声机，恭敬地坐在母亲对面。

静娴沉默了一阵才问：“是不是读了那么多书，不想做生意了？”

昭舫面带愧疚地说：“没……有啊，我……只是不知道，怎样才帮得上爸爸的忙。”

静娴点了点头说："做生意不能性急，先跟着耐点烦看着学。等你看些时，有门道了，就可以帮你爸爸了。你爸爸老了，晚上有时喊累，喊腰疼，以前哪里有过啊？你小弟又没有消息，我和你爸爸不指望你，指望谁啊？"

昭舫本是孝子，诚恳地答道："妈，我晓得了。"

静娴慢慢说道："你爸爸本钱比不上以前了。八年抗战下来，底子都熬干了，什么都是从头再来。你看他辛辛苦苦，人都累缩了。眼下比民国十八年刚开张时强不了多少，还少了跑马场那一摊子和香烟零售。"

昭舫奇怪地问："跑马场是没有了。香烟怎么……要卖不卖的？"

静娴说："你看，你不晓得你爸爸的难处吧？原来那个卖香烟给我们的董鑫贵是汉奸，家产房子都卖光了打点，前些时才放出来。原来帮忙牵线的曾昭泰在重庆就失踪了，你爸爸也就没了进货的路子。"

昭舫问："香烟经销公司那么多，缺了他们两个就不行了？"静娴道："那哪是一天两天搭得成桥的？要花钱打点，还要慢慢来。现在又尽遇到些光收钱、不办事的。我是不过问他生意上的事的，你怎么比我还不懂啊，儿子？做生意要靠'面子'做的！靠关系做的！现在我们流动的现钱又少，哪会有人肯赊货给我们。"

昭舫问："那我们有没有借债经营？"静娴说："没有东西抵押，哪个银行肯借钱给你？谢先生倒是帮我们从钱庄拆借过钱的，那个利息高哇！钱庄是认利不认人的。再说，这年头赚的钱呢，还比不上涨价快。每天收的钱，第二天你爸爸就要颠着，去想法换成现洋，不然看着缩水都没有办法。把利息一交，生意就成了在帮它钱庄做了。不遇到急得上火，哪个又想去借钱呢？"

昭舫悟道："难怪，我看到店里卖的东西也少了，只有一楼接客。白天就是包子、红豆稀饭几样小吃，没有酒菜，能有几多人来吃？每天都要到晚饭时候，卖的东西才多一点。"

昭舫懂得父亲的难处了，虽说比起那些要受小混混们欺负、忍着气交保护费的店主，"老通成"不知要好多少，但这么拖下去是会倒闭的。

他开始动起了脑筋，父亲的经营方式实在是过时了，他应该用自己的能力，帮父亲走出增值缓慢的怪圈。

十二、小试牛刀

昭舫从“从不过问生意”的母亲那里，学到了最重要的生意经：“做生意要靠‘面子’做的！靠关系做的！”父亲的老关系已经显然不得劲，那么自己的关系呢？暂时只有同学吧！以往没有利益关系时，他们的友谊是纯洁的，那么以后呢？昭舫想，如果不是唯利是图，为什么朋友之间不能互相帮助呢？

当时的社会，知识青年们并不一概将拉帮结派视为陋习。相反，不管是学校还是社会，“同乡会”、“校友会”经常能帮助他们在落入无助的艰难境遇时，得到及时雨般的互助，甚至能迅速解决就业、居地、救急资金、创业途径等大问题。

一次，昭舫与在汉的“西北工学院”校友聚会时，遇到了在汉中和他拼租民房、同居一室的校友石炎。石炎在重庆和一校友结婚，岳父原是汉口“颐中公司”的职员。这家公司是包销“英美烟厂”产品的。当年为了打垮民族资本的“南洋兄弟烟草公司”，他受命暗地大量收购南洋产品，故意让烟霉变后再降价出售，以败坏南洋名声。由于他做得特别出色，曾升到了分公司经理位置。石炎回汉后，就到了岳父原来的公司。

他见昭舫和童柏森等人在一边谈得火热，便也凑到一起。互相恭维后，柏森看了石炎的名片，有意帮昭舫一把，便故意向石炎打听香烟的行情。

石炎见说到本行，兴奋起来，说：“上海香烟好啊！红金、飞马、大前门都特别俏，一到货就出光。我们进的货，七成都到了私营批发商手里，就是二手批发的，都要赚上两成。进口烟就更不消说了，翻几个筋斗的都有。柏森兄想做？”

柏森说：“我精力不够，想和昭舫合股经营。”石炎说：“和昭舫啊！那太好了。你真会选人！昭舫，你最好成立个公司。”昭舫笑着说：“我正在和柏森商量这事呢，你就来了，可见是缘分了。不过，我还要看看行情。成立公司，你入股么？”

石炎摇着头，诚实地说：“我是公司职员，不允许搞这些的。不瞒你说，我泰山大人的老路子，都被我的两个舅子分了。我根本没沾上他什么光，必须从头开发我的市场。你如果能帮我经销，扩大了我的业绩，我的收入就会增加，我也有机会提升。”

昭舫诚恳地说：“我们‘老通成’也搞点零售，只是现金进货，规模小，周转也慢，怕够不上你的大生意。”

石炎笑道：“你那和摆地摊有多大区别？”他干脆讥讽地，“拆不拆零卖？”

昭舫笑道：“你还敢笑起我们小本经营来了？说实话，拆零也卖，莫说一支，要你来，半支都行。”

柏森插道：“莫说笑了。石炎，你那里，一天做个一二十箱生意，要多少保证金？”

石炎露出喜色，却转向昭舫说：“那么说，你真想做？”

“真想做，你当我们没事在和你开玩笑啊？不过你说的牌子我倒要试一试，不如先在我‘老通成’零售试试？”

石炎露出不屑的神情，道：“这些牌子你还不信？我还有三五、骆驼、美丽……该信了吧？要只做点零售，你明天就可以拿我的名片，先取几箱回去试试。你自己去，就不要什么保金了。看我会不会骗你。”

昭舫压住内心的喜悦笑道：“我怎么会连你的话都不信呢？只是我以前没搞过批发，还不懂得渠道。”

石炎兴奋地站起来说：“那就要看你的本事了！我为什么劝你做批发呢？批发多半不是直接面对汉口本地烟民的，有做大的机会。我们武汉是九省通衢呀！这烟一大半转销到湖南、两广和西南、西北各省。我老亲爷总是嫌我不会推销，说只听说愁进不到货的，没有听说销不动的。”

石炎的老婆仿佛很想知道他们谈话的内容，插进来把他喊到一边去说话。童柏森趁机对昭舫说：“昭舫，这是个机会。很明显，他是想不依靠他的丈人，想自己闯出条路子，来和他的两个舅子比一比高低。你怎么那么多顾虑？”

昭舫笑道：“我要是太主动，他就不会讲得这么明白的。再说，我也的确没有什么本钱。”

柏森也笑了：“好家伙，欲擒故纵，生意天才啊！不过我劝你把思路打开点。你不一定要受困于‘老通成’，你可以自己成立公司。我并不想要股份的。只要你需要，我也来帮你一把。”

昭舫点着头，十分感动于他的真情。

次日，广诚看到一辆三轮车拖着几箱市面上最俏的上海烟，到店里卸货。当问清原是昭舫赊来代销的时，顿时眼睛笑得眯成了一条线。

不过回家吃饭时，当昭舫说到成立公司一事时，他眉头锁起来了。他怕昭舫把生意看得太简单，又怕他有头无尾，便说："我不是不想，我手上实在没有钱。"其实，他刚刚接到凯鸣的忠厚父亲还来的最后欠款。当他知道丙文是卖了乡下的地后，坚决拒绝，结果丙文又亲自上门来，几乎动怒逼他收下。

昭舫说："不要您出钱，钱我去借，您出面担保就行。"

广诚摇着头："'担保'？儿子，莫怪我，我现在只有这点家底，你三天热两天冷，搞不好又睡到屋里听唱片去了，哪个敢为你担保？"

"这次我向爸爸保证，爸爸您累了一生，我绝不会瞎搞来害您。爸爸，在綦江，我帮得上您的时候，我是怎样拼命做事的，您不是也夸过我吗？"

"那是那是，但是这商场不比你炼铁，有技术就行，商场多诡诈啊！爸爸搞了一辈子，都每天小心翼翼，你要万一……老通成……那是我和你妈一辈子的心血啊！我看你还是一心帮我办餐馆吧！"

"餐馆我也一定帮！烟草公司我也要搞！我至少要点资金起步吧？莫不成我去借……"

"你莫瞎搞！高利贷一定碰不得！那是为那些赌徒和要救命的急事预备的。好了，我你帮一把，不过我顶多拿得出几箱烟的钱，让你去'扳命'。"

昭舫几乎要失望，但父亲到底是愿意帮他了，而且已经比他希望的还要好。他想了想，得寸进尺地说："赵凯鸣不当班时，能不能去跟我帮忙。"

广诚大不乐意，说："凯鸣怎么走得开？"昭舫说："那……塘草呢？"广诚道："宪麟只读过两年书，日本人就打来了，认得几个字？谢三爷教他换银元、做袖笼子生意，倒是一学就会。哎，他跟谢师傅尽学的些江湖门道，正经做生意也只怕不行。"

见昭舫又露出失望的表情，广诚连忙说："你淘气叔的孙子东东，比宪麟大一岁，在乡里读过几年书的，现在想到我这里做事。他爷爷至今没有消息，八成死在东洋鬼子手上了，连尸都不晓得埋在那里。我想把他和他娘都接来，就让东东跟着你吧！还有牛万贵的儿子牛诚，就是那年他从水里救出来的那个。万贵这么苦，还供他读了几年书，个子比他老子高一个头，也让他跟你学着做吧！"

广诚说的东东他娘，就是战前在他家做过活的葵花。

东东(学名宪东)来后，昭舫就开始带着他，出入“颐中”等烟草公司。

“颐中”公司是由原“英美烟厂”发展派生的，是由宋子文控股的一烟草巨头。把“南洋”(虽说由宋子文挂名董事长)等中国民族资本支撑的烟厂排挤得举步维艰。

自鸦片战争以后，中国烟草关税长期不能自主，保持着低税率的局面。即便如此，走私却仍然猖獗。而卷烟又居各种走私商品之首，极大助长了外烟在中国市场的竞争力，压迫着民族烟业资本的发展。抗战胜利后，这种局面竟有增无减。石炎说的“三五”等牌美国烟，就是以“救济物资”或“援华物资”的名义堂而皇之地减免关税进口的。而这些来源于中国“最好朋友”的美国烟，却大部分是二战期间美军的过期存货。例如，“吉士牌”香烟就是进口商以一包不到一分钱的价格购入，然后提价售出，牟取几倍乃至几十倍的暴利。

但是，昭舫、石炎和当时众多烟商一样，并不能识破这些内幕及影响，仅以“在商言商”宽慰自己。石炎争取到香烟配额后，就让他的下家包括昭舫销售。

昭舫略一涉水，就发现赚头大大超过自己预期，这让他喜出望外。除了国产“大前门”、“红金”等外，美国烟利润更大。这让他信心十足，不久便当真以自己名义注册了一家“继诚烟号”，开始经营香烟生意。

数月的经营，竟让广诚这个老江湖都目瞪口呆。他看着昭舫带着东东，直接到烟草公司进来一箱箱的香烟，然后跑到交易市场，招呼大小买家，请来家里，整条、甚至整箱地买走。以后买家渐熟，昭舫也就不一定到门市，直接坐等客户上门了。纸烟生意好得令人难以置信，有时成箱的烟还没有运回家，就直接被卖掉了。昭舫生来平易待人，哪怕一条、甚至一包的生意，他也对客人极其周到客气，很快树立了口碑，业绩远在其他几个同行之上。

随着生意越做越精，他和东东两人常常一个在烟草公司，一个在二级交易市场，打着电话，完全不经出货搬运，就根据市价情况完成较大笔的买进卖出。他的胆子也越变越大，敢通过谢掌柜找钱庄借钱了，不过基本是一两天、甚至当天就套回利润，随即还清借款。随着手中的钱渐渐变多，他又经常出入货币市场，调换银元。他居然有时敢少量赊货给他信得过的买家，这不能不让他的老子提心吊胆。

十三、继诚烟号

昭舫的“继诚烟号”最初只能在“老通成”大门右边挂招牌，却在公新里六号堂屋办公和接待客户。电话就安在父亲的账房外的会客室。

广诚最先只是抱着“只要儿子不消沉，老子只当赔几个钱让他去玩”的态度，却没想到昭舫成功的速度竟然大大超出他的预料。他无法理解，他认定过于冒失的那套经营方法，无数商家都栽了大跟斗的，到昭舫手上怎么就那么顺，顺得像是梦想成真？看来肯定是祖宗有灵在天保佑着他吧？

他应该懂得，在生意人家长大、英语纯熟、善于从国内外书报上学习前人成功经验和理念的昭舫，理应能比他得心应手地驾驭市场。当然，有些事看上去简单，却并非每个人都能运用好。十个人中，充其量只有一两个成功。

昭舫的精力很大一部分，是用在商业信息收集上。而他老子用一生建立的人际关系网，正是他最宝贵的行情来源。宪东是他主要的参谋和执行者，他看似轻浮的商业运作，其实都是经过慎重、周到的商业信息和生意对象的分析后才推行的。

以前十分排斥商会的昭舫，现在则经常骑上自行车，不断出入在商会、交易市场和一切能了解商业情报的场所。他的关心还远远不限于烟草，还通过中外报纸了解时局、战况、金融、黑市……力求摸准那年代的脉搏。他说：“有一百倍的视野，才能做好面前的事。”

宪东主要负责了解商场行情，包括汉口大小烟商的生意，各种品牌的销路，外地采购商的行踪、进货动向和策略……

牛诚，有时还有塘草，专门从街头巷尾，关注上至政府职员、商人等手头富裕的消费者，下至工人、市民、职员、扁担、车夫的各个消费层次的喜好，关注各餐馆、商店、街巷零售小烟贩的销售状况、近来的变化……

他的资本似乎已在超过他父亲，不久，曾家进入了老子不时向儿子借钱周转的“朝代”了。

“这几个月天起潮，都不敢进多，怕烟霉，要不我还进出大些。”昭舫得意地

蒋军准备内战

对他老子说，“前天十箱‘吉利’，价好低，我拿一箱丌了点口了，一股霉气。那伙计说，你只管要了，比这厉害的都能出手。我说，我不赚不该赚的钱。要凭良心赚钱，机会有的是。爸爸，您说是不是?”

广诚虽说有些看不惯他那“轻狂”样子，但这是自己的儿子，败在儿子手下，竟然有种让他陶醉的感觉。

“爸爸，我看我们应该把卖得好、又有赚头的瓦罐鸡汤准备多些。”他也想在父亲的生意中参加点意见。

“好是好啊！”广诚婉转地解释说，“可天气一天天热起来，吃的人会少些，卖不完，要坏的。”

昭舫点着头，把生意上的每一弱点都放进了心里，这些时生意顺利，心里便总在翻腾着更多的主意，然而却不敢尽兴。因为他懂得，有些事不是凭生意头脑就能做好的，必须随时小心时局变化。要走稳，不可太快，当心天降不测之祸，就前功尽弃了。

6 月 26 日，让全国人民揪心的全面内战，终于首先在湖北爆发了。刘峙、程潜以及一贯外战外行、内战内行的汤恩伯，三员大将统领 30 万大军，对中原解放区发动了大规模进攻。

汉口的车站、码头和路口经常布满军警，随时检查着路人。经常去交易所的昭舫和宪东走在路上，仿佛觉得凭空就少了信心。

7 月初，昭舫去四官殿迎接从四川回来的怀孕半年多、已经行动不便的祯青。

昭舫接到祯青走上趸船时，突然码头涌进了大队的军警，并且迅速设卡布岗，十分显眼的便衣们掺杂在人群中，寻找着什么人。

忽然一个穿长布衫的中年人走到昭舫身边，面带微笑地说："曾先生，让我来提箱子。"

昭舫吃了一惊，他并不认识这个人，但是他本能地感觉到了一种信任，一下就猜到了是怎么回事，显然他是在求助于自己。他告诉自己应该帮他，"大姐那边"的人绝不会是坏人！便点了下头。

那人提起箱子，三个人顺利走过站满军警的码头，上了岸。昭舫叫了部三轮车，那人把箱子放到车上，说："曾先生，谢谢您！后会有期。"然后就消失在人群中。

祯青听他说"后会有期"，觉得奇怪，便问昭舫："他不是你们曾家的工人？"昭舫小声地说："不是，我不认识他。"祯青更奇怪了，小声问："不认识？不认识也让他提箱子，那他是坏人怎么办？"昭舫笑道："我一看就知道他不是坏人。他帮我提箱子，省得我提，有什么不好？"祯青觉得难于理解，但她懒得为这些琐碎的世俗事情去伤脑筋，很快便把这事忘了。

广诚特别高兴媳妇这样回来，他期待着第二个孙子呱呱坠地，儿孙满堂。他想，到时候就该劝祯青不要再读书了，女人读那么多书有什么用呢？现在天下太平……至少，武汉是太平的。曾家又一天天好起来，该是她好好在家相夫教子的时候了。大孙子叫宪渝，二孙子起什么名字呢？宪汉？不好不好，不好听，让他们读过书的人去想吧！

十四、岳飞街二十一号

祯青和昭舫、毛咪在公新里六号二楼、原先昭瑛姐妹的房间仅住了一天，便对昭舫说："我想换个地方住，一早上，楼下又是杀鸡，又是春汤圆粉，再加上'祁万顺'的，两个馆子在楼下围着我们闹，吵死了。"昭舫劝道："过些时你就习惯了。要不，我们和秋平换一下，住后头房去，那是我以前住的。"祯青说："那还不是一样！而且谁上厕所都要往我们房里过。我喜欢清静，好看书。再说，想出门去走走，都要踩一脚鸡毛，那气味也冲死人。昭舫，我妈在岳飞街租了套房，那房子又隔音，离江边又近，不比这里有情趣得多？"

昭舫便迁就她，两个人暂住到了岳飞街二十一号。偶尔将毛咪也接过来住住，不过大多时候仍他在公新里六号和他奶奶一起。

岳飞街原属法租界，胜利前叫霞飞街。二十一号的右斜对门，即是有名的"法汉中学"。出门向左十几步，就是蔡锷路"中央电影院"，广诚刚返汉时就住在那后面。再左拐十几步就是"康登大戏院"[①]。到粤汉码头江滩也仅几百米。这附近两百米内，要繁华有繁华，要幽静有幽静，的确是小资们居住的天堂。

为了准备毕业论文，祯青打算生孩子后休学半年，其间每周去武汉大学，由在川大任教时就很器重她的吴宓、程千帆、沈祖棻等教师个别辅导。

祯青的母亲是汉口有名的商界女强人，沦陷期间是法租界著名的"四大寡妇"之一。除了对生意的执著和永恒的兴奋，她对子女们几乎没有精力或者兴趣关心，有时差不多忘记了祯青的存在。抗战八年，她留在沦陷后的武汉法租界大发药财，很少去为流亡在外的女儿担心。她的亡夫在湖南老家长沙火车站有几乎一条街的房子，她向留守的管家发了一道指令：隔段时间给祯青寄一次钱，幸而被忠实的管家坚持贯彻执行了。后来湖南战事尤烈，战线反复变化，管家自顾不暇，祯青也没有音信，她却毫无心思去为女儿的死活"着冤枉急"[②]，全然不去托人打听祯青的下落。

---

① 康登大戏院即后来的武汉电影院，位于蔡锷路中山大道口，建筑至今尚在。

② 武汉方言，毫无用处的多余担心。

胜利后快一年了，祯青平安归来，不仅长大成人，还带了昭舫和毛咪来见她。她表情平静地点着头，淡定得超凡脱俗。她听着祯青的叙述，仿佛是在听别人家的故事。然后她对昭舫说："我记得我看见过你。"昭舫连忙回答："是的，您记性真好！"她第二句话就是："告诉你爸爸，法币要尽快换成现洋或者美元，莫存在手上。祯青去宜昌的时候，我给了她一千元法币（这些她可记得真清楚！），那时可以买二十头牛了！现在呢，最多买十个鸡蛋！要不了多久，法币会变得跟中储券一样。"

也许她经历的风浪太多，除了生意，什么都无所谓吧！

她极会赚钱，相信金钱的神通，也运用到了极致。沦陷期间，汉正街有个多年来暗中给新四军提供紧缺西药和器械的"中兴西药房"，有次被日本宪兵队查到"军控药品"数量不清、去向可疑，便逮捕了药房的管事。结果是她帮这个生意上的老朋友出面，向日本人疏通行贿，竟让那位管事得以释放。

在日本人十分明显要战败的时候，她以独到眼光，及时地用很低价格买下了江汉路的日资"思明堂药房"，使她的"大华药房"从南洋大楼到汉口火车站、横贯汉口江汉、江岸两区，在最繁华的地段都有了气派、显赫的经营门面。

不料也就是因为这个"思明堂"名声太大太臭，涉及日特历史上的多宗罪恶，胜利后她被接收大员不分青红皂白，就当成汉奸嫌疑关押起来。幸亏"中兴西药房"的管事知恩图报，出面保她，证明她帮助过国军、营救过爱国人士。几个月后，大员们如愿得到了她的一大笔钱，将她无罪释放。

被关押期间，她派头、风韵丝毫不减。在狱中，还有几位女仆送饭、梳洗，日夜轮班服侍。

要说起战争期间，提起"大华药房"，不少远在"大后方"的达官贵人们，居然都"肃然起敬"。原来国统区的药品很大程度上要依赖于湖北"三斗坪"的走私黑市（其实此黑市都有中日双方军事高层人员参与），而"大华药房"是当时西药市场经常提到的名字之一。值得一提的是，其中特别让他们青睐、熟知并几可救命的，乃是"大华药房"独家自制的"戒烟糕"。"戒烟糕"是祯青父亲生前留下的秘方。其核心就是用鸦片烟的灰加入熬成，也算合乎"减量戒毒"原理的、超前时代的天才运用吧！

昭舫的女强人岳母欣然同意他们到岳飞街居住，并立即腾出了房子，表态

汉口岳飞街21号今景

绝不来打扰他们。尽管外孙毛咪不一定是天天回来，她还是雇了一位保姆看孩子、做饭。此外，还留下一位年近八十的孤老看门。据说，这位老人家在美机轰炸汉口法租界以下地段时——也就是昭舫随航参加的那一次，他不躲飞机，拼了命留下来看屋，于是让他保住了度过毫无依靠的晚年的宝贵饭碗。他行动已经不便，无论三伏三九，晚上就搭一张竹床，睡在他“好心的”主人家的走廊上。见“大小姐”带了老公回来住，他皱纹纵横的老脸上立即堆满笑容，拖着蹒跚的老腿，忙着打开大门和房门。

广诚当然不太高兴昭舫的小家庭搬出去单独住。但是，一生都先考虑别人感受的静娴却说：“祯青娘家条件更好，昭舫又每天回来，有什么关系呢？”她嘱咐宪麟每天去趟岳飞街，带去莲子汤、鸡汤等，并让他随时听“那边”使唤。广诚想到他生意上对昭舫越来越大的依赖，也就不再说什么了。

十五、超前经营意识

搬到了岳飞街，祯青过得自在而惬意。晚饭后，常和昭舫到江边散步。

夏日的汉口，一如以往地炎热，唯独江滩有阵阵凉风，实在让人舒畅。

这天他们散步到一德街[①]江边时，遇到了那个曾想换美元给昭舫的美国人。他认出了昭舫，并热情地招呼他，对祯青也很礼貌地打了招呼。

这美国人名叫格林，是当时成千个战后来中国淘金的美国人之一。他在武汉一带做着投机生意，收购（其实大多时候是收拾）美军援华人员撤走时留下的电器和物资，将这些美国人当做垃圾、出钱请人去扔掉的东西收来，卖给中国人赚钱，做着无本万利、两头收钱的生意。

他径直问昭舫："你想买美国电器吗？"

昭舫本不想和他搭讪，连他想要的收音机都不打算问。但他忽然想到了什么，便问道："有电冰箱吗？"

这在当时的武汉是很奢侈、很稀有的电器，就连高档市场上都很少看见，多数人根本不知道世界上还有这种东西，传说中的价格十分昂贵。

格林用奇怪的眼光打量着昭舫，点了点头，说："跟我来。"

昭舫让祯青一个人回家，自己跟他到了一德街的一间西式洋房，随他走进了一间约有七八十个平米的地下室，里面竟然堆满了成箱的罐头、美军军服、电器等，从台灯、电烘箱到电风扇应有尽有。

格林打开了一个电风扇，让地下室清凉点。他把昭舫带到一部一人高的单门电冰箱前，说："你是我很高兴认识的一个朋友，你可以在这里挑选一样，作你那美丽的妻子的礼物。但是不能挑太贵的。"

昭舫笑了，说："谢谢。格林，没有比这个大一些的电冰箱吗？"

格林有些诧异："这么大的冰箱，一家哪怕五六口人都够了。你还嫌小？"

"是的，冷冻室小了。我要能在里面摆上十只鸡、十斤肉。"

格林更吃惊了，摇着头问："你们两个人要吃那么多？"他说着指着旁边的

---

① 今车站路，为胜利街至江边那一段。

一个八成新的冰柜说："这是冰柜，但是不能用来保鲜，你看可不可以？"

昭舫一看大喜，觉得对"老通成"简直是太适用了，而在市场上根本没有见过有这种东西。便说："你给我试一试，要多少钱？"

格林一边插着电源一边说："我的电器都是适合你们的电压的。这个比冰箱便宜，五百元就可以卖给你。"

"法币？"

"银元。"格林断然摇头说。

昭舫仍然觉得可以考虑，便又问："有制冰机吗？"

"现在没有，因为完整的、卖相好的东西，我都委托给拍卖行了。也许，我可以帮你找到一架商用制冰机。不过你得耐心等些时候。"

"有收音机吗？要声音好的。"

格林说："我这里没有，但是我记住了。刚才那部电冰箱很不错的，也不算旧。告诉你，冰箱只要性能好，用起来就和新的没有区别。你不想要吗？"

"你如果价钱合适，我可以一起买下来。"

"那……一共一千二。"

昭舫摇头说："你报的价都像是新电器。我看，你两样一共五百，我就要了。"

格林跳了起来，嚷道："天哪，你真是个湖北佬！杀价太厉害了！"

昭舫笑道："你可以不答应啊！我们还可以是朋友啊！格林，你不妨心里算算，这些东西你花了多少本钱弄来，最低可以多少卖给我。"

格林仿佛很生气，但是突然间他竟笑了起来："卖给你吧！"

昭舫高兴得忍不住喜笑颜开，说："行了，你叫人送到'老通成'，我给你钱。你笑什么？"

格林却笑得更厉害了，说："你还是可以挑一样礼物。其实，如果你只给四百，我也会同意的。我生气是装给你看的。哈……哈哈！"两个人竟同时感到了一种满足的喜悦。

昭舫帮广诚买回了冰箱和冷柜，让生熟食品和备料保鲜得到了极大保障，广诚心里真是乐开了花。有时一个人站在冰柜面前欣赏，享受着他独有的幸福。

对于餐馆，冰箱冷柜简直是神仙下凡！在酷热的武汉，冷饮是多么受欢迎啊！广诚恨不得拥抱儿子了。

谢三金四处托人，聘请到了一个北京来的陈师傅。陈师傅非常精于做冷饮食品，如“冰镇酸梅汤”、“杏仁冰豆腐”还配以“豌豆窝窝”、“黄豆窝窝”等北方点心。广诚又从“美的食品公司”、“和利食品厂”购进冰块，再次推出“赤豆刨冰”，大受欢迎。顿时老通成整日里顾客盈门。广诚趁机又将老通成营业扩充到了二、三楼，人多时甚至摆到了公新里。

有了昭舫的资金支持，广诚放开了手脚，老通成的营业量倍增。除原的有品种外，整日供应瓦罐鸡汤。不久，他又聘请了颇有名气的李、陈二位广东师傅，增设了广东卤菜，还供应嫩肥带血的“柱候油鸡”，香甜适口的“广东叉烧”、“烤猪膘肉”等，均供不应求。不到1946年年底，规模上已经达到了战前的水平。

昭舫见父亲劳累，又想把自己的新的经营理念用在老通成，便主动担当起了老板的职责。

他开始对卫生挑剔，要求厨房干净不留油垢，厨师、店员个人要讲卫生，头发指甲要清洁，袖套围腰要白净，大堂里收拾桌面、地面要快，要对客人干扰小……

他又对店员们进行了很多说教，比方说对人说话时眼睛要看着对方、要面带微笑。

店员们不禁私下里好笑，读过大学的老板真是新名堂多，从来没有听说过哪家餐馆还讲这些“板眼”[①]。等昭舫一走，店员们就议论开了：“讲干净，我看是应该的。要我盯着别人笑，是个女的怎么办？”“我没事朝他笑，他们会不会说我是个‘苕’？”“我眼睛看人去了，底下锅铲一下铲‘冒’了怎么办？”

昭舫知道后，耐心找他们解释说：“这是对别人的尊重和礼貌。你们自己喜欢一个和你说话时眼睛朝别处看的人吗？”他学了学那副样子，店员们都不好意思地笑了。

既然是老板说的，多少得执行起来，店风便在不声不响中改变。有天，书法家杨树谋先生来喝鸡汤，临走前大声发表感慨，说“老通成”的店员有风范、懂礼貌。还答应免费为老通城挥毫书写招牌。谢三金听说，归元寺的匾额就是这位先生写的，很是振奋。慌忙去把这件事报告曾家父子，又特地挪着假腿到每个员工前，把这件事陈述了一遍。

---

① 湖北方言，名堂、花样的意思。还有流行的歇后语：“刷子掉了毛——尽是板眼”。

杨树谋先生题的“老通成”的招牌匾额，为店面增色不少，生意越来越红火。然而昭舫又开始了新的尝试。

昭舫从小贪吃，读书时就武汉三镇大小餐馆吃遍，以后又领略过川滇风味，所以炼成了真正的美食家。这对办餐馆的人，简直是太重要的基本功了。他除了在厨房先尝点评外，还常到大堂点了菜要大师傅过来一起认真品味。果如广诚多年前所说的，经他品评过的菜，总是变得特别好吃。

为了提高菜肴质量，昭舫进而对供菜商贩进行精选淘汰。每天晚上接近打烊时，是餐馆对各供货商付钱的时间。昭舫会坐镇公新里六号账房，与谢三叔各坐在八仙桌两边。然后，主要由他对每一个供货商发表意见，谁家的鸡一贯不错，谁家的鸡嗉子石头灌得太多，谁的菜不新鲜，谁的豆制品质量不达要求，谁的虾价高了，谁肉肥了，鱼死了，辣椒颜色不好……听者高兴也好、不满也好，此时都只有把他当作权威，等着论价付钱。但昭舫严格归严格、却不挑剔，不以这些为借口叫别人吃亏，还能容许别人解释。他既不随便赞同有些人的诡辩，又体谅一些人的难处，比当年田爷还要多些宽容。所以，最终他们都能接受意见，力求让他满意。如此不久，餐馆的整体质量都得到了提高，酒菜营业额明显上升。谢三金与几位大师傅背地里都对“小老板”的管理成效称赞不已。

汉口商业街

汉口泰宁街交易市场

十六、议请高厨

广诚对儿子越来越满意,却很不喜欢女婿。因为支持学生反内战、争民主的活动,毓章又被学校解雇。毓章骨气特硬,拒不向当局低头。他公开声明,为纪念7月份先后在昆明被当局派特务暗杀的伟大爱国者李公朴、闻一多以及当月去世的“黑名单上第三个”陶行知先生,取三人的姓氏,把儿子冰冰的大名取做李闻陶。

这个决定曾让广诚胆战心惊,生怕他一家受当局迫害报复。他私下责怪这女婿不自量力,从心里不赞同他的作为,感叹他书呆子气,就少你一个人争民主么?你失业让一家人生活贫困,有什么好呢?三个儿子都营养不良!尽管他也知道学生们曾在学校发起请愿,反对解聘他们爱戴的李老师。

后来毓章在家闲了近半年,才被一个同情他的校长聘用。

广诚对毓章和昭瑛一如既往地冷漠,静娴暗地里对昭瑛的资助十分有限,他装作不知。现在他更加认定,女儿是别人家的人,还是儿子才是自己的依靠。

但是,他却无力干涉媳妇的“抛头露面”。祯青明确表示,坚决不做旧式家庭妇女!尽管家中不缺钱,她还在“震旦中学”代课以“明志”达两月之久,直到分娩前的一个星期,广诚气得叹气无言。

10月26日,祯青为昭舫生下一个可爱的女儿。广诚虽说有些失望,但是因为有毛咪这“一男”顶着,不能再怪媳妇“无能”,只有接受现实。

昭舫抱着女儿,觉得自己该有个独立的“家”了。便用“买天不买地”的办法,一鼓作气办齐了手续,在原“大智旅馆”的废墟上,建造一座三层楼房,也好让欣欣向荣的“继诚烟号”有个大门面、大招牌。

随着餐馆生意的上升,老朋友们也都纷纷找来。曾在“业余歌咏团”待过的上海歌星马莉,带着母亲、儿子来看祯青。她的老公翁将军,几年前已在战区司令官陈诚处失宠,调任战区“总动员委员会秘书处”,失去了军权,不过在“中统”内的地位还在。胜利后,翁先生没有被委派“接收”重任,又因他对内战消极,便被放到"文人学者"的位置上确立下来，派往了一所大学当训导长。然后，为了安慰他，又给他挂了个湖北省参议会副议长的虚头衔。翁先生终是仕途失意，威风远不比当年了。不过对马莉来说，也许是塞翁失马，焉知非福。因为从此翁先生不得不收敛了他丰富的婚外感情。

马莉对昭舫说："她想和朋友合开一家航空贸易公司。跳出武汉靠水吃水的老路子，专做台湾、香港的生意。那个朋友很看重你的才华。你要愿意，他会请你去经营。"

祯青插话道："你趁早莫替他瞎吹，他那生意不过是替他爸爸跑跑腿，哪有什么才华？"

马莉说："你这丫头长大了，会说话了，要你挡什么？又不是要他到外地去。他在空军做过，又懂英语，读过两个工科大学，又组织和领导过群众团体，这样的人，哪里去找？"

昭舫是深知翁将军的品质的，虽说如今失意，但还是生怕和他沾边。何况这公司极有可能被利用来为内战服务。便笑着说："这要请马莉帮忙推托了，我这人不想做大事，况且这里生意做得丢不开，我要走了，我父亲的身体撑不住的。"

马莉瞪了他一眼，"那就不去吧！我无非想叫你多赚点钱。哎，算了，不勉强你。当我不知道，你们男人哪，凡事总想得复杂些。"

昭舫怕马莉不高兴，笑着说："不谈生意经了。就在我这家里吃饭吧！你们想吃什么，我叫老通成做好了送到这边来。"马莉高兴地拍了下手，说："好！我喜欢你们的豆皮。"

昭舫遗憾地说："没有卖豆皮了，师傅走了。"

马莉问："未必汉口就那一个师傅？老实说，撤退前我还吃到过比你们家好的，不过离我那时住的大智旅馆太远了，我就没有再去过。"昭舫问："是不是杨豆皮？"马莉摇着头，一边苦想了一阵，说："想不起来了。我又不是汉口本地人，哪个晓得那么多？"昭舫笑着说："那……今天请你喝鸡汤，泡馓子，好不好？"

昭舫心里却记住了马莉的后面一番话。等她走后，便回去问父亲。

广诚这一阵生意发展很快，这么快从困境走向兴隆，哪里离得开昭舫？所以他特别尊重他的好儿子的每一个意见。

他想了一阵，说："民国……是民国二十五年吧，'福寿居'！他老板好像叫周殿臣，卖过豆皮，是要比我们'通成'的好吃。那几年，我们遇到胡豆丝胡光汉的武昌那家'杨豆皮'做大了些，周殿臣就从他那里挖来个郭师傅。这郭师傅一开始做蛋光豆皮，和我们半斤八两。后来听说是他有天配料不全，想出来个点子，里边夹了糯米肉饭，结果吃的人都说好。他就干脆专门做糯米三鲜臊子，铺在里头，就起名'三鲜豆皮'了。我和田爷、胡豆丝都去吃过，回来也学着做了点。吃是好吃，可当时豆皮的价都卖熟了，加了价后，吃的人反而少了。还有人说我们加臊子是凑堆头加价。那时又没有冰箱，臊子预备多了，不好过夜，我们也就没有再试。"

昭舫若有所思地说："你这样说，我倒想起来了。爸爸，不是'福寿居'，是'美味春'！我和冼星海去吃过的，是比我们的好吃。"广诚笑道："是的是的，'美味春甜食馆'。不过你只说对了一半，这家'美味春'就是'福寿居'的分店，也是周殿臣的老板，豆皮比福寿居还要好。"

昭舫不由佩服父亲对同业行情这样清楚。广诚则沉浸在回忆中，自言自语道："'美味春'那个师傅好像姓高，原先也在武昌'杨豆皮'那儿做过。对，姓高，也是汉阳人，我还和他认过老乡呢！哈哈，他一眼就看出来我是去'踩点'的。到后来跑反那年，听说'美味春'还自称过'豆皮大王'。不过这些店现在都垮得不见影子了。就是不晓得武昌那边，'杨豆皮'还在不在开。"

昭舫说："去看看，要是高师傅在，就挖过来。他那边多少工钱，我这边翻倍，要不干脆再加一番，三倍工资！未必他不来。"

广诚斥道："你就会用钱！哪有像你这样开店的？那工钱高了，我养不养得起？别的师傅会不会服气？赚点钱都拿去关饷，我这个店莫要帮他们开了。"昭舫微笑道："爸爸，你莫太看重了那几个工钱。你想，你给得高，他自然会露出全身功夫。工钱高了，也不怕别人挖了。保险多的都给你赚回来。田爷不是教你'三步走'么？现在正是要走第三步的时候，推出一个'名吃'招牌呀！"

广诚听进去了，细细品着儿子的话，但嘴上却说："我要开不起工钱了，归你给啊！"昭舫斩钉截铁地回答："好，就这样！"

他停了一下，又笑着说："爸爸，我看好了一辆黄包车，想请您去看看，好漂亮的车身，拉杆都镀了‘克罗米’，两个圆把头和踏铃还镀得金黄透亮。您要喜欢，我给您买回来。您可以还是像战前那样，每天坐到中山公园去打拳。那边朋友多些，您早该在那里露面了。”

广诚心里感动，嘴上却说：“我们‘老通成’总算活过来了，那句话怎么说？‘东山再起’，对吧？也不要太铺排了。”

昭舫说：“那也不算铺排。现今爸爸没有跑马场可以去了，商会那边你也去得次数有限。以后商会该多去，会会朋友，三言两语，说不定多好多商机、行情呢？”广诚听了，连连点头称是。

当年中山大道水塔上首的汉口总商会

十七、高金安展艺惊众客

数日后，广诚如意挖来了摊豆皮的高手高金安师傅。事后他才知道，若不按昭舫的主意，高师傅很可能只会笑着回答“再想想”，因为已有人用两倍工资的价“挖”过他了。

一则是精诚之至，二则“老通成”在武汉三镇的口碑已在餐饮业中居首；三则“老通成”所处地理位置汉口人皆向往之；四则高师傅与广诚性格相合、志向相投。

高师傅来“老通成”后，又对昭舫的诚恳和不同于一般商人的见地深为佩服。他很赞同昭舫说的要“步步都做得最好”，精心研究了豆皮的配方、馅料和火候，暗下决心，要展现出自己全部手艺和才能。

广诚把公新里六号的一楼堂屋腾了出来，放了白案面板。冰柜、冰箱直接放进了账房外间会客室。这样还显得不够，便在天井也搭了一半雨篷，把做豆皮用的泡绿豆、大米的两口瓷缸和磨子、打鸡蛋的搅拌缸都放在天井。又把公新里的这一段巷道也占了一半，搭了雨篷，下面放脚踏碓窝和手摇压面机、手摇绞肉机外加一个菜案。侧边的、通向东山里的公新里过道，则占用了一块地段杀鸡。

高师傅亲自在前门打完灶后，过来看广诚在店后排兵布阵。广诚见他来了，便说：“按你说的起火快、撤火快的干柴棒，已经有两家会隔三天送来一次，我楼梯旁边堆的就够你烧好几天。你看这两口瓷缸，一个泡绿豆，一个泡大米，够不够？”高金安说：“最好多预备一套，换着用，接上气。照大少爷说的，要做得精。豆皮可以分大、中、小盘卖。我算了一下，要是十大盘豆皮，要大米六两①，绿豆三两，糯米一斤六两。这个天气，大米要浸泡七八个钟头；夏天要快些，泡一半钟点就够了。绿豆和你们做绿豆沙一样，泡三四个钟头，去壳、去砂。”

广诚问：“要是用得多，可不可以叫外面的人帮忙泡好了送来？”高金安说：

① 16两制。直到20世纪60年代前，市斤一斤为16两，一两10钱。以上配料相当于现在大米四两、绿豆二两、糯米一斤四两。

“不可以，不可以，这是最要紧的，最好讲究点，要自己做的才放心。几样泡了，混磨成浆。一斤大米成浆后是二斤十二两，给我卡准了。多了、少了都会让皮厚薄不匀。皮厚的地方难得熟透，吃起来会有豆腥气，嚼出的是豆丝味道，不是豆皮味；皮太薄的地方反倒炕成焦脆，吃起来伤口。”

广诚笑道：“听高师傅一说，才晓得行行出状元。我们以前只是做得像个形，哪里这么精细。你这样考究，保险好吃。那糯米呢？馅料呢？你说个数，我叫宪银来帮你打下手。”广诚留着小心眼，想让亲侄孙把手艺学下来。

次日，天还没亮，广诚破例没有出去打拳，好看高师傅一显身手。高金安带宪银去磨半夜提前泡好的原料，教他拿个小勺，磨一转、加一勺水，眼看磨出了雪白的米浆。

豆皮起锅

按高金安要求浸泡后的糯米也蒸熟了，米粒坚挺，软而不粘。高师傅很满意，便放在锅中加油、盐、葱花炒透了，拿到大门口的蒸笼中蒸着保温。

昭舫也起了个早床赶过来，叫人给高师傅泡来一杯香茶。高金安感到很受用，抿了一口，就去配馅料。他将浸泡洗净，已经去蒂的冬菇丁、水发玉米等下水煮熟，捞起滤干。烧热油锅，倒入玉兰片，翻炒、焖熟。

然后将他头天卤成捞出，晾干后又切成豌豆大小的瘦猪肉丁、猪心丁、口条丁、猪肚丁并虾仁、冬菇丁等一起下锅翻炒。

香味从厨房飘出，连从巷子内过路的人，都忍不住驻足窥探。

“老通成”的大门口，摆着摊豆皮的专用灶。高师傅前来献艺了。他边走边跟宪银强调掌握火候要“两头旺、中间温”。但是今天有风，可能把锅的一半吹凉。他非常老练地采取了措施让锅温均匀。虽说自己刚来时就已经摊给老板和少爷吃了，都很满意。但是，卖给顾客，今天可是第一炮，千万不能打哑。

天还没有大亮，他用刨花引燃了柴火，让火烧旺，将偌大的锅用旺火烧热、放油，和水刷锅，很快油在锅面变热润滑。

周围看热闹和等着吃第一锅的人，已经围了几层，伸长着脖子。昭舫则躲在柜台边坐着远看，觉得这些人好像鲁迅描写的“鸭”式脖子，暗自忍着笑。特别是一些人，脖子没有帮助眼睛到达需要的高度，便把嘴张得大大的，以为可以把眼睛撑得更高一些。

高师傅用瓢舀了预备好的清浆入锅，并迅速用一只大蚌壳背面将浆在锅内大面积铺满，浆在他手里被摊得不厚不薄，在旺火中，迅速在锅面凝结成型。高金安即不慌不忙地，就在豆皮面上连打了四个鸡蛋打碎糊匀。围观的人见他双手同时打蛋又打得飞快，忍不住齐声叫起好来。高金安不动声色，如同一个胜利在握的将军般沉着，平静地盖上锅盖——昭舫想起，这是他说的“焖”。

看得几乎发呆的和尚回过神来，给高师傅递去一支烟。

高金安接过烟夹在耳朵上，客气地一笑。他还没有完成全部工序，丝毫不能松懈。他把炉内的旺柴拉出了一大半，使旺火变为温火。才一两分钟，他又揭盖用小铲松动豆皮周围，慢慢将豆皮与锅脱离。忽然，他魔术般地、用双手将有车轮直径大的豆皮飞了起来、腾空翻了一个面，“噗”地正好不左不右平平落到锅的正中。这时人群中又是一阵惊叹的叫好声，而且这惊叹声像水波一样向四面散开。

高师傅又在豆皮面上撒了一层细盐，然后用手向上面铺开糯米和配好的馅料，用快得无法看清的速度，将卤肉原汁浇洒到糯米里，然后沿圈将四边折成一个方形，又淋了一次油。

香味已经透出，仿佛是在大智路口奏响了主乐章。此时，食客们的食欲已经被强烈的刺激诱发。

高师傅又弓下腰，再次把炉子加成旺火，滚热的豆皮在油锅中被进一步煎、炸了约十来秒钟后，他用锅铲把豆皮切成块状，同时再次迅速翻面，再次沿锅四周淋油。

又是十来秒钟，他撤了火，一边一块块往一个个盘子里盛，一边抬头问道："哪个先来的？"

围观的人们这才想起来的目的，不是来看表演的，从全神贯注中醒了过来。一大堆手"万箭齐发"般伸向了给他们展现精彩艺术的厨师。

一片赞美声充斥着一楼大堂。高金安心里在微笑。广诚和昭舫的心也在微笑。"老通成"的工人们脸上也挂满了笑容。

一个在武汉留芳半世纪并誉满全国、声飘海外的著名小吃——老通城的豆皮问世了！

十八、豆皮大王

广诚的要求不算高,每天备料能卖光就心满意足。但几天后他发现,新品种推出后,除了老食客称赞有加外,增加的新面孔并不多,指望豆皮与瓦罐鸡汤一样响亮地传遍三镇的愿望,并不能那么快实现。

"卖一样东西,打一项品牌,不能性急。"广诚站在二楼梯口看着楼下,像是对自己、又是对昭舫说,"那时卖瓦罐鸡汤,还不是靠人吃了好吃回去说,一传十,十传百传开的。"

"可是,"昭舫显然不满意父亲的解释,"我看不光是这样。顾客们以为这也就是原来的蛋光豆皮换了师傅,加了馅,我们花那么大的努力,他们并没有多大感觉。"

"那你有什么好办法?减分量?我可从来不兴那么做生意!"广诚显然觉得,儿子尽管会"玩"钱,但在餐饮上,还是没有自己懂得规律,"莫不成逼得人家

老通成的两大广告品牌:三鲜豆皮和瓦罐鸡汤

买你的吃？”

“逼？”昭舫笑了，“要是他自己的家里人逼着吵着要吃，你说他来不来吃？”

“嘿！他家里人逼？你做梦吧！”广诚不高兴儿子拿做生意开涮。

“您家听我说，爸爸！人在消费时都有一定的盲目性，就是我们说的‘跟风’，有好多还跟得上当的。现在来吃豆皮的人不见多，当然是您说的要有一段时间让顾客体会。但是据我看，主要还是因为大家都不知道，没有名气，不知道这与以前的蛋光豆皮有多大不同，不知道我们与‘杨洪祥’、‘美味春’比强在哪里、强了多少。”

“嗯！”广诚听出了点意思。

“我们应该要让家喻户晓：‘老通成’的豆皮好、好得与众不同，好得不是强一点，是强太多了！恨不得要说成是云龙井蛙，这就要做广告、登报纸！”

“你又来了！那得花多少冤枉钱？我就不明白了。童瑨一辈子不做广告，‘曹祥泰’也没听说广告，照样出名，照样发财。酒好不怕巷子深！就你认得的些文化人给你画个饼子、想诓你花钱，信他们不得。品牌哪里是靠吹出来的？”

“只要货真价实就不叫吹，不要叫人把金子认成了生铁！”昭舫斩钉截铁地刚说了两句，怕因此激怒了父亲，连忙又笑着说道：“这样，我去想办法宣传，先向您家当年为‘大智旅馆’贴告示那样，您那广告不是做得很成功吗？我跟您学，不要您家出钱，您只管数进来的钱就是了。”

广诚听了后一句，忍不住笑了：“我等你去扳命，亏了可别怪我有提醒！”他想起昭舫的成功，连谢三金都夸成是“新经营理念”，估计做个广告，大不了也就上百元钱。让他去试试，就是碰钉子也没多大了不得。”

那天为设计广告牌来门面量尺寸的，是常来店里的老客、武汉有名的电工俞子光，见了广诚满脸堆笑。广诚特地请他吃了盘豆皮。待俞师傅走后，他叫来昭舫，问要花多少钱。

昭舫道：“一个霓虹灯招牌一千五百大洋吧，连“瓦罐鸡汤”一起，两个霓虹灯招牌广告，两千五百。”

广诚听了一惊，好一阵目瞪口呆，这是花钱还是泼水啊？想起自己前几天说的话，不好干涉，但还是皱了起来眉头：“太贵了，霓虹灯？亏你想出来，像江汉路‘璇宫饭店’那样？两千五！天天还又要用电花钱。好在还没动工，我看就算了吧，像鸡汤本来就供不应求，还去打什么广告？”

"兰陵路的'筱陶袁'几家,原来卖油条、豆浆的,都在卖煨汤了:牛肉汤、乌龟汤,现在也试着卖鸡汤了。我去吃过,虽说还没吃透我们的诀窍,但也很不错了,嘴巴不刁的还喝不出来。价钱还比我们低一两成。我们若不把牌子做大、做响,客人都会被这样的小餐馆抢跑的。"

广诚不得不赞同意儿子说的,现在鸡汤的确没有战前那么俏,小对手多了,乱拳打死老师父。看来,如果不是自己位置好,必然会被抢走更多的客人。所以,必须在名气上盖过所有对手。

昭舫笑着,继续道:"爸爸,听我的话,没有错的。霓虹灯广告就是贵得出气派,有几家餐馆舍得拿血本和我们拼啊?我们不就先赢了一阵吗?为什么大牌子商品都打广告啊?你不打广告,谁知道你啊?最多也就在这大智路口占个头牌,走出汉口就没人知道你了,还成什么'名吃'啊?成什么'大品牌'啊?田爷爷说的三步走就差这口气了!爸爸,莫心疼花出去的钱。有句话,叫'羊毛出在羊身上'。我保证,几倍的钱都要给你赚回来。"

广诚说不过儿子,仍忍不住说:"那……你还是再和俞师傅讲讲价吧!你那边三层楼新房也封顶完工了,马上建筑公司就会来算账。听说你除了抽水马桶,还要安锅炉、澡盆,吊顶大灯。儿子啊,你莫要太张扬了!手脚还是莫太大了!"

昭舫微笑着离开,他还是决心继续自己的计划走下去。

1947 年元旦刚过,"豆皮大王"以及"瓦罐鸡汤"的霓虹灯广告,就在"老通成"三楼醒目地挂出,一到夜晚,闪烁发光。无论从大智路、从天津路、从中山大道上下两个方向,很远就会跳入路人的眼中。

几天来,小小"老通成"的广告成了商家议论的主要话题。大智路口一下就变得豪华高档,仿佛公然在向上边江汉路、下边车站路灯红酒绿的老商业中心挑战。

但昭舫的手笔还没完结,他又与《汉口新闻报》签订了一份协议,由报社专门就"老通成"的豆皮在市内外进行连篇报道,并推出一个"谁买报、谁就可凭当日《汉口新闻报》免费品尝老通成豆皮"的活动,看上去当然是昭舫买单。但报社若因此盈利,将和昭舫四六分红。

广诚与谢三金正在为顾客量大幅上升而兴奋,悄悄在心里计算收回广告成本需要的天数时。见昭舫又在向高金安布置"免费品尝"的分量,要让人"吃得出味、过不足瘾、尝了就更想吃”。这才晓得昭舫和报社有这么个“发昏”的协议。这下不要说广诚，连谢三金都觉得昭舫这次花钱大方得简直不是地方了。广诚气得在账房瞪着眼问三金：“他这是在为豆皮做广告，还是为报纸做广告？”

但没有几天，《汉口新闻报》和老通成便形成双赢。报纸销量大增，甚至脱销，埠内外商家见此便纷纷找到报社，投资刊登自家广告。结果，昭舫不仅未蚀本，还得到了报社的分红。拿着报纸上门的客人十有九个吃了小分还想吃整盘，一吃过瘾，回去又成了义务宣传员，把对“豆皮大王”的赞扬带到亲朋好友中，带到码头车站，带到大街小巷。

自此，“老通成”人气大大旺盛，冲着“豆皮大王”来的客人成十倍增加，从早到晚络绎不绝。武汉各色人等，上至达官贵人、下至一般市民，几乎人人都至少要去品尝一次。先吃过又好事的以此向人炫耀，没吃过的则在言谈中仿佛自愧少了一项见识。外地旅汉的客人在“如雷贯耳”中，也都必然一顾。“老通成”每天的豆皮都卖出到千盘以上，有时甚至卖出几千盘！

“豆皮大王”的美味飘香很快越出了武汉，向东西南北扩散。

这个昭舫自封的“豆皮大王”，居然得到了大众的认可，成了真的了！

自此“豆皮大王”的神话诞生了。

自此，在中原大地，竟开始流行一句话：“不到老通成，不算到汉口。”

自此，“老通成”和三鲜豆皮成为武汉人引以为豪的家珍。

马莉对豆皮格外青睐，她甚至到处吹嘘说，“老通成”就是听了她的建议才推出豆皮的。她丈夫公司的一帮职员也成了“老通成”的常客。进而，影响又扩大到常与他们打交道的、飞台湾一线的飞机师们。他们常常一锅一锅地包下来，用荷叶包好，采取保温措施，大包小包的用飞机带到台湾去。

“老通成”的豆皮在1947年就飞越了海峡。

高金安又展现自己的独门绝技，他让顾客按口味提要求，在一口锅上同时做出几种不同的豆皮。一锅下来，有年轻人爱吃的老火豆皮，有老年人喜吃的嫩火豆皮，有不吃葱的人吃的免青豆皮等等。

广诚心花怒放、精神振奋。田贵义为他规划的“三步走”，他一生为之奋斗的目标，眼看就要实现了。他安排了宪银等几个人帮高金安打下手，并多预备了一口灶，让高金安一人二灶。眼看高金安累得忙不过来，他便趁机叫宪银、和尚跟着学。

宪银为人忠厚，吃苦耐劳，却不怎么开窍。他在后面厨房练习蛋光豆皮，高师傅也耐心地教他，却总是摊不匀，火候也掌握不好，只有分给自家人“内部消化”。广诚蚀不了那么多本，便停了他的实习，换了几个人去学。可换了人，明明操作要领一样，就是摊不出那么外脆内软、香适可口的金灿灿、香喷喷的豆皮。有吃出门道了的顾客就点着要吃高师傅的、要吃“豆皮大王”的。

高金安被神话了！“豆皮大王”被神话了，放在了不可逾越、登峰造极的位置。

登门的顾客越来越多了，每天营业高峰的时候，从一楼到三楼，桌子边都坐满了人，也常坐着外国人。最多时，店内同时接待着两百多名顾客。

一次，从美国再次来华的迈克尔准将拿出笔记本，对着昭舫在美国驻汉领事馆的朋友、年轻翻译陈枫先生，蹩脚地拼音出他专门记录的、想在武汉吃到的东西：“Doupi.”（豆皮）

迈克尔也就这样和昭舫在老通成戏剧性地重逢。

但是，昭舫和他拥抱后，听说他是美国新派的驻华军事顾问团的成员时，后面的交谈变得并不融洽。昭舫用英语说：“迈克尔先生，我亲爱的朋友，你现在不是在帮我们打日本人了，是帮中国人杀中国人！也许他们的炸弹投下去，炸死的就是自己的兄弟、自己的乡亲。”

迈克尔不高兴地说：“No、no、no！曾，你这样说很不好。我听说，共产党害怕被消灭，就是这样说的。美国不过是想帮你们建立和平秩序。放心，我们会帮助你们政府，让共产党很快按你们政府的要求结束战争。”

昭舫摇头说：“也许你真心想帮中国人，你曾经这样做过。但是现在，你最好让我们自己管自己的事情。否则，将来你也许会后悔的。”

迈克尔并非“稀客”。每天，穿着各色服装的中外人士在这里出入，点名品尝武汉这一名吃。

“老通成”也助长了大智路口一带的繁华，从此，这里成了与利济路、六渡桥、江汉路、车站路齐名的汉口五大商业中心之一。

曾广诚成功了，他多希望田贵义还活着，也能分享他的这一切啊！他们当年在吉庆街那个小铺子里的筹划，那鼓励着他人生的梦想阶梯，现在都变成现实了。

第四章 黎　明

一、家庭教师

1947年春，在原“大智旅馆”遗址上，昭舫的三层楼洋房建成了，门牌是中山大道1261号[①]。宽阔的大门门楣上方，是气派的楷书横写的大字招牌“继诚烟号”。

中山大道1261号（即继诚烟号摄于2006年折毁前）

昭舫终于有了独立而气派的经营门面。装修完后，一楼前厅成为了烟号的交易大厅，后边是楼梯和仓库。楼梯间住保姆。一、二楼之间、仓库的上方也有一个半楼小房。

二楼是昭舫一家的住房，对应大堂的楼上是客厅，后面是卧室，再后面则是卫生间。里面安有锅炉和浴缸。昭舫买来了时髦家具，迎接祯青。

“这么好。”祯青面带遗憾地说，“可惜，我马上又要去四川上学了。”她看了昭舫一眼，噘着嘴说：“还要读一年。”

昭舫微笑着，他的经营很顺利，很成功。但是他的心确还是系着专业、系着

---

① 即现中山大道大智路口街心花坛处，曾为“老通城”的职工宿舍。

科学技术救国的梦想。他希望,比她整整小七岁多的妻子成为一个学问家,完成他的学以报国的理想。他相信祯青一定能够做到。

昭舫自任“继诚烟号”的经理。他让淘气的孙子东东记账,让牛万贵的养子牛诚站柜台,还增加了两个工人帮他进出货。而“老通成”每日晚上的结账事物,现在已完全由赵凯鸣接手了。

昭舫管理的“继诚烟号”经营很灵活。本钱大一些、又没有资格直接和香烟公司做生意的批发商,经常要委托他进货。中小店铺从他这里几条几条地采购,而一般的烟客整包至整条地购买,这些生意他都做。仅需抽一支解瘾的,就请到“老通成”的小烟柜摊去零买。

“老通成”从早到晚人来人往,除富豪们外,大官们——省市的高官像周远涤、警察局长唐祀槐、帮会大佬杨庆山和郭梓璜、旅汉的政要等,常在老通成三楼用屏风隔成小间的贵宾席出现。一般的官员、保密局中校魏公博、中统科长滕培英等,更是不请自来的二楼常客。

按照常理,这里人多而杂,似乎不太适合在那个年代与政治沾上边。但是,不可能的事情却正好是会发生的。这天傍晚,昭舫来店里转时,在二楼遇到了老朋友、联营书店的经理马仲扬。老马曾听昭舫说,他刚买了美国“满天飞”牌的收音机和音响设备,这在当时是很稀有、很高档的,还有一次可装12张、自动换片的电唱机。这下见了昭舫,就要求带他去欣赏一盘。

昭舫对音乐知己是最欢迎的。他带老马到自己新家楼上,用音响播出他最新的唱片——提琴名家演奏的英国名曲《夏天的最后一朵玫瑰》。

马仲扬欣赏着音乐,环顾着昭舫颇为舒适的客厅,看着到楼上来倒茶的东东,问:“这是你外甥?”

昭舫说:“不是,是侄子。外甥住在我母亲那边。”马仲扬接着问:“外甥读几年级?”昭舫说:“小学五年级了。”马仲扬看着宪东离去,道:“我想托你一件事,如果你有难处,就算我没说。”昭舫微笑着说:“怎么这样说?只要我能办到的。”

马仲扬说:“我的一个朋友刘实,学识甚富,可从四川回武汉后,就一直为谋生发愁。你看,他先是在商会陈会长的‘义顺泰桐油行’修锅炉,后来又在武圣路的‘汉昌肥皂厂’当修理工。但这些都只能是临时糊口,哪能长此下去呢?我想,你的外甥如果需要一个家庭教师……"

昭舫打断他的话:"你介绍的人,介绍那么详细干什么?当然可以请他当家庭教师,叫他来就是了。"

马仲扬接着说:"工钱嘛,够他吃饭就行。不过,他自己还要……用时间自学,不一定每天整日来……"

刘实同志本世纪照

昭舫已经明白了一大半,说:"没有问题,我都懂得了,你只要他在白天,秋平放了学,他有空的时候,来我这里辅导他就是了。"

马仲扬见昭舫说得那么直白,反倒没话说了。他向上级汇报了情况,地下党早就把昭舫的"关系"归在了他这里。所谓"关系",并够不上正式的组织关系,被他们称为"进步关系"。上边认为昭舫这个"进步关系"是应该争取的,是可靠的,虽然此人曾是国军军官,但他反对内战,保留着抗战初期参加救亡活动时一样的正义感和胆识。他不经点透,就明白他给刘实提供掩护的实质,而且话说得极有分寸。

这样,带着潜伏武汉、领导工运工作任务的地下党领导刘实,从此有了相对稳定的生活来源,并有了合法的掩护身份,成了秋平和东东的家庭教师。刘实很年轻,个子又高又瘦,头上有一道疤,只来一次,老通成和继诚烟号的二三十号人以及广诚家里的几个佣人保姆,就全都认得了他。

他来过几次后,昭舫发现,刘实对秋平的教学并不是敷衍了事,而是认真准备过、系统且循循善诱的。而且刘实为人也十分正派,谦和。

他更加相信"大姐那边"的人个个品质优秀、令人尊重,想起早就听说了很多的、他们抗战时在敌后英勇善战、军纪严明的传说,他又想到自己看见的自私贪婪的政府官员,忽然觉得,既然内战已经打了起来,倒不如"那边"打赢还更有利于百姓,现在国民政府还有多少人心呢?

尽管"豆皮大王"的名声越来越响,"老通成"的职工却因物价的飞涨,生活越来越困难了。1947 年,一斤盐的价格曾被哄抬到一千多元法币,一根油条要卖三百法币了。职工们终于忍不住,向也为应付涨价绞尽脑汁的广诚——这个他们曾视为“恩公”的长辈——提出了增加工资的要求。

昭舫很重视这件事,和父亲商量后,决定除将工人的工资改为每月按几个等级发给粮食(当时每袋大米 44 斤装),此外,再按每天的流水小账增加一成回扣分红,顾客另外给的小费仍由工人自己每日分摊。这个分配方案得到了工人赞同,很快被“祁万顺”等同行效仿。自此直到 1949 年,虽说经历过中国历史上空前的通货膨胀,“老通成”的工人都从未对广诚提出过待遇方面的新要求。

有天,刘实看到,老通成新来的徒弟住在搭建在厨房上的圆木阁楼里,受着烟熏。便向昭舫提起了这事。昭舫认真听取了他的意见,也想起每到夏天工人们长满痱子的脖子和前额,便劝父亲,把四楼平台板棚库房的一些重东西,转到公新里一楼堆放,让没有在外租房的单身工人们住到顶楼。

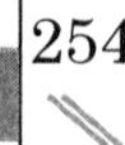

对于刘实其他时间干的事,昭舫一概不闻不问。“老通成”,包括三楼的贵宾间,其实也是他们经常约人碰头的地点。

也就在这年秋天,昭舫经历了一次让他方寸大乱的险境。

汉口扬子街大陆坊

二、毛咪险过鬼门关

1947年暑假，在杭州国立艺专任教的昭琳，回汉度暑假并探亲。

毛咪像所有“忘恩负义”的幼儿一样，完全记不得这位曾在最艰难岁月赋予他炙热母爱的姑妈，让昭琳很是遗憾。

静娴问毛咪：“你这小东西，怎么这么不讲良心？三姑最喜欢你了。你那时除了三姑，谁都不要。”昭琳笑着问：“你每回屙巴巴都吵着要三姑唱歌，记不记得？”毛咪一听自己居然还有这么丢面子的事，便闭紧了嘴巴不回答。静娴问：“三姑爱你，她不怕死，带你躲飞机，你记不记得？”毛咪点头道：“不记得，但是你总在说，我当然相信。”静娴问：“那你为什么不肯要三姑抱？”毛咪狡猾地说：“我长大了，不要人抱了。”静娴问：“那你为什么又要塘草哥哥背？”毛咪想了一下，说：“那是在外面，他说我走得太慢了。”昭琳无奈地笑道：“算了，小孩都这样，也难怪，我和他分开都快两年了。”

不久，这位天使般的女人，也终于找到了自己的归宿。这个夏天，她和著名的画家张道恩先生在武汉结成良缘。暑假结束时，沉浸在幸福中的两人毅然一致决定，不再去浙江了，就留在“武汉美专”任教。这让广诚和静娴大感宽慰。

昭琳在武昌上班，昭舫到武昌的时候也多了一些。一天，昭舫带毛咪到武昌的朋友家玩，晚饭后坐轮渡回汉口时，正遇上武汉陡起寒风。娇生惯养的毛咪受了凉，第二天就发起了烧。

当时大家都不认为是什么大事，就到胜利街一家很有点名气的私人医院看了。回来后哄他吃了开的药，烧就退了。毛咪还一如以往地活蹦乱跳。昭舫也就放了心，出去办事。

昭舫新近认识了一位天津的香烟批发商，正在商谈合作，把生意进一步做大。两人约好，三天后和几个有关人士在一间咖啡馆见面。

昭舫回家后，发现毛咪没有精神，不如往前活跃，就去问母亲，才知道她刚又带毛咪去看过，又开了退烧药，刚刚喂下。毛咪吃药很不乖，等到奶奶把放糖的药匙送到嘴边时，突然伸手一打，都打翻了。静娴没有法，和葵花一起把毛咪的鼻子捏住灌下了。毛咪几时曾受过此等暴力，骄横地乱踢乱闹，这下闹累了，才刚消停下来。

昭舫责怪了儿子几句，去看在牙牙学语的女儿阿咪，嘱咐母亲不要让他们在一起，当心传染了。又说："那位邹医生，出诊费高点也不怕嘛，可以请来家里看，免得出去又受了凉。"静娴立即表示赞成。

就这样拖了几天，虽说一吃药就退烧，但是第二天又会再度发起烧来，毛咪的精神和食欲也越来越差。广诚开始急了，托人请来了轻易不出诊的、"手到病除"的名气很大老中医聂先生。

聂医生庄严声明，若要他出诊，则坚决不能再请西医治，否则他拒绝看视。乱了方寸的曾家满口答应，毕竟各行有各行的"行规"。老医生来了曾家切脉，慷慨挥毫，开了一张方子。

幸好隔壁的中药房"仁仁堂"什么难抓的药都能抓到，广诚松了口气。谁知强行灌了毛咪几天药后，竟没有见好，反而连烧都不退了。全家人信守着对聂老先生的承诺，耐心等着奇迹突然出现。不料这天午觉，毛咪睡了好久。静娴把他叫醒来喂药时，发现浑身滚热的孙子竟然已经没有了挣扎的力气。当时广诚、昭舫都不在家，静娴不禁慌了手脚。

恰好刘实来给秋平上课，一见这状，关切地说："伯母，毛咪的病不能拖了，您快拿个主意。是不是我去扬子街大陆坊那家法国人开的医院，给您请李医生来。"静娴此时几乎没了主意，决定不去顾及冒犯聂大夫的权威了，就点头同意，并拜托刘老师。刘实便戴上帽飞快下楼跑去。

他所说的是在国内享有盛名的李官义医生，在武汉更是家喻户晓。有人传说，他能抽着香烟、喝着茶给病人开刀，如何如何起死回生等，被传为神医。

不到半小时，刘实带来了一位法国医生。那医生用听诊器在毛咪胸前听了好一阵，用蹩脚的中国话说道："住医院，赶快住医院！"静娴顿时眼泪就涌了出来，声音发抖地问："他怎么样了？医生？"法国医生说："赶快住医院，晚了就来不及了。"

好在昭舫已被静娴派出的宪麟（塘草）找回，这会刚刚到家。听见了最后的两句话，大为紧张。赶快叫了车夫备车，把毛咪用毯子裹起来，坐车赶到了医院。

这所医院在扬子街大陆坊一号。扬子街是条不与中山大道平行的斜街，大陆坊就更显得像是条斜巷。毛咪送到时,已经半昏半醒,眼睛好像都睁不开。李官义医生立即对他进行检查,不高兴地说:"怎么才送来? 这么重了! 我的确没有把握。要不,你去别的医院吧!"

昭舫顿时如同巨雷轰顶。他七尺男儿汉,从来铮铮铁骨,这时直觉大难临头,六神无主,竟双腿"砰"的一下跪在了李医生面前,哀求说:"李医生,我把你当救命菩萨,哪里也不去了! 你救救他吧,救他一个,就是救我和我一家!"

李官义看到手足无措的昭舫,说:"起来起来,你不要太慌乱,先让小孩照个X光、验一下血。你先去付一千大洋押金吧!"

昭舫早把钱放置到九霄云外,痛悔自己被庸医们耽过。此时如见了真人,只要能救活他心爱的儿子,他什么都可以做,什么都可舍去,便立刻叫宪麟赶快回家拿钱。

昭舫和刚赶来的父母亲都站在走廊, 焦急地等待着结果。毛咪做完检查后,李医生拿着化验单,用责备的口气对他们道:"你们简直太大意了,他是肋膜炎,胸腔里已经化脓,满是积水。"他大声喊护士:"快,准备抽脓。准备氧气,防止窒息。还有,准备盘尼西林、克尼西林!"

护士说:"李大夫,医院没有盘尼西林了。"

李医生扭过头对昭舫说:"那你们得去黑市买了,这药很贵的,四十万单位一针,就最少要一两金条①! 这还没算克尼西林。"

广诚大惊,脱口问道:"要打几针?"

李官义看了广诚一眼,那眼光里有打量、同情和遗憾,倒是昭舫毫不犹豫地说:"李医生,我们打! 但是我们不晓得去哪里买,你去帮我们买,多少钱都可以,好吗?"他压根没有想到自己还有个开着汉口数一数二大药房的丈母娘。

李官义低下头,用疲惫的口气说:"盘尼西林是盟军诺曼底登陆才开始使用的新药,现在属于军控药品,若能买到都算好的哟! 我也只能找外国朋友买黑市,不要银元,只要金条。你们决定吧! 哦,你们还要在这张'病危通知单'上签字。"

昭舫泪流满面,一边用发抖的手签着字,一边对李医生说:"李医生,叫人快

① 仅供参考:一两黄金大约相当于100银圆,约合现在人民币三四万元。

去买药，需用什么就用什么，要多少就用多少，我不有押金在么？还要多少黄金，我会过给你送来。”

李医生见他着急的样子，有些不忍地说：“你慢点，不要急，我会尽力救他的。听我说，他要先抽积水，要打三天针，一天要打四次，每次四十万单位盘尼西林和克尼希林。如果奏效，就再打三天，每次二十万单位。我们不赊欠。你们自己算算账吧！要救这孩子，得用金子打出来了。”

昭舫想都不想就急切地说：“您不要担心钱，我这就去拿金条，您赶快救他，快救他，我求您了！”

广诚在一边没有说话，这简直又一次要他倾家荡产了！但他终于让自己乱哄哄的头脑冷静了下来，自己那么多大江大河都趟过来了，还可惜身外之物么？他想了一下，对静娴说：“你在这里等着，我去找三金，让他马上帮我去钱庄借金条！”说完也跟在昭舫身后离开了。

不一会，昭舫先送来家中全部的四根金条。现在他就等着父亲的消息了。这时，他忽然感到父亲在自己心目中是那么有力，他是从不会被击垮的，一定会借来金条的。虽然父亲是商人，但是他一生从没有吝惜过钱财，何况现在是对自己的独孙子。

李医生拿来一个如三节电池手电筒大的针管，让昭舫看得双腿发软，这是用来给毛咪胸腔抽脓的。

昭舫焦急地守候在灯光十分昏暗的走廊，等候着在一间灯火明亮的急救室忙碌着的李医生。他不知道现在是几点钟，也不知道等了多少时间。他祈祷着，央求上帝听取他这个没有受过洗的、不信教的非基督徒的祈祷。他不知道，如有意外，自己将如何向远在成都的妻子交代，此时只要能救活儿子，这个在大轰炸中都活出来了的儿子，他宁肯由自己承担任何代价。

终于，一个护士端着一个脸盆出来了。李医生跟在后面，见到急不可耐的昭舫，他取下口罩，露出疲倦的面容，说：“你看这盆子里，从你儿子的小胸腔里，竟抽出了两个半盆脓水。”

昭舫看到那不可思议的大盆脓水，吓得脸色苍白。

毛咪被放到了二楼靠街的一个病房，现在他处在完全昏迷状态，显然仍没脱离危险。

同房里还躺着一个小姑娘，她正在不停地无力地呻吟着："医生啊，怎么天还没有亮啊？怎么我妈妈还没有来啊？"

昭舫一夜不曾合眼，坐在走廊，听着那可怜女孩如针般刺痛人心的呻吟声，看着忙出忙进的护士们。他数着，到天亮为止，毛咪的手上、屁股上一共被扎了十七针，有时是取血样，有时是注射比金子还贵的盘尼西林。

而那个呼唤着、却被母亲无奈扔下的小姑娘，终于没有熬到天亮后妈妈的到来。

看到那个刚才还在呼喊的幼小躯体被推去太平间，昭舫吓得手脚冰凉。

多亏了神医李官义的尽心治疗，也算毛咪命不该绝，他竟奇迹般地越过了鬼门关。一个月后，昭舫抱着他出院了。

"老通成"和"继诚烟号"以及曾家的佣人们无不感叹："这是用金子打出来的伢啊！要是我们的伢，就完了！"

从此，曾家人都尽量迁就这骨瘦如柴的、虚弱的孩子。毛咪变得弱不禁风，同时又极挑食，也变得更加任性。昭舫不得不修改自己的教子计划，他得等着毛咪先恢复健康，得先容忍对这个典型的小少爷的溺爱和娇惯。

他自己感到像害了一场大病一样疲倦，除已花光了自己和父亲手上的流动资金，他还欠了钱庄一大笔债，钱庄利息很高，如果不及时还掉。后果将是难以想象的。

三、黑云又罩江城

曾家是很难被挫折击倒的。

广诚不能去找童瑨求助。童老太太不久前刚刚去世，他与静娴都参加了守灵。不能去给童家多分担一些悲痛已经让他内心有愧了，因为他是童瑨每当患难时最知心的朋友。

广诚去找了彭家现在的掌门、先旺的弟弟彭先财。自彭先旺牺牲后，他父亲彭金龙在日本人威吓下不久去世。广诚对先财说，自己一心办“老通成”，但资金周转不开，想退出川江生意，把“嘉瑞公司”的那点股份出让给他。

彭家的实力虽已大不如前，但还是有那么大个地盘和码头的。先财一心想重振彭家雄风，能扩大在“嘉瑞”的股份当然求之不得，便满足了广诚的要求。

此时戴承喜也终于羞羞答答地送还了一部分借款，曾家遇此大难，他再不闻不问太说不过去。他向广诚解释说，自己资金一直有困难。广诚竟对这位老朋友当场连谢了多次，好像他不是还钱，倒是行善施恩来的。

不管怎样，广诚还是得以先应急还了钱庄的账，喘过了很关键的一口气。

昭舫则已经磨炼出了商场的老练。他开始通过不同的渠道活动头寸，借东家、还西家，轮换债主。包括有计划地找不同钱庄，拆借应急，避免自己陷入被逼债的危机。他也曾找很多同学和朋友求助，包括童柏森、石炎、马莉、周艾琳在“和成银行”的丈夫，都成了他为应急活动过的对象。

昭舫精明细致的生意操作，使他的债务在逐渐缩小。他依旧穿着笔挺的西装，风度翩翩地出入各交易场所，现身业界的沙龙，犹如生意十分顺利时的春风满面。当人们看见他潇洒而自信地完成着一笔笔交易时，是没有债主会迫不及待去向这样的主子讨账的。相反，还有人争取能多借钱给他。

昭舫曾热心地帮助过一些商界朋友，教他们躲过货币风险和商业陷阱。于是，他赢得了很好的口碑和相当广泛的尊敬。商界也因此几乎没有人想到过，曾家的资金正出了麻烦。

几乎是用了大半年时间，昭舫居然顺利还清了最后一笔借款。

在中国历史上少有的通货膨胀风暴的初潮到来时，黄金兑换变得十分困难。很多是热心快肠的周艾琳，让她丈夫帮忙在“和成银行”完成的。

昭舫曾明示过刘实，他有几个很特殊的同学和熟人，像魏公博、滕培英，还有不常来的马莉的丈夫和周艾琳。刘实则很理解地一笑置之。

周艾琳一如当年的美丽夺目。她也常到“老通成”就餐，也曾专门去拜访毓章和昭瑛一家，偶尔也到“继诚”的会客小间坐坐。如同其他有身份的阔太太一样，她抽着香烟，优雅地向天空吐着烟圈。

她趁昭舫向他表示感谢时，用漫不经心的神态向昭舫打听，为什么没有和童楚妮发展关系。见昭舫明显不愿提及，便及时地收敛了自己的好奇心。但她却用隐藏着伤感的平静语气说，她在家里的感受像《基度山恩仇记》中的邓格拉斯夫人一样，耳朵里听到的是令她讨厌的那个人的声音和他数钱的声音。昭舫笑了一笑，说：“那说明他那家银行的收入很高啊！”周艾琳说：“我不知道他在从事些什么投资或者投机，反正对我来说都是一样，这市场上的物价飞涨就是银行赚钱的机会。你兑的那点黄金算什么？知道吗，省主席万耀煌都常托他兑换。”

有次她来“继诚烟号”时，撞见了刘实，昭舫简单地为他们互相作了介绍。

武汉的天气是以反复无常而著名的。（1947年）11月下旬的一天，一阵寒潮逼得人们提前穿上了冬装。周艾琳忽然冒着冷风来了烟号。

闲谈了几句后，她忽然单刀直入地说：“你这个人还是老毛病，喜欢什么朋友都交。我也还是老毛病，喜欢为你操闲心，把什么都告

武汉学生抗议国民党政府屠杀学生，举行示威游行

诉你。”

昭舫笑了一笑，他们如今都是有家室的人，说这些话再没有多的意思。但是周艾琳显然还有话，他于是耐心地听她往下说。

周艾琳抽着烟，压低声音说：“现在吃不饱饭的人那么多，政府对付工人的办法越来越少，原来那套硬压、请帮会帮忙的老法子早行不通了。你知道，7日汉口行营‘联勤总部被服总厂’工人到武汉行辕去请愿，被厂警开枪打死一些工人的事么？”

昭舫说：“报上看到过，工人不就是抗议扣发的工资么，为什么要开枪呢？这还是行辕自己的直属工厂啊！后来16日工人出丧大游行，当局不还是接受了工人惩办凶手、撤职厂长、改善工人待遇的要求吗？”

周艾琳点着头：“接受是接受了，还是南京国防部联勤总部派员来厂亲自拍板的哩！可我听说，”她换了一副严重的表情，“这里头有共产党！不然印传单、设灵堂、发动其他厂工人一起示威游行，哪会组织得那么好？”

昭舫用讥讽的眼光看着她。周艾琳冷笑道：“你那不知好歹的眼光又来了。”她神秘地说：“我听说有一个高个子的组织者，头上有道疤。你要是正好有‘高个子又头上有道疤’的朋友，就劝他当心点。哦，我要走了！”

昭舫送走了她，当然听懂了她的暗示。想到刘实很有些时没来，他有些着急了，立即坐三轮车赶到了“联营书店”去找马仲扬，把这情况告诉了他。

老马感激地握着昭舫的手，因为这是昭舫第一次主动来找他，武大“六一惨案”[①]后，书店曾遭搜查，他还曾和几位店员被逮走，后被担保释放。昭舫完全不怕牵连，还送来这么重要的消息，说明他是很自觉地在帮助地下党的同志，而且是甘愿承担着风险的。老马早就知道，一年前在码头，他们一个领导同志曾向昭舫求助过，昭舫没有任何犹豫就掩护了他。而昭舫是根本不认识这个人的。说明在他内心立场十分鲜明。

上月，中共湖北省和武汉市工委成立。曾惇任省工委书记，刘实担任武汉

---

① 1947年，以武汉大学为中心爆发反饥饿、反内战、反迫害的学潮。6月1日凌晨3时，武汉当局调集全副美式装备的军、警、宪、特1000余人，突然闯入武汉大学教职员和学生宿舍，开枪打死手无寸铁的王志德、黄鸣岗、陈如丰3位同学，打伤20多人，逮捕了一批进步师生，时称“六一”惨案。

市工委书记。正是刘实组织和领导了"被服厂"工人的斗争。

马仲扬知道，随着湖北省革命形势的发展，需要团结更多的、不同阶层的爱国人士，为中国的解放贡献力量。他嘱咐昭舫："你也要小心，注意处理好和这些同学的关系。这个女人的哥哥是中统——现在叫党通局了——的高级干部。"昭舫说："我知道，但我从来没怕过这些。刘实要没事，就还是可以回我那里来，我那里还是很少被人注意的。"

昭舫回到家后，刘实仍有一段时间没有露过面，他很是心焦。

12月下旬，也就是周艾琳提到的"一一・七血案"之后一个多月，汉口警察，同时还派有军队和宪兵配合行动，在被服厂包围并逮捕了四百多罢工的工人。

就在武汉空气中充满了恐怖气氛的时候，刘实竟来了，说："我想在你这里借住几天，有没有问题？"

昭舫立即回答："你放心住，哪会有什么问题。"他当然想到过可能的风险。但是，刘实既然是"姐姐那边的人"，自己帮他，就是应该的。何况，刘实即时帮毛咪选择了正确的医疗，也应该很感激和报答他的。

他让刘实住在空着的三楼。

刘实隐蔽在这里的几天，常和他谈论些正在发生的事，交换对时事的观点。当时，恶性通货膨胀正在全面爆发，弄得民众怨声载道，大饼、油条卖到二千元一个，低档香烟五千元一包，老百姓生活不下去，商界、市民、教员都在酝酿游行示威，反饥饿、反内战、反独裁的呼声越来越高。刘实很注意地听着昭舫的观点。因为他来这里并非完全为了避风，也是为了进一步观察昭舫。他和他的同志们考虑，让昭舫更多地参加一些工作，甚至打算先让他加入一个外围组织。

因为担心刘实的安全，昭舫每天都到"老通成"那边走动。有天中午，昭舫在二楼遇到了大喝着鸡汤的滕培英。滕培英向他打招呼。

昭舫微笑着在他对面坐下，他晓得这位校友倒是时常来"老通成"吃东西，虽说他早已不再是干盯梢的角色了，但是这家伙本性是不会改的。昭舫问："味道还好吗？"滕培英笑道："我可是从战前到战后都是你'老通成'的常客啊！"昭舫虚与周旋，笑道："谢谢滕兄抬桩了！"滕培英道："老弟这里来人甚多，想你认识的人也多的。”昭舫心里警惕着，脸上却不露声色，“流水的席，来去的客，不过常来的也有认得的。”滕培英掏出一张照片问：“我有一个亲戚要来汉口找我，这里有张照片，你看认不认得？”

他说着，掏出张照片给昭舫看。昭舫见没有提到刘实，一颗紧张的心放松了。他用眼角的余光扫了一下，竟是与自己做香烟生意的天津“恒大公司”的老汪。他按住滕培英的手说：“我向来不介入你们这些事，不想弄得以后别人怕来我这里吃东西。告诉你，我这里人来人往的见得太多，个个都像见过，个个又都想不起来，谁想去记？”滕培英说：“老弟啊，你吃过那么大的亏，这个性子还是不改。在党国生死存亡的关键时刻，你还是那么傲慢，还对我们有隔阂，这不太好吧？”昭舫带着讥讽的微笑道：“有你这了解我的同学，我害怕什么？‘君乘车，我戴笠，他日相逢下车揖’，是你给了我胆量哪！”滕培英听出讥讽，“嘿嘿”地冷笑了两声，没有往下说。

昭舫把这件事及时告诉了刘实。

刘实说：“滕培英是‘党通局’的副科长。有两个可能，一是真在搜寻这个人，但是……还有可能，那人根本是他派的卧底，就是试探你去不去报信。”昭舫听到后一种可能，吃惊不小，但还是更担心老汪。便说：“其实，我可以装着根本没看过照片。但要万一我遇见了老汪，我要不要叫他小心呢？”刘实问：“滕培英是哪里人？”昭舫说：“湖南。”刘实道：“这就好办了。你若有机会遇到那个人，可以先问问他是哪里人，然后暗示他，有亲戚打听他，就行了。现在局势复杂。你知道，最近有很多无辜的人失踪。滕培英是从心里不信任你的，他找你问，是希望你提供线索还是试探你？你倒应该格外小心。”

1947年武汉大学发生惨案：6月1日，国民党军警用机枪向武汉大学学生袭击，当场打死三个学生

昭舫嗅到了空气中的血腥。他想起了去年武汉大学的“六一”惨案，想起上月被服厂的“一一·七”血案。当一个政府的枪口对准自己的民众时，当乞丐都不收千元以下的钞票时，这个国家的前途又

在哪里呢?

他更佩服楚妮的选择了,虽然她为此付出了生命的代价,但中国的前途,明显应该是在“那一边”的!

他无法说服自己“少管闲事”。决定冒一冒险,去告诉老江,说他有个湖南的市党部亲戚在拿着他的照片打听他。次日早上九点不到,他提前赶去了交易所。

交易大厅还没有开门。但远远的,他看到老江在一个卖热干面的摊子旁的身影了,便加快了脚步向他走去。

突然一群便衣冲向了那边,两个彪形大汉不知从哪里窜出,一起扭住了老江和另一个人。老江二人被这些人围上一阵暴打,倒在地上,然后又被扣住双手,强拧着站起来,随着一阵警笛声,前后不过一分多钟时间,警车开到了那里,老江被人塞进警车,车便立刻开走了。

这一切发生的地方,离昭舫最多五十米,他因震惊而呆站着。他似有说不出的内疚,责怪自己没有能早到几分钟救出这两个朋友,责怪自己太多去考虑有没有危险。他忽然痛感像是被抓走了两个亲人,因为他们和刘实、和楚妮、和大姐、小弟一样,是在为同一个理想而献身。

抓捕共产党

四、音信

中国的小民实在愚钝，完全不了解蒋总统一统天下的苦心。蒋先生亲赴武汉主持召开华中绥靖会议后，又风尘仆仆地赶回南京。从民国三十七[①]年三月开始，开了整两个月的“行宪国民大会”。

但这丝毫没有提起草民们对“民主”政治的兴趣。什么竞选联盟呀，什么《动员戡乱条款》呀，统统抵不上柴米油盐和物价的重要。无论什么大道理，无论如何宣传共匪杀人放火、共产共妻的可怕威胁，他们还是更相信自己的判断，在私下咬定，造成民不聊生的罪魁祸首，乃是因内战大增的军费。

广诚和昭舫都收到汉口市“戡乱动员委员会”的通知：商店必须按营业税额的十倍、一次性交纳“自卫经费捐”。

“杂种！简直是抢！”商会委员、以和气生财而著称的曾广诚老板咬牙跺脚说。

因为缺煤，既济水电公司宣布白天停止供电，汉口的工厂已经大批停工。工人和他们的家属扩充着饥民的队伍。钞票越来越不值钱。

汉口人喜欢说些被称为“二五点子”[②]的话：中国只有印钞票的工厂还在开工。

湖北一些企业，包括有实力的纱厂，自发组织了“工业协会请愿团”赴南京告急请愿。

4月，全国主要城市的教师和学生们罢课、游行、静坐、绝食的风暴刮到了武汉。大学自费生和高中学生们，在武昌和汉口的街头举行“活命变卖会”，拍卖书籍、衣物。举行罢课，到省政府请愿。要求改善学生伙食，具体纲领竟然是：“每顿至少要一个菜！”

一身傲骨、拒不接受曾家援助的李毓章骨瘦如柴，也带着两个营养不良的儿子到市政府门前，参加示威抗议，要求保证按月发放、并增加教师的工资。

---

① 1948年。

② 方言，指一些反讽、揶揄、嘲笑的隐晦语言。

全国掀起了"反饥饿、反内战"示威游行

本地和外来的饥民们在街头晃荡着。广诚和所有的店家一样,对此望而生畏。米店的孙老板铺子就被抢过一次,被偷过好几次!祁万顺的柜台也被哄抢过。大概因传说"老通成"的老板有武功,多少起了些作用,广诚才至今没有被饥民破门涌入。尽管如此,他仍不敢大意,一天几次,及时地把收来的银元和大面值的钞票转移到昭舫楼上的保险柜里。他对法币已信心全无,每天一早,都会让谢三金带着塘草,去设法把纸币兑换成银元,而又尽量不用银元参加周转。这让为他供原料的老板们大为不满,每日里为银元比例讨价还价,争得不可开交。好在这些都有三金顶着,否则不要说凯鸣,就是昭舫,也无应付的本事。

一天,当广诚坐在老通成柜台边,忽然听到了一个似曾相识的声音:"曾老板!"

广诚不由一愣,定睛一看,竟是姚水莲!

她已经发福,不仔细看很难认出她来。广诚有些木讷地看着她,同时想起了她那个苍蝇般的丈夫秦禹洲。倒是水莲又说话了:"认不出我了?我带淑兰和外孙回武汉,给我父母上坟。"她转过声叫道:"淑兰!"

淑兰带着两个少年走上前来，一时间，喊叔叔喊爷爷的声音让广诚恍若隔世。他定下神来，把他们带回了公新里六号，喊出了静娴。又让葵花使人去前面端鸡汤、豆皮等。

淑兰还是那么快人快语。说："叔叔不要客气，您家收到过昭萍的信么？"

广诚摇着头，几乎和静娴是异口同声地问："你见过她？"

淑兰点着头，说："见过啊！您放心，她很好，她让我如果有机会回汉口，就给你们带个信。她还说，她要等到和共产党的大军一起回汉口来。"

广诚夫妇吃惊地听着淑兰那么肆无忌惮地说出"共产党"三个字，真是还是那么"炮筒子"，禁不住不约而同地把食指竖放在嘴上："嘘！"静娴又小声问："她在上海？"

学生们静坐示威："我们一齐去坐牢。"

淑兰笑了一下，声音小了些说："她好好的，民国三十三年，我就在上海见到她了。今年元宵节前，她还在我们家住过几天。"

广诚夫妇大大松了一口气。他们哪里知道女儿斗争环境的险恶。在过阴历年的那几天，上海非常、非常寒冷。由于出了叛徒，昭萍领导下的一部电台被破获，谍报员被捕牺牲。小组几个来不及转移的同伴也被特务抓住，他们宁死不屈，被装在麻袋中扔进了黄浦江。昭萍紧急逃离，无处安身。没奈何，在追捕下，晚上竟躲藏在坟地里的棺材中过夜！她因此患了重感冒，抗战中的几处旧枪伤也疼痛复发。但她仍然坚持找到了幸存的同志，恢复重组了潜伏网络。红色电波又源源地从上海向解放区发射。昭萍因病情加重无法支持，在组织建议下，去找到淑兰，隐蔽在她家调养了一周，依靠她丈夫潘医生治好了病。而连淑兰都无法知晓的是，现在昭萍又已奉命回到已被国军控制的通、海、启一带，负责地区工委工作,坚持着游击斗争。

葵花端来了饮食，广诚让她们全家慢慢吃，一边问：“你们听说过他弟弟吗？”

淑兰道:“昭诚？听她说过,抗战时候在安徽的,现在只怕到山东去了。她没说清楚。”

广诚着急地说:“报上说过啊！共产党被打得到处跑,退倒山东去了,没有吃的,穿得像叫花子一样,这怎么得了哦？”他此时心绪大乱,顾不了身旁比他还焦急的静娴。

淑兰竟若无其事地笑了，她的表情和他们简直是两个极端，“叔叔你莫相信,那报纸要反过来看。报纸上总说国军节节胜利,那么多‘全胜’、‘全歼’,仗怎么还越打越大了？‘共匪’怎么还像越来越多了？说他们共产共妻？你信不信？哄三岁小孩吧！”

淑兰的话并没有让广诚夫妇安下心来,他们送走水莲一家后,把昭舫找来商量,决定去个人到山东打听昭诚的消息。

“你大姐还机灵,又学过功夫。你小弟连袜子都不会洗,也凑热闹当什么兵啊！急死人了！”静娴急得像热锅上的蚂蚁。

昭舫想自己去，立刻被广诚制止了。广诚胸有成竹地说：“要去个机灵的人。和尚他家娃娃害病,不能叫他去了。我看只有塘草机灵。他跟着三金把江湖门道、三教九流、躲壮丁的些事都摸得一清二楚,人又可靠。预备点银元,手头拿点法币做样子,带些干粮,买张去徐州的火车票。到那里再看风声,能打听多少就打听多少。找到小少爷,就一定把他带回来。实在说不动他,就把钱留给他。还有,一定帮他送身衣服去。”

五、宪麟徐州行

曾家作了决定后，由广诚亲自先回了趟乡，问了塘草他娘。女人一心报恩，哪里懂得此行的凶险，连声表示同意。

广诚回到汉口，叫来宪麟，说了让他去徐州找小叔叔的事。对他千叮咛万嘱咐，要他此行哪怕一无所获，也绝不能往打仗的地方去；不要离开城市，跟人去偏僻的地方；看见兵要躲，小心被抓了壮丁；不要露财；小心扒手、抢犯、兵痞；多听少说；不凑热闹等等。

昭舫为塘草找到了一个去徐州的商户朋友老朱，一起上路。塘草打扮成跑单帮的小商人，只说找在山东做生意的叔叔。他随身带了几条香烟、一包食盐和一些针头线脑就坐上了火车。

老朱是山东兖州人。在车上悄悄给宪麟讲了些苏北、鲁南的战况。塘草听了大为诧异，他简直不敢相信，国军这么强大，竟会连连败退？连王牌74师都被共军像吃小锅贴包子一样，一口就吃掉了。

一路倒是有惊无险。宪麟为人之机敏，不亚于他的师傅谢三金，这多少源于他在沦陷七年的经验与见识。他到了徐州，立即作出不再前进的决定。从军车、部队川流不息和路卡盘查之多的现象判断，此去离战线已经不会远了。如若再大大咧咧在外面走，说不定会被抓丁或拉夫，弄不好还会被平白无故当成共产党的奸细抓起来送命。他便索性随老朱在他老乡开的小旅店不慌不忙住了下来，煞有其事地做了两天生意。

这天，老朱为他带来了一个刚从山东过来的同乡。宪麟便在老朱另一同乡开的小餐馆楼上找了个单间，请他们二位吃饭。

酒过两巡，那山东老乡显露出耿直的本性，问道："小兄弟叫什么名字？要打听什么？只管问来，俺和老朱，是从小光腚的朋友。你是他的朋友，就是俺的朋友，问啥都没关系。"

塘草吃力地、憋着学北方人的口音说："本人曾宪麟，有个叔叔曾昭诚，外出做生意多年，不晓得你听说过没有？"

山东老乡道："这就难了。这人千千万万，光说个名字，不认识，哪里去找？你写下来，我有机会再回山东帮你打听。不过这一阵，我就是想回也回不去。"

宪麟问："为什么？"

山东老乡抿了一口酒，说道："小兄弟，你不晓得我老家是兖州那边的，共产党的军队把兖州围了好几层，两边都用大炮在轰。我只有等共产党把国军收拾了，再回乡去。"

宪麟奇怪他的话："等共产党把国军收拾了？国军这么多人，飞机大炮，未必还打不过几个流寇？"

山东老乡用诧异的眼光看着塘草，在估量他是什么人。老朱连忙插话："他是从武汉来的，那边政府都对百姓都是这么说的。"

宪麟脸红了，怕人笑自己是乡下人没见识，便又问："他们是不是见人就杀，跟日本人一样？"

山东老乡拍了拍塘草，爽朗地说："小兄弟，莫听政府的人瞎放屁，眼见为实。那解放军——就是共产党的军队——我见过多次了，他们对百姓可好呢！你见过军队来了，百姓抢着送自家的红枣、鸡蛋给他们吃的事没？你见了军队打仗，百姓冒着死推独轮车给他们送粮草的事没？这就是人心哪！政府这边，打一仗败一仗，长不了啰！"

宪麟半信半疑，对他而言，这山东老乡的话还是个"耳听为虚"。我该信吗？回去这么对爷爷说，他会不会骂我胡编扯谎呢？不如再等两天，听听鲁南战事的结果再说。

解放军解放曲阜孔府

六、义战必胜

就是宪麟在徐州时，解放军已完全掌握了战争的主动，正式开始了反攻。昭诚所在华野七纵第73师正在参加兖州战役，他是217团的团参谋长。

73师首先主攻泰安，在大汶口与敌吴化文部交锋。歼其两个团后，继续向孔夫子的老家曲阜挺进。

上级下达了围点打援的战斗计划。解放军将曲阜围困了两天，果真引出了兖州三个团东援接应，昭诚他们痛快地打了一个伏击，歼其大部。

曲阜城墙不高，守军懂得无论是死守或待援都无望了，便于6月11日黄昏，向西南方向仓促突围。却被昭诚他们候了个正着。溃敌被很快分割围歼。

昭诚亲率战士，发起冲锋追击，他们向南沿孔林东边大路推进，一路势不可挡，直打到了孔府大门附近。

孔府西边有一片树林。树林中还有数十个敌军，他们靠大树掩护着，用机枪“哒哒哒”地朝解放军扫来。昭诚身边的一连长指挥战士朝敌军扔去几颗手榴弹。

机枪的点射还在继续，敌军还在顽抗，可这时战士们竟听到昭诚在高声下令：“不许扔手榴弹！”

的确是曾参谋长的声音：“同志们，不要乱扔手榴弹，不要炸到了孔府！这大院是属于人民的！要注意保护文物！”

可这时敌人一个手榴弹扔了过来，炸出的弹片一下插到了昭诚手臂上，鲜血立即泛出。一连长惊叫道：“参谋长，你挂花了！”

而昭诚还在继续坚定地命令：“一连长，要同志们保护孔府，不要扔手榴弹，坚决保护国家文物！”

他多年出生入死的战斗，就是因为热爱祖国的土地，就是因为那引中华民族骄傲的辉煌历史与文化，就是为了在这片土地上生活的人们。而他的生死与这些相比，是微不足道的。

昭诚抽出随身携带的小军刀，眼睛眨都不眨地从自己手臂上剔去了弹片，鲜血更多地涌了出来。

身边，战士们一边瞄准射击敌人的火力点，一边喊话："国军兄弟们，解放军优待俘虏，放下武器，缴枪不杀！"

"弟兄们，解放军是穷人的军队，我就是俘虏过来的，放下武器投降吧！"

敌人机枪被神枪手打哑。剩下的国军士兵连忙抓住绝望中的唯一生机。他们跨过同伴的尸体，举枪投降了。

解放军在乘胜继续前进。昭诚则带一部，开进了孔府十三进厅室。在他的安排下，留下了战士大门站岗，保护孔子七十六代后人，保护府中的仪仗设备和孔庙中的大殿、亭阁、碑文。

"守卫好，同志们。我们打仗，就是为了让这些回到人民手中！"他对战士们交代说。

孔府在激烈的战斗中被完整地保护了下来！

6 月 15 日，昭诚所在的七纵及鲁中部队经四个小时战斗，又全歼了邹县守敌，直抵兖州。

兖州坐落在鲁中平原，是徐州的北屏障，自古为兵家必争之地。曾留下三国时吕布在此大战魏军，枪挑曹操头巾的著名故事。驻守兖州的是原东北军少壮名将、年仅四十岁的霍守义将军率领的第 12 军。

这是一场硬仗。霍军三万多人，装备先进。十八门日式野战大炮，火力十分强大。

我军没有急于推进，将城池包围了十多天。昭诚几乎长达半月屈膝跪在壕沟的水中。

7 月 12 日，我各部向兖州发起总攻。解放军出奇兵，竟以军事上认为最易守难攻的"瓮门"为主要突击方向。恶战至 13 日下午，城内守敌终于溃败，向东南方向突围。

昭诚率部，如秋风扫落叶般，由西向东猛追。我预伏部队又在城郊堵截溃敌。

在广阔的平原之上，人马如无数条长蛇在舞动。战争竟演变成如围猎一样。昭诚一边射击，一边带兵飞奔着，咬住溃敌穷追。渐渐地，敌人的火力反抗越来越稀少了。人海的战场变化成了一个个逐渐缩小的圆圈，解放军"缴枪不杀"的呼喊声响彻着鲁南平原。

昭诚带着士兵，追上了霍守义中将——他已实在跑不动了，干脆仰躺在地面，平静地望着昭诚和他身边战士的枪口，头枕在坐他身边的妻子的大腿上。

七、昭舫的客厅

宪麟此行几乎没有花掉什么钱，回武汉后，就把所带的银元全数交给了广诚。

广诚听他讲完他耳闻的鲁南战况，不知道该信多少。他很难相信，有美国人帮忙的国军，竟然会如塘草所述的一败涂地。不过他很感动这个养孙的面对银元毫不动心，的确诚实和忠心耿耿。他说："宪麟，当初日本人打来，我没有办法让你读好书，你现在这么大了，想让你学点手艺怎么样？我想，你每天跟谢三爷换了银元回来后，就不要晃荡了，就跟着高金安师傅学着摊豆皮吧！"宪麟恭敬地回答："是，爷爷！"

这一安排，竟将为"老通成"今后达到更高的辉煌顶峰预备了人才。正是塘草将接下宝贵的美食手艺遗产，成为新一代的、享誉国内外的第二代"豆皮大王"。

在商业活动的背后，广诚与昭舫继续谨慎而紧张地帮助着他们认为该帮的人，就像他们一生中多次做过的一样。没有利益驱使、没有指望回报，但是要面临危险，甚至是灭顶之灾，然而他们义无反顾，毫不勉强。也许他们从没想过"信仰"二字，但却都朦胧相信着这些人代表中国的希望，因为眼前这个政府活生生的腐败黑暗，因为他们坚定信任的昭萍、知秋和昭诚都在为推翻这个政府作殊死的战斗。

但是，他们也被无法认清、无可适从的一些现象而纠结困扰。

刘实最后一次来曾家时，曾交给昭舫一张表。他对昭舫说，如果愿意参加"他们"的活动，就请填写。这其实是一个地下党领导的外围组织。面对地下党的信任，昭舫竟犹豫起来。如果当年在宜昌、在重庆有这么个机会，也许他会喜出望外地参加。可经过这多年的生死岁月，看到国民党内抗战派的坚决与牺牲，他认为每个党都有好人，不能把这些人的历史功绩抹掉，不能把他们也当作敌人。他十分希望有朝一日这些人掌握政治大局的决定权，与大姐、小弟他们的共产党重新联合起来建设国家，虽然他知道这可能是幻想。

还是抱定无党无派的宗旨吧！尽管正义、民心和未来在哪一方很清楚，我也不“趋炎附势”而参加一边，自由一些，免得言行受到纪律的约束。

见他有些犹豫，刘实又说，其实填不填表并不重要，我们看的是行动。

昭舫不愿舍弃这份宝贵的信任，还是填了姓名、籍贯，后面有关表态承诺都没有填，就交给了刘实。

但刘实竟从那以后就没有再来。昭舫不知道发生了什么事，尤其不愿因自己面对表格时的犹豫以及后面不鲜明的态度，失去自己所敬佩的人的信任，便到联营书店找马仲扬解释。

老马听他说完就笑了，告诉他不要那么想，是因刘实下边的“关系”中出了叛徒，而敌人又掌握了刘实的很多外貌特征，他个子又高，头上又有疤，太容易被人认出，处境很危险，所以组织让他离开武汉避风去了。

老马诚恳地对他说，他当然是他们信任的朋友，这一点不会变化。

昭舫不知道老马对他的评价是真还是假，情绪不免有些失落。

这样过了两天，他去烟草公司，忽然有人拍他的肩膀。他回头一看，竟是多年不见的、当年业余合唱团的老友薛培莜。

两人含着热泪拥抱，一起到一家茶楼坐下。薛培莜说，他刚回武汉，在招商局汉口分局工作。小豆芽也在江行码头仓库。昭舫兴奋地说：“太好了，怎么他没来找我？你跑船？”薛培莜说：“不是，是文职。哎，你是与章祯青结了婚吧？嗨，我当初就算准了！见得到嫂子不？”昭舫笑着说：“她今年大学毕业，下月就回来了。你先到我家认个路，到时来我家玩。”薛培莜笑道：“你家的路哪还有谁会不认识？‘老通成’生意做得好火哦！到时我一定会去。”昭舫说：“还到什么时候？喝了茶就去。你怎么会找到这里来了？有事吗？”薛培莜说：“有啊！我一个朋友告诉我到这里找你。他说，你是他信得过的朋友。”昭舫问：“谁？”薛培莜道：“联营书店的老马。”

原来是马仲扬。就是说，“他们”果然仍信任着自己。这份信任对他如此宝贵，昭舫心中的愁云顿时烟消云散了。

薛培莜说：“今天我真有事，我要找马莉，要你帮我，等和她谈了以后，我还要去找翁将军。”

昭舫说：“马莉很容易找到，可她老公不是将军了。”薛培莜笑道：“我都知道，可我需要找他。嗨，我的事，别对人说。”昭舫笑着说：“我当然知道。”

地下党知道翁先生反对内战的立场。薛培莜在汉首先要找他，是负有特别目的的。

7月，祯青以优异成绩从“四川大学”毕业，带回“方帽子”照片。广诚高兴地叫人放大了一张，和昭舫的毕业照一起挂在了客厅。

祯青这才知道，当初死神曾经那么可怕地从毛咪身边擦过。尽管现在儿子好好的，也恢复了健康，她还是余悸难消，便专门请了医生，定期上门为他检查，又为他准备了当时还颇为昂贵的鱼肝油、钙片。

她又生怕儿子成为一个受宠的草包，想让他从小学好英语，便把五岁的毛咪送到了鄱阳街的“圣保罗学校”幼儿班。这里有几个意大利籍的天主教嬷嬷，负责教授他们。

但是，她自己却没找到合适的工作。她绝不愿意从此遁回旧式家庭少奶奶的人生轨迹。昭舫好不容易才劝住她不太着急，要她先休息一阵。

他知她酷爱读书，便经常陪她去书店。祯青希望自己的世界除了理想、便是阅读，读起书来近乎贪婪。他们的条件宽裕，她竟陆续买了几千本书。昭舫为此买了六个两米高的玻璃大书柜，里外三层、上下六格。很快书柜被装满了古今中外文学名著。当然，一些“禁书”不敢放在这里。

一次，祯青独自外出到交通路，看到旧书店在拍卖线装《四部备要》善本，她毫不犹豫地用自己的全部私房一根金条买下。回到家中，她用一个特制的书箱专门放这套书，常常一个人就守在箱子边，从早到晚埋在书中。

昭舫觉得，她跟了自己后一直颠沛流离，他不能忘怀那些苦难的岁月，而自己又要花大量的精力去忙于生意和应酬。为了让妻子“读想读之书，做想做之事”而又不致枯燥，又用一整大箱“红金”香烟的钱，为她买了架美国钢琴。

广诚每天都是把盛银元的方木盘送到昭舫房里，对昭舫一家的生活都看在眼里。现在昭舫的作为渐渐让老爷子看不大顺眼了，他不能容忍如此宠爱女人。祯青从他的言语和表情中猜到了原委。为了不致太僵，她便在店里忙不开时，也到楼下去，为“继诚烟号”站柜台。当然，手里还端着一本书。

祯青川大的一些老师已回到汉口，另有途经武汉的些学者、教授、诗人，时常来找祯青，谈论文学并共赏藏书。然而民以食为天，再著名的学者也不能例外。他们也找祯青帮忙，将他们手中的法币换成银元。

一位山东籍的著名学者吴先生，痛心疾首地告诉祯青，有朋友从那边带来消息说，共产党已经占领了曲阜，烧毁了孔庙。如果战事不利，他将再次入川躲避，以保留中国的文化。

到底曲阜发生了什么事，曾家的人是无从知道的。政府说的，那边来的人说的，学者说的，可能总有些影子吧？共产党军队被打败了要逃命，烧掉孔府完全是有可能的，可惜了啊！

昭舫难过地想，大姐、小弟不会参加做这样的事吧？他哪知道，正是他的弟弟，流着血、冒着牺牲的危险，为中国保护下了完整的孔庙！

不管那个年代的谣言多么可笑，生意人每天最重要的还是自己的生意。“继诚烟号”相对丰厚的利润，让昭舫在家中的地位提高，广诚因此不太干涉他的家事。而静娴是什么都能从别人的角度理解的善心女人，这让他们没有像中国成千上万个家庭那样，两代之间矛盾丛生。相反，相处十分和睦。

广诚不想让自己掉在儿子后面，为了抢伏夏的生意，而现在白天又不供电。夏天到来前，他便及早和租界的“美的”、“和利”签订了购冰合同（租界有自己的电厂），保证了冷饮的供给，引得人气蒸腾。

恰好马莉带着儿子，到老通成吃刨冰，听说祯青回来，就找到中山大道1261号。她站在比其他街面宽一倍的人行道上，仔细端详了半天“继诚烟号”的招牌和漂亮的三层楼房，脑子里却想着当年文化人云集的“大智旅馆”。昭舫一眼看见了她，连忙将他母子迎进去，又拨通了薛培莜办公室的电话，要他过来。

薛培莜是和小豆芽一起来的。几个人坐在二楼客厅里的沙发上。毛咪和小朋友在后边卧室里玩玩具。

薛培莜和马莉谈了一阵，又把她的地址和电话号码都问清楚了。从两个人的表情看来，都很满意。昭舫让牛诚去叫人端来了凉面、凉粉和凉米发糕、一大盘豆皮和几碗米酒，大家就坐在沙发上，吃摆在茶几上的东西。

马莉说：“阿拉就是喜欢吃这个豆皮。”昭舫说：“你要喜欢，等会叫高师傅专门为你摊两盘带回去。”却听到楼梯上有人说：“吃了还要端，那么贪心啊？”薛培莜猛地站起来，兴奋在脸上迅速一掠即逝，他喊道：“公博，你从哪里冒出来的？”

来的果然是穿着中山装的魏公博。昭舫是猜得到培莜和小豆芽的来头的，不禁心里捏了一把汗。魏公博却和他们二人高兴地互相握手、拍肩膀，然后也坐在沙发上参加这饕餮阵营。

公博说："可惜毓章不在。"他问小豆芽："你那年好像没去宜昌？"小豆芽说："我送我妈回乡，就没有再回武汉。"公博转向培莜："我那时受战区派遣又潜回武汉了。你呢？"培莜说："我们可没有你那么可歌可泣，后来我也失过业、教过书，去过重庆，一言难尽哪！"公博诡异地一笑说："你大可不必在我面前谦虚。我看，我们歌咏团的朋友都受苦了，个个是好样的。最让我不能忘记的……是戴桂香。"小豆芽插问道："六姑？"公博说："是的，要在太平岁月，她也就是等着嫁个如意郎君的小家碧玉。可危难时刻，她比好多男人强哪！"

薛培莜不清楚魏公博内心有什么算盘，他们在抗日战场上虽不曾直接谋面，却曾在同一战斗中同生共死。他曾叫部下带信给日寇死追不放的公博"我在掩护你，你先撤"，他难道会不知道吗？在他面前隐瞒身份有必要吗？需要将这情况向组织汇报吗？

而魏公博此时却似乎更想让大家忘掉他那早为人知的"保密局"中校身份。他和大家一起笑谈三鲜豆皮，赞美"老通成"和汉口的美食，也参加议论当前的通货膨胀。

马莉说："怎么会不拼命涨价啊？没有东西卖，不涨飞了才怪呢！出煤炭的地方，长麦子的地方，喏，喏，还有棉花产区，都在打仗，还不晓得现在这些地盘到底在谁手里呢！"她发现自己说漏嘴了，便朝着公博："魏中校，你来说说。"

魏公博笑道："我们还是少谈国事吧！在我面前说了，也就算了。这里所有的人，都是公博一生中永远的朋友。公博永远会尽自己力量帮助朋友。不过也要请诸位注意，在别人面前少说这些话，多长两个眼睛和一对耳朵。"

昭舫接下话说："公博说得对，当初打日本，我们这些人是齐心的。今天，我们也齐心盼望和平。"

马莉后悔自己刚才说话太多，不想和这军统一起待得太久，便站起来说："越坐越热了。祯青，阿拉要回去嘞！"大家也都站了起来。昭舫道："以后，各位多多上门，我随时欢迎你们。"

大家起身准备离开，公博对薛培莜点了点头，抱着他的肩膀走下楼梯。

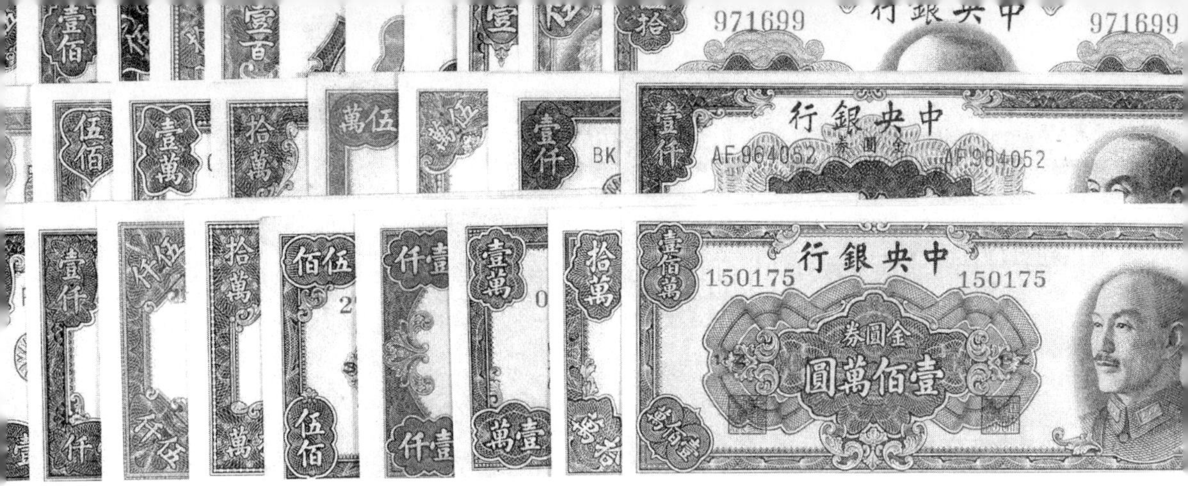

金圆券

八、金融大乱世

民国三十七年比马莉抱怨的更糟，是怨声载道让中央政府彻底失去民心的一年。

当法币已贬值到如同废纸时，8 月份的金元券改革，曾经给天真的人们带来希望。新发行的金元券每元兑换三百万法币，开始作为新货币在市面流通。

蒋委员长亲发财经“紧急处分令”：“限期收兑人民所有黄金、白银、银币及外国币券……违反规定的要被没收和判处徒刑。”

民众们不知是对政府痴心尚存，还是怕被没收判刑，纷纷将经多年战火劫后余财倾囊奉出，报纸于是盛赞“爱国之心，发挥尽致”。

币制改革一个多月内，物价竟奇迹般地稳着。除香烟略有涨价外，其他日用生活物品，居然回落到了 8 月中旬的水准之下。

广诚看到了曙光，加上他的财务状况已进入良性递增，决定进一步实现他在餐饮业中的抱负。在与昭舫商量后，他在电报局对门中山大道街面，投资持股开办了一家“群宴楼”。请了两位苏菜高厨掌勺。

这是家两层带平台的店面，前店后厨，也设了一角烟摊。厅中六张方圆桌，靠墙四张两人对酣小桌，后面是厨房。楼上设四小一大包间。

“群宴楼”借着“老通成”的名气，很快就成为食客盈门的餐馆。卖酒菜办宴席，利润居然高于老通成本店的。

这个病入膏肓的社会竟是这样不可思议:在满街饥民游荡的同时,竟有那么多脑满肠肥的官商和纨绔子弟,那么多新贵和军官带着漂亮时髦的女郎,每天聚满这里。他们津津有味地喝酒点菜、品尝佳肴。而市民们则整天提心吊胆地盯着物价,悄悄祝愿金元券改革能真的创造奇迹。

9月底,童柏森特地打电话告诉昭舫,上海传出物价即将暴涨的消息。“你想,冻结物价,属硬性规定。市场是政府管得住的么?哪个商家愿意赔本?上海人多精啊,趁机抢着购买。商人一边装着拥护维护市场稳定,一边偷偷囤积居奇。你听我的话没有错,尽快把金元券换成你需要的东西。”

只有印钞票的工厂还在加班

昭舫听得心惊肉跳,即刻把这消息又告诉了父亲。两人一致认为,宁可信其有,不可信其无。好在他们一直都在私攒银元。和不少商家一样,留着一手,对政府气壮山河的币制改革宣传,拿稳了“等等看”的主意,没有天真地把手上的硬通货去全部换成金元券。

父子俩决定尽快把现金变成物资。然而观察了几天,涨价并不厉害。相反,周远涤书记长来吃饭时,还笑着质问向他打探消息的广诚:“听谁说的?谣言!政府有物价政策,商人们谁敢以身试法?”

广诚赔着笑,心里却不敢轻信。昭舫闻后则说:“我倒真宁愿是虚惊一场。”

不料“以身试法”就是从官员和衙门的人开始的。先是他们的太太带着马弁,开着大小车上街了,先是抢购洋货,次及米粮面食,进而扫荡各种杂品。到后来,官员们亲自用电话直接指导商店、码头按清单供货。这一来,人心的堤防顷刻崩溃,所有的市民立即涌进了抢购的行列。

进入10月后的一两天，社会秩序一片混乱。无论谁，只要手上有钱，无所不购！

市面失控了！可怕地失控了！那场面中外罕见、史无前例、闻所未闻！

国营商铺最先被抢购一空，私营业主则如临大敌，慌忙关门谢客。连“继诚烟号”都见势不妙，不得不只开一半门并提前打烊以自保。

经十几天的大抢购后，武汉街上所有商店货架空空，几乎无货可售。报纸报道为“形同罢市”。

然而至此，才不过是仅仅刚吹响物价又一轮暴涨的冲锋号。

在大量警员上街维持治安的环境下，还有供应能力的商店又羞羞答答地开门营业了。但是局面迅速失控，价格一日数涨。买米时用大袋麻袋背钱去，买回米却是小袋，比背去的钱还轻！

一度出现过的市场虚浮的稳定，原来竟是蒋家王朝的回光返照。币制改革带来的“新气象”仅维持了四十天，便土崩瓦解了。

走进“老通成”的店门，便能看到柜台后方白纸黑字的醒目提示：“目下一言为定，早晚市价不同。”

进入民国三十八年后，常常能在餐桌上看到奇特的景观，吃东西的人整个头都埋在了桌上堆成小山似的钞票后。赵凯鸣从早到晚不停地改写着菜牌上的价格。

不久，柜台后方的白纸黑字改写成了：“来客注意，即时付账！”跑堂们则不断提醒坐在桌边的客人：“先生，请您注意，菜牌上写的是现在的价，等您吃完这碗面后，价钱就涨了！”

到年底，扛着用麻袋装着大袋钞票上街的人，扛钞票包进“老通成”的人，已屡见不鲜。

连毛咪都晓得说：“妈妈给钱我自己买‘牛角面包’过早，第一天给我两角，第二天给我一块，后来给五百块，后来要一万块一个的时候，妈妈就不让我自己去买着吃了。”

当红薯开始卖到三万元一斤时，谁都不想要钞票了，市场开始流行以物易物。小商店变得像是当铺，时常可以看到，柜台先生对着光，仔细审视顾客递上来的东西。走投无路的小户人家包括毓章这样的教员，掏出了自己最后的信誉底牌，给还存有面子的店家打着赊借条子。不过要不了多久，再熟悉的店家，哪怕是学生的家长，也不认“恩师”们的信誉了。

昭瑛对背着父亲关照她的昭舫诉苦：“我们俩一个月的工资，只能换到三个半现洋。”

武汉大学、华中大学、省立农学院、武昌体专教员断炊；湖北师范学院又饿死了三名大学生；不断有学生们在武昌汉阳门、司门口和汉口江汉关、火车站、六渡桥等处举着“活命变卖”的大纸，变卖书籍和衣物。

昭舫也不得不小心翼翼地做着生意。空头转卖早不那么灵了，因为涨价太快，谁也不敢随便报价。而汉口卷烟厂经常因无力开工而无货供应市场。

祯青此时又身怀六甲，昭舫便减少了生意应酬。

领工资

买米

这天，整日在不安中度日的昭舫，听到东东在楼下大声惊呼。

只见东东满身灰尘、一脸黑汗跑回来，哭丧着说："我和塘草、牛诚一起在兰陵路黑市上，用金元券换美元。忽然路口的人先嚷起来，说是警察来了。我们就往胜利街那边跑。牛诚拖的钞票车子，被挤得跑不动，和塘草一起被警察抓了！我要不是跑得快，连个回来报信的人都没有。"

昭舫着急地问："你们挨打没有？哪个警局？"

东东说："怎么不打，我都被踢了几下，听人说是抓到'法汉中学'去了。"

宪兵队！昭舫顿时冷汗都出来了。他明白这是进得去、出不来的地方！因"共党分子无孔不入"，当局强力镇压，监狱早就不够。"法汉中学"等一些学校也被占据，充作宪、特关押审问"嫌疑分子"的地方。

广诚闻讯，也赶到"继诚烟号"来，在昭舫家里跳着脚直嚷："完了，这世道要把人逼反了！"

几个人一时急得手足无措，不知塘草他们会被扣上哪条，也不知道该托谁、去花多少钱打点。

他们商量了好一阵后，终于认为这不应该是死罪，破财也许能摆平。广诚便叫昭舫赶快准备银元，说他要亲自去找市警察局长唐祀槐。

不料刚刚下楼，竟见到塘草和牛诚一身是尘土跑了回来。广诚喜出望外，忙叫他们二人去二楼坐下，喝水压惊。

原来，这是警察奉命出动打击"扰乱金融"的货币黑市交易，两人虽说挨了打，但毕竟不是受刑，伤得不重。那一大板车钞票（其实值不了多少钱）理所当然被没收，板车"秉公发还"。据说，当天统一街、清芬街也在"统一行动"，打击金融黑市。

广诚和昭舫不约而同叹了口气，折财免灾，没出大事，算不幸中大幸了。

黑市猖獗正是"白市"不济的另一写照。面对金融全面崩溃的局面，1948年底，《中央银行金圆券修正法》公布了：允许市民用金圆券兑换金银和银币。

这一来，挤兑风潮闻风骤起，银行门前人山人海，家家倾巢出动，凭力气打拼。

12月2日，农行汉口分行被包围挤兑金银，秩序大乱，武汉首次出动了警察、宪兵维护。8日，中央银行汉口分行门口挤兑者达万余人之众，两百多名警

抢米

察到现场维持秩序、驱赶顾客。混乱中,一储户被打死,三人被打伤,银行又因此停业一天。

眼看全市还将大乱,决心"独守武汉"露一手的白崇禧将军,赶紧制发了《治安紧急处置法》,武汉人开始又过上了经常戒严和宵禁的日子。白将军再显峥嵘,"借人头平物价",先后枪决了两个年轻的"抢米犯"和几个银元贩子。但哪里能弹压下去。于是,阳历年前后,汉口警察局不得不又拘捕了金银贩子六十余人,移送"特种刑事法庭"。

1948 年末,几乎没有人不相信,蒋介石的政权就要完蛋了。

九、大局已定

蒋介石政府的日子越来越难过了，1949年初，解放军三大战役胜利的消息，已经在汉口不胫而走。武汉社会贤达为防止战乱殃及平民，联合起来开展（白崇禧也三分默许的）和平运动。1月中旬，“湖北人民和平促进会”在汉口成立。李书城[①]等十三人为常务干事，马莉的丈夫翁先生也是其中之一。

当月，蒋介石宣布他一生中的第三次下野。

3月，广诚接到童家派人送来的口信，童琪重病。广诚连忙赶去了童家。童琪已经处于断续昏迷状态。广诚由童瑨陪着看望了一下后，便退了出来。

童瑨和广诚在他的书房中对坐。先谈了些童琪的病况。童瑨叹道：“说是他肺里长了毒瘤，也就这三五天了。我心里为这兄弟难受啊！日本人来时，我们家地产、码头带不走，便让他留了下来，躲在法租界。后来日本人把他抓去，灌辣椒水。我这兄弟啊，从小只有他打别人的，哪里受得了这份罪？这咳齁病，就是那时起的。狗日的日本人。我真后悔当初留他下来，要是我……我悔啊，我的广诚哥哥，我悔啊、悔得恨不得死啊！”他煞住了到嘴边的话，当初他为私利，收留了龙汉彪，以为可以利用。没想到正是这家伙逃回武汉，就拿童琪当见面礼，帮日本人诱捕了他。多亏老天有眼，龙汉彪最终被六姑在江汉关趸船当众宣布罪恶被处决。

广诚宽慰道：“兄弟也别太自责了，哪能怪你呢？你在四川也吃够了苦啊！人都有这一步，迟早罢了。”童瑨只是摇头。其实，为了帮童琪洗脱叛变投敌和血债，他已经使出全身解数，并且至今这都还是对头们要挟他的砝码。童琪一旦去了，对他兴许还是解脱。

童瑨突然转过话题道：“哥哥最近开‘群宴楼’，在汉口算是一枝独秀哦！”广诚没听出话音，谦道：“不过投了几千‘大头’，生意还说得过去罢了。”童瑨见他没理解，又道：“我说句话，哥哥别认真当个事，现在投资怕不能算是好时机。

① 李书城，国民党元老，新中国第一任农业部长。武昌首义时任军政府参谋长。胞弟李汉俊是我党的创始人之一，中共一大就是在他的家里召开。

我最近在把乡下的田亩和不动产的股份悄悄转让出去，换成美元存到汇丰银行。我要是再走，童家在汉口就不留人了。”广诚不以为然笑道：“兄弟说哪里话？还要走哪里去？你在汉口德高望重，说句话谁敢不依？连白崇禧设宴都送你请帖，怎么想起说这样的话呢？”

童瑨忍不住笑了，说：“老母在世时，就说过你这人太老实，一门心思做生意。我就晓得，哥哥如今还是这秉性。你想，现在为什么东西这么贵，市场这么乱？军警都压不下去？蒋介石为什么肯把总统宝座让给老对头李宗仁？你晓不晓得，东三省、山西、山东，这些产煤、产麦、产棉的地方，都被共产党占了啊！”

广诚这些时，早被各种五花八门的宣传弄得一头雾水，便说：“我早就想来兄弟这里讨教，问个究竟了，共……”他提心吊胆地看了看四周，压低了声音：“到底是哪边打赢了？”

童瑨苦笑道：“你还真蒙在鼓里？这也就能哄哥哥这样的老实人了！你去汉口江岸火车站、一码头看看，每天运来多少伤兵？‘战略撤退’？狗屁！我看是一败涂地才对！李书城是白崇禧的小学老师，被他派去了趟北方议和。回来说，那边市井太平，物价稳定，百姓和八路——现在叫解放军——亲热得不得了。老李是辛亥年就和我认识的朋友，他对我说的话，绝不会有半句假的。他亲眼看见百姓把自家的粮食拿出来，抢着帮解放军送到前线。听明白没有？几十万百姓推着鸡公车给解放军送粮食啊！他怕不怕飞机枪子啊？你我这辈子都没见过那场面啊！你说，共产党有这样的民心，国军还打得赢吗？”

广诚这才彻底相信塘草回来说的、社会上传说的，北平被共产党拿下的消息都是真的了。不过他一时还分不清是该喜还是该忧，便又问：“兄弟卖田产，真打算走？”童瑨点头道：“长江天险，汉口偏在江北。我哪能不走？共产党是容不得我这样的人的，我老家的地早年就被他们‘共’过，我童家二十年前就和共产党结过仇了。”广诚说：“你也救过他们的人啊！四姑娘还是他们……”童瑨苦笑着摇了一下头，说：“就算有人记得，也管不了几天，也不会让我像前半辈子那样活得自在。哎！哥哥既是那边有人，不如留下来。听说，你这样的，在那边都没有被共产，过得好好的。”

“那边有人”！看来天下无不透风的墙。童瑨最后一句话竟说得广诚心惊肉跳。

十、识大势魏公博相助

3月中旬，祯青为曾家生下了第三个孩子，是个男孩。这又让广诚高兴了好一阵。昭舫按照祯青的意思，让她到娘家(岳飞街)坐月子调养。

进入4月后，汉口中小学教职员不断举行“活命大会”，要求发还3月、4月的薪水，并于19日绝食罢教。此时，武汉地区85家米厂和胜新、复兴、五丰等大面粉厂都已经停工。“老通成”已每天只有几个小时营业，“继诚烟号”则只白天开一条门缝卖烟。

广诚接到大哥广智在乡下摔断了腿的消息，带宪银赶回了乡。他决定把哥哥接到城里，找名医黄平安医治。店里的事就交给昭舫一个人打理。

昭舫从已变得萧条的香烟交易市场闷闷不乐地走出，进了鄱阳街的俄国西餐馆“邦可”喝咖啡，在这里遇见了美国领事馆的翻译陈枫。

“迈克尔将军回美国了。”陈枫故意用英语避开多余的耳朵，“临走前，托我向您问好。他说，您说得是对的，他不该第二次来中国。”昭舫全听懂了，说：“他是个好人。不过……”心知肚明的陈枫说：“放心吧，他没有卷进‘景明大楼事件’[①]。”

街上响起了警报声，尽管这声音对汉口人已经司空见惯，昭舫还是担心戒严，便起身回家。听说这些时国共正在进行和谈，白崇禧也释放了一批“政治犯”，但是抓人的事还是经常不断发生。

昭舫走到中山大道天津路口，忽见街上大乱，一群穿中式布衫的彪形大汉，为首的是武汉有名的、无恶不作的流氓头“金弹子”，将一个满脸是泥和血的人押着向黄石路方向拖去，被押的正是有些日子没上他家来的薛培莜。

昭舫想都没想就大步追上去，说道：“各位大哥，各位大哥！有事好商量，有事好商量。这是我兄弟。”

金弹子认出了昭舫，他知道他师父杨庆山历来对曾家礼让三分，便露出了

---

① 1948年8月7日，驻汉美空军及外侨多人在汉口鄱阳街景明大楼举办舞会，集体强奸与会的中国妇女，引起中国人民强烈抗议，并震惊世界舆论。

一丝笑容，道："曾少爷莫来趟这淌浑水，这家伙是共产党，敢到我们码头去发动工人对抗。"昭舫笑道："小哥给昭舫一个面子，这朋友以前救过昭舫的命，昭舫不能见了不管。小哥又不是政府的人，何必去管他哪个党？小哥只管开个价，要多少钱赎身？"

金弹子乜斜着眼审视着昭舫，说："曾少爷好义气，不过这价可不是我开得了的，我再不抓他没法交差啊！"

昭舫不惧他，笑道："街上不好说，我们'老通成'楼上去坐着说。"他见金弹子没有怒容，便把笑容放大了一倍，说："走嘛，就算谈不成，过我的门口，也不去坐坐？"

金弹子的肚子咕咕叫了起来，心想还怕你店里有埋伏不成，便对手下使了个眼色，把薛培莜架着，押到了"老通成"三楼。昭舫一边点着菜，嚷着让店员去把高师傅从家里叫来，亲自摊豆皮，一边小声对店员说："去叫谢三爷快来！"

几个人在楼上正吃着喝着，谢三金上楼来了。

金弹子听杨庆山说过，谢三金早年救过他命的事。胜利后回到汉口，听说他的境况后还派人送过钱。一见慌忙站起来行礼道："三爷好！"谢三金绷着脸道："你这是怎么回事？"金弹子说："三爷不晓得，这是杨将军派人送信来说的，要抓煽动工人的共产党。这人我们派人吊了几天线了，不会抓错。"昭舫说："谢叔，你晓得，昭舫在宜昌躲飞机时被土埋了，多亏他救了性命。我见了，哪能不救？"谢三金道："金弹子，既然这样，你给我个面子，你师父杨庆山将军那边，我去说。"金弹子道："师父那边，就不敢麻烦三爷了，只是我这些兄弟花这么多天踩线，吃这么多苦，我……心上过意不去。"谢三金道："好说，我帮曾老板做个主，在座每人'红金'香烟一条，你……"他把手伸到金弹子袖子中，见金弹子脸上笑纹绽开，便瞪着他说："随我来！"

金弹子叫把薛培莜绳子解了，嘱咐手下回去见了杨庆山将军不许提起这事。心满意足地走了

薛培莜看来被打伤得厉害，几乎走不动。昭舫让店员帮忙，从后门把他背到了自己"继诚烟号"的楼上房里，让他靠在沙发上。

昭舫说："就在我这里养伤，我三楼客房空着的。你要送什么信，我帮你去送。"培莜很吃力地斜靠在沙发上，点着头，没有说话。他是执行地下党为迎接

解放、协助南下干部接管城市进行码头工人动员工作时，被警察局雇佣的帮会流氓抓住的。

昭舫让东东赶快去从仅隔着几家的“仁仁堂”请来一位中医。医生检查后，认为“没伤骨头，有内伤。”

医生正在开药，不料马莉带着她老公跟着祯青一起闯了进来。原来，昭舫虽已叫楼下对客人挡驾，偏巧马莉夫妇由不知就里的祯青陪着，长驱直入。

翁参议长穿着旧长袍，看上去有些落拓，比在重庆时老了一些，却胖了不少。他应该也认识薛培莜的。

寒暄几句后，翁先生说：“翁某人造次登门，是请昭舫老弟在这份《和平倡议书》上签名。内战至今，生灵涂炭，物价飞涨，民不聊生。翁某不才，会同张难先、李书城等地方耆宿，挺身为民上书，向白崇禧提出三项要求。特拜求社会贤达签名。请舫弟过目。”

昭舫一目十行，见除了建议和谈外，还写着三项治安建议：

“一、如若撤退，须维持市区之警力以保护市区水电、工程及有关文化教育、民生日用之等“与作战无关”各项建筑与设备的安全，防止破坏。

二、保障武汉三镇市民生命财产。

三、保护青年学生不受伤害。”

昭舫很赞成，抬起头道：“家父不在，我签吧！”便在后面落下了名字。

昭舫和祯青起身送走马莉夫妇，却又在楼梯上迎来了身着军装的魏公博。

祯青陪他们下楼去了。昭舫紧张地拦住魏公博说：“你要是来抓人或者探风的，就先抓我，从此就再不是昭舫的朋友了。”

魏公博双手抱住昭舫的肩，说：“你什么担心也不要有，我们还会是朋友。这里不方便，楼上去说。”昭舫便把他引进一楼半的小房，生硬地说：“那就在这里说。”

公博笑了，坐下说：“昭舫，你真是个书呆子！你在大街上拦金弹子，又去请医生。这么大动静，我还需得着探风吗？我要抓人，会一个人来吗？你打发走金弹子，就没事了吗？你不要误会。告诉你，我是来帮你的。薛培莜也是我的朋友。抗战时，我奉命从你丈母娘的药店买药送到后方，在潜江被日本人追捕。他带游击队的人一路舍命掩护过我，可惜我当时不能见他面谢。我们是同过战壕的战友,我会是恩将仇报的人吗?”

昭舫诧异地瞪着公博说:“你这人,真是一辈子都叫我弄不懂。”

公博道:“你会懂的。昭舫,我虽说是保密局的特工,但是我的道德标准,首先是要做好中国人!我如果见共产党就抓,那上次在楼上见薛培莜时,我为什么不抓他?还说了那些话?”

昭舫仍不放心,问道:“那你今天来做什么?”魏公博说:“你在众人耳目下做了那么多事,金弹子回去后杨庆山会不闻不问吗?还有,‘党通局’天天有人在‘老通成’吊线,见先抓后放了一个人,能不过问吗?”昭舫问:“那你是什么意思?”

魏公博说:“你这里未必就保险。他能转移吗?”昭舫说:“他被打得半死,一时往哪里转?再说还要养伤。”

魏公博想了一想,说:“昭舫,我的家小要被送去广州,我一个人在汉口也不方便。你要不反对,我就陪薛培莜住在你三楼,就不怕谁会来你家找麻烦了。”

昭舫想,不管他的话是真是假,也都暂时只能这样。他便说:“公博,你想过吗?要是这样,不管他出什么意外,我都会怀疑到你!而且,你的上司会容你这样吗?”

魏公博道:“保密局中校住在你这里,还会有人敢来你家搜共产党吗?你问我的上司?郑扩儒本人现在对党国前途悲观至极,如果不是党纪不容,他早就跑到国外去了。他老婆一天到晚就在绞尽脑汁,怎么把她佣人的工资和家里一切开销都拿去报销。断不会来找我的麻烦。”昭舫说:“那好,你坐一下,我去问问他的意见。”

不料薛培莜竟立即同意了。他认为,现在敌人的队伍正在发生严重的分化,魏公博这样的正直军人是可以争取的。况且,他本来就知道薛培莜和小豆芽的身份和工作单位,却并未见派人监视他们,相反上次还故意向薛培莜透露,认识他们的保密局费耀祖现在也要回汉。他们也曾向组织汇报过遇到魏公博的事,组织上命把他列为争取目标。

这样,公博和培莜见面并握了手。昭舫在三楼搭了两个铺,让他们住了下来。

果不出魏公博所料。次日,就有不三不四的人在烟铺前后,逛来逛去。魏公博干脆把他的吉普车停在店门口侧人行道上,并自己跑到楼下露面,大声呼叫店员，帮他端吃的送到三楼。军警系统谁不知道魏公博，当然也就不来找麻烦了。

反倒是共产党不愿让魏公博承担太多的风险。根据我党在“党通局”潜伏的同志提供的消息，周远涤已经怀疑，那天在“老通成”放走的可疑分子藏在昭舫家。于是，在地下党组织安排下，薛培莜身体刚恢复了一些后，就穿着一套公博提供的军装转移走了。

广诚从乡下接来哥哥广智时，正好静娴听说昭瑛和毓章在黄石路静坐示威，连忙带着葵花去劝他们回家。昭瑛却告诉母亲，这不是哪个人哪家人的问题，把母亲劝了回去。

可这时，死到临头仍顽固不化的省党部官员们，想的却是另一些问题。他们自欺欺人地认定，当前民怨鼎沸是共产党在操纵，还在梦想把暗藏的共党分子清除，以为这样就可以改变无法收拾的局面。

也就在 19 日这天，魏公博的汽车没有停在门口。滕培英带着一帮“党通局”的便衣，硬闯进了“继诚烟号”，一气冲上楼。不容昭舫分说，又蹿上了三楼，使劲踢门。

门开了。可这群人却自己惊呆了。

身着中山便装的魏公博绷着脸，迎了出来，厉声对着滕培英吼道：“滕培英，你这是第二次带人来抓我了，你又想干什么？”

滕培英吃了一惊，“第一次”当然是指的当年他带日本人在“万国旅馆”搜捕他的旧事。眼前这个魏公博，连白崇禧都甚为欣赏，是自己极力躲着走的人，更怕他提到自己在沦陷时的那段见不得人的“地下工作”。而且，今天显然情报有误。他鞠了个躬，说：“对不起，兄弟情报有误，打扰魏兄了。”说着扭头道：“撤！”

魏公博一把掏出手枪，哗啦啦地拉了下枪栓，吼道：“谁敢走？”

所有人都吓得站住了。魏公博说：“把枪放在地上，都到屋里去!”

魏公博在武汉的抗日活动曾被传得神乎其神。滕培英的手下七八个人，个个双腿发软，一起放下了枪，进了门。滕培英忍不住贼眼四周扫了一遍，发现里面仅是一张床，一套桌椅，一部电话，盥洗间内靠墙还有一把日本军刀。

滕培英满脸死灰，声音颤抖地说道：“公博，这完全是误会，你我同学，还不好说么？”

魏公博轻蔑地看着滕培英，冷冷地笑说道：“本人奉白总司令和郑处长之命，在此隐蔽执行重要任务，对外公开说的是已经离开汉口。你们这群蠢猪，把我完全暴露，我很怀疑你这是共产党的阴谋！我得向上级汇报请示。滕培英，我让你来说：我是拨白司令的，还是拨郑扩儒、李经世、唐祀槐、周远涤……哪个的电话？”

滕培英这下真怕了，生怕魏公博趁此“公报私仇”，连声道：“魏兄，兄弟今天是受了错误情报蒙骗，说三楼藏有共产党。哪晓得大水冲了龙王庙。你看在我们同学份上，原谅我一次吧！”

魏公博其实并不想让事情闹大升级，便说：“那好。谁给你的情报，你自己把那造谣的人送到岳飞街‘法汉中学’交给宪兵队，由他们审问。”

滕培英吓得方寸大乱，差点就要下跪，哀求道：“长官，不，魏兄大人大量，我们的情报是上级传下的，我哪有那个本事去追究？兄弟愿在‘群宴楼’摆酒，向魏兄请罪。您的行踪，我保证在场人都不向外透露，如有违反，听凭魏兄处置。”

魏公博冷笑道：“空口无凭，你们写个保守秘密的保证，各位签字画押吧！”

滕培英一一照办，写了个保证，带手下一一签字。有不会写字的，就盖手印。听魏公博说“拿枪滚吧”后，所有人才如逢大赦，夹着尾巴一溜烟下了楼。

这件事风声很小，连广诚和静娴甚至祯青，都不知在昭舫楼上出现过这曲拔枪武戏。从此后很长时间，都没有军警宪特来曾家骚扰。广诚都称赞昭舫留下公博住“做得太好了”。

一天晚上，昭舫去岳飞街看了祯青和那边的子女，回来到自己楼上时，街上已经戒严。偌大的1261号就只有他和三楼的魏公博，忽然听到一楼后门的电铃。他下楼开门一看，竟是刘实。

刘实道：“昭舫，街上戒严了，我要在你这里借宿一夜。”

昭舫把手指放到嘴唇中间嘘道：“进来吧，魏公博在三楼。”

刘实点着头，若无其事地微笑着。昭舫把他引进一楼平时东东值夜的小房。问：“饿着吧？”刘实点头。昭舫说：“现在‘老通成’打烊了，我去叫宪麟给你热点吃的，你别动。”刘实说：“昭舫，我想听收音机。”昭舫说：“我有个‘飞歌’的袖珍收音机，我去给你拿。”

在保密局中校的楼下，戏剧性地住着共产党武汉市工委书记——他仍在工作。中间二楼，却是彻夜不敢入睡的昭舫。

因叛徒事件的阴影已逐渐淡去，刘实在香港待了几个月后，又被派回了武汉，参加领导武汉人民“反搬迁、反破坏、反屠杀”、护厂护校、维持社会秩序的斗争。

次日清晨，刘实已经离去，昭舫忧心忡忡地去三楼敲门。魏公博叫他“进来”。昭舫进去见公博正躺在床上，用一部自带来的收音机收听新闻，那是新华社的广播。昭舫听到女播音员阳光般的声音：“……4 月 21 日，我人民解放军百万雄师已胜利渡过了长江！”

老通城大门正对天津路口的电报局大楼

十一、黎明之前

1949年5月1日，白崇禧的武汉“疏散委员会”秉承他决心顽抗到底的旨意发出通知：党政机关、社会团体、省立大中专院校等非军事人员、自愿疏散的市民，可向长沙、衡阳、广州、宜昌、重庆、桂林等地疏散。

但是，武汉已经有一个更强有力的司令部，在发出不同的号召了。

正对着“老通成”的汉口市电信局大楼，已经成为共产党地下市委坐镇武汉的指挥部，现任电信局局长——也是电信局应变委员会主任——把他的办公室腾了出来，给刘实办公。

各校大张旗鼓地开展起了反迁校斗争。曾家的李毓章、昭瑛、张道思、昭琳和已转学到东湖中学的秋平，都出现在他们各校反搬迁的“护校队”中。学校里，已差不多全是进步师生的天下了。

5月7日，“老通成”宣布停业。两天后，武汉工商业全面歇业。

国民党撤退前特务当街枪杀“共党”

广诚把职工暂时遣散回家，踱步到还剩着一条门缝的“继诚烟号”。他正想着“祁万顺”比他早一周就关了大门，却不料几个军人闯了进来。

昭舫一眼认出了久违的毛竞飞和费耀祖。想到魏公博刚好不在，他很紧张。连忙招呼撒烟。笑道：“毛兄好多年不见，也从不到我这里坐坐。”

毛竞飞皮笑肉不笑地坐下，示意费耀祖带他的人都到店外去，然后对昭舫说道：“街上都关门了，老弟这里还能卖烟，不简单哪！”

昭舫说：“毛兄要什么牌子？我这里还有点存货，‘红金’？‘前门’？”

牛诚泡来茶，毛竞飞接下，轻轻吹着。广诚不知这群人的来意，只得小心地远远站着，看昭舫如何去应付。

毛竞飞喝了一口茶，才慢条斯理地说：“老弟，你也曾是党国的军人。想来大道理不用我多讲。汉口，明里看是党国天下，暗里却其实个个工厂都在听共产党摆布。兄弟我今天奉命出来抓人，没想差点被人抓去！今天我不是来找老弟麻烦的。你我向来人各有志。但我实在是走投无路，要求你帮我一个忙。”

昭舫笑道：“好说，毛兄尽管说。”毛竞飞说：“有你这句话，兄弟放心了。你帮我看这个人。”

他说着朝昭舫递来一张照片。昭舫一看，正是薛培莜。显然毛竞飞是有准备而来。昭舫故意惊咋：“这是我的朋友老薛啊！他又有什么事？”毛竞飞问：“你见过他没有？”昭舫很坦然地说：“见过啊！他可是好人啊！前些时被人打了，我还帮他请医生看过伤的，就在你坐的那张椅子上。”毛竞飞问：“就这些？”昭舫说：“唔！后来就没有来过。”

毛竞飞点着头：“好，好！曾老弟说得中肯，看来心胸坦荡。我们就打开窗子说吧！老弟，这个薛培莜，是共产党的工运头子。你最好与我们配合，要有他的消息，就即时报告。”他转过脸来，看着广诚：“曾老板，我对你家大少爷说的话，想必您也听清楚了。”广诚连忙回答：“清楚清楚，长官放心。”

毛竞飞收了笑容，冷冰冰地对着广诚，阴森森地说：“大—少—爷，怕还有个‘小少爷’吧？当年在东湖中学读书的，怎么没看见啊？你老带外孙，带了十几年，女儿怎么一次都不来看看啊？这么放心啊？我想他们一定在哪里发财、孝敬你老人家吧？”

他双眼像刀子一样，盯着面如死灰的广诚，继续道：“你老人家生意兴旺，在汉口几十年,吃得开得很,红、黄、蓝、白、黑道,哪条'道'你都打了'窝子'哟!"

他又转过来看着面露恐惧的昭舫:"老同学,你家里来的人实在太多了一点!我的确不想我的同学和这些人有什么关系。共产党要共哪些人的产?我想你比我清楚。莫受那些不相干的人的连累哦!到时别怪我帮不了你哟!"

毛竞飞说完,拂袖而去,广诚父子被他后面几句话吓得面面相觑。

好一会,赵凯鸣从后门走了进来,才让他们静下神来。

凯鸣道:"叔,您要租的房子已经租下了,就在黄石路靠铁路边的德润里。楼上楼下,两个堂屋八间房,后面厨房、茅房都大。"昭舫问:"租什么房子?"广诚摆出老经验的派头说:"你们哪里想得到这层,还是跟爸爸学着点!现在又是兵荒马乱,土匪、兵痞、二流子、趁火打劫的都出来了。爸爸昨天叫人接回了秋平,还是不放心你妈和全家,叫凯鸣找个僻静地方,让女人老小带几件衣服去住些时。再说,共产党的兵到底怎么样,谁也没有见过。"昭舫道:"我这边还有这么多烟啦!不如爸爸你带全家和大伯都过去,这边留我和塘草就行了。公博住三楼,我住二楼,塘草住一楼。"

广诚表示同意。他刚听闻丙文最近身体不好,便叫凯鸣这些日子再不用来,回去照顾好他的父亲。凯鸣走后,他又和昭舫一同到了楼上,说:"我看你最好也避到岳飞街去,跟你老婆伢们住一起。刚才那个姓毛的,说话句句夹枪带棒,我这辈子还头一次听到,他们怕是知道了你小弟和大姐的底细啊!他们什么事都做得出的啊!到时候连魏公博都帮不到你的啊!千万莫大意啊!你一定搬!听见没?那边是租界的底子,好像没有停电,比这边强。不过,今天姓毛的说的话,千万莫告诉你妈,听见没有?"说完就赶紧过六号安排去了。

当天魏公博很晚才回。今天下午,他奉命去白崇禧在三元里的华中"剿总"司令部开会,亲眼见到了院子里机要、文秘人员和作战参谋人员大肆焚烧文件的一堆堆火。此刻,他心乱如麻。他既不惋惜这个腐朽政权的失败,又不愿看到他多年与之敌对阵营的胜利。

昭舫把他请到房里休息,喝可可,就把毛竞飞来的事说了一下。公博鼻子里头哼了一声,冷笑说:"有人在上头告我'通共'。不过你放心,他们已没有精力去考虑拿你怎么办了。昭舫,今天,警备司令部已经宣布武汉进入战时状况,实行军事管制。粤汉铁路也由军运接管。电台也已停播。兵败如山倒啊!我估计后几天会很乱。你最好换个地方,躲几天。你的东西锁起来就行。要信得过我,我还住这里。”

昭舫还没来得及回话,后门的电铃声响了。不一会,塘草带薛培莜上了楼。昭舫惊道:“你怎么来了? 今天毛竞飞还带人来找过你。”薛培莜指着公博道:“我来找他。”公博奇怪地问:“找我? ”

培莜说:“对,我特地来找你。公博,解放军二野第四兵团、四野第十二兵团和江汉军区、鄂豫军区部队已经合围武汉。仗完全不会像白崇禧和宋希濂准备的那样打。武汉解放指日可待! 公博,你是个正义感很强的中国军人,我希望你在关键时候站出来,站到人民一边。”

魏公博仿佛受了侮辱,“突”地站了起来,手自然地放到了枪套上。他圆睁怪眼道:“薛培莜,我念交情,明里暗里让着你、保护你。你要知足! 不要以为我是在怕你们! 策反,居然策到我的头上来了! ”

薛培莜笑道:“公博,你冷静点,这里不存在你和我的问题。我和我的同志都很钦佩你的一贯作为,知道你是个顶天立地的汉子。我们真心希望你不要为这个腐败透顶的政权殉葬。我们知道,郑扩儒准备要你带‘先遣队’去大别山打游击,实际上叫你落草为寇,你觉得值得么? 你愿意以后湖北人民把你当土匪么? 你比我们更了解放区的真实情况,你在心里比一比,当下这个政权还可能东山再起么? 为什么面对历史,不做出正确的选择呢? ”

魏公博表情未改,但是手离开了枪套,去端桌上的可可,坐到了沙发上。

他一口喝干了杯里的饮料,缓和了口气说:“培莜,我们各为其主尽忠,不必浪费时间相劝了。我没有别的选择,何况我的家小,两个月前就被‘护送’到了广州。”薛培莜说:“卑鄙! 那是把他们当人质! 你告诉我地址,我可以叫我们那边的同志悄悄把他们接出来。你在这里,放心地光荣起义。公博,我们一生为之奋斗的光明、强大的新中国就要出现了。”

魏公博苦笑道:“我还说得不清楚吗? 我是个军人,不可能在危难时背叛党国,我甚至宁可以死明志。至于我的家属住址,我信得过你们的为人,我会在必要时告诉昭舫。”

薛培莜见一时劝不通,便退一步说:“武汉八十万人民都在迎接解放,可是白崇禧和你上司郑扩儒还在安排特务,想在撤离前烧粮食、炸工厂、毁码头,武汉人民已经组织起来,成立了‘义勇消防队’和‘纠察队’,保护自己的城市。公路局的汽车轮胎都被职工拆了下来,阻止省政府逃跑。民心所向,如同天意昭然。公博,我真心希望你和我们一起,保卫武汉人民的生命财产。千万别做对不起武汉父老乡亲的事。”

魏公博沉默了一阵,说:“你还是走吧!保密局和党通局都拿了你的照片在抓你。至于我怎么做,不用你们共产党来教!”

溃逃的国军士兵

十二、昭舫遭败军绑架

从5月12日起，魏公博就再也没有来过昭舫家。他的东西还留在三楼。这天，华中“剿总”已经从汉口撤退到了武昌长春观。汉口所有商店完全关门，街上已经几乎没有了警察和宪兵，成了“真空”状态。

汉口市总商会动员了大下小商家，凑齐三万枚银元，送到武汉“警备司令部”，作为“搬迁费”，促其速撤，停止破坏。13日，由爱国民主人士张难先、李书城等出面组织的“武汉市民临时救济委员会”成立。

昭舫代表“老通成”和“继诚烟号”前去捐款后，刚回到家，发现电灯亮了，心里出现了很久没有的太平感觉。他不知道，其实是共产党领导下的工人纠察队已经控制了水厂和电厂。

他见外面世面仍然很乱，已劝说父亲停止了外出打拳。自己则每天早上回岳飞街一趟，看望妻儿。祯青悄声告诉他说，这里也很恐怖，对门“法汉中学”宪兵队里，经常有人被抓进去，就没见放出来。半夜时常会从里面传出惨叫声，叫人毛骨悚然。听说，里面把抓去的共产党灌盐水，坐老虎凳。昭舫安慰她说，今天街上宪兵少了，来的时候见“法汉中学”的大门大开，也许宪兵都已经搬走了。

14日下午，昭舫到德润里看望了父母亲后，和宪麟一起回“继诚烟号”。天色已经有些昏暗。走到交易街东山里口时，忽然一群衣衫不整、蓬头灰脸的士兵持枪冲了过来。宪麟见势不妙，喊了声：“大少爷，快跑。”昭舫还在低着头想着事，没有反应过来，就被这群乱兵抓住，连推带搡，押着就走。

东山里交易街口一侧有个“东泉池澡堂”，昭舫和二十几个路人被押了进去。更衣室里，有几十个比叫花子强不了多少的烂兵，一个歪戴帽子斜穿衣的“长官”命令说：“都捆起来！”

昭舫挣扎着上前，问：“请问长官，你们是哪一部分的？”“长官”答道：“老子是蒋总统国军手下土匪支队，要请各位去帮个差。”昭舫嚷道：“长官，你总要让人给家里留句话吧！你能不能把绑松了，有什么要求慢慢说。”那长官用拳头对昭舫做了一个要打人的姿势，瞪着眼道：“就你话多！”

后面一个五十岁左右的人说话了："长官，我也在五十八军当过兵的，家里有老有小，也挖不动工事。"这时一个文职模样的人走了过来，说："少和他们废话浪费时间！你们哪些愿意出赎金的，可以不去。"被抓的人群中有个人吼道："你们是国军，怎么像土匪绑票的？"不料这句话戳痛了这帮烂兵，几个士兵就冲上去，对他好一阵拳打脚踢。

"败仗打多了，输红了眼。"昭舫心里想。

天已全黑。几个烂兵不知从哪里抢来一堆红苕，有生有熟，就在房里抢着连啃带吞，活像一群饿鬼。昭舫看着他们，不知会拿自己怎么办，只觉得绳子勒的地方越来越疼。忽然听到门口传来了父亲的声音："长官，什么事？有话好说。"昭舫大惊，心想："这塘草真是，怎么把老太爷弄来了。要出点事怎么得了？"

那个"文职"到了门口，见岗哨拦住的是两个老人，便大声说道："抗击共匪，有钱出钱，有力出力，你们来找谁？"原来广诚得信后，一下就乱了方寸，救子心切，执意要和谢三金一起赶来。昭舫在里面听到，怕父亲暴露身份吃这些兵的亏，高喊道："曾师傅，谢师傅，没有大事，你们不要告诉我爹！"广诚听得心痛眼发热，懂得是儿子在向自己"递点子"，便轻轻推了下三金。

谢三金上前道："我们两人来赎我们家少爷。""文职"道："那叫你们老板来。"谢三金道："老板跑到武昌去了，我是账房，只要我做得了主的，长官发话就是。""文职"道："发话？我说要撕票，你做得了主吗？"谢三金却不慌不忙说道："长官一心为民，一生积德，莫说些话吓我老头子！我是说，慰劳慰劳长官，这点主我还是能做的。"

"文职"问："你们老板卖什么的？"谢三金回答："卖汤圆的。"广诚看到那军官明显不耐烦的表情，觉得不妥，在一个卖汤圆的身上能榨出什么油水？你这里怕吃亏，就归昭舫吃亏了。连忙插话道："还卖烟。"

"文职"说："那先给老子送两百条'红金'、外找三条黄鱼。"谢三金说："长官，我们小本钱，哪里……""文职"说："我这是一口价，肯不肯随你的便。"广诚连忙在身后捅他，谢三金心领神会，眼下，人最要紧，什么都得答应。便说："我这就去，不过长官先让我见见我们家少爷。"说着故意伸出自己的假腿，让几个当兵的见识下真正的亡命徒前辈。

广诚和谢三金被容许进门，刚刚能远看见昭舫和二十几号人都被五花大绑挤在一堆，好像没有挨过打。还没来得及细看，就被当兵的推了出来。广诚心疼，赶快蹎着跑回“继诚烟号”。他得消息出来时，就预备要被敲诈，随身揣了几根金条。他把留下守公新里六号的宪银喊来，用小板车装了两大箱、共两百条“红金”牌香烟，叫谢三金带着赶紧送去。

谢三金却说不能送快了，当心那些兵见你这么快筹得齐，会加码子。但广诚怕昭舫吃亏，一秒钟也不愿多等。谢三金只好带宪银起身。广诚怕宪银又出事对不起哥哥，便赶去嘱咐他们，怕当兵的见青年人就抓，叫宪银送到附近不远，就一个人先回来。

这其间也就隔一百多米距离。不一会，宪银先回了。广诚守着心焦。竟觉得时间好像特别漫长，不知过了多久。谢三金终于回了。昭舫却没回来。原来那群无耻的烂兵，拿了赎金后，不但不放人，还把谢三金捆了，蒙上双眼。谢三金听见一个当官的在外面喊：“车来了，还想捞什么油水啊？快走啊！”又听见乱哄哄地又是喊叫、又是打骂地押着人往外赶。他听见昭舫在骂：“你们不讲信用，比土匪都不如！”又听到有人在打昭舫。等到人声小了，最后一个兵骂着，把谢三金的绳子活头一扯松，就跑不见了。谢三金挣脱后，拉开眼上的布，一气赶到中山大道，却什么都再也没见到。

广诚听谢三金说罢，连他这样的老江湖都没有办法，看来遇到不折不扣的兵痞了。他一时竟如同掉进了冰窖，两眼发直，不能动弹。宪银和谢三金喊了一阵，他才醒过神来。

这时静娴派塘草和宪东来打听消息了。广诚怕静娴知道，还不准会出什么事，连忙道：“东东，你回去告诉你太，就说大少爷回了，好好的。说我今天就在这边陪大少爷。”东东回应后走了。广诚又说：“三金兄弟你还辛苦一下，要塘草拉黄包车拉你到江汉关码头和高头方向，我和宪银到粤汉码头底下方向，去打听消息。你自己也要小心。”谢三金说：“大哥切莫要慌，大少爷吉人天相，自有上天保佑，您自己也要小心才是。”

三金话音刚落，只听到传来几声枪响，接着是嗒嗒嗒机枪声。广诚不知道出了什么事，不知枪声是否和昭舫他们有关。想到桂系二十年前撤出武汉前的作为，想起当年蔡元安和广瑞的遭遇，吓得全身都瘫软了。

十三、谌家矶黑夜历险

昭舫等人被跌跌撞撞地押到一部有篷布的大道奇卡车上，同行的卡车大概还有两部。昭舫很容易就判断出，车行的方向是向北，也就是汉口人说的“底下”。他根据车行的速度和对武汉街道精熟的记忆，在心里分析车到了何处。后来汽车两次转弯，他清楚地知道这是在过三元里的铁路桥洞，出了城区了。

路开始变得很坏。又颠簸了很久，车才停下。然后，所有的人均被赶下车，松绑。昭舫一边活动着被捆疼的筋骨，一边用眼光四处扫了一遍。立即认出这是谌家矶码头附近。他想起当年轰炸武汉时，自己在飞机上对迈克尔说过的话：“把我蒙上眼，从飞机上扔到武汉任何地方，我都能马上说出在那条街道。”

他们被押到码头。这里的江滩很宽阔，路边有一个芦席搭成的临时仓库，他们被命从仓库往一条停靠在简易码头的木船上搬箱子。昭舫随便目测了一下，不下三四百米。斜坡上沙子很细很厚，显然是经多年水流涨落磨成的，坡子很崎岖，没有一处是平坦的。同来的人立即有抗议的、有骂的，但立即招来踢打。有人哭了，因为他们认为这群兵很可能让他们做完苦力后杀人灭口。

箱子规格一致，两边横木可以很方便用双手端，但是很沉。所有人，包括昭舫都被迫不声不响地小心端起箱子，用肚子帮忙顶着，缓缓挪落着步子搬运。河沙很快灌进了鞋内，越装越多，但是没有谁停下来倒鞋里的沙子，因为倒了也没用，只要几步就会又装满。何况那些当兵的端着枪，站在一路监视着他们这群“民夫”，不断呵斥道：“轻点！”“过细点！”“摔了老子打死你！”。好在是下坡。下完长长的江坡后，踩着竹跳板，踏上一个顶棚已锈落的破旧小趸船，一条大机木船就停靠在这趸船边。趸船上又有两个士兵背着枪，监视他们上船卸货。

透过黑夜的江面，可以看见长江心天兴洲那边微弱的星点渔火。

趸船上的一个士兵在对另一个士兵说：“狗日的，老子们工兵就不是人，像苦力。”

另一个说：“那有啥法？命生的。”

那一个说：“老子明明看见两大箱烟，就只给老子每人两包，像打发要饭的。

有火没有？”

另一个说：“点火，你不要命了啊？炸不死你？”

那一个气得又骂开了：“狗日的，又冷又饿，还不能抽烟。”

两个都不说话了，昭舫一边来回搬运，一边在寻思，这大约是一排工兵，在城里胡乱抓夫，是为了替自己搬东西。凭经验，是搬的炸药。把炸药装上船，一定是为了去搞破坏，炸码头？炸船？

凸凹不平的江滩的斜坡上，有一些散落着的芦苇，地形不太好隐蔽。有游水逃跑的可能吗？如果从这里下水，逃得出去吗？5月的江水这么冷！但如果不逃，还有别的机会逃吗？为他们毁掉武汉的罪行当帮手吗？他们会事后杀人灭口吗？

忽然间，昭舫看见，一条小船在无声无息地接近这趸船，船上一个人看见了昭舫，做了个不要出声的手势，又把手一挥，示意他走开。

昭舫明白了大半，顺从地去放下箱子，往回走，小船上的几人借助趸船舱壁的遮掩，爬上了趸船，混进搬运的队伍。突然，一起扑向了在趸船边的士兵。

一个很快被制服，另一个却似乎有反抗力，就要挣脱喊叫或开枪，昭舫也立即抽身大步上前，猛地用手捂住了那个兵的口鼻。在昭舫帮助下，这个士兵被按倒。其他搬运的人明明看得清清楚楚，却装作不知。那几人缴了士兵的枪，一边捆绑士兵，一边把木船搭系在趸船上的缆绳解开了，用一根长篙使劲把船撑向了江心。借助微弱的月光，昭舫看到，上游堤边还有一群人正猫着身子缓缓朝这边运动。

装炸药的大木船向江中漂去，在水流作用下打着转并漂走。过了一阵，岸上有个下江边撒尿的士兵竟发现了，提起裤子惊喊道：“船、船怎么走了？”这时坡上有人趁势大喊了一声：“跑啊，解放军来了！”小船上混进来的人便鼓动昭舫等人，一起乱喊：“解放军来了！快跑啊！”随后，一个人朝天上放了一枪。

那群作威作福的士兵听到了“解放军”三个字，早吓飞了魂，哪里敢布阵迎战，没命地向仓库跑去，乱作一团。几个尚有点作战意识的士兵怕炸药被解放军打中爆炸，便胡乱放了几枪壮胆，然后朝下游方向撒腿就跑。而昭舫刚才看见的那群人，就势快速冲到了这边，原来是些带着红袖标的工人纠察队员。

一个人在指挥：“工友们，把那些兵赶远点，小心仓库里的炸药！”昭舫看见，高兴得差点喊出："小豆芽！"

工人纠察队中其实只有几条枪，大部分人仅拿着棍棒、斧头，却一下就撵走了仓库周围的几十个正规军。随后小豆芽指挥大家迅速撤离，只留下专人炸仓库。因为过一阵敌人可能会悟出上了当，又杀回来。

工人中的司机开来了逃兵弃下的汽车。昭舫高兴得跑上去与小豆芽拥抱，随他一起爬上了一部"道奇"。

小豆芽问："曾老师，你怎么会在这里？"昭舫把经过简单地讲了一遍。小豆芽说："我们接到命令，赶来打破敌人逃跑前的爆破计划。曾老师，沿着长江，一大半都是我们工人纠察队的天下了！工厂、电信局，也都在我们的保卫之中。武汉就快要完全回到人民手中了！"

车向汉口方向开去。行了约十分钟，就听到谌家矶方向传来一连串巨响。昭舫问："那留下搞爆破的人怎么办？"小豆芽说："他们有船，会撤到河对岸青山去。曾老师，等下到了三阳路你就下车。我们还要去支援那边的同志，保护码头和渡船。"昭舫说："我也去！"小豆芽说："你不去了，你先回家，让家里人放心。不要急，以后需要你做的工作多的是。"

昭舫在天亮前先回到了岳飞街。一觉醒来的祯青完全不知道昭舫一夜的脱险经历，听昭舫简单叙述后，吓得半天没说出话来。

武汉轮渡工人在反破坏斗争中，保护下来的一艘趸船和一艘轮船

十四、保卫人民的城市

1949 年 5 月 15 日，这是武汉解放前的最后一天。

昭舫还没到家，小豆芽就按昭舫的委托，按他给的电话号码打到“继诚烟号”，报了平安。广诚接了电话，高兴得拔腿直跑去德润里，给彻夜未眠的静娴报平安，只留下塘草守着店。昭舫一个小时后，也骑着祯青的自行车回德润里了。曾家阖家老小一片欢喜，广诚命他马上好好睡一觉。

中午，留守“老通成”的谢三金来到德润里。告诉广诚：“共产党的人原来就在我们对门的电报局！”让老爷子又惊得半天合不上嘴。共产党派人来对三金说，要老通成出人参加“红帽队”值勤，维持大智路口和公新里的治安，防止国民党溃兵和二流子抢劫。

“红帽队”是老百姓对武汉解放前夕“真空”期，民间自发组织“义勇消防队”的称呼。他们头包红色布巾，手持木棍，在闹市区和重要公共设施轮流值守，也是地下党组织信任的一支“友军”。

广诚不让吵醒在睡觉的昭舫，站起说：“我去！”他嘱咐静娴等人看好秋平和毛咪，亲自带了宪银就赶了过去。静娴急得把头从窗口伸出喊他小心，年纪大了不要逞能等等。

没想到在前屋的说话，把后屋的昭舫弄醒了。他听说父亲去值勤，怎么也不放心，不顾母亲劝说，还是要回“继诚”去。静娴只好让东东陪他一起过去。

回到“继诚”，乍看还是老样子。塘草见他便说：“叔，他们叫爷爷就在‘老通成’三楼窗子上看街，说是有事会有人来喊他。宪银去参加巡街去了。叔，今天快到中午时，魏中校来了一趟，把三楼的钥匙拿来了，说叫你回来后去三楼看一下。”

昭舫心想，他大概是跟白崇禧跑了，三楼有什么好看的。不过他想了想，还是上了三楼。开开门，里面除了一套棉军服，一把日本马刀外，在屋中仅有的那个小茶几上，显眼地摆着一个信封。

昭舫抽出里面的信纸，见上面写着：

昭舫:此别无期,情谊心存,不言谢。代问夫人及毓章。

转告培莜,深感其友劝。公博为武汉战斗过,从未惧怕生死,恨不能葬身武汉。望弟谅兄不愿为二朝臣之志。

另:小心江中来快船,兄仅知其目标有各趸船码头,自来水厂之抽水船等。弟等万不可大意。香烟纸上系一部分机场和城近郊地雷布点图,公博手头资料不全,还望弟海涵。

愿后会有期

公博上　民国三十八年五月十五日

下面是两张香烟纸,一张画了几个简图,一张写着一个广州的地址,很明显是将他家人拜托给“共党”了。

昭舫立即收起信,大步飞下楼梯,拔腿直奔对门的电信局。

门口两个工人纠察队员拦住他问:“干什么的?”

昭舫说:“快。我有急事,找刘实。”

一个回答:“这里没有刘实。”

昭舫说:“对不起,我就是对门‘老通成’的小老板,有紧急要事,找你们负责人。”

一个声音在里面问:“什么事?”紧接着一个穿长袍的人走了出来。

昭舫一看,竟是自已那年接祯青时在码头帮忙提箱子的那个人。他什么也顾不得说,从内心就感觉那人是共产党,就上前把信递给了那个人。

那人一看,立即说:“曾先生,谢谢你,我姓陆。”说完就让昭舫等着,他进去地下室。

在已停业的电报局大厅,厅中间的书写桌上放着一摞传单,昭舫拿起一张看,是:

紧急命令

民国卅八年五月十五日。查国民党蒋匪军华中‘剿总’匪首白崇禧企图作最后挣扎,现已全部撤离汉口。在人民解放军未进入市区以前,特命令汉口警察全体官警同志应切实遵守下列各项:

(1)人民解放军进入市区时,坚决停止军事抵抗;

(2)各守岗位,维持市面秩序及保护人民安宁;

(3)各辖区所有公共建筑及公营事业(如水电、工厂、仓库、堆栈、银行、医院等)须严加保护,不得任意破坏或烧毁;

(4)各机关所有干部人员、重要文件、物资财产装备等应切实保护,以待移交。以上四项倘有故犯者,严加重惩,有功者按功给奖,胁从者不究其遇;

(5)凡与我方有关人员,应服从组织,遵守纪律,执行命令,完成任务。人民解放军将确保大家生命、财产、生活、工作等安全。否则,接受人民法庭审判。

中国人民解放军江汉军区城工部

解放军的命令大气凌然,居高临下,明显地在掌控着武汉局势,让昭舫心头热了起来。

这时,薛培莜突然大步从里面走了出来,上前来紧紧地握住了昭舫的手。

昭舫说:“原来你也在这里啊!我应该说找你,他们就不会拦我了。”培莜说:“谢谢你及时送来的重要情报。你现在可以回去了。我们已经与我们在保元里九号的前线指挥部通过电话。我们会派人行动的,绝不会让敌人的阴谋得逞!我这就赶到一码头去。”昭舫说:“我陪你去。”

薛培莜一边大踏步向江边方向走,一边说:“我要赶去布置,你还是先回去。昭舫,国民党第十九兵团司令张轸,已经率部2万人在武昌金口起义。我解放军一一八师先头部队已经到了汉口东北角。襄河那边,蔡甸已经被解放军占领。武汉即将解放!可惜公博了,哎!他虽然有正义感,却始终不愿脱离他的政府,以为这是对信仰的忠诚。你先回去吧!”

昭舫转身过了马路,走进“老通成”去看父亲。

这已是下午3时许,滠口方向忽然响起了炮声,原来这是即将逃跑的国民党军朝解放军红薯岭阵地胡乱放的几下“起身炮”,立即又传来解放军一一八师猛烈还击的炮声。

与此同时,“小诸葛”白崇禧正坐飞机匆匆逃离武汉。

广诚听到炮声有些慌张,他对于“兵乱”是心有余悸的。在他的唠叨下,昭舫顺从他的要求,去岳飞街——那边离军事要地粤汉码头实在太近——把祯青和一对儿女都接到了德润里。

时间在慢慢过去,天也渐渐暗下来,然后,夜色姗姗降临。这是旧政权下的最后一夜,然而这一夜是漫长的,也是令武汉人民极度紧张的。

广诚全家都守在德润里二楼的堂屋，不想睡觉。不断可以听到武汉的守备军五十八军溃逃前实施爆炸的声音传来。

这其实是守备司令鲁道源在借爆炸勒索。汉口市总商会又连夜凑出2000银元送去，要求败军不要炸毁水厂电厂，这在当时被称为“赎城”。

在夜幕的掩护下，乱糟糟的溃军纷纷涌进江边几个码头集结，等待轮渡过江。当时除了三艘轮渡，大多数轮船已开往青山、谌家矶等地躲藏。留守专门实施破坏的国民党武汉警备司令鲁道源，在对江城工商界敲诈勒索之后，还是背信弃义，下令对江城进行最后的疯狂破坏。他发出歇斯底里的咆哮：“一粒粮食也不要留给共产党！”招商局多达95艘大吨位船只，也被他控制带走。

却说薛培莜带着工人纠察队，从集家嘴到兰陵路的码头、仓库、沿江设施都布置了值勤，监视和驱赶可疑的人员。由于有他们保护，鲁道源的大部分破坏目标都没能得逞。潜伏在城里的各级地下党员数百人，以及解放区派来的城市工作部工作人员，已经纷纷“冒”了出来，维持着社会秩序，保卫着城市财产，迎接解放。

薛培莜遇见了“小豆芽”，便告诉他，天黑前，王家墩飞机场的工人和一部分原国军地勤人员、一些起义反正的国民党工兵，正在按魏公博提供的草图排除地雷和炸药。

小豆芽则讲到，码头工人查处了一艘装有炸药的木船。但是他们的话还没有讲完，就听到上游方向又传来了爆炸声，这显然是最后撤离的特务在施暴。事后得知，汉口集家咀至林森路的沿江码头的部分趸船及渡船被炸沉。

忽然有纠察队员带来了一个四五十岁的大汉，说他只嚷着要见长官。队员指着薛培莜说：“这就是我们领导，你说吧！”

那人说：“长官，我叫童柏青，是童家的‘三管’。老爷走前，叫我等当兵的走了以后去看看粤汉码头。童家在粤汉码头旁边有一个仓库和一个私家趸船，上月起就被警备司令征管了，不让外人插手。我下午吃了饭，心想他们大概已经都跑了，就过去看，仓库里面和外面货场还有上百方木头呢。不想我看到我们仓库坡下的小岔港里，停了几条船，装的炸药。这时有当兵的来把我抓了，说我是共产党。打了我一顿，关了几个钟头。幸亏有个姓魏的长官过来，认出我是童家的人，叫把我放了。他送我走到美国领事馆跟前，轻轻对我说了声，去告诉薛培莜，或者是领导。”

薛培莜说：“我就是薛培莜。童师傅，谢谢你了，你能不能带我们去？”

童柏青似乎有些犹豫，说：“其实又不难找，就在一德街底下一点，堤外江坡。”

薛培莜道：“他们是想用船炸我们汉口水厂的抽水船，还有码头。童师傅，你带我们去，就是为武汉人民立功了。”童柏青又想了一下，说：“好吧！”

小豆芽说：“事不宜迟，我马上带我们武装纠察队过去。”薛培莜道：“小心点，敌人五十八军还有不少人在那里等着过江。我们这里的人不多，而且都没有经过军事训练。”

小豆芽立即到青岛路仓库，叫上在待命的一二十个人，向粤汉码头方向奔去。

再说新“火线提拔”的中校军官毛竞飞，奉命在撤离前负责炸毁粤汉铁路码头、汽渡码头和水厂的抽水船。他按行动计划，带着十余手下和宪兵、十多名工兵到达了粤汉码头上游的童家仓库。

这里有一处断裂的江岸，约有十几来米宽，深入岸边数十米。枯水期会形成十来米高的断崖。5月，江水还未上涨，常有渔船停泊于这小港湾。鲁道源为撤离前破坏而准备下的几艘装满炸药的轮机木船，就藏在这里。

毛竞飞指着他手下押着的一个双眼被蒙着的血淋淋的人，说：“现在你就是招认武汉地下党领导是谁，我也不想听了。”他转向手下，“你们还愣着干什么？动手啊！”

他的手下和工兵们冲下坡，几个工兵跳上了第一条轮机船。船锚被收起来，机船开始发动向江里驶出。他们在船上把五花大绑的那个地下党装入一个麻袋中，又拴上了一个铁锚。

十五、魏公博的最后选择

毛竞飞在看着第一条机船驶出，忽然有人高呼："毛兄且慢！"他回头看见了跑步而来的魏公博。

毛竞飞在抗战中曾在魏公博手下战斗过，也有了生死交情。但此时，他想起郑扩儒嘱咐过他，魏公博最近意志消沉、立场动摇。又想到这次活动是绝密，魏公博应该随机关撤离的，怎么会到这里来了？便问："魏兄来这里有何贵干哪？"

魏公博说："毛兄，计划有改变，现在来不及实施了，为保存实力，命我等赶快撤离到武昌。"

毛竞飞狡黠地笑道："可是我得到的命令是：坚决执行命令后，江中有汽艇来接我们啊！将在外，君命有所不受。魏兄的口谕，恕我不能随便听从了。"

正在这时，江坡上一个声音喝道："毛长官，抓住魏公博，他反了！"

魏公博不慌不忙地对那人高声说："费耀祖，你的尾巴终于露出了！毛兄，派人抓住他，他被共党策反了。"

费耀祖说："魏公博，组长命令我监视你，已经十几年了，你的一切企图我都清楚，你已经背叛党国了！"

胸有成竹的毛竞飞说："少废话，我没有时间听你们吵架。"他对手下命令："把他们两个都给我抓起来！"

费耀祖不知毛竞飞的底细，想掏枪。哪里逃得过公博的眼睛。他举手就是一枪，就把姓费的撂倒了。随后他跳到仓库的墙后，喊道："毛兄，你我八年抗战，肝胆相照，还不相信我么？"他躲过了一个特务射来的子弹，立即回手一枪把那人打翻。自己飞快躲进了一堆堆木材后。

毛竞飞也躲在了隐蔽处，喊道："我公私分明。魏兄，不要阻碍小弟执行任务！念我们多年交情，我放你走。"

魏公博高喊："竞飞，我们为了从日本人手上夺回武汉，牺牲了那么多兄弟。你今天是要炸汉口水厂的抽水船，对得起汉口的人民么？你置民生于不顾么？"

毛竞飞懂得魏公博的意思了，他命令手下："守住这里，不要让他能够射击下面船上的炸药,否则我们都会完蛋!”

第二艘船是个木机船,已经收了锚绳,想要划出小港湾,魏公博的夺命枪响了,掌舵的被人打落在水中。

毛竞飞发现了魏公博的位置,命令用火力压住他,掩护木船出江。

第二艘船又向前驶了几米,魏公博又是一枪,打倒了驾驶舱的士兵。船上的人见他弹不虚发,吓得都躲到了另一侧。

魏公博喊:“毛兄,你再逼我,我就打船上的炸药了。”

毛竞飞无奈,喊道:“别打、别打!公博,是你在逼我!我朝你走过来了。你要下得了手,就朝我打!”说完示意手下悄悄跟着自己。

正在这时,有士兵喊:“长官,有人来了!”

毛竞飞此时把双手放在头上,把自己暴露在月光下,正带着隐蔽的手下向魏公博方向缓缓走去。

小豆芽的声音响了:“国军士兵们,你们被解放军包围了,缴枪不杀。”

立刻有人朝小豆芽那边射击。工人纠察队这边也马上有几杆枪还击,并对着最暴露的毛竞飞射去。

毛竞飞中弹倒下,魏公博惊喊了一声:“毛兄!”就冲到了他跟前。

毛竞飞喘着气,恶狠狠地说:“你这个叛徒,借刀杀人!”说完就闭上了眼睛。

小豆芽带纠察队虚张声势,一边放冷枪一边高喊“缴枪不杀”。国军和特务看到长官被击毙,吓得一哄而散,沿着低处江岸撒腿跑了。小豆芽等抓住一两个,却看见魏公博正跪在毛竞飞身边。

粤汉码头附近江岸

魏公博满脸是泪水,对着小豆芽道:“江上的汽船是去炸水厂抽水船的,船上押着你们的一个书记。”接着,他低下头对毛竞飞说:“竞飞,原谅我,不是我叫他们来杀你的!我到阴间再跟你解释吧!”说完,他举起手上的枪,对着自己的太阳穴,扣动了扳机。

十六、武汉解放日

1949年5月16日上午10时多钟，站在老通成楼顶的广诚和昭舫翘首看到，从中山大道北、“底下”方向，几十个带着红袖章的工人和学生飞跑过来，一路跑一路高喊：“解放军来啰！解放军来啰！”

大智路口瞬间变得沸腾。“老通成”门口、“继诚烟号”门口，一群群人敲响了锣鼓。学生们、工人们、店员们、市民们、女人们、孩子们从四面八方涌了出来，自发地在中山大道两边，排成了人堤。这其中有许多带着红帽，或带着袖章的工人纠察队员，不少人拿着五颜六色写着标语的小旗。

摘去了国民党帽徽和领章的值勤警察们，发放和张贴着《安民告示》，有的夹杂在欢迎人群中。

街面热闹而秩序井然。忽然间，人们欢呼、跳跃起来。《中国人民解放军进行曲》的歌声正由远而近地传了过来：

向前、向前、向前！
我们的队伍向太阳。
脚踏着祖国的大地，
背负着民众的希望，
我们是一支不可战胜的力量……

雄壮、威武、整齐的人民解放军部队，如同洪流般，浩浩荡荡地行进过来，像一条绿色的河流，不可阻挡地、源源不断地，流淌在饱经沧桑的汉口街道上。半个世纪中多次处在革命最中心的武汉人民，经历了无数残酷的岁月，苦守着对未来的期望，自己的军队终于如同天神般到来了！

一条写着“天亮了”三个金黄色大字的红横幅，在夹道欢迎的队伍中拉开。宣布武汉就此回到了人民怀抱！

有那么几分钟，街道两边人群的堤岸突然鸦雀无声，只听到人民军队脚步踏着汉口城堡——后城马路——中山大道街面整齐的脚步声：“嚓嚓，嚓嚓，嚓嚓，嚓嚓……”

武汉解放，解放大军进城

昭舫站在窗口，一瞬间，这“嚓嚓，嚓嚓”的脚步声，让他的头脑中疾驰过了不计其数的画面、飞渡过漫长的岁月。当年他作为一个进步学生，作为一个爱国歌咏活动家，作为一个抗战队伍中的士兵，经常在寂静的世界中，听到从天外传来这样的声音。

他热血上涌。此刻，他真想要一根指挥棒，再次去指挥万人合唱队伍，唱起庆祝解放的歌声。

忽然塘草跑来他身边，小声说道：“叔，有几个挎着盒子炮的人，直冲到六号去了，他们说要找你。”

昭舫吃了一惊，解放了，匪军都跑光了，难道又出了什么误会么？

他不敢去打扰正看得专注的父亲，大步跑下楼，直向公新里六号奔去。

门口站着几个跨短枪的解放军战士，见他跨进大门，并没有什么反应。昭舫心里充满疑云，等他走到楼梯口，听到楼上传来母亲和祯青欢快爽朗的笑声，他放心了，心转而激烈地“嗵嗵”跳荡起来。

他三步并作两步、冲到二楼堂屋，屋里面一片欢腾，三个军干同时站了起来，异口同声喊道："昭舫！"

潘乃斌！李厚生！朱九思！

我的同学、我的兄弟们，你们铭记着我们的友情，在经历了多年严酷的战火后，刚进城就来找我了！

他的眼泪瞬间涌出来了，紧紧地和他们拥抱。回来了，我的朋友们！你们为了民族解放的理想，亲历生死，光荣地回来了！

现在有多少话要说啊！

潘乃斌到达解放区后，改名潘琪，正待上任武汉军事管制委员会教育处处长。李厚生改名李锐，朱久思改名朱九思，他们两人是前去接管即将解放的长沙《湖南日报》的。

他们谈论着离别的岁月，谈论着当年的武大，谈论着一个个同学的去向。

潘琪说："明天，武昌大概就解放了。我就会跟着'四野'过江，去我们的母校武汉大学。昭舫，我们是被他们通缉和开除的学生。但是，明天，我们的学校就会走上新的道路了。"

昭舫问："'美专'你也管吗？"潘琪道："是啊！"昭舫说："我三姐就在美专教书，姐夫是张道愚教授！"李锐问："张道愚？是那个很有名的国画家？和潘天寿、吴茀之一起的，'白社'的骨干？"昭舫说："就是！"九思道："不简单，我知道，他比我们更早去过延安。曾家真是人才济济。"

昭舫却略有伤感地说："就我太平庸。现在嘛，生意人一个。"

潘琪说："别那么说，中国解放是全国人民共同斗争的结果。当年你的《大家唱》曾经鼓励和唤起了那么多人投入抗日斗争。我和你分手后的第二年，曾受党派遣去国民党第84军173师从事统一战线工作时，就随身带着两本《大家唱》，很有帮助啊！现在新中国就要建立了，我真心希望你能把《大家唱》继续编下去。让革命的胜利歌声响遍祖国大地！"

"现在我还编《大家唱》？"昭舫苦笑道。

"当然哪！现在是人民的政府、新的中国，我们需要更嘹亮的歌声来歌唱我们的战斗历程，歌唱我们的胜利，迎接我们的未来。昭舫，我绝不是随口一句。我们在进武汉以前就听说了你的一些情况，对你反对内战、掩护我们同志的事情都知道得清清楚楚，我们都希望你能行动起来，希望你能尽快编出为广大群众、为新中国需要的《大家唱》。”

武汉人民迎接解放

李锐和朱九思也立即发表相同的建议。昭舫听着听着，心里发热了。

是的，回想多年来的经历，一直压抑的歌声应该响亮地唱出了，这是我的强项。如果重编《大家唱》，我也能为新中国贡献一分力量。他的心里已在急速考虑怎样回到这一战线。

潘琪催促地问：“我没开玩笑，你同不同意啊？要我三请吗？”

昭舫不好意思地笑了：“怎么不同意呢？我也就总是被你们牵着鼻子走嘛！”

李锐笑道：“千万别那么说，我们都是对你的才能和人品深信不疑哪！”

潘琪又转向静娴：“伯母，我在抗战时，在苏北盐城多次见过大姐，我还知道小弟在皖南事变中安全突围。不过后来就各奔一方，不知道他们的消息了。”

昭舫着急地问：“他们属哪支部队，你知不知道番号？”

李锐道：“依他说的，他们应该是属于‘三野’的了。”

潘琪想了一下，说：“这样，肖望东同志曾经是我的上级，现在是苏北区党委书记和苏北军区政治委员。他很平易近人的。我先帮你给他写封信，打听一下消息吧！”

但是昭舫更急，说：“你现在就给我写！我带去，找肖望东。我准备马上就去上海。”九思道：“上海还没有解放啊，你急什么？”昭舫说：“我看到解放军这样的军队，相信要不了几天了。”

兴高采烈的广诚一步跨两梯上楼来。他还没来得及看房里的人，就在楼梯上又回过头高声吩咐楼下：“塘草，明天回越乡，把人都喊回来。我们要开业了。先做些包子，慰劳解放军！”

漢口

Hankou laotongcheng zengjia

老通城曾家

第三部·再生

第五章 新 生

一、奔向大上海

乘江轮从武汉到上海有四天三夜的航程。三个晚上分别在九江、合肥、南京靠停。眼下上海还未解放。浩荡而苍茫的长江中，依旧还能见到英国人的军舰。但这丝毫不能干扰昭舫的迫切心情。武汉解放仅一周，出于对姐弟的想念，昭舫和祯青就乘着客轮出发了。

潘琪专门为他写了一封信，将他介绍给三野的战友，要他们支持他编写《大家唱》的工作。

虽然仓促，昭舫却迅速下定了改变人生道路的决心，他将结束经商事业。因为老同学们已经告诉他了，他属于人民阵营中的“民族资产阶级”，也是共产党和工农大众的朋友。昭舫又问清楚了“剥削”和“自食其力”的概念后，毅然向全家宣布，自己找回姐弟后，将找一分“革命工作”参加劳动阶级。他将“继诚烟号”的经理职务交给了父亲，宣布退出了自己在“群宴楼”的股份。

他退得三条共 18 两黄金和两千银元，加上自己保险柜中存放的约两百美元，全部带上作为旅资和到上海——这个当时全国物价最昂贵的城市——以后的生活费。

静娴建议他们再带上一千万人民币[①]，但是广诚老道地认为，刚投放市场的人民币在上海也不一定就能通行。他让昭舫夫妇多带一千银元。“见了大姐小

---

① 老币，一万元相当于 1953 年币制改革后的一元。

弟，发个电报，我们再汇钱去。”昭舫劝阻住了父母不去送行，由塘草带着毛咪去送。

不料在轮船码头上被纠察队告知，根据新政权通知，银元不许携带。昭舫见解释不通，只好让送行的塘草带回家去了。姜还是老的辣，广诚早想到了这种可能。客轮上的茶房中哪缺了他的熟人？这个善于藏货的“老单帮”预先就将三根金条插进了房舱架中间，昭舫上船就顺利拿到了。

船上有人在喊昭舫。昭舫一看，竟是美国商人格林。

“你这时去上海？干什么？”格林问。

“有些债务要赶快处理。”昭舫用预备好的话回答。

“你不怕危险吗？要钱不要命了？”他惊讶地问。“我是为了赶快回美国去，你何必赶在这个时候？”

昭舫搪塞着他，格林却滔滔不绝地说开了。此时国军尚有精兵集结在上海，在京沪杭警备总司令汤恩伯指挥下，有8个军25个师、30余艘军舰、120余架飞机共20余万人，拥有纵深数十里、四千余个碉堡组成的坚固工事，是三道阵地组成的防御体系。汤恩伯在接见中外记者时宣布：“要让上海成为一战中的凡尔登，二战中的斯大林格勒！如果上海守不住，就要把它搬空、打烂、炸完！”

“你想，你这时带着年轻的妻子，往火线赶，你考虑到后果吗？”

昭舫不想和他辩论，船上人员极其复杂，既有唱着“解放区的天”的工作队，又有化装潜逃的国民党特务与公职人员，也有不少像格林这样的外国人，懂英语的想必也不会少。但是昭舫从他看到的解放军身上，从他那些充满复兴中国抱负的同学的言谈中，已经坚信，国民党的军队仍将是不堪一击的。这样，解放军的渡江部队才能藐视蒋家的兵舰和炮台，划着木船、摇着橹、扬着帆驶向南岸。

他深信，这支所向披靡的部队中，就有他的大姐昭萍和弟弟昭诚。他常在梦中看到他们的身影。他们一定还活着。但此去能见到他们吗？大姐、小弟，此时你们在哪里呢？

现在让我们带着昭舫的思绪飞向昭诚身边，看他是怎样去上海的吧！

不到一个月前，万里长江雨季未到，春汛不发。昭诚的队伍正在芜湖与南京之间的当途对岸待发，西南边是青弋江口的一个渡口，有塆址码头。他此时是三野25军217团团参谋长，回来解放他抗战中战斗的地方。

三野九兵团第25、27军与7兵团第21、24军，奉命作为第一梯队，强行突破长江天险。中央军委和总前委命令：战斗部队过江一个营，师长就要过江；过江一个团，军长就要过江。遵照这一指示，第27军军长聂凤智、第25军军长成钧都随突击队亲临一线参加强渡恶战。

4月20日晚8点，震惊中外的渡江战役打响了。一时间，两岸炮声撼天动地。接近午夜，靠民工摇橹的解放军万艘木船起航，江面桅杆如林，帆篷蔽天，战船乘风破波，直扑南岸。

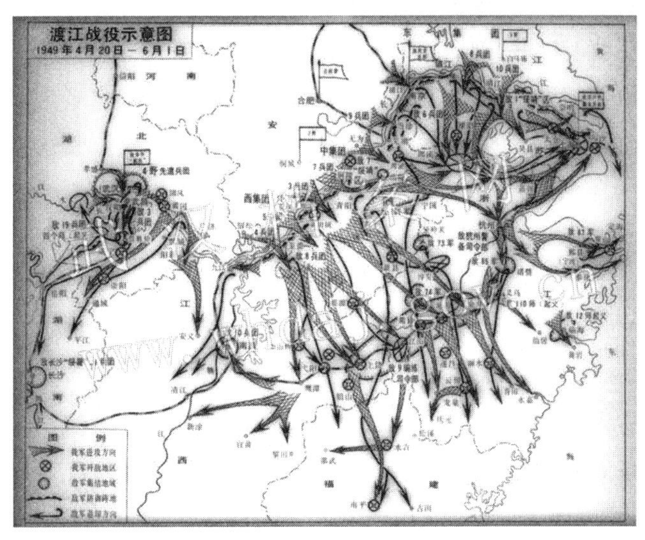

渡江战役

曾家要是晓得昭诚奉命带着尖兵部队，顶着枪林弹雨这样过江，不知会被吓成什么样子！

敌军炮弹激起的巨浪让昭诚他们全身湿透，江风一吹，更是冷得透骨。有的船被打中了，变成碎片飞向空中；有的船被浪掀翻，套着简易救生圈的战士在冰冷的江水中和死神搏斗着。昭诚他们的船却很幸运，穿过林立的水柱，一点一点地、离南岸越来越近了。昭诚看到和他记忆的武汉轮渡靠岸时距离差不多了，就迫不及待地跳下了船。没想到江水还有一人多深，他赶忙探出头喊："不慌跳，这里太深了！"

他已顾不上子弹"啾啾"地在身边打出水花，继续游了十来米后，软软的江底碰到了，他一挺站了起来，高喊道："同志们，跳船，冲啊！"

这支队伍前赴后继地冲上南岸江滩，按计划一气占领了岳山、羊头尖等沿江阵地，然后就在这里坚守，掩护后续部队登陆。坚持到天亮后，战线终于前移向纵深发展。

昭诚已几处挂花，但是活着，伤也并不重。他回到岸边包扎，看到上游漂下来了一艘艘被打得破烂的木船，每船几乎都是满满的牺牲的战士的尸体！想起自己身边倒下的战友，想到来之不易的胜利，这个铁汉子眼又红了。

“但愿我能活到全国解放，我还要回家看的。”他独自在暗想，“他们打不死我的，我的耳朵大，运气总特别好。”

渡江后，部队又马不停蹄地挺进到芜湖与南京之间，到达项羽自刎的乌江镇。昭诚见到了项羽庙，还设有香堂。他知道此地有一支多年来为害一方、砍杀过新四军的青洪帮大刀会，有两万多人。他们帮规古旧，吃朱砂壮胆，自欺“刀枪不入”。

昭诚奉命带了一个营500多人和一个迫击炮排作尖兵开路，与大刀会遭遇上了。

交锋后，昭诚下令先行诈败，一口气退了二十多里。

那些“刀枪不入”的大刀会头目哪里懂得什么“兵不厌诈”，高兴得摆酒大肆庆祝，痛饮持续到天黑。不料昭诚突然带队伍从天而降，大头目当场被击毙，余部溃不成军，方知“刀枪不入”信不得了，便连滚带爬跑上了山。次日，派了“中人”来要求投降，集队交刀二万多把。

迅速扫除了地方障碍后，我25军与27军又配合分割、围歼敌正规军两个整军，占领了芜湖西南。昭诚部没有休整，继续往南京方向猛进。急插至郎溪、广德，与东边部队会合，完成了对南京的合围。

一路上，小跑着的行军战士“打到南京去，解放全中国”的整齐呼喊声响彻云霄，令地动山摇。

4月23日，南京解放。蒋家王朝在大陆的政权就此灭亡。

撤退的蒋军狼狈逃向杭州方向。昭舫奉命带队追击穷寇。

此间大雨滂沱，浓雾弥漫，几百里行军，路上全是泥浆，步履十分艰难。他们几天顾不上吃饭，又饿、又累、又冷。昭诚骑在马上，伤口竟开始发炎，浑身颤抖，在皖南事变时的那种饥寒交迫的感觉又来了。队伍已经累极。竟有战士跑着、跑着，就一坐下去，再起不来，在路旁倒毙了。

追击了三天两夜，到达广德地界，全歼漏网逃敌三个师。小休几小时后，又奉命继续挺进。

雨终于停了。一片酷似昭诚童年记忆中汉口后湖边的农田展现在眼前，油菜有半人高，好似一张无垠的绿黄色地毯。江南三月的春日和风暖暖地向人吹来。

昭诚和团部几十人走在田埂上，疲惫而困倦。忽然听见一声吼，田中突然有一两百敌军冒了出来！

渡江勇士们冒着敌人炮火奋勇前进

他们大吃一惊，此时所有人几乎累到了极限，根本没有战斗准备。昭诚火速掏出了盒子枪，却看见这帮国军根本没准备打仗。他们衣衫又脏又破，浑身泥泞，纷纷将双手举枪过头，抢着高呼："我们投降，解放军饶命呀！"

这真是兵败如山倒！昭诚想，他们几十个军干，一下子就收俘了两百多人。害得炊事员忙着去找食物，俘虏是不能让饿着的。

以后一路势如破竹，在解放了常州后，昭诚所部被指令乘火车向北，去接受新任务——解放大上海！

这是一列有 40 节货车车厢的火车。昭诚分配到几节车厢，可乘千人，可他们一个团的两千人全挤上去了。虽然官兵在一起挤得透不过气，可昭诚和所有战士都很兴奋：这是去打上海呀！一两个钟头就能到昆山。这一两百里，行军要两三天呀！从山东—安徽—江南，他们都是靠两个脚板走过来的呀！

一路看不厌的是江南春景，到处葱郁苍翠，片片湖塘垂柳，原野万花竞放，姹紫嫣红。难道这曾是战场？可不断出现的凋敝的农村，衣衫褴褛的人民，告诉他们这片美丽河山必须解放！

他们奉命快速直取在上海西北的浏河。听说是去配合十兵团切断困在上海的蒋介石的退路，所有的战士都兴奋得跳起来。

其实这一消息是被故意透露出去的，为的是瓦解敌人军心。结果蒋介石生怕海路被断，匆匆跑上了停泊在吴淞口外的军舰“太康”号。

困兽犹斗，上海守敌还有相当战斗力。而党中央指示，战上海要花最小的代价，得最大收获。不可炮轰，不可用炸药，要用轻武器，不能扰民！但不能轻敌。引以为戒的是，5 月中旬，我西线兵团轻敌冒进，曾在月浦、杨行、刘行一线战斗一度受挫。

调整战略后，我军经过 16 昼夜的艰苦奋战，于 5 月 27 日，完全解放了大上海。这时，昭舫到达上海刚好两天。

昭舫是 25 日到达上海的。第二天，也就是 26 日清晨，他在四马路一家小旅馆，打开窗子，竟发现街道两旁的屋檐下，正席地酣睡着一排排的解放军战士。

解放军什么时候进上海了？怎么没有听到动静啊？又怎么露宿街头呢？昨晚上北风骤起，在旅馆里，盖薄了还很冷呢！这是多伟大的兵啊！旷古未闻，难怪战无不胜呢！

他匆忙下楼。刚遇到第一个解放军战士，就急忙向他打听曾昭萍、曾昭诚。战士微笑着摇头，把他介绍给一个连长，连长也微笑着摇头。

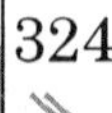

上海解放时街景，人民子弟兵入城后，不扰民众露宿街头

"他们是我的姐姐和弟弟，民国二十八年就参了军的。是三野的。"昭舫着急地说，突然想起了潘琪的话，便问："你们认识肖望东吗？"

连长又笑了，友好地说："您不要着急，我们知道肖望东首长，但他不是这支部队，我也不知道他现在在哪里。你的姐姐和弟弟如果活着，迟早可以找到的。哎，那是我们的团长。鲍团长！"

昭舫看到了一个正在和战士们说话的、脚穿布条编的凉鞋、缠裹着绑腿的五大三粗的"团长"，立即向他走去。

鲍团长友好地对昭舫行了一个军礼，问："你是曾昭诚什么人？"昭舫回答："我是他哥哥。"

"亲哥哥？"鲍团长似乎还不全信。

"是，您好像认识他？"

"认识。你有个好弟弟啊！"鲍团长兴奋起来，"我们十几年的战友了。不过他现在与我们不是一个部队。放心，那小子，不，你弟弟，耳朵大，命大着呢！不过，我现在不能告诉你他们部队现在在哪里。军事机密，懂吗？但是他应该就在上海周围，不远！哎，我们军长特别喜欢他，他也许会告诉你。不过也得等上海战役完全结束。"

昭舫的心宽了，弟弟就在上海周围战斗，听鲍团长口气就知道他是个英勇善战的军人！他连连致谢。上海有些地方的确还在打仗，现在是不应该去麻烦一个军长的。

他想了想，去找到了即将创刊的《解放日报》社，要求在报上刊登一个大大的寻人启事。

再说昭诚所在25军协同兄弟部队攻占领了吴淞要塞，为上海解放作出了有力贡献后，又奉命继续攻占我国的第三大岛——长江入海口的崇明岛。岛上有近万敌军把守。此时，更大数量的国民党溃军和江苏各地国民党政府官员都逃到了崇明，正竭力封锁长江口，等待军舰来接他们南逃。溃军在崇明抢粮劫物、大肆抓人，作困兽犹斗状，造成社会一片混乱。

5月30日，昭诚所在团用木船强行渡江，迅速占领了万安港。此时中共崇明县委也率县大队400余人，从海门灵甸港出发，由小竖河上岸。在这支有长期武装斗争经验的地方部队有力的配合下，解放军风卷残云般占领了江口镇，逼迫堡镇守军起义。6月2日上午,崇明县城的守军也在东门外大校场缴械投降。

这天,崇明城乡一片欢腾,到处都在鸣炮祝捷。昭诚回到营地,把自己穿了多日的衣服脱下来,和警卫员小向一起搓洗。

通信员疾步跑来,要他火速赴师部听命。原来岛上一股残敌还在集结和抢劫船只,企图逃跑。上级要昭诚带一支部队前去清剿。

昭诚带队出发了。正好这天晚上,崇明县委和地方武装组织欢迎解放军大会。会后是官兵大会餐,县委和25军团以上干部聚在一起。

昭诚当然没有参加会餐。过了一天后,他完成了任务,回师部报告。师部的文书叫他直接去军部。

军部设在另一家农家大院。军长成钧、政委黄火星等首长正谈笑得气氛热烈。见昭诚进来,成均率先问:“完成了?我的常胜小将?”昭诚腼腆地笑道:“就打了几枪,喊了几句话,敌军几百人就举枪投降了。”实际上,事后迫于解放军的威力,逃窜来崇的国民党党、政、军、特人员先后自动前来登记投诚的人员多达6400余名。

成均笑道:“太快了,没打过瘾,是不是?还有半边中国要解放哩!你先去休息吧!”

昭诚敬了个礼,正打算离开。黄火星笑着插话说:“可惜前天晚上会餐少了你。崇明岛那个女县委书记,是个双枪巾帼,喝酒也好个海量!我们几个人想联合把她拼醉,哪知道反被她灌翻了好几个。要你在就好了。”

昭诚笑着听着,忽然似有所感悟,问:“那个女县委书记姓什么?”

黄政委道:“哦,你不说,我还真忘了,那女书记……”

几乎有五个以上的人异口同声答道:“姓曾!”

二、上海小团圆

无论是在流亡的年代，还是战后在武汉的岁月，昭舫出于对音乐的热爱，出于对民族前途的期望，从未放弃过对民歌和进步歌曲的收集和整理。他的心中，总念念不忘他曾经历的最激情年代，怀念那个时代结交下的战斗友谊。于是，他习惯把整理的歌曲编辑成原来《大家唱》草本的形式，集了整整一箱。武汉解放那天潘琪的话对他鼓舞极大，他决心为即将诞生的新中国贡献自己的一分力量，让全国人民都能更方便地学唱革命歌曲。此番来上海，他行李中分量最多的东西，就是这些歌曲资料。

一时找不到姐姐弟弟，他便去找那些旧日报界的老朋友，登了一个“寻人启事”。接下来，他就顺着出版界的熟人脉络，终于找到了十一年前帮他出版《大家唱》的贺礼逊老板。很快，他们俩正式商妥了出版新版《大家唱》的事宜。从手头资料看，要出版六七集。

这天，他和祯青正在旅馆房间里校对。忽然，房门被推开了。

昭舫还以为是查房的。来人便“咚咚”地敲了两下已经大开的门。

昭舫抬头一看，门框里嵌着一个塑像似的魁梧军人。戴着红五星军帽，一对大耳朵，真好像可以垂肩，镶着一张凝视的双眼的脸蛋。穿着扣得紧严、胸前有“中国人民解放军”字样的军装，腰系武装皮带，挂着盒子枪，一双缠裹的绑腿，布条编的凉鞋。

“嘿，不认得我了？”军人微笑着问。

“小弟！”昭舫爆发地喊出。他几乎是扑上去的，此时他竟什么话再也说不出来。“小弟！小弟！”他不停地喊着，抱着弟弟，哭了。

“哥哥，哥哥！”那个战场上英勇无敌的汉子竟然泪流满面，泣不成声。

那么多想说的话哪里去了？

我们经历了中华民族历史上最危难、最残酷的岁月，几千万同胞倒在血泊中，可我们竟然都活下来了。

警卫员小向走到外面走廊，轻轻为他们掩上了门。

昭舫把祯青介绍给昭诚。昭诚这才知道，嫂子居然是自己一个小学的校友。

原来，昭诚部队现在已奉命转到了镇江，完成“入城式”后，就作为卫戍部队。前天，他接到部队首长的电话，告诉了他《解放日报》上寻找曾昭萍、曾昭诚姐弟的启事。他便请了假，来到上海，按启事的地址找来。

“爸爸妈妈都好吗？”昭诚急切地问。

“都好，大姐和姐夫呢？”昭舫也急切地问。

“大姐我几天前见到了，她应该也看到了你在报上登的寻人启事。大姐现在是崇明县委第一书记。我又给她去了电报，她会来上海的。姐夫已经随部队南下，这次你见不到了。”

昭诚接着一口气说出自己多年的心结：“哥，我把爸爸的本钱拿走了，你们在大后方一定受苦了。”

可爱的弟弟啊，你还是那么单纯善良！这难道是经历过无数血战的军人说出的吗？比起你历尽生死的南征北战，这些算什么啊！

昭舫给他简单讲了武汉沦陷后全家的流亡生活，讲到父亲屡临困境时的顽强奋斗，以及回到汉口后的东山再起。然后问：“妈妈说你连袜子都不会洗，爸爸也断言你绝不配当兵，哪知我们家偏偏就出你这个武将！你这么多年怎么过的？”

昭诚讲得很简单，好像他是刚完成了一个学期的学习、放假回来似的。但是他更多地讲到，他感谢大姐，带他走上了一条无悔的光明道路，让他有幸加入到这支伟大的人民军队。

“我们的军队打仗像猛虎，对待人民却像亲人。所以人民拥护我们、信任我们。我今天刚到上海，在东站，一个从不认识的年轻女人，居然把怀中的婴儿托付给我，让我抱一下。她呢，一个人跑回车上去寻找落下的行李。这是多大的信任哪！为什么呢？因为她看到我是解放军！”

托之以命，寄之以事。人民不会认错最可信赖的人。

昭舫带弟弟到“杏花楼”吃烧腊饭。昭诚吃着吃着，却突然哭了。晚上，他们到大世界看京剧《定军山》。昭诚看着看着，又低头哭了。回到旅店，昭舫带弟弟泡澡，昭诚却在水中又哭了。

昭舫看着弟弟身上的一个个伤疤，心想，弟弟出生入死，志坚如铁，怎么还这么多愁善感？昭诚对他说话了："哥哥，我真是命大、真是幸存者啊！我今天在这里享受这些……你知道吗？我有那么多……多好的战友啊……牺牲了，就在我身边突然倒下去，有些一句话都来不及说，有些连名字都不知道。"他不由自主地说到了在他身边牺牲的机枪连关连长、上海小护士……

昭舫在用心体会，弟弟是革命军人了，有了一分革命者的情结。

昭诚听昭舫说到"飞虎队"，也兴致勃勃地说起："44年我在新四军时，曾奉命营救过一位被击落的美军飞行员，因为就是我会几句洋泾浜英语，就由我保护他，偷越日军的封锁线。他回到基地后，还开着飞机来我们驻地上空，盘旋、摇摆了十分钟。我想他是在表示感谢。"昭舫想，会不会是我在昆明认识的那个克莱斯曼呢？他说的好像也是这样……

昭诚只能在上海呆两天，幸好临走前，大姐来上海开会，姐弟三人有不到两个小时的团聚。

大姐还是那么冷峻、淡定，却透出蕴藏的英武和智慧。

昭萍关切地问昭舫："你以后打算怎么办？"

昭舫说："我得在上海住一段时间。看来《大家唱》一共要出七集。但我不打算等它全部发行了。只要发行开始并且顺利，最多一年吧，我就回汉口。我会找一份工作，自食其力。"

昭萍点了点头，问："祯青呢？"一直以崇拜的眼光注视着这对革命姐弟的祯青立即回答："我也一样。"

昭萍说："很好的，我已经收到了肖望东司令员转来昭瑛的信，我很快就会回信的。我很高兴秋平很健康，思想进步。不过，昭舫，你还应该帮助我们的父亲——我听说过他在白色恐怖下坚定不移地帮助我们的革命同志的事，相信他在新中国，一定能更好地支持政府的工作。"

她不好就说出她的担忧：父亲属于剥削阶级，将面临新社会的改造，他能经得起将要到来的考验吗？

她相信自己能接受新的考验。她见惯了革命队伍中不时令人不可思议的阶级斗争扩大化倾向。那时不会管你曾立下过什么功劳，也没有人——也许你的战友和首长，也正人人自危——能帮助你。尽管以后党会纠正一切错误，还你清白。但是有些人却等不到那一天了！这些她难以理解。所以，她当年曾放弃了回根据地学习进步的机会，宁愿主动选择了冒死去敌后工作。

昭舫夫妇当然不懂这些，他们天真地相信，即将诞生的新中国的一切都将是完美的。

苏北根据地的新四军文职人员

三、“记住儿子的话，坚决跟共产党走！”

昭诚得到半个月的假期，到武汉探望父母。

阔别十一年的汉口，竟变得那么陌生。想不到，久别了的武汉的江滩原来如此耀眼，比大上海的外滩还要开阔、美丽得多。回想起小时候，这里都是外国人的租界地盘啊！江汉关大楼上的大钟，你是在嘲笑当年殖民者的傲慢和愚顽吗？

不知道走哪条道了，他只好叫了一辆三轮车，照昭舫教的，说了声“老通成”。

尽管广诚和静娴早已得到消息，“老通成”和“继诚”上下员工也无不知晓，但当昭诚走进公新里后，还是立即引起大家的轰动。当他在楼梯底下叫“妈”时，整日里翘首以盼的老爷子、老太太激动得差点昏过去。

看到儿子随身带枪，后跟警卫，广诚心理忐忑：“这家伙啊，只怕还记我的仇，来给我点威风看吧？”

昭诚把父母扶坐在太师椅上，郑重地说：“爸爸妈妈，儿子不孝。但儿子是革命军人，不能给你们磕头，我给你们鞠躬吧！”说着给父母深深地鞠躬。

老爷子眼睛湿了。他这下确信儿子是真的“能文能武”了，更加对自己当年曾对他勇武施暴的旧事深感羞愧。毓章和昭瑛、道愚和昭琳，以及第三代以秋平为首的冰冰、毛咪等七八个小家伙，加上宪麟（塘草），还有已经行动困难的广智和孙子宪银、葵花和儿子宪东以及两个女儿，站的站、坐的坐，挤满了二楼堂屋，想听他们心目中的传奇英雄讲述打鬼子、解放上海的事。昭诚却轻描淡写地回答着不同辈分的亲人们关于他的问题。但是，他很详细讲到了老解放区和将要建立的新中国是怎样的社会。

“官兵平等？那你怎么命令他们冲锋？你怎么还要带警卫员？”昭琳问。

昭诚尽自己所理解的共产主义理想，给大家讲解人人平等的含义。

他特别把秋平叫到身边，询问他的学习和爱好。秋平一一答着，但是他很快就不大满意叔叔把他视为“小孩”的问话了，突然语惊四座道：“我给肖望东司令员写过信，我很快就要去参军了。”

全家人大为骇然，特别是静娴，几乎一口气闭了过去。

昭诚也觉得突然,便问:“你?你多少岁了?我记得你是……”

秋平说:“十五了!”昭琳忙着插嘴:“十四都还没有满,还要到八月十五哩!”

昭诚摇头说:“你还太小了哇!秋平,等几年再说吧!”

秋平着急地涨红了脸:“我看见解放军里面红小鬼多着呢!等几年?反动派都打完了!”

此时天空忽然响起了警报声,这是蒋机来空袭骚扰。但是曾家的人一个都没有动。昭诚说:“秋平,你看,国民党欺负我们没有飞机。等新中国成立了,我们要自己造飞机,成立新中国的空军。不让中国和外国的反动派来侵犯我们。但是造飞机的人要很有学问。武汉回到人民手中了,但还是一个百孔千疮、百业凋零的武汉。特务还在破坏。要做的事简直太多了。你这么小就读中学三年级了,不容易。将来的中国要靠你们,所以你要先把书读好。”

昭诚住在亲人中。他满意地看到,武汉政府重视现存的商会和行会组织,父亲则非常自信地把自己算成是“共产党一边的”人,凡事带头响应政府的号召,成为拥护新政府的积极分子。他以自己家有解放军的儿子、女儿、女婿(这是他每次向人炫耀时的次序)而十分自豪。

武汉才刚解放那几天,战争后遗症曾一度显现。粮油供应出现紧张,有粮商趁机囤积居奇,操纵市场。当时,粮油一天一个价,不断上涨。搞得人心惶惶。粮油店门前总是排着长长的队伍。广诚想开张营业,也一时无米下炊。他担心又像大革命那年一样,但愿人民政府有奇招啊!

湖北省领导连夜派人到天门、京山一带农村和全国各地,筹集粮油,甚至将一部分军用粮油不声不响运进武汉。正当那几个粮油奸商洋洋得意之时,一天清晨,按照李先念、邓子恢同志的统一部署,全市所有国营粮店突然全部开门,大量供应平价粮食。国营粮店立即成了广大市民的主要购粮渠道。武汉人放心了,无不交口称赞。

隔壁粮店的孙老板来问广诚,自己该怎么办。广诚说,老孙哪,我们这辈子不就盼一个好政府吗?共产党来了,你该帮他们一把才对啊!孙老板连声称是。他看到广诚在商海中,是从未因误判失手的。于是站出来将粮店率先开门,高调地拥护政府。他的作为得到了政府的表彰,还分拨平价粮由他代卖。

一些有良心的商人见后，也纷纷效仿。

一个月后，市面渐渐稳定。而贪图蝇利和不法的粮商们因一心囤积居奇，错估形势，粮食进价太高，竟无人问津，只能压仓压库，造成资金无法周转。而眼看新粮已在大量上市，他们只有捶胸顿足、哀叹大势已去，被迫蚀本叫卖。孙老板不仅躲开一劫，还做得那么红火，高兴得请广诚喝酒，只说要拜他为师。

由于刚解放没多久，一段时间，人民币还不能被吃够了货币苦头的武汉人认可。在市面上，银元还是主要流通货币。暗藏的特务趁机利用金融资本家，从中捣乱，银元与人民币比价骤然被哄抬了八九倍！眼看人民币币值急剧下跌，货币黑市却十分活跃，严重影响了市场和工商业运转。而当失业工人大批出现时，市面开始流传说，共产党打天下行，坐天下还是不行。

广诚一辈子都极善操作银元调换，包括黑白市场的，这使他多次在严酷的金融环境中总能损失最小，逃过致命打击。但是这一次，当政府造势号召拒用银元、开展拥护人民币运动、打击金银黑市时，他却高调地带头拥护，说："我就信一条，这个政府好，才能打出天下。我看共产党看了几十年了，我的儿女是共产党，他们绝不会骗他老子！"

其实，新政府办法多着呢！比方召集商人们开会时，宣布征收下半年所得税只收人民币，分三期交清。广诚又是第一个响应。他的言行，竟带动和说服了很多工商界的老朋友。

解放仅三个月，市面就稳定了。两百元钱[①]一个烧饼，三百元钱一根油条，五百元钱一小碗热干面（大碗一千），一千二百元一升米。这不是多年期盼的世道吗？

儿子的"衣锦还乡"，让广诚更加兴奋。他找出了珍藏的昭萍的大学毕业照底片，将其和昭舫、昭琳的毕业照一起放大，再将刚得到的昭萍和昭诚的挎枪的全身戎装照也放大，醒目地挂在一楼的经理室客厅。他心里甜滋滋的，觉得自己已经完成了人生的目标。

他对着在仰头凝视照片的静娴，得意地用他那汉阳腔、有节奏地朗诵道："窦燕山，有义方。教五子，名俱扬。"

---

① 即后来币改后的两分钱。

“三顶帽子两杆枪！”他又说，觉得自己比当年的窦燕山教子更有成就！

他带着毛咪，陪昭诚去中山公园。人力车在泥泞的中正大道[①]上颠簸。他搂着毛咪说：“乖乖，你看到爷爷房里挂的照片么？爷爷一辈子就是为的那。你要好好读书，将来也像那样，让爷爷高兴好不好？”

毛咪问：“我是戴方帽子还是挎枪？”

广诚说：“方帽子，你妈妈也是方帽子。你三姑爷也是方帽子，还是大画家，新政府的政协委员。你二姑父和二姑姑也是大学里的高才生，反动派不让他们读完大学。要不然，你爸爸的姊妹都是方帽子了。”

毛咪说：“那我就要像大姑妈一样，又带方帽子又挎枪。”广诚喜得笑眯了眼。

他每日还是要到店里大堂去转上两次。遇到熟人熟客，他常打开话匣子，为新政府鼓掌叫好。“老通成”也因此成了歌颂“新政府好”的沙龙。

广诚觉得，市面繁荣，物价稳定，表明共产党胜利了，也就是他儿子的“那一边”赢了。原来谭襄农师父拼了一辈子命，就想的这种天下啊！

昭诚很高兴父亲的开明和进步。他在家住了一周，就要回部队去了。这一次，全家人依依不舍地送行到江边。连广诚都流泪了。

昭诚紧握父亲的双手说：“爸爸，记住儿子的话，坚决跟共产党走！”

广诚郑重地点着头。

轮船离岸不远就将头调向下游，昭诚挥动的手再也看不见。静娴喃喃地对广诚说：“小儿骨头硬、心软，给他吃好一点的东西，就眼睛红，想他牺牲的战友。又总说让我们在重庆受苦了，从不说他那枪林弹雨的吃了多少苦哇！”她竟忍不住就在堤上哭了起来。

以后听说昭诚又去打仗了，两老整日里提心吊胆。尽管是新社会，他们还是坚持吃斋念佛，祝儿女平安。

昭诚后来一直打到了浙江、福建。来信说，解放军解放了福州、厦门，逃兵纷纷抢船，特务头子毛人凤被挤得上不了船，在沙滩上对海大哭，好不容易才被人救走。解放军还要乘胜去攻打台湾！

---

① 不久后铺成水泥路，改称解放大道。

四、把红旗插到家

解放后的三年，政通人和、国泰民安，是一代人记忆中最和谐、最阳光、最快人心的三年。

1950 年春，昭萍被调到武汉、任江岸区第二书记，第一书记是她的战友苏伟，即潘琪的夫人。

静娴流泪抱着女儿："我就最知道自己生的女儿，你是胆子最大、最无法无天的一个啊！你老子几次都差点被你气死、逼死啊！"

昭萍百感交集地说："妈妈，女儿忠孝不能两全，让父母受牵累了。"

静娴一把拉过站在身后的秋平，命："给你妈跪下，跪下！磕头，喊妈妈！这就是你妈，你那带兵打仗的妈！"

秋平连忙跪下，昭萍把他拉起来，抱在怀里。她控制着自己，脸上还是一如既往地冷峻。儿子都和自己一样高了。

秋平不好意思地挣扎开。昭萍问："你入团了？"

秋平回答："入团了。"

"还担任什么干部？"

"班长，学生会副主席。"

昭萍放心了，儿子没有成为一个纨绔子弟和窝囊废。我亲爱的母亲，您把他带得这么优秀，您真是伟大啊！

广诚却十分拘束，望着昭萍身后高大的警卫员老秦，心想："每一个人都带个警卫员回，吓他们老子吧？"嘴上却问："知秋呢？还在打仗？"昭萍点了点头。广诚还真不知一下该与女儿说什么。

昭瑛、昭琳都赶回家来了。三姐妹谈话一直谈到次日凌晨。妹妹们这多年的担忧和思念，都得要向姐姐倾诉。唯独昭萍，很少谈到自己的事。

细心的昭琳问起，昭萍才简单回答了一些问题：她身上几处圆扣形的枪眼瘢痕，是抗战中在上海被 76 号特务打的；她一身还有十几处大小伤痕，是历次战斗中留下的。她轻描淡写地说："我 41 年起就很少和知秋在一路，他先到了江北。后来我也到江北工作了一段,又派回了上海。从此就再没有见过他了。47 年我又回江北,在通海启打过游击。49 年解放崇明,我就见到小弟了。”

昭琳道:“共产党真是能教育人,我们家大小姐、小少爷都被教成了革命军人。”

昭萍意味深长地说:“共产党一直在带着我们实现这代人两个最大的愿望,第一是把日本鬼子赶出去,第二是让中国人民站起来。”

昭萍不急于说出自己的打算:她要把她的一家都带进革命队伍。她要让父亲一步步摆脱旧思想的影响,能成为真正的红色商人。把红旗插到自己家里,插到自己每个亲人的心中。

昭舫回到了武汉后,在家里公开声明,放弃对资产的继承权,并把自己在“九合纱厂”等投资的股份全部转为了公债。又很快到“中南区工业局”去报名参加了工作。祯青也在妇联工作了一段时间后,由李毓章介绍到武汉市一男中——这所走出了密加凡、曾卓等杰出青年的学校——教授语文,以后成为桃李满天下的人民教师。

1950 年 10 月,抗美援朝开始,江岸区大批青年志愿参军,保家卫国。当时才十五岁、在市一中学习的秋平就抢先报了名,但是因年纪太小,没有被批准。

老通成的牛诚等几个青年报名上了前线。昭萍对父亲说:“他父亲有个哥哥,叫牛万富,是我的战友,在解放战争中,牺牲得很英勇。我不久前才对上号,但没有告诉过他们。你要多关照牛万贵,不要以恩人自居。我记得他在发大水时还救过你的吧? 爸爸,你要改变观点,是工人养活了老板,是他们起早摸黑的劳动才创造了你的财富!”

她在一旁听着的爸爸嘴上不说,但恐怕至死也不会接受这个观点。工人养活我们? 他能列出好几十个被他从饥饿线甚至死亡线上带出来的穷亲戚,不是我,他们不穷死也不能像今天这样。共产党什么都好,就这点说法不叫人服气! 起早摸黑? 我哪天不比他们早、不比他们黑? 还要一天到晚为生意操心! 我可从没像那些黑心老板那样克扣打骂他们! 昭萍啊,你那个共产党千万莫要都像你这样子想哟!

昭萍担任着江岸区委要职,常常身着“列宁装”,不带警卫员,深入工厂、码头,组织工人,启发他们把新旧社会对比,拥护政府、清除顽劣。她从三十年代起,就在上海那特殊的环境中,积累了丰富的工运经验,多年的革命工作,一口地道的方言，也帮助她团结和发动群众得心应手，游刃有余。

在和昭瑛交谈时，昭萍详细询问了她最担心的事：父亲和反动帮会有没有关系？"我听很多同志介绍过，知道他为掩护我们的同志也做过很多好事。我就担心，我们的爸爸有没有做过什么坏事。"昭瑛斩钉截铁地说："我们的父亲，骨子里头是穷人，除了重男轻女的旧脑子改不了，我看他还是蛮开明进步的。他从不参加那些人欺行霸市、勾结反动政府的恶行。"昭萍不语。

她要小心地通过更多事实来证明。尽管区委第一书记苏伟给她讲了很多广诚的进步表现，她还是不放心，她说不能用亲情蒙蔽了眼睛。不是说"苏联的今天是中国的明天"吗？其实，她早从苏联"老大哥"的历史中模糊地看到了中国的今后，革命的发展将不是所有人都能接受的，她不能让她内心深爱的善良父母亲陷入她不愿看到的境地。而这一切担忧，她不敢向任何人讲，亲弟妹都不行！

"相信党！"她默默地对自己鼓励说。

她藏住担心，问父亲："你还是'嘉瑞公司'的股东吗？"广诚说，抗战胜利后，因为缺钱，他早就把股份卖给别人了，后来只是有过生意来往。

昭萍说："童瑨据说跑到了香港，重庆那个，你说的颜秉兰，是把自己老本都投了进去、公开帮助胡宗南与解放军为敌的。你一定要和他们划清界限，大是大非最错不得！爸爸，这就是一个人的大节，比那些江湖义气要紧得多！就说粤汉码头'华年锚地'底下那一片吧，现在守着仓库码头的，就是彭家的彭先财。工人不敢不听他的话，码头上的运作要他说了算，常和我们国营招商局的工人找茬闹事。武汉码头的百年恶习，非改掉不可！"她又说，"你要讲感情，就要帮他站到人民政府一边。人民为大！爸爸不要顾惜交情，立场不清啊！"

广诚把女儿的话视作警钟，特地专门跑去提醒彭先财。先财听进去了一些，他也正试图与政府合作，还受到过表彰。

对于武汉这样重要的水陆交通枢纽，做好码头'扁担'的工作非常重要。市军管会挑选了四五百名精悍的干部，组成若干工作组，深入沿江码头和市区里弄街坊，调查研究，团结群众。昭萍自然忙得不可开交。

她不忘教育老爸："我们是人民政府，不能徇私，要体贴民情，就要打击黑势力，扬善去恶。"

广诚连忙声明："就是在旧社会，我也从来没有特地去巴结过他们。不过过年、祝寿的来往是有的。说起童家、彭家，都是我早年时，不晓得是哪个神仙指点了，让我帮过他们的娘老子。说实话，后来我也沾了他们的光。可你爸爸从来没有借他们的力量欺负过人。爸爸不做亏心事，这汉口人都晓得的。"

昭萍相信父亲诚实、厚道的本质。她现在无法估计一些发生在其他地方的事情会不会在武汉重演，只愿父亲能平安挺过。

她也寻求父亲的帮助，问："爸爸，你晓得码头的一些规矩么？"

广诚道："怎么不晓得。爸爸和你大伯、广瑞伯刚到汉口那会，什么都没有，也想过靠力气吃饭。你不晓得汉口的丑规矩啊！汉口的码头、车站，都是有把头的，童家最先就是靠码头起家的。你想当'扁担'，先要给把头交份子钱，'买扁担'。否则，你想去扛活，怕要被打死！那时候，你爸爸三个人身上的钱，还不够买一条扁担！不过，也免得我们后来就扛一辈子了。哎！昭萍，当扁担的都是穷苦人，江湖上有些坏习惯，做活累了，有的还一身病痛，爱喝口酒；想钱，就赌；没有钱成家，就逛烂窑子；有些人被坏人带着抽上了大烟。共产党整那些开窑子、开赌场的，我拍巴掌赞成。"

昭萍说："爸爸，我们共产党就是要消灭这些丑恶。但是现在新中国百废待兴，抗美援朝又有这么紧急的运输任务，都要看那些把头的脸色行事，这样下去显然是不行的。你要配合政府，争取你的老朋友站到人民一边。爸爸，我希望你变成个完全的红色商人。"

50年代初汉口码头搬运一景

五、清除武汉丑恶

地处全国中心的水陆交通枢纽的武汉，在抗美援朝战争期间，承担着庞大而艰巨的运输任务。而包含了武汉所有的老租界、汉口火车站和粤汉码头等要地的江岸区，更是肩负着关系国家大局的重担。

市委领导邓子恢同志亲自找苏伟和昭萍谈话，要他们配合招商局，从码头入手，盘活武汉的运输现状。

在当时，搬运任务还是分包给把头的。昭萍发现，把头交报向政府领要工钱的“扁担”名单，数字过于庞大。她于是让工作组认真查访，竟发现空额很多，与实际上搬运工人数量有很大出入，连她去世多年的师父王兴汉的名字，都出现在彭先财领取粮饷报酬的名单上面。

这件事被区委揭露并坚决刹住，还追回了一部分空饷。彭先财挨了批评，十分憋气，觉得很没面子，便一个人逛到江汉路“不醉无归小酒家”喝酒。

他在这里竟遇见了那个号称一身武功的江湖“拐子”金弹子。彭先财是金弹子的老相识了，但是很少被他放在眼里。这金弹子是杨庆山当年“劫收”武汉时收的干儿子，当保镖打手起家，是青帮在汉口码头的“后起之秀”。解放前，他鱼肉乡里，欺男霸女是家常便饭，传说有多起血债。那个世纪四五十年代的汉口人，无不知道汉口有这一霸，没人不躲着他。

彭先财接手彭家山头后，也每每得忍受金弹子的淫威。幸亏金弹子不想得罪童璠，也对彭家留了些面子，他才勉强维持下一方码头。

解放头两年，虽说杨庆山跑到了四川，郭梓璜也主动向政府投案并解散堂口，但黑社会仍在汉口有相当的实力和市场。因政府打击市霸，金弹子的财源断了很多。一些常年交保护费的店家竟“长了志”，居然“装聋作哑”，不把他放在眼里。

他气得咬牙：这些人真是得意忘形！美国人在朝鲜对共产党动了真格，这个政府还真的长得了？不久前，有人“指点”了他。他便悄悄找了两个“软柿子”警告了一下，果然情况又有所好转。

这家“不醉无归小酒家”的老板，也是从来不敢不买他的账的。这天金弹子很得意，来光顾这里了。见彭先财在僻静角落喝酒，想到那“高人”曾教他要扩大势力，“收编”对共产党不满的旧把头，便凑了过去。

他先给了彭先财劈头一棒，告诉他共产党要关闭赌场了。他知道彭先财开有一家茶馆，其实是个供码头工人晚上寻乐子的暗赌窝子。

这对彭先财无疑雪上加霜。自彭先旺牺牲后，彭家势力大减。他接下的“这份家业”和“地盘”常受到金弹子等新霸们的打压排挤。他本希望解放后“讲道理”了，能从此太太平平赚钱。但是新政府很不如他的意，处处帮那些穷“扁担”说话，让他生活得很郁闷。

他喝得多了点，开始述说不满：“抗美援朝，码头搬运还是全靠我们哪！现在一点空饷都查，比原来国民党还抠得死。现在码头赚得到几个钱？只晓得逼我们拼死力气，还说得好听：依靠工人！”

金弹子乘机接口说：“可不，要不靠彭大哥，共产党那些泥腿子干部哪里懂得管理？那码头怕要堆成山运不走。一点空饷都不给，当老板的白做啊！去找扁担分钱啊？”

彭先财干脆一吐为快：“我是看在曾书记她爸爸的面子，让了她好多次了。她还以为我怕了她，一点面子都不给我留。这次我送去的名单，被她的工作组砍掉了三成半。她还吩咐下来，要追回我以前领的空饷。一点江湖的规矩都不懂，还想在汉口混！”

金弹子见彭先财越说越有气，想起彭先财也曾随他哥哥和日本人真刀真枪干过，更迫不及待要“发展”他，便用那个指点他的“高人”的话，凑过来低声说：“第三次世界大战就要打起来了来，美国人有原子弹！共产党哪会是美国的对手？蹦不了几天的！这三个女的[①]，老子随便先拿一个种荷花！看那几个怕不怕？”

彭先财酒醉心明白，那不就犯了法么？不敢接他的话。金弹子好像懂得他的心思，说：“放心，老蒋的人从来就没有真的离开武汉。不然，他的飞机三天两头来，为什么不真炸？我们出气的时候就要到了。”

但此时彭先财的酒已被他吓醒了一半，连忙说：“兄弟，怨气归怨气，说两句

① 指苏伟、曾昭萍和招商局汉口书记张林苏，是汉口解放初期比较有名的三位女性领导同志。

就算了,莫瞎说!”

金弹子笑道:“彭哥是不是听说,那三个女的都会耍双抢,吓趴了?吹牛!你看,明天我先要他三阳路、兰陵路、四官殿放点焰火,姓曾的明天早上会去江岸车站,要请她坐个飞机!”

彭先财越发吓得心惊肉跳,连连道:“金哥,喝多了,莫瞎说。”

彭先财匆匆告辞,往家走去,冷风一吹,头脑也醒了。他想起了母亲的叮咛,母亲是很佩服共产党把武汉弄得太太平平的,再三嘱咐他要听政府的话,莫要被划进“反动派”的名册。刚才听金弹子一说,他猜到这家伙要准备犯事。他不相信这流氓干得成什么好事。不由得担心日后查起:“头天彭先财和他一起喝过酒……”那不是黄泥巴掉进了裤裆?哪里还说得清?一家老小谁来养?再说曾家于我彭家有恩,人家要害他的大小姐,我……

他正在矛盾,却听到有人和他招呼。一看是广诚带着刚学会走路的小孙三胖,晚饭后出来逛街。

他恭敬地喊了叔叔。广诚询问他母亲的身体。彭先财想起母亲常说的往事,内心翻滚,嘴上不由自主蹦出来一句:“昭萍大姐出进总是不带警卫员,还是多留个心眼好。”

广诚听得不着天地,觉得话中有话,便扯着他小声询问。先财出于良心驱使,就把刚才金弹子放的些狠话,含糊地说了一遍,只不敢提到老蒋、美国人那些。又嘱咐广诚说,不要说是听他讲的,看了看四周,匆忙地走了。

广诚觉得这是件大事,连忙抱着小孙子坐车到了昭萍洞庭街的住处[①],把这事告诉了昭萍。

昭萍听了父亲提供的消息,恰好进一步证实了政府最近掌握的情报,知道不能大意,便与苏伟同志一起,及时向邓子恢同志作了汇报。

邓子恢同志说:“是为武汉人民清除社会公害和进行民主改革的时候了。”

次日,金弹子手下四处失手,仅中山公园和大兴路两处有火情出现,但很快被扑灭。而市公安局布下了天罗地网,在江岸火车货站抓获了特务爆破组三人。而在全市,则拘捕了一批纵火分子和公然跳上街呼喊反动口号的乌合之众。

① 洞庭街兰陵路口,现江岸区党校。

以此事为导火线，共产党发动群众的拿手好戏开始了。基于前一段工作组的深入细致的工作，全市声势浩大的民主改革运动迅速向纵深发展。连续数天的群众控诉、声讨、斗争大会，让往日骑在搬运工人和市民头上作威作福的码头恶霸、流氓和青洪帮头目，遭到了空前、沉重的灭顶打击。金弹子和煽动他的暗藏特务藤培英落网。彭先财由于举报有功，运动中未被列为斗争对象。

与此同时，打击丑恶的运动也在展开，市公安局奉命全面查封汉口的烟馆、妓院、暗娼、赌馆。那个已经年过六旬的"金花四姐"尹凤君，虽说当年也曾身受日寇凌辱，还帮助掩护过一些抗日活动，但终改不了为鸨为娼的本性，被抓去改造。妓女们被集中学习教育，教会她们一技之长，使其改造为新人。一些"老烟膏"被集中强迫戒烟，甚至劳动改造。

自此后，长达数十年，汉口世风曾空前洁净，烟、娼、赌、毒几乎绝迹，亘古未有！

一年中，武汉百年来形成的黑社会强大的地下网络，被迅速彻底摧毁。经过审判、核实，金弹子等70多个罪大恶极的首犯被判枪决，另有一批黑社会和一贯道骨干被判刑关押。武汉市区群众自发地敲锣打鼓，燃放鞭炮庆祝，高呼："共产党万岁！人民政府万岁！"

解放了的昔日妓女们

六、当人民政府信得过的人

昭诚的来信让广诚夫妇倍感欣慰,他已经成婚,妻子是一位杭州籍女兵。昭诚寄来的照片被静娴装在一个专门的小相框内放在她房间。广诚则时常默算着再添孙子的喜讯何日可以到来。

此前,昭诚曾驻守泉州,准备攻打台湾。但朝鲜战争的爆发改变了整个战略部署。1950 年 8 月,三野开始按陈毅同志指示,调集一批"最好的干部"筹建人民空军,昭诚被华东空军司令聂凤至将军点名抽调去,前往南京任华东空军司令部作战科科长。

广诚得知儿子调离了前线,以为他从此不上战场了,心中最后一块石头也落了地。

解放以来,老爷子看不入眼的事越来越少,顺心的事越来越多。

由于广诚因当年资金紧缺卖掉了农村大部分土地,加之他在家乡农村广行善事,除自家用地外,都交给了祠堂,未收地租,使得他在土改时没有受到任何冲击。他的成分被划为工商业兼小土地出租。

广智目睹了农村土改的种种。在次年去世时,为他弟弟的一生发出感叹:"兄弟,你是好人,有天照应啊!"

广诚一生正派为人,在武汉获得了良好的口碑。他在各个历史时期的明辨是非的立场、他在创业奋斗历次劫难面前的生存能力、"老通成"的成就加上他的军人家属身份、他的优秀的子女,使得他在新社会生活得还比较顺心,常常志得意满。

在一派祥和的岁月里,"老通成"办得空前地红火,整日顾客盈门,声名远扬。特别是"老通成"的店员中另一个好厨师异军突起了,他就是曾宪麟——塘草。他跟高金安师傅学习不到一年,手艺便大有长进。在高师傅的耐心指导下,加之自己的聪明,他细腻地掌握了配料、馅子、火候、摊制等全部过程和每一个细节,味道和色泽已可以"乱真",差不多的老顾客都吃不出是谁摊的了。他也从偶尔客串变成了专业师傅,渐渐练得炉火纯青。

广诚从此不再留他在身边打杂，而将他推到前台，挂牌献艺，顾客们给他起了个名字：“豆皮二王”。

不管是政府有什么号召，广诚都响应在头里。为抗美援朝捐献飞机大炮时，他捐的金额让昭萍都吃了一惊。他却问了女儿一句话：“告诉爸爸，爸爸怎样才不算是剥削了？”

昭萍说：“依靠自己的劳动。爸爸，你看高金安师傅，‘大包子’、‘小包子’师傅，牛万贵，他们做得多辛苦啊！特别是夏天，胸前的红痱子、脓痱子一片，起早贪黑。做学徒的小青年完全没有工资……”广诚不满了：“那是做这行的规矩呀！又不是我一家。我家的待遇比别家的好多了。”昭萍笑道：“爸爸，那些规矩不是我们共产党希望的，共产党要人人劳动、人人平等。你想，我们家至今还有佣人、保姆四五个。阿咪过生日，工人那么少收入，还凑钱打金锁送她。再看你们对他们说话的口气，他们敢那么对你说话吗？你说这些规矩算好的吗？”

广诚心里不赞成了，那我还开什么店呢？不是我开店，他们在乡里不是还活得窝囊些么？

昭萍也并不懂得工商业者在社会发展中的双重作用，无法跳出那时代对“剥削”的解释。她执著地相信，那自己也不清楚的乌托邦一样的理想社会，一定会逐步实现。只要跟着党走，一定能走到共产主义。

1952年，广诚被政府选派参加武汉工商联代表参观团，到祖国各地参观。他第一次到了首都北京。后来，他又被选派到哈尔滨，参加武术表演比赛。在老年组，他曾一人对付六人，获得了荣誉奖品，他的好胜心也得到了极大的满足。

他觉得新社会太好了。常对静娴说：“总算赶上一点，我们生得太早了啊！”

1952年初，广诚和昭舫以及很多武汉工商界、知识界人士，都十分紧张地关注“纪凯夫事件”，每天买报刊阅读有关消息，揣摩共产党对资本家的态度。2月15日，他们看到了中南局《关于武汉市委、市政府党组错误地处理武汉市立第二医院盗款案给武汉市委及市政府党组和主要负责人的处分决定》，将犯政策错误、虽曾为中国革命作出巨大贡献的吴德峰市长撤职，改由李先念兼任。

执政仅数年的共产党，给武汉市人展示了一个开明、和蔼、广纳众议、勇于纠正错误的形象，让市民交口称赞。

这年2月，市政府成立了武汉市反贪污联合检查委员会，领导全市开始“五反”运动。昭萍特地回家给父亲讲了半天政策，她希望父亲清白无辜。

广诚忐忑不安地说：“解放那年，昭舫去了上海，‘继诚烟号’就交给我了。下半年，谢管家曾经在门口公开收购香烟，那是逃了税的。”

昭萍一下火了：“怎么能推给谢三叔呢？谁都知道，他什么都听你的，没有你的授意，他会那样么？”

“我……”广诚从没见昭萍对自己发过这么大的火，他从跑单帮起，到一切的生意、贩运……一生都在设法逃税，直到后来“老通成”成功才消停。但以前逃的是旧社会的税，而收购香烟，明显是逃的人民政府的税啊！推给谢三金，无非只是为在昭萍面前遮掩一下当父亲的短处，她怎么就发火呢？

昭萍看到爸爸在自己面前从未有过的表情和姿态，而秋平正在一边面带惊奇地看着这场面，觉得自己态度过分了。但想到上级一直对她嘱咐的，要争取让父亲做“合法典型”，不由十分恼火和无奈。

“我……”广诚讷讷地说着，扭过身躯，“我去坦白。”

昭萍看到父亲离去的背影，那一向强壮的身躯竟显出佝偻，在满屋的空气中散发出疲惫、委屈和无奈。

不，不能让父亲对新社会产生疑问和抵触，不能因自己的情绪损坏了党的政策。

她赶上去轻轻拉住父亲。

“爸爸，我不该那么大声，女儿只是从来没想到爸爸还会犯错……本来，那时刚解放，一些商家跑了，急于吐货倾销，那时您还不知道人民政府的政策，错了一回。爸爸，您去找反贪委员会好好说，补上税款。只要知错能改，政府不但不会处罚您，还会借您的事教育别人……”

“千万别……”广诚大惊，“那是什么光彩的事，还怕别人不晓得，拿出来丢人现眼哪？”

“好好好，我去要求他们不张扬。但是爸爸，女儿是共产党的干部，您一定不能隐瞒任何不法的事情。”

“你不相信你老子？你老子的账都在那里呢，你们只管去查！”广诚没好气地说。

昭萍点了点头，她相信父亲是心里没鬼的。而且，从小给她的第一条家训，就是“诚实”。

3月1日，反贪委员会宣布了全市第一批“基本守法”的工商业者四千五百多户，对他们不追赃、不补税、不罚款。“老通成”的曾广诚就在其中。

在接受“光荣”的同时，他那生怕“阴沟翻船”、“跳到黄河洗不清”、面子扫地、还会影响儿女“进步”的顾虑，总算暂时放下了。不过，他还是心有余悸。

他牵着孙子毛咪的双手，说：“知道吧！你爷爷是政府信得过的人啰！”

宪渝就读的“圣保罗”已经停课，现在转到了“圣玛利亚中学附小”[①]读小学。

他相信爷爷是“好人”。他放学后玩耍，玩到“祁万顺”的二楼楼梯转角，见了正被命在一张木椅上静坐思过的“祁万顺”管家佘爷爷。他便一如既往地去调皮、逗他，想要撩他笑。佘爷爷一向很喜欢他的，但是今天不知道为什么咬紧了牙死不吭声。宪渝突然恍然大悟，他凑上去低声问道：“佘爷爷，您是‘老虎’吧？”

广诚听“祁万顺”的店员笑说此事，感到十分尴尬，连忙叫塘草去把孙子拖了回来。

1955年的汉口江汉关及沿江大道上游一带

① 即五女中（现合作路中学）附小。

七、广诚的最后心愿

年底，昭萍接到调令，将调赴北京铁道部任人事局长。她回家将消息告诉了父亲，并把在武汉的所有亲人叫回家，一起吃晚饭。她看着父母失落的表情，劝慰说："爸爸妈妈，我们一家够好的了。全家人都很健康。小弟每月在来信。为了新中国，我们不可能只顾自己全家福。我安顿好了，以后也可以接爸爸妈妈去北京住几天。"

广诚说："昭萍，爸爸想了好多天，已经想好了，爸爸再不愿意当剥削阶级了，你临走前帮爸爸办一件事：我要把'老通成'交给国家。"

昭萍吃了一惊，这可是她完全没有料到的。当时，全国还没有对民族资本产业进行接收改造的政策，更无先例。她想了想，说："爸爸，你可想好了，这'老通成'是你奋斗一辈子的心血，当中经历过那么多绝境。你就这么……交出去吗？交出去，可就再要不回来啰！"

广诚斩钉截铁地说："这是我和你妈商量好的。我们本来就是穷人，不掺假的穷人！在旧社会我们要活命，要养儿女，要想你们有出息。是'万恶的旧社会'逼得我们当了'剥削阶级'！"他说起这两个词汇时略有些生硬，但态度极其严肃，"我原来只想叫一家人能过个好生活，哪个晓得一不小心就成了'剥削阶级'呢？麻不麻烦？未必那些做垮了的，反倒成了无产阶级？"

老爷子哪懂他的心理不平衡，包含着昭萍都没搞清的大学问，继续一吐为快："早晓得，那年就不该要昭舫回家来帮我的忙，把他也拖脏了！哎，不说了，我是想说……你们都有工资，我和你妈就是不靠你们，这辈子活命的钱也够了。你去告诉你领导，我曾广诚原先比哪个都穷，我才是老牌'无产阶级'，不想当资本家！"

面对广诚的高深疑问，昭萍的确没有能力解释清楚。她吃力地说："爸爸，您记住，听党的话，把店管好，也是为武汉的繁荣作了贡献，是建设新中国的一分子。"她忽然想起一份最近看过的文件，"刘少奇同志在天津说，爱国资本家是有功的。您知道吗？武汉的首长们，都来吃过高师傅的豆皮，他们都说这是武汉的骄傲呢！”

广诚吃惊地问："哪个首长来过？我怎么不晓得？"

昭萍轻松了，笑道："人家就吃个东西，要谁知道呢？李先念市长、张平化书记……好多都来吃过了。还有些路过武汉的大首长，也来吃过呢！不是说不吃豆皮不算到武汉吗？你应该要高师傅他们多教些徒弟啊！让更多的人能够品尝。"

广诚顿时感到莫名的兴奋和光荣。他以前只知道，店里接到过几次接待外宾的宴会的订单。这死丫头，怎么不告诉我？我好让高金安专门为首长们摊几份特别好的嘛！

昭萍没有很多时间，她紧急去找了当时工商局长王光远同志，反映了情况，便匆匆离汉北上了。

广诚绝非心血来潮，他把他的打算郑重地写信告诉了昭诚。

这是1953年，昭诚正被派送军事学院学习，却刚好是霍守义将军当他的军事教官。昭诚问陈毅首长："这不是我俘虏的……那位么？"陈毅严肃地说："你放谦虚点！他们是正规军事理论，你要给我好好地向他学习！"

兰陵路鄱阳街口的原俄租界巡捕房

昭诚接到了父亲的信，立即回信说，他支持父亲的决定，“爸爸，我们应该是一个完全革命的无产阶级家庭。”

广诚说干就干，他召开了“老通成”的店员大会，宣布成立了一个管理小组。谢三金一年多前就已经被儿女接回乡下，凯鸣早就参加了抗美援朝支前工作，于是日常工作均由“豆皮大王”高金安主持，让店员们自己管理，参加分红。

5月的一天，广诚兴致勃勃地和静娴去兰陵路鄱阳街口的越剧院去看越剧。

从当茶房起，他就喜欢各种戏剧。今天的《梁山伯与祝英台》《白蛇传》等折子片断，让他的思绪一下回到了半个世纪前的江南水乡。

他想起了当年和静娴的邂逅，想起他们那甘苦而又坚定的爱情，然后迅速地，他一生的坎坷如同画卷般在他的脑海中飞越展开着、再现着……他几乎忘记了台上戏剧是怎样结束的了，静娴怎样搀着他在往场外走。他仿佛看见他的儿女们：三顶帽子两杆枪，不！其实昭瑛也带着高傲的帽子，还有他的三个女婿，一个比一个出众和轩昂！他们也正在前面向他微笑，他真想让在天国的爹娘看见，他的理想已经成功，他的人生目的已经达到。只是这一切，好像是从那个大雾的早晨开始的，那雾正绵绵地向他围了过来……

“怎么回事？”这是他在世上最后听见的身后传来的一个陌生声音。他再没能听见静娴在身边的惊呼和失控的哭叫声，世界在他的脑中突然完全消失了。

曾广诚在午夜因脑溢血突发去世，享年六十八岁。

昭舫给昭萍、昭诚发去了电报，安慰了极度悲痛的母亲，留下昭瑛一家和秋平在家照顾母亲，仅自己和塘草护送棺椁，回乡安葬。

渡过苍凉的湖水，踏过父亲当年怀着壮志迈过的土地，一身重孝的昭舫与宪麟护送着棺材进山。

当送葬的队伍走进永安堡和九真山之间的山坳，进入那秀美的盆地时，几里长的山路上竟然出现了数百自发戴孝前来送葬的乡亲，整个义田湾哀乐四起，哭声大作。上山入土时，山坡上居然跪满了昭舫喊不上名字的上百男女老少，竟是一派震撼人心的大恸！一旁的村长也在暗忖，广诚在乡民心中的威望是真实的。难怪土改时，广瑞那个流浪回村的小儿子，要求工作组把广诚成分划成地主时，竟招来全村一片骂声。

八、老通成变成老通城

昭舫安葬父亲回家后，要母亲决定父亲的遗产继承问题。

静娴是当然的财产继承人。但是她先向子女们发问：“你们的工资养活得了我吗？”在得到了一致的肯定答复后，静娴平静地说：“照你父亲说的，都捐献给国家吧！”

昭舫于是多次找工商局王光远局长，表明全家的态度。工商局见劝阻不了，经慎重调查研究后，就请示了上级，一直请示到了中央。

工商局很谨慎地处理着这件大事，他们要求昭舫姊弟五人联合写一报告，说明原委，且必须有每人单独的申明。五姊妹很快就写出了报告，表明了立场，即：放弃一切财产继承权，听任政府处理。

1955 年，昭舫将广诚的全部产业证明，连同“万国旅馆”股份、“九合纱厂”

20 世纪末大智路口的老通城

股票、“民进建业公司”股票、汉口铁路外与华景街地契及数千元公债券，一并上交。又将家中约万元的金银首饰及一切“非劳动所得”清点出，全部交给国家，实现了真正意义的“裸捐”。这个让举世至今不解的行动，成就了曾家人神圣的自我精神洗礼。

静娴对自己的一切已经满足，仅只怀着一颗对神明、对世界的敬畏和感恩之心。她吃斋念佛一生，从不干预广诚金钱方面的事。对装银元的木盒，都从来不正眼一看。从此，她平静地开始了与儿子、媳妇共同生活，也从不去干扰他们的工作狂热。

她不倦地欣赏已进了市六男中学习的宪渝（现在不许人喊他“毛咪”了）的优秀成绩，并把自己善良诚实的天性，言传身教给他和其他孩子。自从秋平从一男中毕业后，被保送到哈尔滨军事工程学院，宪渝几乎就成了她每天生活的全部。若遇上昭瑛、昭琳举家回来欢聚，那就是她最大的幸福。

她唯一担心的，还是怕小儿子还要上前线打仗。

但是，战士的命运是由人民安排的。1955 年 1 月 18 日，浙东海面雾霾突然消散，晴空万里，昭诚参加了进攻一江山岛的作战。这是一场年轻的人民空军首次与陆、海军协同展开的立体大战。也是解放军史上唯一的一次三栖配合作战。

一江山岛战役胜利后，昭诚带着妻子和女儿宁宁，再次来武汉看望了母亲。

在中国工商业“社会主义改造”号角尚未吹响时，昭诚满意地看到“国营老通成餐馆”的大招牌醒目地展示在大智路口，成为一道独特的风景。

1955 年，老通成又在惠济路花桥路口办了分店，并且还为武汉餐饮业输送出了高金安、王汉卿、赵凯鸣、曾宪东……等一批有经验的优秀餐饮管理干部，在“五芳斋”、“实验餐厅”、“春明楼”……都能看到从“老通成”走出的干部。“老通成”还将他们的烹调经验无偿地介绍给同行。如塘草的妻子将“瓦罐鸡汤”的烹调秘诀，带到了煨汤馆“小桃园”，丰富了武汉的又一著名饮食品牌。

毛主席到了老通成

1958 年清明的前一天，塘草兴冲冲地跑来，找到

毛主席与老通成员工合影

毛泽东在老通成吃豆皮

毛主席来到老通成

已经搬到了中山大道1261号居住的静娴。

他激动地大声说:“太,毛主席来吃了我摊的豆皮了！是毛主席啊！那天是我摊的啊！”

1958年,毛泽东两次亲临“老通城”,品尝了曾宪麟亲摊的三鲜豆皮,毛主席吃后满意地说:“豆皮是湖北的风味,要保持下去……你们为湖北创造了名小吃,人民感谢你们。”

“要是你爷爷看到这些就好了。”

这也许是静娴此生最后的遗憾。

7月15日,宪渝在接到了保送高中的通知后,骑自行车从学校回到家,却再不能看到奶奶站在公新里口像往日那样等着他。奶奶静娴于当日中风了,一周后辞世。

21世纪初的老通城

“老通成”与曾家有关联的故事到此结束。

直到1958年,这个餐馆的招牌的“城”字并没有土字旁,是书法家杨树谋先生书写的招牌。七十年代中期,不知是李先

1997 年老通城内金字招牌

湖北风味名店
THE FAMOUS RESTAURANT OF HUBEI FLAVOUR
湖北省贸易厅
THE COMMERCIAL DEPARTMENT OF HUBEI PROVINCE
一九九六年
当之无愧的"湖北风味名店"老通城酒楼经营风味小吃有80多个品种。
LAOTONGCHENG is now managing more than 80 kinds of flavour snacks, "Famous restaunt of Hubei flavour" is just the well-deserved honour for it.

1996 年老通城接受的金字招牌

20 世纪 90 年代在老通城看到的墙铭

念同志题词，抑或是周永基先生为新招牌挥毫时，也不知是有意还是无意，在"成"字边加了个土旁。餐馆里没有文化的人，谁都没把这当成大事。从此，招牌就写成"老通城"了。

而千万顾客也不把这当成一回事，无论"老通成"还是"老通城"，他们青睐的都是它的王牌豆皮。

"老通城"则继续着它的传奇和神话。以后，刘少奇、周恩来、朱德、邓小平、董必武、叶剑英、李先念等党和国家领导人，外国元首金日成、西哈努克……都到过"老通城"。使得这个餐馆名声空前大振。而武汉招待身份尊贵的来汉外宾时，最后一道压轴的菜一定是"老通城"的豆皮。

二十世纪八九十年代，"老通城"的经营规模到达顶峰。1989 年，全年营业额达 2000 多万元，为当年全国餐饮业销售状元，三鲜豆皮获中国饮食行业最高奖"金鼎奖"。在新任掌门人张斌的带领下，"老通城"开始迅速扩张，先后在市内的堤角，省内的天门、鄂州，江西南昌、广东深圳等地开设分店。“老通城”迎来了一个辉煌的巅峰时期。

后来……后来……后来应该有另一些传奇来续写吧！

只是作为汉口老通城曾家来说，在这里落下了帷幕。

20 世纪 90 年代的老通城

20 世纪 90 年代老通城一楼大堂

后 记

亲爱的读者，感谢您读完了这本小说，分享我的情感。

这部小说一共分为三部，第一部《创业》记述的是曾广诚为创办"通成"而奋斗，经历满清末年到第一次国内革命战争年间近三十年间的事情。第二部《救亡》则记述曾家正当事业成功之时，日本帝国主义无耻地对中国发动侵略战争。这期间，曾家人与所有爱国民众一样，义无反顾地投入救亡斗争，亲历保卫大武汉的岁月，直至武汉沦陷，"通成"被迫关闭。第三部《再生》则描写了曾家与中国所有民众一样，如何经历了极其艰难的战争岁月，以不屈的战斗和自救迎来抗战胜利，曾广诚回汉重建"老通成"，终于创造出作为武汉历史文化遗产的小吃品牌，在艰难的内战岁月中迎来武汉解放。而后，曾家将全部资产捐献给了国家。

前两部中的那些年头我还没出生，但我绝不是在无端虚构。我想告诉读者我是怎样写成这部小说的。

我 1943 年出生在重庆，是书中曾广诚的原型曾厚诚的长孙。抗战胜利后回到汉口。1950 年进"圣罗以中学（现二十中）附小"，1953 年转到"汉口三十一小"（现鄱阳街小学），1955 年考入"武汉六男中"。这期间我看熟了"老通成"餐馆的日常经营，也看熟了长辈们的精神面貌、个性和政治立场。对于他们在 50 年代坦然与轻松地"裸捐"全部资产很理解很认同，尽管这令很多人不理解。

小学和初中给了我最基本的人生态度和知识。这期间，我的父亲（书中曾昭舫原型）在武昌上班，母亲全身心投入武汉市"一男中"的语文教学，和我相处时间并不多。但他们给我的身教和知识启蒙，使我终生受用。我随祖母（书中蒲静娴的原型）生活。她在我心里埋下善良的种子，带我熟悉了汉口的街巷习俗。而与我同住的表兄曾秋明（书中秋平的原型）则在兴趣、知识、阅读方面对我影响甚大。家中书多、唱片多，加之学校恩师们的循循善诱，让我阅读、音乐都上了瘾，在小学六年级就和表弟胡编乱写章回小说了。

从我家到武汉六中要步行半个多小时，常常天还没全亮就从家里动身，全程走完大智路、球场街、球场路。学校的后门外即是一条条小水渠分割的宽广的菜田。那时的武汉街景与四十年代还没有很大区别。每天清晨，我与进城农民们的长长粪担队伍有时迎面相遇，有时并肩而行。沿街的女人们纷纷从家里出来倒马桶"下河"。这一刻骨铭心的画面，被我写到了这本小说的开页文字中。

在我成长的岁月中，我更加熟悉了我的城市。

初中时我的文学梦更浓。1957 年母亲调到“武汉师专”（现湖北大学前身）教书，弟妹也随她搬到了赵家条校区。我也经常去那边住。空闲时，我便一次次将自己胡编乱造的故事讲给弟妹和小朋友听，竟几乎迷住了他们，渐成了学校家属区颇有名气的“大哥哥”。这也是我最早的口头文学创作。

但当我初中毕业被保送到“武昌实验中学”选择文理分科志愿时，父亲给我泼了一盆对我人生选择至关重要的“冷水”。他说，我不反对你爱好音乐和文学，但是你这些方面并没有天才，从你做飞机模型和动手能力看，你最好选择理工科。他并且引述了一些不同历史环境中的社会现象，说明对人生而言，理工科过得更平安自在。我听懂了，便接受了他的意见，暂时减低了对文学的热情。

高中正是“三面红旗”“大跃进”最火热的年代，我也常写些稿件到学校广播站。实验中学成功的教学，让我的写作水平有一点点进步。高二时，我一篇颇长的课堂作文曾引起了语文老师徐绍白的注意，写的是小时候在公新里六号的生活。徐老师在班上讲读，请同学们讨论。记得他当时说：“两堂课写下这么长一篇作文，要有很好的阅读功底来铺垫，除了对生活的观察体验，还要有真实的感情……”恩师啊，您知道您的那几句话，对一个学生有多么大的价值吗？从此，我对写作兴趣愈来愈浓。

令人啼笑皆非的是，从高中起，为了争取入团，为了与“剥削阶级家庭”划清界限，我便认真地一一找各位长辈了解祖父“罪恶的”发家史，来剖析自己身上的“剥削阶级烙印”。也是这些倾听，让我第一次听说了旧社会的江湖黑暗与商场诡谲，这些竟成了半世纪后我写这部书的宝贵素材。

高考时我遇到人生第一次打击：高分落榜！我一时还不明白如何将这与我的家庭出身联系起来。正在这人生的关键时刻，武汉党组织发现了这其中的不正常，主动帮助我和其他约二十名同样原因落榜的学生破格重新录取。我被补录到“武汉工学院”电机系。

但是，从此我将“老通城”视为我此生的魔咒，它是我每逢政治运动时绕不过的梦魇。在和旁人口角时，“老通城”三个字能迅速压下我的锐气。我力图忘掉这三个字，开始躲避那带给我屈辱的招牌，竟达三十年之久。

但是，我并未从此背上包袱而消沉。现在回想，才懂得是我的前辈给了我宝贵的乐观天性与好学习惯，让我受益终生。

1965年我大学毕业，又像父辈们一样又“疯”又“苕”，主动填志愿要求到最艰苦的地方，于是我被分配去了大渡河上游的四川丹巴云母矿。

在相当艰苦的山区，我却过得很充实。这期间我专业上有不少进步，还全面学习了第二专业“发配电”。参加了电厂的设计和建设，学习了很多工种的技能。美丽的自然风光让我又常做起文学梦来，还写了数十万字习作。

“文革”到来，我和同时代的青年一样经历了狂热、迷茫和内疚，终以昂贵的代价来重新认识自己和世界。我开始慢慢懂得，人的一生还需要懂得这两个字：反思。

又是曾在革命年代与曾家患难与共的武汉市党组织的老同志，想起了我们（这些故事在本书二、三部都已出现），组织上公正地对我父亲的历史进行了客观评价，还在对他落实政策时，同意将我调回他身边。这样，我在山区工作十一年后全家调回了武汉，到“武汉汽轮发电机厂”工作。

不管他人怎么看，我对我两次的人生转折充满着真实的感恩情结。

我父亲在晚年几次生病住院期间，单位一直照顾我们，让我长时间陪护他。这时已经改革开放，思想上也逐渐轻松。父亲在病床上给我回忆了大量三四十年代的往事，我当即又感觉到了这些宝贵历史素材的文学价值。

我在武汉汽轮发电机厂工作到1996年退休，这期间全身心地投入了工厂的技术工作，业余补读了第三专业“机械制造”。我不断遇到良好的学习和锻炼机遇，还有幸得到好几个权威级的良师的亲授，使我在专业上全面成熟。退休后又得到学习计算机编程和接触新技术的机会。几年后南下打工，如鱼得水，2007年被广州“广重集团”聘为技术顾问至今。

不断有朋友问：你专业工作那么热闹，怎么会年近古稀时想到写长篇呢？问对了，我本是写作界的门外汉，在文学方面也只配称作一“票友”。

在《前言》中我谈到过2006年和《长江日报》编辑罗时汉老师的认识，那次采访后，他写了一篇《老通城的昔日风光》，并谦虚地将电子稿发给我修改校正。老实说，这种尊重让我大受感动，我们遂成了“浅交”之友。他感叹道：“你真是个富矿啊！您知道的内容太丰富了，看来以往好多关于老通城的传说都变样了！你能不能自己写一些留给后人呢？”

在有史以来最宽松的社会环境中，我过着充裕的生活。于是，在他鼓励下，童年就存在于心中的欲望强劲地复活了。当时以上海、北京等地历史和商家为背景的作品正大量涌出。我于是想到，就我所熟知的老通城和武汉的近代史内容，以著名老字号加上这个城市光荣的历史背景，这是多么难得的素材！而凭我对曾家独一无二的了解，将老通城鲜为人知的真实过去写下来、留给这座城市，已是义不容辞。

于是我正式着手准备。到北京出差时，我看望了已病重的叔叔（小说中曾昭诚的原型），他得知我的打算后，力撑着花了一整天，给我讲述了大量我所不知的爷爷奶奶艰难创业的经历，讲解当年的市井生态，还回答了我一些当时社会、经商的细节，帮我在脑中构成了宝贵的写作大纲。回武汉后，我的三姑母（书中曾昭琳的原型）也为我解答了一些细节，让我更生动地了解了过去。可惜，他们不久后都分别辞世。我的表兄曾秋明也在生命的最后几年，极力帮我回忆了大量的家族往事。

2006年秋，我开始动笔。但立刻发现我的所知仍留有太多空白或疑问。于是我大量翻阅历史资料，就连原华中工学院的图书馆管理员都认识我了。不久我被聘南下，网络便成为我查证资料的重要来源。为了写好大姑（书中曾昭萍的原型），我还曾到她战斗过的上海、南通看现场、查阅资料和档案。我登门拜访了冼星海同志的女儿和战友，得到很宝贵的帮助。

我选择以小说为体裁，有三个原因：一是小说可不受约束取吾所需，补吾所愿；二是为尊者讳，我可以避开家族特别是长辈们、涉事人物们的隐私，大胆进行虚构描写。三是能更尽情地写出我的感情、我的寄托和我的价值观。

我的写作得到很多老师的辅导和帮助。罗时汉老师就曾对其中两个章节进行了几乎逐句的批改。他又为我提供了宝贵信息，让我及时报名，从而被选进湖北省作协重点扶持的十大长篇小说。

这以后方方、李俊国、於可训、蔚蓝、李遇春、高晓晖等老师也对我进行过多次指导，指出了大量弊病与不足。蔚蓝老师甚至花大量时间对某部分逐章逐句批改。特别要感谢的是华中科技大学的李俊国老师，他曾几次在华工校园的大树下为我长时间解析，对三部小说作出了全方位分析辅导。

他们让我看到了我的差距，对我后来改写帮助相当大。我又突击阅读了很多现代作品和评论，重新对故事线索、人物刻画做了大幅修改。我前后易稿13次，三部共删改近百万字，以力图达到省作协希望的“精品”要求。

不知大家是否认为这本书“自叙家史”味太浓了点？坦白说，主要是因我这“票友”的写作功底不够。不过，能让读者以为我这都是在写实，也是因为很多地方我“编得像真的”。我力图通过本书再现我们城市的真实过去，负责任地展现给读者，所以我坚持严肃写作，让所牵涉的历史、地名都符合历史，力图经得起读者和专家们的查证！

我还用了一些当时知名人物的真名，有意不作模糊化处理，以让读者们熟悉我们的城市的过去和它的发展。这样造成的“写实味太浓”的效果，倒是我自己刻意选择的。

在近代史上，武汉曾三次成为全国的政治中心，值得陈述和记忆的事情太多、太多了。武汉的每一寸土地都能让我触景生情！然而，随着时间的流逝，好多事已慢慢淡出了人们的谈资和记忆。我担心有一天，我们的后辈们，不再知道那些曾经的震撼和辉煌。我写这部小说，也胸怀着作为老人的历史责任，告诉后人们真实的过去，力图能为挽留和供奉城市的灵魂作一点力所能及的事。

想到我的先辈们经历的磨难，想到我们国家和百姓的苦难经历，在写作过程中，我经常边写边被自己真实情感感动得流下眼泪。

我感激武汉出版社的领导和编辑老师们，在我动笔十年后给了我这本书宝贵的出版机会。我感谢他们在漫长辛苦的编辑过程中的精益求精的态度。出版社刚好就位于当年我爷爷奶奶辛酸创业的“万国跑马场”之角。每次我去时，都联想到我瘦弱的奶奶在这里遭人抢劫的情景。这本书从这里面世，似乎能更多将我的孝心传递到他们那个世界。

曾宪德

2016年6月11日